Life is short, Love is rare

ALANA SCOTT

LIFE IS SHORT, LOVE IS RARE

ROMAN

HARPERCOLLINS FRANCE
83-85, boulevard Vincent-Auriol, 75646 PARIS CEDEX 13.

www.harlequin.fr

ISBN 978-2-2804-3047-0 — ISSN 2271-0256

Chapitre 1

Robin

Bidart.

Et son petit village basque. Ses longues plages de sable fin. Ses chemins de randonnée surplombant l'océan Atlantique. Ses surfeurs débutants qui essaient de tenir debout sur une planche tandis que d'autres, plus expérimentés, tentent de saisir la meilleure vague.

Bidart. Et son camping quatre étoiles « Ocean Village », devant lequel mon taxi venait de me déposer. Il y avait eu des changements depuis mon départ : le parking avait été agrandi, les vieux mobil-homes avaient été remplacés par des neufs, et les allées autrefois en gravier étaient à présent goudronnées.

Un nœud se forma dans mon estomac. À cause de mon immense appréhension de revoir ma sœur et ma mère après six longues années, j'étais étonné de ne pas avoir rendu mon petit déjeuner devant la charmante entrée de notre camping familial.

Mon ventre émit un grognement nerveux. OK, il ne valait mieux pas crier victoire trop vite.

Mon sac de voyage dans la main, je m'avançai d'un pas lent et mal assuré vers la réception. Comment allaient-elles réagir en me voyant ? Aurais-je dû les prévenir de mon arrivée ? Allaient-elles au moins me laisser rester à la maison ?

J'inspirai profondément pour me donner du courage et poussai la porte du bâtiment principal. Le camping s'était bien développé pendant mon absence. Lorsque j'avais dix-huit ans, seulement deux employées travaillaient à l'accueil pendant l'été. Aujourd'hui j'en comptais quatre. Parmi eux se trouvait une jeune fille aux longs cheveux noirs et au visage familier. Assise sur le côté derrière un petit comptoir, au téléphone, elle semblait concentrée et contrariée par ce que lui disait son interlocuteur.

Caché derrière mes lunettes de soleil, je plissai les yeux et tentai de mieux observer son profil.

Non… Ça ne pouvait pas être…

Pourtant, lorsqu'elle secoua la tête, sans jeter le moindre coup d'œil dans ma direction, j'en eus la confirmation.

Naia.

Ma respiration se bloqua durant un instant. Il n'y avait pas de doute, j'avais aperçu le grain de beauté sur sa paupière. Sans parler de ses ravissants yeux en amande semblables aux miens.

— Monsieur ? Je peux vous aider ?

Je mis plusieurs secondes à comprendre qu'un des employés s'adressait à moi. C'était un jeune homme d'une vingtaine d'années tout comme moi, d'origine maghrébine.

— *Do you speak english ?* reprit-il devant mon silence. *Or spanish*[1] *?*

— Non, lui répondis-je enfin d'une voix neutre, je n'ai pas besoin d'aide, merci.

Je regardai à nouveau Naia. Toujours en pleine conversation, ma sœur n'avait pas encore remarqué ma présence. Qu'étais-je censé faire ?

1. Parlez-vous anglais ? Ou espagnol ?

Je déglutis nerveusement, puis m'approchai d'elle.

— Monsieur, dit-elle en essayant de garder son sang-froid, je vous l'ai déjà expliqué cinq fois, non, vous ne pouvez pas vous baigner nu dans la piscine du camping… Pourquoi ? Parce que ce n'est pas un camping naturiste, monsieur… Oui, même lorsqu'il n'y a pas d'enfants, c'est inscrit dans le règlement.

Sa mâchoire se contracta, et soudain elle tourna la tête vers moi.

— Bordel de merde ! lâcha-t-elle en écarquillant grands les yeux.

— Salut, petite sœur, fis-je en esquissant un sourire gêné.

Son étonnement fut vite remplacé par de la panique. L'homme qu'elle avait en ligne avait manifestement cru qu'elle s'adressait à elle.

— Toutes mes excuses, monsieur Barban, reprit-elle d'une voix agitée. Non, bien sûr que non, ce n'était pas à vous que je parlais… Écoutez, j'ai une urgence, je vous transfère à un de mes collègues. À bientôt, monsieur Barban !

Naia exécuta une rapide manipulation sur les touches du standard téléphonique, puis raccrocha le combiné en poussant un soupir de lassitude.

— Sans vouloir être méchant, ce monsieur porte bien son nom…

Ma sœur me dévisagea un moment. Son regard se posa d'abord sur mes courts cheveux bruns ébouriffés, avant de descendre sur mon débardeur vert kaki et mon short gris foncé pour s'arrêter sur mes tongs.

C'est vrai que j'aurais pu mieux m'habiller pour des retrouvailles, mais… j'étais dans un camping après tout, non ?

Après avoir fini de m'examiner, elle se leva brusquement.

Bon sang ce qu'elle avait grandi. Certes, je ne mesurais pas plus d'un mètre quatre-vingts, mais Naia faisait presque ma taille maintenant !

— Maman sait que tu es ici ? demanda-t-elle, dubitative.

— Non… Je sais que j'aurais dû l'appeler, mais… je ne savais pas quoi dire.

— Peut-être que tu aurais pu commencer par « Bonjour, maman, c'est moi Robin, ton enfoiré de fils qui ne t'a donné aucun signe de vie en six ans »… En fait, non, ce que tu aurais dû faire, c'était rentrer bien avant aujourd'hui !

Elle avait élevé la voix, et son ton révolté avait attiré l'attention de ses collègues.

— Je suis désolé…

Et je l'étais. Sincèrement.

Ma sœur me fusilla du regard pendant cinq bonnes secondes.

— Maman est dans son bureau, m'informa-t-elle froidement. Je vais aller lui dire que son fils est revenu d'entre les morts afin de lui éviter un AVC, OK ?

Elle fit quelques pas en direction de l'escalier sur sa droite avant de virevolter vers moi.

— Tu sais que j'hésite à te prendre en photo ? Histoire de ne pas passer pour une folle auprès de maman au cas où tu disparaîtrais à nouveau d'ici mon retour !

— Ha, ha ! très drôle, répliquai-je, nullement amusé par son sarcasme.

Naia se retourna et monta à l'étage.

Je dus prendre mon mal en patience pendant cinq bonnes minutes, sous le regard curieux des employés, jusqu'à ce qu'elle revienne me chercher.

Elle me laissa passer de l'autre côté du comptoir et m'accompagna devant la porte du bureau de ma mère.

— Écoute, peu importe la raison pour laquelle tu es réapparu soudainement, cela ne changera rien au fait que tu nous as abandonnées durant la pire période de nos vies. Je ne sais pas si je te le pardonnerai un jour. Et je te préviens, si tu fais souffrir maman encore une fois, je m'occupe de toi, dit-elle seulement avant de retourner en bas.

Je repensai à ce jour. Celui de mon départ, où je m'étais contenté d'une simple lettre laissée sur la table de la cuisine pour leur dire que je ne reviendrais pas.

> **J'ai besoin d'être seul pendant quelque temps. S'il vous plaît, ne cherchez pas à me joindre ni à me retrouver. Je vous aime.**
>
> **Robin**

Évidemment, ma mère et Naia avaient tout de même essayé de me contacter durant les jours qui avaient suivi, mais, le cœur serré, je les avais ignorées.

Lire leurs messages et leur répondre aurait pu me faire changer d'avis, et Dieu seul savait à quel point j'avais besoin de fuir ce mal-être qui me rongeait en restant près d'elles. Tout comme moi, elles souffraient, et c'était de ma faute. Je les avais privées d'un père et d'un mari merveilleux. J'étais le pire fils qu'on puisse avoir.

Et en plus d'être responsable de la mort de mon père, j'avais utilisé l'argent qu'il m'avait légué pour partir m'installer secrètement en Polynésie française.

J'avais terriblement honte de mon comportement, mais commencer une nouvelle vie était vitale pour moi. Toutefois, mon passé ne me laissait jamais tranquille bien longtemps. Et s'il ne me rattrapait pas la journée, grâce aux entraînements et compétitions de surf qui réquisitionnaient toute ma concentration, la nuit en revanche, la douleur et la culpabilité me transperçaient toujours comme si on m'enfonçait une lame dans l'estomac.

Sans oublier le message que ma mère m'avait envoyé au bout de plusieurs mois, et qui hantait mon esprit. Je regrettais de l'avoir accidentellement ouvert, mais cela m'avait permis de comprendre qu'elle me laisserait enfin faire ma vie de mon côté.

Robin, ce sera mon dernier message, hormis ceux que je t'enverrai pour te souhaiter un bon anniversaire, un joyeux Noël ou une bonne année. Sache que je ne t'en veux pas d'être parti et que je respecterai ta décision. J'espère seulement que tu finiras par rentrer un jour à la maison, et retrouver ta famille qui t'aime plus que tu ne peux l'imaginer.

Et c'est ce qu'elle avait fait. Plus de messages, plus d'appels. Naia avait quant à elle cessé depuis un moment. Bien que certaines de mes compétitions aient lieu en France, notamment près de Bidart, ni l'une ni l'autre n'était venue y assister.

Cela avait été un soulagement au début, puis j'avais fini par éprouver des regrets profonds. Même si je ne me croyais toujours pas capable de les revoir sans me sentir responsable de la mort de mon père, je m'en voulais de les avoir abandonnées.

Ma relation avec Célia m'avait permis de compenser un peu cette absence et cet amour familial. Mais lorsque la femme que j'aimais m'avait quitté, à cause de mes secrets et de mon refus constant de lui parler de mon passé, cela avait été particulièrement difficile et avait provoqué chez moi une sorte de déclic, me faisant réaliser à quel point j'étais seul. En plus d'avoir perdu Célia, je risquais de perdre définitivement ma mère et ma sœur si je n'agissais pas.

Je fixai la poignée avec une nouvelle sensation d'angoisse, puis je me décidai à entrer.

Contrairement au reste du camping, cette pièce, dans laquelle travaillaient autrefois mes parents, désormais uniquement ma mère, n'avait pas changé d'un poil. Tout était exactement à la même place : le bureau face à moi, sur lequel étaient étalés des monceaux de papiers, le grand placard en bois massif au fond de la pièce, et la photo de notre famille au complet, accrochée sur le mur du fond.

Quand j'aperçus le visage souriant de mon père, mon cœur se serra. Je baissai aussitôt le regard sur ma mère, et réalisai que ce n'était pas la meilleure solution pour éviter d'avoir les larmes aux yeux.

Ma mère était déjà en pleurs.

— Mon chéri, murmura-t-elle d'une voix pleine d'émotion.

Contrairement à Naia, qui avait dû prendre plus de cinq centimètres et était devenue une vraie femme, ma mère était restée la même. Ses cheveux noirs étaient toujours soigneusement coupés en un élégant carré plongeant. Elle portait une longue combinaison noire assortie d'un rouge à lèvres rouge vif et d'une paire de talons compensés. Peut-être que quelques rides étaient venues s'ajouter sur son visage à l'approche de la cinquantaine, mais cela n'enlevait rien à sa beauté.

Ma mère avança vers moi et posa une main sur ma joue. Mon cœur se serra une nouvelle fois dans ma poitrine.

— Je suis désolé, dis-je d'une voix tremblante, je…

— Je sais, me coupa-t-elle.

Elle me sourit, puis me prit dans ses bras.

— Je suis tellement heureuse de te voir…

— Moi aussi, maman…

Ma mère me garda contre elle pendant de longues secondes avant de s'écarter doucement, et ce geste d'amour maternel me fit le plus grand bien.

— Est-ce que…

Après avoir jeté un coup d'œil à mon sac de voyage, elle reporta son attention sur moi.

— Est-ce que tu comptes rester un moment ici, avec nous ?

Son ton était plein d'espoir, et je ne pus retenir un sourire, à la fois soulagé et heureux d'être revenu.

— Oui, s'il y a toujours une place pour moi à la maison...

Ma mère essuya une larme qui venait de rouler sur sa joue et me rendit mon sourire.

— Il y aura toujours une place pour toi, mon chéri. Je vais t'accompagner, viens !

En tout cas, une chose était sûre à présent, c'était trop tard pour faire marche arrière. Car les quitter une nouvelle fois me détruirait autant qu'elles.

Pauline

Je refermai la porte du mobil-home et pris le chemin de la plage d'un pas pressé tout en rattachant mes cheveux blond clair en une queue-de-cheval haute.

Comme si devoir se lever à 8 heures du matin pendant les vacances pour aller faire du sport n'était pas suffisant, il fallait en plus que ma mauvaise période du mois arrive en avance et sans prévenir ! La séance de surf que nous avait prévue Alexis avait intérêt à être bien, sinon j'allais certainement l'assommer volontairement avec ma planche.

C'était la première fois qu'Alexis, Romane, Éloïse, Thibaut et moi, meilleurs amis depuis la première, partions en vacances tous ensemble. Nous avions choisi ce camping, car Thibaut y était déjà venu plusieurs fois avec sa famille et qu'il le trouvait plutôt sympa. Nous avions tous travaillé durant les étés précédents pour nous payer ce voyage en groupe. La seule condition que mes parents m'avaient imposée pour pouvoir y aller était d'avoir mon bac, chose faite. J'étais vraiment heureuse d'être là aujourd'hui, mais malheureusement pour moi ce séjour dans le Sud débutait plutôt mal.

Ayant dû faire demi-tour à cause de mes problèmes féminins, je décidai de prendre un raccourci à travers les buissons.

— Maman ! cria une voix lorsque je sortis de l'autre côté.

Je manquai de peu de me faire percuter par une voiturette de golf. Surprise, je trébuchai en arrière avant de tomber sur les fesses près des arbrisseaux.

Le véhicule pila quelques mètres plus loin, et un homme d'une vingtaine d'années à la silhouette élancée descendit du côté passager pour s'avancer dans ma direction. La peau bronzée, vêtu d'un débardeur kaki, d'un short gris foncé et de tongs, c'était clairement un vacancier.

— Est-ce que ça va ? s'enquit-il en retirant ses lunettes de soleil.

Un vacancier plutôt pas mal…

Mal à l'aise, je baissai les yeux sur mon corps pour l'inspecter. Par chance, hormis la petite frayeur que je m'étais faite, je n'avais aucune blessure.

Je regardai à nouveau le beau brun qui m'observait. Une légère inquiétude traversa ses iris marron, probablement à cause de mon silence, alors je m'empressai de hocher la tête.

Soudain, une femme à la belle chevelure sombre, plus âgée et très élégante, descendit à son tour de la voiture. Elle semblait un peu déboussolée, probablement car c'était elle qui était au volant.

— Je suis désolée, dit-elle d'une voix agitée, il n'y avait personne sur la route, j'ai tourné la tête un instant pour parler à mon fils et…

— Non mais aussi, quelle idée de surgir des buissons comme ça ! la coupa brusquement le beau brun en secouant la tête.

Pardon ? Sa mère avait manqué de me percuter de plein fouet, et c'était moi la responsable ? Et où était passé l'homme qui se souciait de mon état il y a encore quelques secondes ?

Je me relevai rapidement et répliquai d'un ton indigné :

— Peut-être que si vous rouliez moins vite, vous auriez eu le temps de me voir !

La femme sembla gênée.

— Mademoiselle, encore une fois je m'excuse et je…

— Peut-être que si tu marchais sur la route comme tout le monde nous n'en serions pas là, l'interrompit une nouvelle fois son fils en me toisant avec agacement.

Même s'il n'avait pas complètement tort, ce gars avait clairement une double personnalité. Je n'avais jamais vu quelqu'un passer du statut « aimable » à celui de « connard » en si peu de temps.

— Robin ! s'exclama sa mère, visiblement outrée du comportement de son fils.

Robin devait bien faire une tête et demie de plus que moi, mais je lui rendis son regard avant de répondre le plus calmement possible :

— Les voitures sont limitées à 10 kilomètres/heure dans ce camping. Si vous ne savez pas respecter les réglementations, je crois que même les gens qui marchent sur la route sont en danger avec vous. Enfin bref, essayez juste de ne pas tuer quelqu'un pendant votre séjour, d'accord ?

Mes propos s'adressaient plus à sa mère qu'à Robin, mais je devais avouer que j'étais plutôt fière de ma repartie.

Après leur avoir adressé un faux sourire à tous les deux, je me retournai et repris mon chemin.

— Hé ! fit Robin derrière moi, tu as un peu de terre sur…

Je m'arrêtai aussitôt en devinant la fin de sa phrase. Malgré mon embarras, j'époussetai rapidement le derrière de mon short en jean, puis continuai à marcher d'un pas rapide.

Je ne savais pas si c'était ma période rouge qui m'avait donné le courage de répondre à ce mec de cette façon, mais ce n'était pas dans mes habitudes d'être aussi audacieuse, d'autant plus avec un inconnu.

L'incident avec ce type arrogant et sa mère m'avait probablement fait perdre un temps fou. Il ne s'agissait que d'une séance de surf, et nous étions en vacances, mais je détestais plus que tout être en retard.

J'accélérai l'allure et arrivai finalement sur la plage cinq bonnes minutes plus tard.

Je retirai mes sandalettes pour marcher sur le sable fin. Pas le temps de profiter de cette sensation de bien-être ni de la vue magnifique que j'avais sur l'océan s'étendant devant moi. Mes amis, debout à côté d'un petit pavillon en bois avec une enseigne qui disait « Bidart Surf School », me faisaient de grands signes de la main pour que je me dépêche de les rejoindre.

Un jeune homme aux courts cheveux blonds était avec eux.

— Ah ! Voilà la retardataire ! me lança-t-il en souriant. On va enfin pouvoir commencer la leçon.

Eh merde.

Chapitre 2

Robin

Notre maison était un bungalow pas très grand, mais chaleureux. Du moins, c'était la sensation que j'éprouvais lorsque mon père était encore là.

Mais, si rien n'avait changé côté déco, je me doutais qu'à la suite de mon départ la vie de ma mère et de ma sœur avait été complètement différente.

— Ta chambre est exactement dans l'état où tu l'as laissée, m'informa ma mère en refermant la porte derrière moi.

Je haussai un sourcil, surpris qu'elle n'ait pas touché à mes affaires en six ans.

— Au cas où tu reviendrais, ajouta-t-elle avec un petit sourire.

Que ma mère ait espéré mon retour depuis tout ce temps m'émut autant que cela m'attrista.

— Merci, dis-je en posant mon sac de voyage devant les escaliers.

Elle hocha la tête.

— Euh… Est-ce que tu veux prendre un thé ? proposa-t-elle d'une voix un peu gênée.

— Je veux bien mais… tu n'as pas besoin de retourner travailler ? m'étonnai-je.

Elle me fit signe de la suivre dans la cuisine, et je lui emboîtai le pas.

— Je pense que je peux bien m'absenter un moment, répondit-elle en allant remplir une théière d'eau chaude.

Je m'assis à table et la regardai allumer le feu.

— Alors, euh… Depuis quand Naia travaille au camping ? lui demandai-je, curieux.

Je me souvenais qu'elle avait toujours souhaité faire de la plongée sous-marine. À quinze ans, elle rêvait de devenir professeur de plongée. Avait-elle changé d'avis ces dernières années ? Évidemment, si j'avais gardé le contact avec ma famille, je l'aurais su.

Ma mère aurait très bien pu me rembarrer. Mais, même si – tout comme Naia –, elle devait m'en vouloir terriblement pour avoir rompu les ponts, je savais qu'elle ne me ferait aucun reproche.

Elle s'assit en face de moi et croisa les mains sur la table.

— À la mort de ton père et après ton départ, commença-t-elle en fixant ses doigts, ça n'a pas été facile de continuer à gérer le camping toute seule. Ocean Village a connu une période difficile. Et puis ta sœur a aussi eu du mal à faire son deuil alors… Ça a été très dur pour moi.

Le nœud qui s'était formé dans mon estomac ce matin se serra davantage.

Si seulement j'avais le courage de lui dire à quel point je m'en voulais de les avoir abandonnées, elle et Naia. Si seulement je pouvais tout lui expliquer… Mais je n'étais pas encore prêt.

— Mais j'ai tenu bon. C'est notre camping. Celui de notre famille, et je ne pouvais pas risquer de le perdre. Mais financièrement parlant, nous étions presque en faillite. Ta sœur venait d'avoir son bac, elle a décidé de faire un BTS management et a commencé à m'aider en parallèle de ses études et l'été. Elle a eu son diplôme et ça fait un an qu'elle travaille à temps plein.

La théière siffla.

— Avec ou sans sucre ? me questionna ma mère en se levant.

— Sans.

Elle récupéra deux tasses et des boîtes de thé dans un placard avant de les placer sur la table et de nous servir l'eau chaude.

— Tu penses... que Naia aime bien travailler avec toi ? osai-je la questionner en choisissant un sachet de thé vert au citron.

Ma mère eut l'air mitigée.

— Quand elle m'a annoncé vouloir faire des études de management et travailler à Ocean Village, je lui ai demandé si c'était vraiment ça qu'elle voulait faire et elle m'a répondu que oui. Et tu connais ta sœur... Une fois qu'elle a décidé quelque chose, il est quasiment impossible de la faire changer d'avis. Alors, je ne sais pas si elle m'a menti pour pouvoir me soutenir, mais je ne pense pas qu'elle déteste son travail. Elle semble même plutôt heureuse ces dernières années.

J'acquiesçai et manquai de me brûler en goûtant mon thé.

— Tu n'as pas changé, s'esclaffa ma mère.

Je souris faiblement avant de redevenir sérieux.

— Et sinon, tu as des nouvelles de Greg ? m'enquis-je en baissant les yeux sur ma tasse.

— Eh bien, ton meilleur ami a ouvert une école de surf.

Je relevai aussitôt la tête.

— Sérieusement ? À Bidart ?

— Oui, sur la plage juste à côté. Ça va faire deux ans bientôt, et c'est une bonne chose pour le camping, car nous avons conclu un partenariat. Grégoire a accepté qu'on puisse proposer des prix avantageux aux vacanciers séjournant chez nous, en contrepartie de quoi nous lui faisons de la pub. Notre CA a augmenté de 3 % ces deux dernières années.

Même si cela était une bonne nouvelle, ma mère n'avait pas l'air ravie. Mais je pouvais la comprendre. Le surf, c'était ce qui l'avait éloignée de moi, c'était aussi ce qui avait causé la mort de mon père six ans plus tôt. Du moins, en partie.

Je trempai à nouveau les lèvres dans mon thé. Parfait.

Nous bûmes tranquillement tout en échangeant des banalités sur la météo plutôt bonne ces derniers jours, ou sur les derniers aménagements qu'elle avait faits au camping. Je fus content qu'elle n'essaie pas d'en savoir davantage sur les raisons de mon retour. Peut-être avait-elle implicitement compris que, si un événement tragique m'avait fait partir, le motif de mon retour n'était pas réjouissant non plus.

Lorsque nous eûmes fini nos tasses, ma mère m'annonça qu'elle allait retourner travailler.

— Je te laisse mes clés sur la porte au cas où tu souhaites sortir.

— Pas besoin, si tu n'as pas fait changer la serrure, j'ai toujours mon trousseau dans mon sac.

Elle parut surprise un instant, puis me sourit.

— Je rentrerai avec ta sœur pour le déjeuner. Si tu es là, je ferai des chipirons[1] !

Je souris à mon tour. J'adorais cette spécialité de notre région.

— Je serai là, lui dis-je, et ce soir aussi.

— Parfait !

Elle ramassa son sac et récupéra ses clés avant d'ouvrir la porte. Puis elle tourna la tête vers moi d'un air préoccupé.

— Mon chéri, tout à l'heure, avec cette fille… Tu ne penses pas que je devrais…

1. Espèce de calamar.

Je fronçai les sourcils en comprenant qu'elle se sentait coupable de ce léger incident.

— Faire quelque chose pour elle ? demandai-je.

Ma mère hocha la tête.

— Tu n'as rien fait de mal, maman. Même si tu m'as regardé un court instant pendant que tu conduisais, tu n'aurais jamais pu savoir qu'elle allait surgir sur la route de cette façon. Et puis elle n'avait rien, c'est le principal. En toute honnêteté, vu comment elle est partie, je pense qu'elle est déjà passée à autre chose.

— C'est vrai, admit-elle, un peu rassurée. C'est juste qu'en tant que propriétaire et directrice du camping…

— Ne t'en fais pas, tu peux retourner travailler l'esprit tranquille.

D'autant plus qu'elle nous avait très certainement pris pour des vacanciers…

— Si tu as besoin de moi, tu sais où me trouver !

J'attendis qu'elle ait refermé la porte derrière elle pour récupérer mon sac et monter dans ma chambre à l'étage.

En effet, tout était exactement tel que je l'avais laissé.

Je lâchai mon bagage sur le sol et récupérai un cadre photo posé sur son bureau. Je m'assis sur mon lit tout en continuant de fixer cette image de mon père et moi sur la plage, revenant d'un entraînement de surf, le sourire aux lèvres.

Il était le seul à comprendre ma passion. Le seul à m'avoir toujours encouragé à poursuivre mes rêves. Il avait pris des risques pour moi, et il avait payé le prix fort.

Putain, ce qu'il me manquait.

Chapitre 3

N'étant pas revenu ici pour déprimer à nouveau, je décidai d'aller faire un tour sur la plage.

Après ma rupture avec Célia, j'avais été si mal que j'en avais perdu l'envie de surfer. J'avais alors passé plusieurs jours à me morfondre dans mon lit et à me bourrer la gueule sans mettre les pieds dehors une seule fois. Puis, on m'avait informé que mes planches de surf étaient arrivées en Afrique du Sud, là où avait lieu ma prochaine compétition.

Même si j'étais toujours dans un état dépressif, j'avais toutefois trouvé le courage de m'y rendre par peur de perdre le sponsor qui m'avait payé le voyage.

Mais évidemment, et comme j'avais négligé mon entraînement ces derniers temps, j'avais été pitoyable sur les vagues.

Je me souvenais m'être allongé sur ma planche en apprenant mon élimination, avoir fixé le ciel et avoir réalisé que, de toute façon, personne n'était là pour voir ça.

Puis quand j'étais sorti de l'eau, mon regard s'était posé sur une famille qui avait l'air très heureuse d'assister à cet événement, et j'avais alors pensé à la mienne, qui aurait pu être là pour moi si je ne l'avais pas quittée six ans plus tôt.

La culpabilité et la tristesse m'avaient envahi, et, au lieu de rentrer chez moi à Tahiti, j'avais pris un billet d'avion pour la France.

S'il y avait une chance, même infime, que je puisse rattraper les choses avec ma mère et Naia, alors je me devais d'essayer. Parce qu'elles étaient tout ce qu'il me restait dans ce monde, et que je ne voulais pas les perdre comme j'avais perdu Célia.

Bien que je n'aie pas prévu de surfer aujourd'hui, je ne pus m'empêcher d'en ressentir l'envie en apercevant l'immense étendue d'eau devant moi. J'avais toujours l'impression que les vagues m'appelaient, et encore plus lorsque les conditions météo étaient bonnes.

Tout en m'avançant vers l'école de surf de Greg, je regardai les quelques personnes installées sur le sable fin. Même si nous n'étions qu'en début de matinée, Bidart n'avait jamais été une ville très prisée par les touristes. Comme elle était située entre Saint-Jean-de-Luz et Biarritz, deux stations balnéaires convoitées de la Côte basque, les vacanciers faisaient vite leur choix. Néanmoins, certains d'entre eux choisissaient notre charmante commune afin de bénéficier de la tranquillité et de la beauté du cadre.

Je poussai la porte du petit pavillon en bois nommé « Bidart Surf School ». Le son d'un carillon à vent retentit dans la pièce, où ne se trouvaient qu'un comptoir, une table et des chaises en plastique. Mon regard se posa aussitôt sur les photos de surfeurs accrochées aux murs.

Je m'approchai de la première image, sur laquelle figurait un homme blond d'une vingtaine d'années, en compagnie d'une brunette aux cheveux courts. Tous deux vêtus de leurs combinaisons de surf, ils se tenaient bras dessus, bras dessous debout devant l'océan et semblaient vraiment heureux.

Je souris en reconnaissant Greg et Julie, mes deux meilleurs amis d'enfance, et eus un petit sursaut en entendant soudain une voix féminine derrière moi.

— Bonjour, je peux vous aider ?

Je me retournai et la jolie brune de la photo mit plusieurs secondes avant de réaliser qui j'étais.

— Robin ? fit-elle en écarquillant les yeux. C'est toi ?

J'acquiesçai en me rapprochant prudemment d'elle. Contrairement à Naia, Julie n'avait pas l'air en colère contre moi, mais je ne pouvais pas encore en être certain à cent pour cent.

— Alors, comme ça, tu travailles ici avec Greg ? demandai-je, un peu mal à l'aise.

Elle m'observa longuement avec stupéfaction avant de hocher la tête.

— Je n'arrive toujours pas à croire que tu sois là, murmura-t-elle.

Moi non plus. *Bon sang, Célia, regarde les folies que tu as réussi à me faire faire…*

— Est-ce que… tu comptes rester longtemps à Bidart ? demanda-t-elle avec curiosité.

— Ma prochaine compétition est à Anglet à la fin du mois d'août, alors… je pense m'entraîner ici d'ici là.

— Et après ? Tu comptes repartir et nous ignorer à nouveau ?

Étrangement, il n'y avait aucune méchanceté dans son intonation. Juste… une sorte d'appréhension. Et du chagrin.

— Non, répondis-je avec sincérité.

Il m'avait peut-être fallu six ans et un cœur brisé pour le comprendre, mais ma famille, mes amis… Si j'avais la possibilité de réparer ce que j'avais cassé, alors je le ferais. Peu importe le temps que ça prendrait.

— Je suis désolé, Julie, ajoutai-je en posant une main réconfortante sur son épaule.

Elle me fixa avec tristesse, puis soupira.

— Moi, ça va, murmura-t-elle, mais tu devrais plutôt faire des excuses à Greg.

Je savais qu'elle mentait et qu'elle avait tout autant souffert que lui de mon absence. Cependant, je préférai ne pas relever.

— Greg est là ? demandai-je en jetant un coup d'œil derrière elle.

— Non, enfin il doit être sur la plage. Il avait un cours de surf ce matin, mais vu l'heure il devrait avoir fini.

— OK, merci. Je vais aller le voir alors.

— Ça marche. Il faut que j'aille terminer de rincer les combinaisons dans les douches. Contente de t'avoir revu, et… à plus tard, j'espère… !

Je lui souris, puis retournai dehors. Retrouver la relation que nous avions avec Julie allait probablement s'avérer compliqué, mais pas impossible. Elle ne semblait pas me haïr d'être parti, et c'était déjà un très bon début.

Je balayai l'océan du regard et repérai rapidement un petit groupe de surfeurs débutants dans les vagues. Au bord de l'eau se trouvait mon meilleur ami, les mains sur les hanches, en train de regarder ses élèves tentant de réussir leur take-off[1] sur les flots.

Je me rapprochai discrètement et m'arrêtai à quelques pas derrière lui.

— Thibaut, essaie de fléchir davantage tes jambes ! cria Greg. Et Pauline… Tu nous fais quoi là ?

Il lâcha un profond soupir.

— C'est clairement impossible ! s'exclama une voix qui me disait vaguement quelque chose.

Je tournai la tête vers l'océan et reconnus la fille de ce matin. Celle qui avait failli passer sous la voiturette de ma mère.

Vêtue d'une combinaison noire à jambes et manches courtes,

1. Mouvement consistant à se mettre debout sur sa planche de surf.

la jolie blonde aux yeux bleu clair sortit de l'eau, sa planche à la main. Par chance, elle ne semblait pas du tout avoir remarqué ma présence. Mon regard s'attarda légèrement sur les formes de son corps, que dessinait parfaitement sa combi.

— Mais non, ce n'est pas impossible, lui répondit Greg d'une voix amusée. Il faut juste que tu continues à t'entraîner ! À force de persévérer, il n'y a pas de raison que tu n'y arrives pas… Tiens, regarde Alexis.

Il ne me fallut pas longtemps pour deviner de qui il parlait. Parmi les cinq surfeurs débutants, seul un grand blond ne se débrouillait pas trop mal. Il arrivait même à suivre le déroulement d'une vague avec une certaine élégance et sans tomber à la fin.

— Je suis désolée, mais je ne pense vraiment pas que ce sport soit fait pour moi, soupira Pauline. En plus, je…

Merde.

Elle m'avait grillé.

— Non, mais dites-moi que c'est une blague ! s'exclama-t-elle avec stupéfaction.

Probablement curieux, Greg se retourna. Il écarquilla les yeux, surpris lui aussi de me voir, mais il reprit rapidement une expression sérieuse.

Son visage n'avait pas beaucoup changé depuis nos dix-huit ans mais, même s'il restait plus petit que moi, il avait pris quelques centimètres et aussi du muscle. Tout comme Julie, il sembla déconcerté par ma présence.

— Tu m'as suivie ou quoi ? reprit Pauline avec méfiance.

Elle était vraiment parano.

— Parce que je n'ai pas le droit de me balader sur la plage ? répliquai-je simplement.

Pauline me scruta d'un air incertain, puis reporta son attention sur Greg.

— Désolée, lui dit-elle, je retourne dans l'eau.

J'eus tout de même droit à un dernier regard suspicieux de sa part avant qu'elle me tourne le dos.

— Eh bah…, commença Greg avec un sourire amusé, ça c'est ce qui s'appelle « faire un beau retour en scène ».

— J'aurais pu faire mieux, rétorquai-je en haussant les épaules.

Mon meilleur ami s'approcha de moi et, après m'avoir longuement dévisagé, me balança violemment son poing dans la gueule.

Six ans plus tôt…

Greg fixait mon sac de voyage d'un air abasourdi.

— Où est-ce que tu vas, mec ?

Je ramassai mes affaires et fixai un point derrière lui dans le couloir. Je n'arrivais pas à le regarder en face, j'étais lâche.

— Il faut que je parte, répondis-je d'une voix étranglée par l'émotion.

Greg s'avança dans ma chambre.

— Où ?

— Je ne peux pas rester.

Impossible de lui révéler où je comptais aller. Même si je lui faisais confiance, si ma sœur et ma mère découvraient qu'il était au courant, elles seraient bien capables de le torturer pour le faire parler. En plus de ça, je ne voulais pas qu'il soit en quelque sorte complice de ma fuite. Devoir mentir lui ferait bien plus de mal que de ne pas savoir.

— Robin, écoute, je sais que tu traverses une épreuve difficile, mais tu n'es pas obligé de… partir comme ça. Dis-moi au moins pour combien de temps…

Par miracle, je trouvai la force et le courage de le regarder dans les yeux. Il ne comprenait pas ma décision, et c'était normal. J'étais le seul à savoir ce qui s'était vraiment passé ce jour-là. Si je n'avais pas insisté pour que nous allions surfer, mon père serait toujours en vie. Comment pouvais-je continuer de vivre avec ma famille, qui souffrait par ma faute ? Il me suffisait de croiser le regard affligé de ma sœur, ou la mine sombre de ma mère, pour me sentir profondément mal.

— Est-ce que tu pourrais… veiller sur ma mère et sur Naia ? lui demandai-je en retenant mes larmes. S'il te plaît.

— Robin… Je…

— S'il te plaît, répétai-je avec insistance.

Il était l'unique personne sur qui je pouvais compter. Et je ne voyais personne d'autre que lui qui soit capable de prendre soin de ma famille en mon absence.

Mon meilleur ami poussa un long soupir.

— Je ferai ce que je peux…

Je lui adressai un sourire triste, mais reconnaissant. Je lui serais redevable toute ma vie pour ça.

— J'espère juste que tu ne t'absenteras pas trop longtemps et, je t'en prie, donnes des nouvelles, OK ?

Malheureusement, ça, je ne pourrais pas le faire.

Mon sac sur l'épaule, je le contournai en silence et quittai ma chambre. Sans un regard en arrière, je descendis les escaliers et sortis de la maison. Un taxi m'attendait sur le parking du camping. Et je savais… que je n'y remettrais pas les pieds avant très longtemps.

Je me massai la joue pour faire passer la douleur. Heureusement qu'il ne m'avait rien cassé !

Je jetai un coup d'œil en direction de son groupe d'élèves toujours dans l'eau. Aucun d'entre eux ne semblait avoir vu Greg me foutre son poing dans la figure – pas même Pauline, qui tentait vainement de prendre une vague. Cela lui aurait probablement fait plaisir de me voir souffrir un peu.

— Ça, c'est pour ne pas m'avoir donné de nouvelles, m'expliqua Greg en me lançant un regard mauvais.

Je hochai la tête d'un air compréhensif. Après tout, je l'avais bien mérité.

Mon meilleur ami m'étudia du regard un long moment, puis soupira.

— En toute honnêteté, mec, je ne pensais pas te revoir un jour.

— Je suis désolé.

— Encore heureux que tu le sois ! s'emporta-t-il. Ça fait six putains d'années, mec !

Je baissai les yeux, honteux.

— Et tu vois, Robin, même si t'as agi comme un connard de première, j'ai tenu ma parole. J'ai essayé d'être là le plus possible pour ta famille, je les ai surveillées, et je les ai aidées au camping durant les mois qui ont suivi ton départ… J'ai fait tout ce que tu aurais voulu que je fasse et, toi, tu n'as même pas daigné répondre à un seul de mes cinq cents SMS !

Ne sachant quoi dire, je préférai garder le silence.

— Et le pire dans tout ça, c'est que je devrais te détester profondément pour avoir fait ce que tu as fait. Et pourtant…

Je l'entendis soupirer à nouveau.

— Ce n'est pas le cas, termina-t-il d'une voix plus calme. En fait, je suis même content que tu sois là…

Surpris, je relevai les yeux vers lui et l'aperçus passer nerveusement une main dans ses courts cheveux blonds, rasés sur les côtés.

— Je ne comprends pas, avouai-je, totalement déconcerté. J'ai toujours imaginé que si un jour je vous revoyais, Julie et toi, vous me diriez d'aller me faire foutre, et très loin de vous… Tu l'as dit toi-même, j'ai agi comme un connard de première.

Greg ricana.

— Crois-moi, quand on a compris que tu ne répondrais jamais à nos messages, c'est exactement ce qu'on avait l'intention de te dire avec Julie. Mais, avec du recul, on a pris conscience que pour nous avoir rayés de ta vie comme tu l'as fait c'était que tu devais vraiment en avoir besoin…

Ils comprenaient… Je n'en revenais pas.

— Le seul truc qu'on s'est dit, ajouta-t-il d'un air sérieux, c'est que, si un jour tu te pointais à nouveau à Bidart, tu n'aurais pas le droit de repartir sans nous réintégrer définitivement dans ta vie, peu importe l'épreuve que tu aies à traverser. Parce que tu ne peux pas jouer avec nos sentiments comme tu l'entends, c'est clair ? On est tes meilleurs amis, Robin, tu peux compter sur nous et tu le sais.

Profondément touché par ses mots, je me contentai de hocher lentement la tête.

— Bien, conclut-il avec soulagement.

Il jeta un regard à ses élèves et grimaça devant leur niveau catastrophique, hormis celui d'Alexis.

Aucun d'entre eux ne semblait s'être intéressé à ma petite conversation mouvementée avec Greg, et tant mieux, car cela ne les concernait pas.

J'observai un instant Pauline ramer pour prendre une vague et tomber à la renverse en tentant de se mettre debout. Elle secoua la tête, dépitée, et cela me fit sourire.

— Tu leur as appris un truc au moins ? me moquai-je. Parce que là…

— La ferme, répliqua-t-il en rigolant. Ce n'est pas parce que t'es un surfeur pro que tu peux te permettre de juger mon travail de prof.

— Un déjeuner demain, ça te dit ?

Fixant l'océan, le regard perdu au loin, Greg ne répondit pas tout de suite.

— J'ai un cours jusqu'à midi trente, donc... viens pour 13 heures.

J'eus du mal à cacher ma joie.

— Ça marche, mec ! À demain alors !

Il m'adressa un petit sourire en coin, puis je décidai de retourner tranquillement au bungalow, le cœur plus léger. Même si ma mère m'avait dit qu'elle ferait des chipirons pour le déjeuner, j'avais bien envie de la surprendre et de lui montrer que j'avais appris à cuisiner ces dernières années !

Pauline

Après la longue et éprouvante séance de surf du matin, aucun de nous n'eut envie de retourner à la plage ni d'aller à la piscine l'après-midi.

Nous fîmes une petite sieste, puis allâmes faire quelques courses. Les bières et les bouteilles d'alcool étaient d'ailleurs indispensables pour nos soirées à venir, notamment celle d'aujourd'hui sur la terrasse de notre mobil-home.

À ma droite, Romane, assise en tailleur, passa une main dans ses longs cheveux blond foncé. En face d'elle était installé Alexis, son petit ami, et accessoirement le meneur de notre partie de « red or black[1] ».

1. Jeu d'alcool avec des cartes.

Éloïse, ma seconde meilleure amie, qui elle était brune, se trouvait à ma gauche, les yeux rivés à son portable. Avec sa peau laiteuse, elle avait déjà attrapé un coup de soleil sur l'épaule.

Quant à Thibaut, le dernier membre de la bande, il s'était allongé sur un transat à côté de la table, et s'amusait à contracter ses biceps quasiment inexistants et à les admirer.

— Pauline, rouge ou noir ? me questionna Alexis.

Je plissai les yeux en fixant la carte dans ses mains, comme si cela allait pouvoir m'aider à deviner sa couleur.

— Rouge, répondis-je.

Le sourire qui se dessina sur son visage me fit comprendre que je m'étais trompée.

— Tu bois, m'informa-t-il en montrant la carte.

Un as de pique noir.

Romane éclata de rire.

— Si tu continues à te planter à chaque tour, tu vas finir bourrée à 23 heures, Pauline !

Ma meilleure amie n'avait pas tort. Moi et l'alcool, ça faisait deux.

— À ton tour, Thibaut, déclara Alexis en piochant une nouvelle carte dans le tas.

— Noir, répondit-il d'un air nonchalant depuis sa chaise longue, et je suis sûr que c'est un roi ou une reine.

Alexis fronça les sourcils en nous montrant la carte.

Une dame de carreau, noire.

— Je suis sûr que tu triches ! s'exclama Romane en se retournant vers lui.

— Absolument pas ! se défendit Thibaut en tripotant son muscle. C'est juste que j'ai des années d'expérience en jeu d'alcool. Et pour la peine, puisque j'ai gagné, tu bois ma gorgée.

Romane le fusilla de ses yeux verts.

— Pourquoi tu ne la donnes pas à Éloïse plutôt ? Elle n'a pas encore touché sa bière !

Je jetai un coup d'œil à l'intéressée. Elle ne releva même pas la tête de son portable pour répondre à Romane :

— Parce qu'il te l'a donnée à toi, maintenant tais-toi et bois, sale pleurnicheuse.

Romane leva les yeux au ciel, mais termina sa bouteille cul sec.

— Bon, à toi, Éloïse, déclara Alexis en piochant une nouvelle carte.

— Rouge, énonça-t-elle, toujours sur son téléphone.

Alexis soupira.

— T'as gagné. À qui tu donnes ta gorgée ?

Un sourire diabolique se dessina sur ses lèvres.

— À Romane.

Les garçons et moi ne pûmes retenir un rire amusé.

— Quand on va passer au niveau suivant, je peux t'assurer que tu vas prendre cher, ma cocotte, l'avertit cette dernière en lui jetant un regard meurtrier.

Mais telle que je la connaissais, il y avait cent pour cent de chances qu'elle finisse comme moi, complètement bourrée, bien avant Éloïse. Car en plus d'avoir un don pour les jeux, Éloïse était probablement celle qui tenait le mieux l'alcool dans notre groupe d'amis.

Au bout des trois tours suivants, durant lesquels je terminai ma bière et dus descendre trois shots de vodka, ma vessie appela à l'aide.

— Je reviens, dis-je en me levant brusquement, pause pipi.

Ouh là. *Je n'aurais peut-être pas dû me mettre debout aussi vite...*, songeai-je en entrant dans le mobil-home.

J'eus l'impression de voir les meubles du salon tanguer autour de moi. Tout en titubant, je me rendis aux W-C. Lorsque j'eus terminé, je tentai de faire le même chemin en marche arrière, parce que je trouvais ça plutôt amusant. Bien évidemment, je finis par m'étaler par terre sur le dos.

— Aïe, grommelai-je avant de fixer le plafond blanc du mobil-home avec admiration.

Quelle jolie couleur !

Soudain, le beau visage d'Alexis apparut au-dessus de moi.

— Qu'est-ce que tu fais par terre ? demanda-t-il, surpris.

— Je crois que je suis tombée, répondis-je sans détacher mon regard de ses yeux bleus.

Il haussa un sourcil, soudain amusé.

— Tu crois ? Et pourquoi tu restes par terre ?

Bonne question. Probablement parce que je trouvais le sol plutôt confortable...

Alexis se décala sur le côté et me tendit sa main. Je l'acceptai, et il m'aida à me remettre sur mes deux jambes.

— Merci, dis-je avec un sourire reconnaissant.

Il me lâcha, puis, après avoir hésité un instant, porta ses doigts à mon visage.

OK, j'étais peut-être un peu bourrée, mais je savais que c'était mal vis-à-vis de sa petite amie.

— T'avais un cil, m'informa-t-il en appuyant son pouce sur ma joue.

Ah.

— Merci, répétai-je, un peu embarrassée.

— Je vais mettre mon portable à charger, tu te sens capable de rejoindre les autres toute seule sans tomber une nouvelle fois ?

Je tournai la tête et analysai la distance qu'il me restait à parcourir jusqu'à la porte d'entrée.

— Ça devrait être jouable.

Alexis rigola, puis s'éclipsa dans sa chambre.

Je réussis à rejoindre mes amis, qui étaient en plein débat sur la terrasse, et observai Romane. Grande, mince, elle avait la peau naturellement bronzée à cause de ses origines libanaises. Avec sa longue chevelure et ses lèvres pulpeuses, elle était magnifique.

Je souris bêtement. Alexis n'avait aucune raison de vouloir la tromper. Et encore moins avec moi.

Chapitre 4

Les shots de vodka, ça ne pardonne pas.

Je me redressai lentement dans mon lit avec une gueule de bois atroce. J'avais comme l'impression que quelqu'un s'amusait à me cogner sur la tête !

La journée s'annonçait super bien. Enfin, je ne pouvais m'en prendre qu'à moi-même.

Je jetai un coup d'œil à Éloïse, qui dormait à poings fermés dans le lit voisin, et me levai après plusieurs secondes. Sans un bruit, je me rendis dans la salle de bains et allai récupérer un ibuprofène dans ma trousse de toilette.

Après avoir pris mon cachet avec un grand verre d'eau, car je mourais de soif, je m'assis sur le canapé du salon et attendis un long moment pour que ma migraine se calme. Même si je n'avais pas encore regardé l'heure et que mes amis dormaient toujours, je constatai que le soleil était déjà bien haut dans le ciel.

Lorsque je commençai à me sentir un peu mieux, je retournai dans ma chambre récupérer ma veste de sport noir, mes baskets et mon portable, puis je quittai le mobil-home pour aller m'aérer un peu l'esprit.

10 h 20.

J'enfilai ma veste par-dessus mon débardeur noir et rangeai

mon téléphone dans une des poches tout en marchant le long des habitations.

L'air frais me fit du bien, et même si je devais avoir une tête horrible, les cheveux emmêlés, et que je portais mon short de pyjama à rayures, je m'en moquais.

Boire m'avait fait oublier mes soucis le temps d'une soirée, mais maintenant que j'étais à nouveau sobre la seule chose qui me préoccupait était mes études. Devais-je aller dans l'école de commerce qu'avait choisie pour moi mon père ou bien à l'école de photographie dans laquelle je m'étais inscrite en cachette ? Cette dernière avait finalement accepté mon dossier il y a quelques jours, et attendait désormais que je lui fournisse les sept mille euros de frais de scolarité d'ici fin juillet.

Je donnai un coup de pied dans un petit caillou sur la route. Tout m'avait paru si facile lorsque j'avais décidé de postuler dans cette école plusieurs mois auparavant. *S'ils m'acceptent, c'est là que j'irai,* m'étais-je promis à moi-même.

Et voilà où j'en étais aujourd'hui. J'avais trouvé le courage de répondre à un inconnu, mais pas celui de parler de mon avenir à mes parents. J'étais pathétique.

Alors que j'allais faire demi-tour et rentrer au mobil-home, je sentis mon portable vibrer dans ma poche.

Romane.

Je pris l'appel.

— T'es passée où ? m'interrogea-t-elle. Je dois envoyer les mecs à ta recherche ou pas ?

— J'avais besoin de prendre l'air. Je suis là dans cinq minutes.

— Euh, attends, vu que t'es dehors, ça ne te dérangerait pas de passer à l'accueil du camping ? Le micro-ondes ne marche pas et du coup je vais devoir faire chauffer mon lait à la casserole…

— Sérieusement, Romane ? Ça ne peut pas attendre ?

— Bah, si tu y vas maintenant, ça évitera d'avoir à y aller plus tard ! Allez, Pauline, insista-t-elle en prenant une voix suppliante.

Je soupirai.

— OK, c'est bon, j'y vais.

— T'es la meilleure ! Merci !

Elle raccrocha la première et, les mains dans les poches de ma veste, je me rendis à l'accueil.

Je regrettai aussitôt d'avoir accepté en découvrant l'identité de l'un des employés qui se trouvaient à la réception.

Robin portait un T-shirt blanc sur lequel figuraient le nom et le logo du camping. Une de ses collègues semblait lui expliquer quelque chose sur l'ordinateur en face de lui.

OK, donc il travaillait ici. Était-ce aussi le cas de sa mère ?

Brusquement, la brunette à ses côtés releva la tête et me sourit. Je balayai la pièce du regard, à la recherche d'un autre employé, mais comme par hasard il n'y avait qu'eux ce matin ! Et il fallait en plus de cela que j'aie une tête à faire peur !

— Bonjour, mademoiselle, en quoi puis-je vous aider ? me questionna-t-elle.

Robin se redressa à son tour et haussa les sourcils en m'apercevant.

— Bah alors… Tu m'as suivi ou quoi ? lança-t-il d'un air moqueur.

Sa collègue nous regarda tour à tour. Elle devait probablement se demander si j'étais là pour lui ou pour autre chose.

— Le micro-ondes de notre mobil-home ne fonctionne pas, expliquai-je en ignorant royalement le beau brun.

— Ah, remarqua la jeune femme, eh bien, je vais contacter quelqu'un afin qu'il vienne vous le changer. Quel est votre emplacement ?

Mon portable vibra dans ma poche.

Romane.

— Excusez-moi un instant, fis-je en me retournant pour prendre l'appel. Qu'est-ce qu'il y a ? Je suis à l'accueil, ne t'inquiète pas, ils vont le remplacer ton…

— En fait, c'est bon, me coupa-t-elle d'une voix un peu gênée.

— Comment ça ?

— Bah… On avait oublié de brancher la prise. Du coup, il fonctionne parfaitement.

Sérieusement ?

— Romane, j'espère que tu rigoles parce que…

— Désolée, à tout' !

Et elle raccrocha.

J'inspirai profondément, essayant de ne pas me laisser envahir par l'embarras, et me retournai face à Robin et sa collègue.

— Euh, finalement, mes amis ont pu réparer le micro-ondes, mentis-je.

— « Réparer » ? répéta Robin d'un air perplexe.

— Euh, oui… Je… Je dois y aller, déclarai-je en reculant vers la sortie, au revoir.

Merci, Romane, de m'avoir fait passer pour une débile !

Robin

Cette fille était vraiment bizarre. Sans parler du fait qu'elle ressemblait à un zombie ce matin, avec son teint pâle, ses yeux bleus cernés, ses cheveux ébouriffés, et… Et c'était quoi ce short à rayures ? Un pyjama ?

Enfin, bref, j'essayai à nouveau de me concentrer sur ce qu'était en train de me raconter Clarisse à propos des réservations en ligne, mais il était clair et net que travailler dans un bureau n'était pas fait pour moi.

Néanmoins, hier soir, dans un élan de bonté, et aussi parce que j'avais six ans d'absence à me faire pardonner, j'avais proposé mon aide à ma mère. Et bien qu'elle m'ait tout d'abord assuré avoir suffisamment de personnel cet été, Naia m'avait fait le plaisir d'intervenir et de me demander de la remplacer ce matin à l'accueil, afin que madame puisse sortir avec des amis.

Évidemment, j'avais accepté. C'était la moindre des choses après ce que je leur avais fait subir à elle et à ma mère.

J'en avais conscience, j'allais devoir leur faire de vraies excuses, et il fallait que nous ayons une discussion à cœur ouvert, mais je n'étais pas encore prêt. Revenir à Bidart était déjà un grand pas pour moi. Même si mon silence durant les repas de la veille avait créé une certaine gêne et poussé ma sœur à me lancer plusieurs piques, j'avais besoin de temps.

Je n'avais jamais réussi à me livrer entièrement à Célia lorsque nous étions ensemble et que je l'aimais comme un fou, alors ma famille allait devoir patienter un peu.

Par chance, bien que ce boulot à l'accueil n'ait rien de passionnant, la matinée fut plutôt calme. Heureusement, Clarisse ne me posa aucune question sur la fille de l'accident. Je pris ma pause déjeuner à 13 heures pour aller manger avec Greg comme prévu.

Nous allâmes dans un petit bistrot en ville et commandâmes tous deux un filet de bar à la plancha et une Akerbeltz[1]. Même si j'étais heureux que mon meilleur ami ait accepté ce repas en ma compagnie, j'étais nerveux. À lui aussi, j'allais devoir me confier… Et cela risquait de ne pas être chose facile.

— Alors… Comment ça marche l'école de surf ? lui demandai-je avant de boire un coup pour me détendre.

1. Bière basque.

Contrairement à moi, Greg semblait plutôt à l'aise.

— Ça va. Je ne gagne pas autant que toi, mais ça me suffit pour vivre. Julie m'a dit que tu comptais t'entraîner ici pour ta prochaine compétition ?

— Ouais. D'ailleurs, je pense aller surfer cet aprèm. Tu pourrais me prêter une planche ?

Greg haussa un sourcil.

— Tu n'as pas pris les tiennes ?

Un serveur s'arrêta devant notre table pour y déposer nos plats.

— Et voilà ! Bon appétit, nous souhaita-t-il avant de disparaître aussi vite qu'il était arrivé.

— Mmm, ça a l'air bon, fis-je en humant l'odeur qui émanait de mon assiette.

— Ouais, je viens souvent ici avec… Enfin, peu importe, goûte, tu vas voir, c'est délicieux.

Greg baissa aussitôt les yeux sur son poisson et commença à le découper.

— Tu viens souvent ici avec… ? répétai-je avec une once de curiosité.

— Euh, mes parents, répondit-il en essayant de continuer à agir comme si de rien n'était. Et donc, tes planches ?

Je décidai de ne pas relever son petit mensonge. Après l'avoir rayé de ma vie pendant six ans, je n'avais aucun droit d'insister sur ses petits secrets pour le moment.

— Disons que mon retour ici n'était pas vraiment prévu, répondis-je en prenant une bouchée de filet de bar. Ah ouais, c'est super bon !

Greg me regarda avec intérêt, puis me proposa soudain :

— OK. Je t'en prête une si on surfe ensemble.

Je haussai les épaules.

— Si tu veux, mais je te préviens, tu vas te ridiculiser.

Il éclata de rire.

— Espèce de connard. Je te rappelle que tu n'as même pas été en quart de finale en Afrique du Sud !

Je le regardai, un peu surpris, avant de reprendre sur un ton moqueur :

— Alors, comme ça, monsieur regarde mes scores ! Tu me suis aussi sur les réseaux sociaux ? Tu veux une petite dédicace peut-être ?

Greg leva son majeur dans ma direction, puis me répondit plus sérieusement :

— Ce n'est pas parce que tu as décidé qu'il était mieux pour toi de nous virer de ta vie qu'on en a fait autant. On a tous suivi ton parcours. C'est pour ça que t'es revenu ? Parce que t'as foiré une compétition à 10 000 points[1] sur le circuit de qualification ?

Repenser à mon échec me fit grimacer. Putain, c'était peut-être ma chance de me qualifier pour le Championnat du monde, et je l'avais foutue en l'air en vingt minutes.

— T'étais malade ce jour-là ? Parce que j'ai vu les vidéos… Tu as vraiment fait de la merde, ajouta Greg en continuant de manger.

— Merci, ricanai-je.

— Tu choisissais des vagues merdiques, et tes figures, n'en parlons pas… On aurait dit un débutant.

Je me doutais qu'il faisait exprès de me provoquer pour que je crache le morceau sur la raison de mon retour. Greg avait déjà compris que c'était lié à ma défaite en Afrique, mais il savait aussi qu'il y avait quelque chose d'autre. Ou quelqu'un.

Je n'avais pas prévu de lui parler de Célia aussi vite, mais j'étais

1. Chaque compétition est cotée en points. Plus le surfeur fait de grosses compétitions (qui permettent de remporter entre 6 000 et 10 000 points), plus il a de chances d'être dans le top 100 mondial.

sûr qu'il ne me foutrait pas la paix avec cette histoire tant que je ne lui en aurais pas dit un peu plus.

— Mon ex m'a quitté peu de temps avant la compétition, lâchai-je finalement.

Greg m'étudia longuement du regard, avec un mélange de curiosité et d'étonnement.

— Je n'aurais jamais pensé qu'une femme réussirait à te faire perdre tous tes moyens.

Il est vrai que Célia était la première femme à avoir eu un si fort impact sur ma vie, et sur mes compétitions de surf. D'un autre côté, il s'agissait aussi de ma plus longue et plus sérieuse relation.

— Moi non plus, mais ça a été le cas et j'ai eu du mal à me reprendre en main après notre rupture.

Greg hocha la tête d'un air compréhensif.

— L'essentiel c'est que tu ailles mieux maintenant, et que tu sois rentré.

Même si je ne m'étais pas encore totalement remis de ma peine de cœur, je lui adressai un sourire reconnaissant.

— Au fait, Naia était sûre que tu avais quelqu'un, me révéla-t-il.

Je fronçai les sourcils.

— Comment ? Je n'ai jamais publié de photos avec Célia ni donné d'informations sur nous aux journalistes…

— Sur Instagram, il y avait une jolie Marseillaise qui aimait et commentait toutes les photos que tu publiais avec des petits cœurs.

— Et alors ? Ça pouvait juste être une fan, j'ai plus de vingt mille abonnés et…

— Naia est allée voir son profil, et elle a remarqué que toi aussi, tu aimais et commentais toutes ses photos avec des petits cœurs. Toi aussi, tu étais fan d'elle ?

Moi qui pensais avoir été discret sur ma vie sentimentale…

Je soupirai, puis continuai de manger mon poisson avant qu'il ne refroidisse.

— Désolé, ajouta Greg après de longues secondes, j'espère que… ça va aller.

Son regard était sincère, et cela me toucha profondément.

J'étais loin d'avoir oublié Célia, mais il fallait que je fasse avec.

— Merci, mais c'est quand même toi qui vas te ridiculiser cet aprèm, le prévins-je d'un air narquois.

Pauline

La piscine, ce n'était définitivement pas mon truc. Le bruit, les gosses qui couraient de partout, te bousculaient et ne s'excusaient même pas, sans parler du vieux pervers de cinquante balais qui n'arrêtait pas de regarder dans notre direction.

Il faut dire que Romane avait décidé de porter son magnifique bikini rouge pétant, et Éloïse un une-pièce noir vachement échancré sur sa peau de porcelaine.

Quand je baissai les yeux sur mon maillot de bain vert foncé façon brassière de sport, je constatai que de jolies couches de graisse recouvraient mon corps. Je me demandais de temps en temps si je ne m'étais pas trompée de groupe d'amis, puis Romane sortait une phrase débile, je la remballais, tout le monde rigolait, et je me sentais de nouveau à ma place et confiante.

Je décidai toutefois d'abandonner mes amis en pleine séance bronzage et de retourner au mobil-home. Après avoir enfilé un short noir par-dessus mon bas de maillot, je récupérai mon Reflex dans ma valise, puis ressortis.

Tout comme Éloïse qui ne se séparait jamais bien longtemps de son portable ces derniers temps, je ne pouvais pas m'empêcher de m'éclipser dans ma bulle de temps en temps.

En prenant le chemin de la plage, je m'amusai à photographier les grands arbres du camping, le ciel bleu, des personnes marchant de dos… À chaque fois que je capturais un instant, c'était magique. Peu importait l'image qui en ressortait, il y avait toujours au moins un élément qui rendait le cliché unique.

Je photographiai l'océan, puis me rapprochai de l'eau pour avoir un meilleur angle de prise de vue sur un surfeur plutôt doué. Je zoomai sur sa tête. Il s'agissait de notre professeur de surf, Grégoire Esnaola. Je ne connaissais absolument pas le nom des figures qu'il faisait, mais en tout cas le virage à 180 degrés qu'il effectua pour repartir dans le sens de la vague me parut incroyable.

Je pris quelques clichés. J'avais vu ceux sur les murs du pavillon de son école de surf. Peut-être serait-il intéressé par les miens, probablement de meilleure qualité.

— Tu lui as demandé si tu pouvais le photographier avant ?

Je me figeai un instant, avant de me retourner.

Encore lui ?!

— Le droit à l'image, tu connais ? ajouta Robin en croisant les bras sur son torse.

Vêtu d'une combinaison de surf, et tenant une planche dans les mains, il ne semblait pas spécialement fâché, mais plutôt intrigué par ce que je faisais. Grégoire allait-il lui donner une leçon de surf ? Mais n'était-il pas censé travailler au camping ?

— Qu'est-ce que tu vas faire de ces photos ? continua-t-il en fixant mon appareil.

— Rien, me défendis-je. Enfin, je pensais les montrer à… Grégoire.

Je ne savais pas trop ce que mon professeur de surf de la

veille représentait pour Robin mais, d'après ce que j'avais vu, ils se connaissaient sans doute possible.

— Qu'est-ce qui se passe par ici ? fit Grégoire en nous rejoignant sur le sable.

Il laissa tomber sa planche sur le sol et passa une main dans ses cheveux mouillés.

— Bonjour, Pauline, tu vas bien ? demanda-t-il avec le sourire.

— Elle te prenait en photo, annonça Robin avant que je n'eus le temps de répondre.

Grégoire haussa les sourcils, puis me regarda en attendant probablement que je m'explique.

Je déglutis, mal à l'aise.

— C'était juste parce que tu étais vraiment élégant sur les vagues, et j'ai pensé que ça pourrait peut-être t'intéresser…

— Fais-moi voir ça, dit-il seulement.

Je lui tendis mon appareil photo et le laissai regarder.

— Ouah, elles sont vraiment super belles, enfin… C'est moi qui ai la classe, bien sûr, mais tu sais vraiment bien prendre les photos ! me complimenta-t-il. Ce n'est pas comme ma mère qui fait des gros zooms immondes sur ma tête quand je lui demande une vue d'ensemble…

Je ne pus retenir un petit rire amusé.

Robin s'approcha de son « ami » et jeta un coup d'œil aux photos par-dessus son épaule.

— Mouais… Pas terrible pour un prof, dit-il avec sarcasme. Et t'as vu ta position sur celle-là ? T'appelles ça « classe » ? Ça ne mérite même pas un deux sur dix !

Grégoire me rendit mon Reflex.

— Eh bah, si tu peux me les envoyer par mail ou sur la page Facebook de l'école de surf, ce serait bien sympa ! m'annonça-t-il en ignorant complètement les remarques de Robin. Et bien sûr, tu peux les garder, ça ne me gêne pas. Tant que tu ne les utilises pas dans un but lucratif derrière mon dos !

— Tu veux qu'elle conserve même celle où tu tombes de ta planche sur une mini-vague comme un débutant ? s'étonna Robin.

Je n'aimais vraiment pas sa façon de rabaisser Grégoire. Qu'il soit tombé ou que sa position ne soit pas parfaite ne remettait en rienen cause son talent pour ce sport.

Robin dut sentir mon regard noir posé sur lui, car il me demanda soudain :

— Un problème, la photographe ?

— Tu ne serais pas un peu jaloux par hasard ? osai-je lui répondre.

Robin se pencha vers moi et me sourit.

— Et toi, tu ne serais pas un peu tombée amoureuse de ton professeur de surf par hasard ? rétorqua-t-il sur le même ton.

À la fois irritée et un peu embarrassée, je serrai les poings et soutins son regard.

— C'est toujours plus facile de critiquer les autres quand on ne se mouille pas soi-même.

Grégoire éclata soudain de rire.

— En fait, Pauline, Robin est…

L'intéressé leva une main en l'air pour lui intimer de se taire.

— Tu as raison, approuva-t-il à ma grande surprise, je vais aller me mouiller. Mais si j'arrive à faire une figure dans l'eau, tu me devras des excuses !

— Comment ça ? « Des excuses » pour quoi ? ! protestai-je en le regardant s'éloigner vers l'océan.

Grégoire soupira, avant de me dire :

— Tu devrais le prendre en photo.

Je fronçai les sourcils.

— Pourquoi ? Il sait surfer ?

— Disons… qu'il a de bonnes bases, répondit-il avec un sourire en coin.

OK, il me cachait quelque chose.

Allongé sur sa planche, Robin rama avec ses bras jusqu'à une mousseuse. Il tenta de se mettre debout mais tomba à la renverse.

— « De bonnes bases », répétai-je en le voyant glisser dans l'eau une deuxième fois. C'était ironique en fait ?

Grégoire secoua la tête, il semblait à la fois amusé et blasé par son « ami ».

— Putain, c'est dur en fait ! cria Robin en échouant une énième fois.

Bon, vu son niveau très élevé, je pouvais toujours l'attendre, sa figure…

— Ce sera pour une autre fois les excuses, hein ! lui lançai-je en reculant de quelques pas.

Avec le bruit des vagues et du vent, il y avait peu de chances qu'il m'ait entendue, mais tant pis. Même s'il restait beau à regarder, il ne réussissait toujours pas à se lever sur sa planche, et je n'avais pas que ça à faire.

— Attends une seconde, m'arrêta Grégoire.

Malgré mon agacement, j'observai à nouveau Robin. Celui-ci réussit enfin à se mettre debout, il monta jusqu'au haut de la vague et effectua un magnifique virage.

— Pas mal mon roller[1], professeur, hein ? cria Robin en revenant tranquillement vers nous.

OK, ce connard savait très bien surfer. En plus de ça, il était vraiment sexy dans sa combinaison.

— C'est un pro, me révéla finalement Grégoire. Il a déjà gagné un bon paquet de compétitions au niveau national,

1. Figure de surf qui consiste à faire un virage radical en haut de la vague.

européen, et il est actuellement sur le circuit de qualification pour le Championnat du monde.

Ah oui quand même.

— Cette figure, c'est un basique. Si tu veux voir ce dont il est réellement capable, tu peux taper « Robin Lebrest » sur Google.

Je réfléchis un instant.

— S'il est surfeur... pourquoi est-ce qu'il travaille au camping ?

— Parce que c'est le camping de sa mère.

Sérieusement ?!

La nouvelle me laissa sans voix. Alors, la femme qui était avec lui hier, c'était la propriétaire du Ocean Village !

Robin sortit de l'eau et s'avança vers nous, le sourire aux lèvres, tout en ébouriffant ses cheveux bruns. Malgré sa silhouette élancée, ses larges épaules, et sa combinaison moulante laissant deviner un corps ferme et joliment musclé, je n'aurais jamais deviné que derrière ce crétin fini se cachait un surfeur professionnel.

— Ouah, je ne sais pas comment j'ai réussi à faire ça... Je crois que je viens de me découvrir un vrai talent pour le surf ! s'exclama-t-il en posant sa planche sur le sable. Alors, mes excuses ?

Je le fixai avec perplexité.

— Ce serait plutôt à toi de m'en faire pour t'être bien foutu de ma gueule, « Robin Lebrest », répondis-je froidement avant de tourner les talons.

Je remontai la plage d'un pas rapide et sans me retourner une seule fois. De toute façon, ils devaient probablement rigoler de leur blague stupide.

Énervée, j'hésitai à supprimer les photos que j'avais prises de Grégoire. Même s'il avait fini par cracher le morceau, mon professeur de surf avait attendu un moment pour le faire ! Mais le trajet jusqu'au mobil-home me calma, et je me résolus à ne pas le faire.

Et quelle ne fut pas ma surprise de trouver mes amis installés autour de la table sur la terrasse en train de grignoter des chips et des pistaches.

— Bah, t'étais où ? demanda Romane. On a essayé de t'appeler mais tu ne répondais pas.

— Euh, désolée, j'avais laissé mon portable dans la chambre. Je suis allée faire un tour. Je ne pensais pas que vous seriez déjà rentrés.

— Nous non plus, mais Éloïse avait envie d'aller aux toilettes. Je l'ai accompagnée et du coup les mecs ont suivi, répondit-elle en haussant les épaules.

J'allai récupérer mon téléphone dans mon sac puis retournai m'asseoir autour de la table extérieure.

— Ça vous va si on bouge sur Biarritz ce soir ? proposa Thibaut. Y a un club pas trop mal là-bas, y paraît !

J'allai sur Internet et tapai rapidement : Robin Lebrest.

— Ouais, moi, je suis chaud ! répondit Alexis. Les filles ?

— Depuis quand on dit non à une soirée en boîte ? s'étonna Romane. Évidemment qu'on vient.

Robin Lebrest est un surfeur professionnel français… né à Bidart en 1995. Son père, Joseph Lebrest, lui apprend le surf à l'âge de neuf ans… Robin participe à de nombreuses compétitions nationales et européennes, mais ce n'est qu'à l'âge de dix-neuf ans, un an après la mort de son père, qu'il entre dans l'arène des grands et commence à monter dans le classement sur le circuit des qualifications (QS[1])… Top 100 au niveau mondial… En 2017, il finit troisième au QS 1 500 à Anglet, mais arrive seulement à la cinquantième place au Pantín Classic Galicia Pro en Espagne… En 2018, il remporte une victoire

1. Le circuit de qualification (World Qualifying Series, WQS) permet d'atteindre le Championnat du monde de surf (World Championship Tour, WCT), auquel participent les 38 meilleurs surfeurs et les 17 meilleures surfeuses.

prodigieuse au Caraïbos Lacanau Pro, avec un score de 16,73… Il obtient également la neuvième place au Hic Pro à Hawaï… En 2019, malgré un bon début de saison, il obtient des notes désastreuses lors de sa série en Afrique du Sud, ce qui lui coûte sa place en quart de finale sur ce QS de 10 000 points… Classement final en 2017 : 97e… Classement final en 2018 : 80e… Classement actuel en 2019 : 73e…

— Paupau, t'es partante, hein ? me questionna Romane.

— Hum…

J'allai sur Google Images et fis défiler les photos. C'était bel et bien lui. Il avait dû bien rigoler en me faisant croire qu'il ne savait pas se mettre debout sur une planche. Contrariée et humiliée, je me renfrognai. Parce que monsieur avait une belle gueule, il pensait pouvoir prendre les gens pour des cons. Ce mec m'horripilait carrément !

— Tout va bien, Pauline ? s'enquit Thibaut.

Je relevai brusquement la tête de mon écran et constatai que tous mes amis me fixaient d'un air perplexe.

— Euh, oui… Désolée, dis-je en verrouillant mon portable. Donc, on va à Biarritz ce soir, si j'ai bien compris ?

Même si j'avais une horrible envie de lui refaire le portrait, ce Robin Lebrest n'allait certainement pas gâcher mes vacances !

Chapitre 5

Robin

Ce soir encore, l'atmosphère était assez tendue au repas. Je savais très bien que ce n'était pas seulement des excuses qu'elles attendaient de moi.

Depuis mon retour, les discussions qu'on avait eues concernaient en grande majorité le camping, puis cela dérivait sur la pluie et le beau temps. Bien évidemment, Naia avait essayé plusieurs fois de me questionner sur des sujets plus personnels, mais voyant que je détournais la conversation ou, pire, que je l'ignorais, elle avait abandonné et me faisait littéralement la gueule. J'étais sûr que cela ne changerait pas jusqu'à ce que je m'ouvre enfin, comme j'aurais dû le faire avec Célia.

— L'eau n'était pas trop froide aujourd'hui ? demanda soudain ma mère.

Je relevai brusquement la tête des restes de mon assiette de spaghettis à la bolognaise et observai son visage. Même si elle affichait une expression neutre, je savais qu'en vérité cette question lui coûtait.

J'avais passé l'après-midi à la plage, une bonne partie avec Greg sur les vagues, une autre à surfer seul après que mon meilleur ami m'eut abandonné pour donner un cours à des enfants, puis le reste à faire une petite sieste au soleil jusqu'à ce que celui-ci se couche.

Bien que ma mère sache qu'en tant que professionnel je devais m'entraîner plusieurs heures par jour, cela restait un sujet sensible entre nous.

— Je crois qu'elle était à 19 degrés, mais avec la combinaison j'ai toujours l'impression qu'il en fait 30 ! répondis-je d'un ton léger.

— Et ton déjeuner avec Greg ? Ça a été ? me questionna Naia à mon grand étonnement.

J'acquiesçai en réprimant un sourire. Certes, je savais que cette journée de retrouvailles ne suffirait pas à ce qu'on redevienne les meilleurs amis du monde, mais au moins il n'éprouvait pas de ressentiment à mon égard.

Je regardai tour à tour ma mère et ma sœur et retins un soupir. Le pardon de ce côté-là allait être plus dur à gagner. À une échelle bien moindre, je devrais aussi probablement m'excuser auprès de Pauline pour m'être moqué d'elle. Me remémorer son joli visage me fit sourire. Je fus soudain étonné de penser à cette fille étrange, bien qu'elle soit indéniablement mignonne.

Une fois notre dîner terminé, ma mère se leva et commença à empiler les assiettes vides.

— Laisse, je vais le faire, m'empressai-je de lui dire en me mettant debout.

— D'accord. Je vais aller prendre ma douche dans ce cas-là.

Je ramassai les couverts et emportai le tout dans l'évier, sous le regard scrutateur de ma sœur. Alors que je commençais à faire la vaisselle, je l'entendis s'approcher de moi.

Si elle compte me faire peur, c'est loupé, songeai-je sans m'arrêter.

— Tu sais, Robin, t'auras beau faire toutes les tâches ménagères que tu veux, me remplacer au boulot, et même finir par devenir notre elfe de maison, ça ne changera rien à la situation, dit-elle d'une voix froide.

Naia et moi avions toujours été des fans inconditionnels de l'univers de *Harry Potter*. Si mon père était encore vivant, j'aurais probablement répondu à ma sœur que j'étais comme Dobby, un elfe libre, et je lui aurais lancé dessus l'éponge dans ma main avant de m'enfuir en courant. Mais mon père n'était plus là, et rien n'était comme avant.

— Je sais, répondis-je seulement sans me retourner.

— Alors, si tu le sais, qu'est-ce que tu attends ? répliqua-t-elle en haussant la voix. Si tu n'étais pas prêt à nous parler, tu aurais mieux fait de rester là où tu avais disparu pendant six ans !

Je l'entendis quitter la cuisine d'un pas rapide. Après avoir coupé l'eau du robinet, je fermai les yeux un instant.

Parler… Si seulement c'était aussi facile que ça, songeai-je en poussant un profond soupir.

Chapitre 6

Pauline

Malgré l'insistance de mes amis, je m'obstinai à rester sobre ce soir. Même si ma gueule de bois avait complètement disparu, je ne me sentais pas vraiment d'enchaîner les verres d'alcool deux jours de suite. Et je savais que, si je n'écoutais pas mon corps, je le payerais sans aucun doute le lendemain.

La boîte de nuit qu'on avait choisie n'était pas trop mal. Musique électro, grande salle et terrasse, barman sexy et D-J mignon… Parfait.

Aux côtés de mes amis, je me déhanchais avec entrain sur la piste et libérais mon esprit de tous ses soucis. Après avoir passé je ne sais combien de temps à me dépenser, je commençais à avoir un peu chaud et décidai de faire une pause. Je prévins Éloïse que j'allais me chercher un truc au bar et tentai de me frayer un chemin parmi la foule jusqu'à celui-ci. Le barman sexy me servit mon verre de jus d'orange avec un clin d'œil. Bien qu'ayant remarqué qu'il agissait pareil avec les autres femmes, je ne pus m'empêcher de rougir.

Tout en sirotant ma boisson, j'aperçus mes amis toujours en train de danser un peu plus loin. Romane portait une magnifique robe en satin noir à décolleté plongeant et une paire de talons aiguilles qui me donnaient le vertige. Éloïse, tout aussi attrayante, avait opté pour des compensés accompagnés d'un body couleur cuivre qu'elle avait rentré dans une jupe en simili cuir.

Brusquement, Romane attrapa la main d'Éloïse et l'entraîna hors de mon champ de vision. Je fronçai les sourcils, me demandant où elles avaient bien pu partir.

— Hé !

Je manquai de sursauter en sentant une main se poser sur mon avant-bras. Vêtu d'un jean et d'une chemise blanche, Alexis venait d'apparaître sur ma gauche.

— Ça va ? demanda-t-il en penchant la tête vers mon oreille.

J'acquiesçai avec un sourire. Son visage se rapprocha à nouveau du mien, suffisamment pour que je sente son parfum frais et envoûtant. Notre proximité me mit un peu mal à l'aise, mais je tentai de ne rien laisser paraître.

— Les filles sont aux toilettes. Tu m'accompagnes dehors ?

Je cherchai Thibaut du regard et le repérai en train de danser collé-serré avec une ravissante fille d'origine maghrébine. Il semblait bien occupé. Et puis, un peu d'air frais me ferait du bien.

— OK, dis-je avant de le suivre sur la terrasse.

Malgré le monde à l'extérieur, nous trouvâmes de la place pour nous asseoir sur un petit muret en pierre.

— Ça va ? Tu n'as pas froid ? me questionna Alexis.

Bien qu'il ne fasse pas plus de 20 degrés et que je ne porte qu'un short et un top noir, pour le moment, ça allait. Et je pouvais même dire que la brise nocturne était agréable.

— Ça va.

Il acquiesça tout en sortant un paquet de cigarettes de sa poche et un briquet.

— Je ne t'en propose pas, dit-il en en allumant une.

— Tu aurais pu attendre Romane, lui fis-je remarquer en me souvenant qu'il arrivait à mon amie de fumer de temps en temps.

Alexis me jeta un petit regard en coin avant de secouer la tête.

— Vous, les filles, il vous faut toujours vingt minutes pour pisser, se justifia-t-il en tirant une latte.

— C'est parce qu'il y a toujours la queue aux toilettes ! protestai-je.

Il tourna la tête vers moi et haussa un sourcil amusé.

— Et, la queue, elle est due à quoi ?

S'il croyait m'avoir eue…

— Au nombre de filles dans la boîte, répondis-je, l'air de rien. Et il paraît que les femmes ont une vessie plus petite que celle des hommes !

— Conneries, répliqua-t-il en levant les yeux au ciel. La seule justification possible serait que vous ayez toutes des infections urinaires, ce qui serait assez incroyable. La vérité c'est que vous mettez un temps infini pour vous déshabiller et vous essuyer, surtout quand vous êtes bourrées, et que vous adorez discuter !

Ce fut à mon tour de lever les yeux au ciel.

— Monsieur croit tout savoir, mais monsieur n'a jamais mis les pieds dans les toilettes des filles !

Alexis sourit fièrement.

— Pas besoin, j'en sais déjà un paquet sur vous… Mais c'est vrai que, toi, tu es différente.

Je le fixai, perplexe.

— Parce que je ne suis pas encore allée aux toilettes ce soir ? plaisantai-je.

Il prit une bouffée de cigarette, puis me regarda avec intensité.

— Non, parce que tu n'es pas comme les autres filles. Tu t'en fous de te tartiner le visage de maquillage avant de sortir ou de parler de toilettes avec moi. Si t'as pas envie de suivre les autres dans leurs délires, alors tu ne les suis pas. Tu ne te donnes pas un genre comme la plupart des gens, tu es juste toi-même… Et c'est un truc qui me plaît chez toi.

Mon cœur rata un battement.

OK, là il n'était plus question de cil sur la joue. Il venait ouvertement de me draguer. À moins que j'aie eu une hallucination auditive, mais ses beaux yeux bleus toujours rivés aux miens me garantissaient le contraire.

Je sentis la panique m'envahir, et finis par me lever brusquement.

— On… On devrait retourner à l'intérieur, dis-je d'une voix stessée.

Mais avant que je n'aie eu le temps de faire un pas, la main d'Alexis se posa sur mon avant-bras.

— Attends.

Mon souffle se fit court. Alexis me força à lui faire face, et je déglutis, mal à l'aise. Ses doigts caressèrent ma peau avec douceur. Un frisson me parcourut. Il savait parfaitement qu'il me plaisait, sinon il n'aurait jamais risqué de me dire une chose pareille.

Je jetai un coup d'œil soucieux autour de nous afin de m'assurer que Thibaut ou les filles n'étaient pas dans les parages. Si quelqu'un nous voyait ainsi, je ne préférais pas imaginer ce qui pourrait se passer ensuite.

— On devrait vraiment y aller, insistai-je avec nervosité.

Son regard ne me quitta pas avant que je détourne la tête la première. Enfin, il comprit mon message et me lâcha.

— Tu as raison.

Il écrasa sa cigarette sur le sol puis, sans même vérifier si je le suivais, repartit dans la salle.

Ayant encore du mal à réaliser ce qui venait de se produire, je restai encore un peu dehors, malgré la fraîcheur nocturne que je commençais enfin à ressentir.

Alexis avait bu quelques verres, mais il n'était pas assez bourré pour ne pas avoir agi sciemment, et moi je ne l'étais pas non plus pour pouvoir faire comme si de rien n'était. Pourquoi avait-il fait ça ? Pourquoi maintenant, alors qu'il sortait avec Romane depuis deux ans et que leur couple incarnait la perfection à mes yeux ?

Je jurai intérieurement, puis, sentant le regard insistant d'un groupe de mecs un peu plus loin, je décidai de retourner à l'intérieur voir mes amis.

Cette soirée, tout comme le reste de nos vacances, risquait d'être riche en émotions !

Après être rentrés à l'aube au camping, et bien que je sois tout aussi K-O que mes amis bien soûls, il me fallut au moins deux heures pour m'endormir.

Encore aujourd'hui, alors que nous étions retournées à Biarritz avec les filles pour un après-midi shopping, les paroles et le regard insistant d'Alexis n'avaient toujours pas quitté mon esprit.

— Hé, Pauline, tu m'écoutes ?

Je tournai la tête vers Romane et opinai du chef. Je n'arrivais plus à la regarder dans les yeux. OK, ce n'était pas comme si son mec avait essayé de m'embrasser ou tenter quoi que ce soit d'autre avec moi, mais…

Ma main se posa instinctivement sur mon poignet, là où Alexis m'avait touchée.

Je ne pouvais pas m'empêcher de me sentir coupable. Déjà parce que j'avais toujours trouvé Alexis canon, drôle, et adorable. Mais surtout parce qu'il s'était passé un truc, et que j'avais l'impression désagréable que ce n'était pas encore résolu.

— Alors, t'en penses quoi ? s'impatienta mon amie. Le rouge ou le noir ?

J'observai tour à tour les deux soutiens-gorge en dentelle dans ses mains.

— Tu seras beaucoup plus sexy avec le rouge, répondis-je finalement.

Elle se retourna et posa à nouveau la question à Éloïse, debout derrière elle, qui valida mon choix sans lever les yeux de son téléphone. Je partis flâner dans un autre rayon en entendant Romane s'enthousiasmer à l'idée de le porter bientôt pour Alexis. Mon malaise allait en s'empirant.

Alors que je me tâtais à acheter un soutien-gorge triangle couleur bleu ciel, Éloïse me rejoignit.

— Romane est aux cabines d'essayage, m'informa-t-elle. Elle m'a demandé d'aller te chercher pour que tu lui dises ce que tu en penses une fois sur elle.

— Et tu ne peux pas lui dire que tu ne m'as pas trouvée ? plaisantai-je.

Éloïse me sourit tristement.

— Tu sais très bien qu'elle me tuera si je ne te ramène pas. Et j'aimerais rentrer à Paris vivante et entière.

— Très bien, cédai-je en soupirant. Qu'est-ce que je ne ferais pas pour toi !

Je gardai le soutif bleu ciel dans mes mains, ayant décidé de le prendre.

— Pauline, m'arrêta-t-elle, tout va bien ?

Je fronçai les sourcils et tentai d'adopter un air détaché.

— Oui, pourquoi ça n'irait pas ?

Mon amie m'étudia silencieusement pendant un instant avant de répondre :

— Je sais qu'être la conseillère attitrée en lingerie de Romane est épuisant, mais j'ai comme l'impression que tu essayes de lui échapper dès que t'en as l'occasion. Pourquoi ?

Embarrassée, je me mordis la lèvre et cherchai rapidement une excuse valable.

— Ça n'a rien à voir avec Romane, lâchai-je finalement.

Éloïse croisa les bras sur sa poitrine et me toisa impatiemment du haut de son mètre soixante-huit.

— C'est à cause de ce mec, continuai-je en ne sachant pas quelle suite inventer.

— Quel mec ?

— Un gars que j'ai croisé plusieurs fois au camping…

— Et ?

Trouve quelque chose, Pauline, vite !

— Et… il me plaît !

Éloïse me fixa, incrédule.

— Quel est le rapport avec le fait que tu évites Romane ?

— Parce que je n'ai pas envie de la mettre au courant tout de suite.

Mon amie m'observa avec un mélange de curiosité et de malice.

— Mais… il s'est passé quelque chose entre vous ?

— Non, pas encore, et c'est justement pour ça que je ne veux pas que Romane soit au courant.

— Au courant de quoi ? intervint la voix de l'intéressée.

Eh merde.

— Pauline a craqué sur un mec qui est au camping, lui révéla fièrement Éloïse. Je lui ai fait cracher le morceau.

— J'en étais sûre ! s'exclama Romane. Je vous l'avais dit qu'elle avait vu quelqu'un pendant sa « balade » ! Même si elle est revenue l'air contrarié… T'as appris qu'il était en couple ? Ou marié ? Et père de huit enfants ? Et tu l'as rencontré quand ? T'as son numéro ? Il s'appelle comment ?

— Calme-toi, lui ordonna Éloïse, c'est justement parce que

tu t'emballes comme une folle que Pauline voulait garder ça secret ! Apparemment, il ne s'est encore rien passé…

Romane examina le soutien-gorge que je comptais acheter avant de me détailler de haut en bas.

— Écoute, ce n'est pas pour être méchante mais, si tu veux qu'il se passe un truc entre toi et ton beau gosse du camping, enfin j'espère qu'il l'est au moins, il va falloir que tu apprennes à te mettre plus en valeur, ma chérie ! Pose-moi cette chose, on va aller dans un autre magasin et on va te trouver le soutif parfait !

Romane commença à s'éloigner vers la sortie.

— Et du coup, tu ne prends pas ton soutif rouge ? l'interrogea Éloïse en la suivant.

Je me demandai un instant si dire la vérité à Romane n'aurait pas été moins horrible à vivre…

— Vu qu'aucune de vous deux n'est venue voir ce que ça donnait, je l'ai laissé dans la cabine, répondit-elle sans se retourner. De toute façon, Alexis me préfère toute nue.

… Finalement non.

Chapitre 7

Nous terminâmes notre session shopping par un petit restaurant en ville. Puis, aux alentours des 22 heures, décidâmes de rentrer au camping.

Durant le trajet en Uber, Romane reçut un SMS d'Alexis lui indiquant que lui et Thibaut se trouvaient actuellement dans un bar à dix minutes à pied du camping. Nous préférâmes tout de même passer au mobil-home d'abord pour poser nos sacs de vêtements, bien que pour ma part il n'y ait eu que trois achats. Un ensemble de lingerie que Romane m'avait obligée à acheter, un deux-pièces noir afin de tourner avec l'autre maillot de bain que j'avais, et un T-shirt gris en coton.

Les filles profitèrent de notre petit arrêt pour se refaire une beauté. Quant à moi, je troquai ma tenue d'été du jour contre un top court à manches longues rose pâle et un jean. Les nuits étaient plutôt fraîches dans le Sud-Ouest, et je fus bien contente de m'être changée durant nos dix petites minutes de marche jusqu'au bar.

— Vous êtes sûres que c'est bien ici ? nous demanda Romane.

Je fixai le petit bâtiment en pierre qui se dressait devant nous. Des chants étranges et de la musique acoustique nous parvenaient depuis l'intérieur.

Éloïse jeta un coup d'œil au GPS sur son téléphone et vérifia l'adresse que nous avait envoyée Alexis.

— Ouais, nous confirma-t-elle, allons voir.

Nous entrâmes dans le « Lehen Bar », et j'en restai sans voix. Accompagné par deux guitaristes, tout le monde chantait à tue-tête une mélodie folklorique dans une langue que je ne connaissais pas.

En dehors de cette surprise musicale, le bar, plutôt petit et rustique, accueillait une grande majorité d'hommes assez âgés et déjà bien éméchés.

Romane repéra rapidement Alexis, assis autour d'une table ronde au fond de la salle, une bière à la main. Elle nous fit signe de la suivre à travers la salle bien remplie.

— Où est Thibaut ? demandai-je à Alexis.

J'espérais avoir fait de mon mieux pour cacher le malaise que je ressentais toujours depuis la veille.

Il me désigna un coin de la pièce d'un signe de tête. Je constatai que Thibaut était occupé à rouler des pelles à une jolie brunette à la poitrine très généreuse et disproportionnée.

— C'est quoi ce bar ? s'épouvanta Romane en hésitant à s'asseoir. Qu'est-ce qu'ils ont tous à chanter du russe ? !

Elle finit par rester debout.

— C'est des chants basques, nous expliqua Alexis. Moi, je trouve ça sympa, même si je ne comprends rien. Enfin, ça passe mieux quand tu commences à être bourré !

Je me retournai face aux clients-chanteurs et les écoutai avec plus d'intérêt. Je devais reconnaître que l'ensemble de leurs voix en chœur sur un fond de guitare était plutôt beau à écouter.

— Est-ce qu'on peut aller ailleurs ? nous proposa Romane en grimaçant. Dans un bar avec de la musique actuelle et où il n'y a pas que des vieux…

— Malheureusement il n'y a pas cinquante bars ouverts la nuit à Bidart, c'est un village ! répondit Alexis.

— Eh ben, on retourne à Biarritz ! répliqua Romane.

Alexis soupira, puis se leva.

— Très bien, je vais aller chercher le don Juan, je reviens.

Un nouveau chant basque débuta, un peu moins énergique que le précédent, et seule une vieille femme se mit à chanter. Sa voix sensuelle m'emporta avec elle une bonne partie de la chanson, jusqu'à ce que je sente un regard pesant sur moi.

Lorsque je tournai la tête, mes yeux croisèrent ceux de Robin Lebrest, assis au bar en face de moi.

Le destin s'acharnait vraiment sur moi pendant ces vacances…

Alors que je m'étais décidée à l'ignorer, l'homme à sa droite se retourna et m'observa. Évidemment, il fallait qu'il soit accompagné de mon prof de surf !

J'aperçus Grégoire dire quelque chose, puis il me fit signe d'approcher, un grand sourire aux lèvres.

Je jetai un coup d'œil à Éloïse en train d'envoyer des SMS à je ne sais qui, puis à Romane, s'employant à fusiller du regard un cinquantenaire en train de la reluquer. Comme mes copines étaient occupées, je m'avançai vers les deux hommes en reportant mon attention uniquement sur Grégoire. Il n'était pas question que l'autre crétin remarque que son physique me plaisait, surtout pas après le mauvais coup qu'il m'avait joué.

— Bonsoir, Pauline, comme ça va ? me questionna Grégoire en se levant.

À mon grand étonnement, il me fit la bise, puis se rassit.

— Ça va, répondis-je.

Grégoire tourna la tête vers son ami et lui lança un regard mauvais avant de me regarder à nouveau.

— Il est malpoli, ne fais pas attention à lui. Alors, tu es venue avec tes amis ?

— Euh oui, mais certains ne sont pas très fans de la musique. Du coup, on va y aller, fis-je en reculant d'un pas.

— Ah, dommage… Bon bah, à la prochaine, et n'oublie pas de m'envoyer les photos, d'accord ?

Je hochai la tête avec un sourire, puis me retournai face à la table d'Alexis. Tous mes amis avaient les yeux rivés sur moi, ou plutôt, sur Grégoire et moi.

Eh merde.

Je les rejoignis, le regard baissé. Puis, une fois que je fus arrivée devant eux, Romane et Éloïse me tirèrent aussitôt à l'écart des garçons.

— Attends, c'est lui ton beau gosse du camping ? ! s'exclama Romane.

— Le prof de surf, sérieusement ? ! s'étonna Éloïse.

Euh…

Par chance (ou pas), Romane ne me laissa pas le temps de répondre :

— Bon, je t'avoue que je trouve le brun à côté de lui plus craquant, mais Grégoire – si je me souviens bien de son prénom – est quand même bien foutu et vachement sympa. Donc, tu as ma bénédiction !

Étais-je censée la remercier ?

— Du coup, ajouta Romane, je vais prévenir les mecs du changement de programme.

Je fronçai les sourcils.

— Attends ! Quel changement de programme ?

— Pauline a rencontré l'homme de sa vie, il faut qu'elle reste dans ce bar ! l'entendis-je expliquer aux garçons.

Super… Voilà que tout le monde était au courant de mon

coup de cœur imaginaire, il ne manquait plus que ça. D'autant plus que, bien que très sympathique, Greg ne m'attirait pas le moins du monde.

— C'est qui ? demanda Alexis en me jetant un regard interrogateur.

Mon rythme cardiaque s'accéléra.

— Le prof de surf qu'on a eu lundi ! Mais nous, on bouge ailleurs, j'en peux plus de cette musique... Thibaut, tu peux rester avec Paupau ? Comme ça tu pourras continuer de t'amuser avec Poitrine Refaite !

— Parfait ! accepta Thibaut sans la moindre hésitation. À tout à l'heure, Pauline !

Et il s'en alla aussitôt retrouver sa dulcinée.

— Sérieusement ? me lança Alexis.

Même si sa voix était neutre, il paraissait légèrement tendu.

Est-ce qu'il était jaloux ? Une part de moi aurait aimé lui dire que j'avais inventé ce mensonge pour le protéger, mais je sus que le plus raisonnable à faire pour nous deux était de hocher la tête. Et c'est ce que je fis.

— Bon, Alex, Éloïse, on se casse ! À plus tard, Pauline !

Mes amis disparurent à la vitesse de l'éclair. Une fois seule, je me sentis totalement perdue et mal à l'aise. Déjà parce que j'avais dit à Grégoire que je m'en allais et qu'il allait probablement se rendre compte que j'étais toujours là, et puis, qu'étais-je censée faire maintenant ?

Je finis par m'asseoir sur un tabouret et écouter de nouveaux chants basques, beaux, mais totalement incompréhensibles.

Lorsque la troisième chanson prit fin, quelqu'un tira un tabouret à ma droite et s'assit. Je tournai la tête et croisai à nouveau les beaux yeux de Robin.

— Qu'est-ce que tu viens faire à ma table ? lui lançai-je avec amertume.

— M'excuser pour hier. Je peux t'offrir à boire ?

Même si cela me surprit, j'étais encore énervée contre lui et je n'avais pas l'intention de lui pardonner aussi facilement.

— Non, répondis-je froidement avant de reporter mon attention sur la foule.

Robin ne bougea pas d'un poil pour autant, et je pouvais toujours sentir son regard sur moi.

— Tu n'étais pas censée partir ? me demanda-t-il.

Agacée, je lui fis face à nouveau.

— Ça ne te regarde pas. Tu comptes rester là encore longtemps ?

Il sourit.

— T'es toujours aussi agréable avec les gens ?

— Non, seulement avec toi, répondis-je en lui adressant un faux sourire.

Ses yeux lâchèrent enfin les miens, mais seulement parce qu'un nouveau chant basque débutait. Même si je ne comprenais toujours rien, je remarquai rapidement que les paroles se répétaient et que la mélodie était vraiment envoûtante.

— *Si je lui avais coupé les ailes, il aurait été à moi*, entendis-je Robin me dire. *Il ne serait pas parti. Oui, mais voilà, il n'aurait plus été un oiseau. Oui, mais moi, c'était l'oiseau que j'aimais*[1].

Tout le monde se mit à applaudir au rythme lent de la chanson, y compris moi. Ce qui se passait dans ce bar, cette ambiance, le lien qu'il y avait entre tous ces gens qui chantaient ensemble, c'était incroyable.

— En fait, ici, l'oiseau symbolise la personne que tu aimes

1. Traduction du poème basque *Txoria txori* de Joxean Artze, qui a été mis en musique par le chanteur et compositeur Mikel Laboa.

et que tu aimerais avoir, continua Robin. Soit tu l'emprisonnes pour la garder près de toi, mais elle sera prisonnière ; soit tu lui laisses sa liberté, mais si elle souhaite s'en aller tu n'auras pas d'autre choix que de la laisser faire.

Alors que la musique prenait fin, je tournai la tête pour le remercier pour ses explications et fus surprise par sa proximité.

J'eus un léger mouvement de recul et manquai de basculer en arrière. Robin m'attrapa le bras pour me retenir.

Ouf.

— Tu es vraiment une miss catastrophe toi, hein, dit-il en rigolant.

Je fronçai les sourcils et, une fois de nouveau stable sur mon tabouret, retirai mon poignet de son emprise.

— Comment ça ?

— Bah, l'accident de voiturette, et là, tu étais à deux doigts de tomber par terre…

— Pardon ?! m'indignai-je. C'est ta mère qui a failli m'écraser avant-hier, je te rappelle ! Et si tu ne t'étais pas autant rapproché de moi tout à l'heure, je n'aurais jamais failli me casser la gueule !

Il leva les yeux au ciel.

— Bien sûr, c'est toujours de ma faute, râla-t-il en s'écartant.

— Exactement ! Oh, et pendant qu'on y est, j'attends toujours tes excuses !

Robin se leva.

— Trop tard, t'avais qu'à accepter mon verre. Salut.

Je l'observai se diriger vers le bar sans même se retourner une seule fois.

Non mais quel connard !

Je serrai les poings et cherchai Thibaut du regard. Il était hors de question que je reste une minute de plus dans la même pièce que cet abruti fini.

Mais Thibaut avait disparu. Je fis le tour du bar, et demandai même à quelqu'un d'aller vérifier dans les toilettes des hommes, il n'y avait aucune trace de lui.

Super.

Je lui envoyai rapidement un message pour l'informer que je rentrais, puis quittai l'établissement.

Il pleuvait. Non mais sérieusement, c'était vraiment ma semaine.

Je restai abritée sous le petit porche du bâtiment, priant pour que la pluie se calme dans les minutes à venir, mais en vain.

Au bout d'un quart d'heure, je me décidai à me tremper. J'en avais marre d'attendre et je commençais très sérieusement à me les peler.

Je pris le chemin du camping d'un pas rapide. Au bout de cinq cents mètres, j'aperçus une voiture me doubler, puis ralentir pour stationner quelques mètres plus loin.

Méfiante, je m'arrêtai et hésitai à faire demi-tour jusqu'au bar. Mon angoisse s'amplifia lorsque la voiture fit marche arrière jusqu'à moi. Mon rythme cardiaque ralentit aussitôt que je reconnus le conducteur et son passager. Grégoire et Robin.

L'abruti baissa sa vitre, mais ce fut Grégoire qui prit la parole :

— Monte, je te ramène au camping, tu vas attraper froid !

J'hésitai un instant à refuser, notamment parce que j'avais quitté le bar tout simplement pour fuir Robin. Mais finalement, l'envie de me mettre au chaud et au sec eut raison de moi.

Je grimpai à l'arrière et soupirai de soulagement.

— Merci.

— Pas de quoi. Je dois déposer Robin chez lui aussi, alors y a aucun souci.

Le reste du trajet se fit en silence. J'indiquai à Grégoire le numéro de mon mobil-home, et une fois devant, je le remerciai une nouvelle fois pour m'avoir ramenée. La pluie s'était miraculeusement calmée, et il ne tombait plus que quelques gouttes. Je sortis du véhicule et me dépêchai de rentrer pour aller prendre une bonne douche chaude.

Après cette soirée, je l'avais amplement méritée !

Robin

— Elle est mignonne, hein ? me lança Greg en redémarrant.

Je soupirai.

— Si t'essaies de me caser avec quelqu'un, tu peux tout de suite laisser tomber.

Célia et moi étions séparés depuis seulement un mois, et je n'étais pas encore prêt à avoir une nouvelle relation.

— Tu sais que le meilleur remède pour se remettre d'une rupture est d'avoir une nouvelle histoire ?

— Avec une vacancière agaçante qui ne peut pas me blairer ?

Greg pila.

— Tu ne t'es toujours pas excusé ? !

Embarrassé, je passai une main dans mes courts cheveux bruns.

— J'ai essayé mais…

— Mais quoi ? Tu avais juste trois mots à lui dire !

— Je suis désolé, espèce de gourde. Ça fait plus que trois.

Mon meilleur ami me donna un coup de poing sur l'épaule, puis redémarra.

— Cette fille te plaît, et tu fous tout en l'air comme à chaque fois. Et ne me dis pas que je me trompe, sinon tu ne serais pas allé à sa table tout à l'heure et tu ne m'aurais jamais demandé de m'arrêter pour la ramener.

Je réfléchis. Est-ce que Pauline me plaisait ? Je la trouvais mignonne, oui. Et même si elle m'irritait à toujours vouloir avoir raison, je devais reconnaître que j'adorais la mettre en colère. Mais c'était tout. Si j'étais allé lui parler au bar, c'était uniquement pour m'excuser, et si j'avais demandé à Greg de lui proposer de monter avec nous, c'était seulement parce qu'il pleuvait des cordes.

— J'ai une idée, déclara-t-il soudain, tu vas lui donner un cours de surf.

— Je ne crois pas, non.

— Oh si. Je vais offrir un nouveau cours à son groupe d'amis, et tu viendras avec moi pour lui donner une leçon.

Je me souvins qu'avant de m'apercevoir, lundi sur la plage, Pauline s'était plainte à Greg de la difficulté du surf et avait même voulu laisser tomber. Je l'imaginai à nouveau vêtue de sa combinaison moulante avant de chasser aussitôt cette image de mon esprit.

— Je ne crois pas qu'elle aime vraiment ce sport… Et puis, pourquoi est-ce que tu persistes, bon sang ? Je t'ai dit que c'était mort.

Il fit éclater la bulle de son chewing-gum, puis se gara devant ma maison.

— Parce que.

Je fixai mon meilleur ami, incrédule.

— T'appelles ça une justification ?

— Non. Bon, allez, dégage, j'ai envie d'aller dormir.

La main sur la poignée, j'allais ouvrir la portière mais me ravisai. Je n'avais pas osé le questionner à ce sujet hier midi, mais je décidai de lui rendre maintenant la pareille.

— Et toi ? l'interrogeai-je en l'observant avec curiosité. T'as quelqu'un ?

Greg détourna la tête. Il semblait gêné.

— Tsss, monsieur essaie de me caser, mais il n'a personne !

Il soupira.

— Je suis en couple, en fait.

Ah.

Je l'analysai avec suspicion puis, devant son air sérieux, lui demandai :

— Pourquoi tu ne m'en as pas parlé avant ?

— Peut-être parce que tu ne me l'as pas demandé ?

Hum, certes.

— Alors… Comment elle s'appelle ?

— Est-ce qu'on pourrait en reparler plus tard ? Je suis vraiment crevé là…

— Et la fatigue t'empêche de répondre à cette simple question ? Mon Dieu, tu dois être à la limite du coma là ! m'exclamai-je sur un ton dramatique.

— Écoute, disons que c'est compliqué, OK ? Et j'aimerais qu'on fasse ça ailleurs que dans ma voiture.

— À croire qu'on va baiser, ne pus-je m'empêcher de lâcher avec ironie.

Mais ma petite blague ne l'amusa pas le moins du monde.

J'ouvris la portière tout en réfléchissant. En quoi me dire le nom de sa copine était compliqué ?

— Attends, ne me dis pas que c'est Julie !

Pourtant, nous avions mangé tous les trois ensemble ce midi, alors si c'était vraiment le cas, ils avaient bien caché leur petit secret !

— Robin…, grogna mon meilleur ami.

— Quoi ? C'est vraiment elle ? Mais c'est génial !

Greg me poussa violemment hors de la voiture.

— Sérieusement, mec ? ! m'étonnai-je, outré.

— Bonne nuit !

Il détacha sa ceinture, se pencha vers mon côté et referma la portière tout seul.

Ouah. Je n'avais pas le souvenir qu'il se mettait dans cet état quand on parlait de filles à l'époque.

Dépité, je rentrai chez moi et montai silencieusement dans ma chambre afin de ne pas réveiller ma mère et ma sœur. Je retirai mes vêtements et enfilai un short et un débardeur gris en guise de pyjama. J'étais complètement claqué. Passer l'après-midi à surfer sur les vagues était vraiment épuisant.

Je me laissai tomber sur mon lit et fermai les yeux sans même me glisser sous les draps.

Mon programme de la journée de demain s'annonçait tout aussi chargé entre matinée de travail à la réception, sur demande de Naia, et séance de surf l'après-midi. Devais-je y ajouter les excuses pour Pauline ? Après une brève hésitation, je finis par abandonner l'idée.

Cette fille… Mieux valait que je la chasse de mon esprit. J'avais déjà suffisamment de choses à penser. En plus, elle risquait de quitter le camping dimanche, et d'ici là, il y avait peu de chances que je la revoie…

Chapitre 8

Pauline

Assis autour de la table de la terrasse, nous prîmes tranquillement notre petit déjeuner/déjeuner à 11 heures du matin.

Thibaut n'était toujours pas rentré au mobil-home. Cependant, avant que je ne me couche, il avait pensé à m'avertir qu'il passerait la nuit chez Poitrine Refaite et qu'il ne serait probablement pas de retour avant le début d'après-midi.

Je croquai dans une part de brioche au chocolat, puis répondis à un message de mon père me demandant si mes vacances se passaient bien. Cela me rappela le dilemme que je n'avais toujours pas résolu : mon choix d'école.

— T'es en train de lui écrire ?

Romane, assise à ma droite, jeta un coup d'œil à mon écran que je dissimulai aussitôt.

— Je vous ai déjà dit que je n'avais pas son numéro, soupirai-je.

Par chance, j'étais rentrée la première hier soir. Alexis, Romane et Éloïse étaient partis dans un autre bar et n'étaient revenus qu'à la fermeture de celui-ci. J'avais donc pu échapper aux questions de mes amies sur ma fin de soirée, mais évidemment, dès mon réveil, j'avais dû tout leur raconter. Ou plutôt, raconter qu'on avait simplement discuté et qu'il m'avait finalement raccompagnée avec son « pote le brun ». Mes amies avaient été déçues que les choses ne soient pas allées plus loin, mais je ne pouvais pas non plus m'inventer une histoire avec Grégoire dans son dos.

— Il va falloir remédier à ça, déclara Éloïse avant de boire une gorgée de café.

Soudain excitée, Romane se leva pour aller s'asseoir à côté d'elle, en face de moi.

— Qu'est-ce que tu proposes, Élo ?

Oh non, elles n'allaient quand même pas commencer à élaborer des plans pour nous…

À ma gauche, Alexis soupira. Il semblait encore plus irrité que moi depuis hier soir, et cela commençait à se ressentir.

— Quoi ? lui lança Romane.

— Vous ne pouvez pas laisser Pauline tranquille ? répondit-il.

Mon estomac se noua.

— Bah, pourquoi ? On essaie de l'aider à se rapprocher de l'homme qui lui plaît, je ne vois pas où est le mal ?

— Je ne crois pas que Pauline ait envie que vous l'aidiez, répliqua-t-il, elle ne vous a rien demandé.

— Elle n'a pas besoin de demander, on est ses amies !

Alexis se leva brusquement et rentra dans le mobil-home.

— Qu'est-ce qui lui prend ? s'étonna Romane en nous regardant tour à tour.

Je me contentai de hausser les épaules, non sans me sentir extrêmement mal à l'aise. Pourquoi avait-il pris ma défense ? Il y avait forcément un lien avec ce qui s'était produit à la boîte de nuit. Si Alexis continuait dans cette voie, je devrais mettre les choses au clair avec lui. Il me plaisait, oui, mais il était en couple avec l'une de mes meilleures amies. Jamais il ne se passerait quoi que ce soit entre nous. Jamais je ne briserais notre groupe.

Perdue dans mes pensées, je ne fis pas attention à mes deux amies, qui avaient repris leur conversation à mon propos.

— Oui, je suis d'accord. Pauline, il va falloir que tu prennes les devants ! déclara soudain Romane.

Hein ?

— Finis de manger ta brioche, habille-toi et on part en mission, Paupau ! ajouta-t-elle en se levant de table.

Mon Dieu… Dans quoi m'étais-je embarquée ?

Après avoir fait ma toilette, je mis mon nouveau maillot de bain, puis un T-shirt ample noir et un short blanc à rayures horizontales par-dessus. Mes amies me forcèrent alors à les suivre jusqu'à l'école de surf de Grégoire sur la plage.

Éloïse nous demanda d'attendre à l'extérieur du pavillon en bois et passa la tête par la porte. Elle se retourna puis leva son pouce en l'air.

— Parfait ! s'exclama Romane. Donc, écoute bien, Pauline, c'est très simple, tu vas le voir et tu l'invites à sortir demain après-midi !

Je ne pus retenir un rire gêné avant de secouer la tête.

— Pauline, fit Éloïse en revenant vers nous, si tu ne le fais pas, on ne t'adressera plus la parole des vacances ! Je suis sérieuse.

— Et s'il refuse ?

— Il ne refusera pas, il t'a ramenée hier soir.

— C'était peut-être simplement par pure politesse… Et puis il devait aussi ramener son ami !

Ce qui était vraiment le cas.

— Crois-moi, Paupau, il dira oui. Allez, vas-y !

Romane me poussa vers l'entrée de la Bidart Surf School.

Bon, tout ce que j'avais à faire était de discuter quelques minutes avec Grégoire, puis de dire à mes amies qu'il avait malheureusement refusé mon invitation.

Après avoir pris une profonde inspiration, j'entrai. Grégoire était debout derrière le comptoir et grignotait un paquet de chips. Il leva les yeux vers moi en entendant le petit carillon accroché à la porte retentir.

— Hé ! me salua-t-il.

Je m'avançai vers lui d'un pas nerveux. Au même moment, la porte située au fond de la salle s'ouvrit.

— Hé, Greg, tu n'aurais pas…

Robin se figea en m'apercevant. Il portait une combinaison de surf et tenait une planche dans les mains.

— Je vais vraiment finir par croire que tu me suis, me lança-t-il en s'approchant.

Grégoire s'accroupit brusquement sous le comptoir, avant de se redresser, une bouteille d'eau dans les mains.

— Tiens, je te connais trop bien, dit-il en la tendant à Robin.

Ce dernier la récupéra sans me quitter des yeux, et but une longue gorgée.

— Alors, Pauline, qu'est-ce que je peux faire pour toi ? m'interrogea Grégoire.

Je cessai d'observer Robin et cherchai une bonne raison pouvant justifier ma présence ici. Mon regard se posa sur une pile de feuilles sur le comptoir avec l'inscription « Cours de surf ».

— Une leçon ! Je viens prendre une leçon.

Tous deux me regardèrent, surpris. OK, c'est vrai que la dernière fois je n'avais pas donné l'impression de vouloir apprendre ce sport, et disons qu'au vu de mon incompétence c'était toujours le cas, mais c'était bien la seule façon de me sortir de cette histoire !

— Hum, OK, dit Greg en prenant un agenda. Pour toi toute seule ou avec tes amis ?

Je jetai un coup d'œil à Robin, qui me fixait toujours, intrigué, avant de répondre :

— Toute seule.

Greg haussa un sourcil, mais ne fit aucune réflexion à ce sujet. Robin non plus d'ailleurs, ce qui eut le don de m'étonner.

— Alors, malheureusement en cours solo c'est Julie, l'autre moniteur, qui s'en charge, et son planning est complet jusqu'à jeudi prochain… Sinon, je peux te prendre avec un groupe, mais ce ne sera pas avant lundi…

Je secouai la tête.

— Ce n'est pas grave, c'était juste… Enfin, merci quand même !

J'allais tourner les talons lorsque la voix de Robin m'arrêta.

— T'as un maillot de bain sur toi ?

Perplexe, je lui fis face.

— Pourquoi ?

— J'ai du temps devant moi avant d'aller m'entraîner, je peux t'apprendre si tu veux.

Sérieusement ? Alors qu'on ne tenait pas cinq minutes sans se crier dessus ?

— T'es sûr que ce n'est pas plutôt pour me noyer ? l'interrogeai-je, méfiante.

Robin sourit.

— Je ne peux pas te promettre que tu ne boiras pas la tasse… Mais si ça arrive, promis, ce ne sera pas à cause de moi. Alors ? T'es partante ?

J'avais toujours du mal à croire ce qu'il était en train de me proposer. Greg se pencha par-dessus le comptoir pour me murmurer :

— Et l'avantage avec lui, c'est que c'est gratuit.

Même si je me trouvais bel et bien en maillot de bain, je n'avais nullement prévu de faire du surf cet après-midi… Et puis, apprendre avec Robin Lebrest ? Je lui avais demandé s'il ne comptait pas me noyer, mais en réalité il y avait de grandes chances pour que ce soit moi qui le noie.

Je m'apprêtais à refuser lorsque Greg ajouta :

— Je ne sais pas ce qu'il vaut en tant que professeur mais, crois-moi, il n'y en a pas beaucoup qui ont la chance de surfer aux côtés d'un pro.

— Je pense que je réussirais à la faire tenir debout sur sa planche, moi, lui rétorqua Robin avec un sourire malicieux.

Greg le fixa, outré.

— Je vante ton niveau et c'est comme ça que tu me remercies ?

Soudain, le son du carillon retentit dans la pièce. Je fis volte-face et tombai nez à nez avec mes amies.

— C'est OK pour la séance de surf, dis-je aussitôt à l'intention de Robin. Je peux aller me changer dans l'autre pièce ?

— Ouais, tu peux poser tes affaires dans un casier, répondit-il. Je te rejoins dans cinq minutes pour te donner une combi et une planche.

Je partis rapidement dans l'autre pièce, soulagée d'avoir pu fuir mes amies. Si j'avais poursuivi ma conversation avec Greg et Robin en leur présence, il aurait été difficile de leur annoncer que je m'étais pris un râteau juste avant. Certes, accepter la leçon de Robin ne me sauverait pas, mais au moins je serais tranquille pendant une ou deux heures.

Robin

Les deux jeunes femmes qui venaient d'entrer fixèrent la porte arrière d'un air interloqué.

— Euh, Romane et Éloïse, c'est ça ? fit Greg en les observant tour à tour.

La blonde aux yeux verts et au nez légèrement retroussé

s'avança en hochant la tête. Le teint bronzé et la peau sans aucune imperfection, elle était vraiment jolie. Par contre, l'autre, celle que je supposais être Romane, dégageait quelque chose de hautain que je n'aimais pas vraiment.

— Où est partie Pauline ? s'enquit-elle.

— Se changer, répondis-je.

— « Se changer » ? répéta Éloïse, perplexe.

— Elle n'allait quand même pas faire du surf avec ses vêtements, plaisanta Greg.

Toutes deux échangèrent un regard déconcerté. Elles n'avaient visiblement pas l'air au courant des plans de leur amie.

— D'ailleurs, tu devrais aller lui donner son équipement, monsieur je-fais-comme-chez-moi, me lança Greg, mi-amusé, mi-contrarié.

Je lui adressai un petit sourire navré, puis me rendis dans la pièce adjacente. Pauline m'attendait, assise sur un banc, désormais vêtue seulement d'un deux-pièces noir.

Lui proposer ce cours de surf avait été en quelque sorte ma façon de m'excuser, mais je ne pouvais nier que je n'étais pas un peu gagnant en la voyant en maillot de bain. Avec des formes là où il fallait, elle était vraiment parfaite.

Remarquant qu'elle m'observait également, je détournai le regard et me dirigeai vers les combinaisons pour les passer en revue.

— Bon, voyons voir, murmurai-je avant de m'adresser à Pauline, tu fais quelle taille ?

— Du M.

— Et tour de poitrine ?

— Grégoire ne nous a pas posé cette question hier, répondit-elle d'un ton sceptique.

— Et Grégoire n'a pas réussi à te faire tenir debout sur ta

planche, répliquai-je avec sérieux, le tour de poitrine est très important pour le choix d'une combi adaptée. Alors ?

— 80B, l'entendis-je marmonner.

Je réprimai un sourire satisfait, attrapai une combinaison et la lui tendis.

— Celle-ci devrait t'aller. Je vais aller te chercher une planche, tu mesures combien ? Un mètre soixante ?

Elle se leva de son banc.

— Soixante-deux, me corrigea-t-elle en récupérant la combi d'un geste sec.

Je partis du côté des planches et revins quelques minutes plus tard vers Pauline avec une en mousse qui lui correspondrait parfaitement. Je l'observai un instant galérer à enfiler sa combi.

— Je préfère largement devoir mettre un col roulé quand je suis déjà maquillée que cette horreur, marmonna-t-elle en arrivant au bout. Tu peux m'aider avec la fermeture Éclair ?

Elle se retourna, et je contemplai la peau de son dos pendant quelques secondes avant de m'avancer. J'attrapai ses longs cheveux blonds et les ramenai sur son épaule afin de pouvoir remonter le zip sans problème. Je sentis son corps se tendre légèrement sous mon contact, et je ne pouvais nier que la toucher m'excitait un peu.

— C'est bon, l'informai-je lorsque j'eus terminé, on peut y aller.

Après que je lui eus donné sa planche et que j'eus vérifié qu'elle était adaptée, nous retournâmes dans la pièce principale. Greg était toujours au comptoir, mais Romane et Éloïse avaient disparu.

— Tes copines m'ont dit de te prévenir qu'elles seraient à la piscine cet aprèm, annonça Greg à l'intention de Pauline.

— Merci, répondit-elle avec un sourire.

— Faites attention, nous prévint-il en piochant une chips, même si le temps est agréable, il y a de grosses vagues.

— Ne t'en fais pas pour elle, je la ramènerai en un seul morceau. En revanche, tu ferais mieux de t'inquiéter pour tes abdos qui vont bientôt disparaître, le taquinai-je.

Greg leva les yeux au ciel, et plongea à nouveau sa main dans le paquet.

Nous sortîmes sur la plage et longeâmes le bord de l'eau pendant plusieurs centaines de mètres.

— Pourquoi est-ce qu'on ne s'arrête pas là ? demanda Pauline au bout d'un moment.

— Parce que Greg va donner des cours cet aprèm, alors il nous faut un spot[1] libre. Il faut aussi qu'on soit en dehors des zones des nageurs, et que, même si on reste près du bord, les vagues soient appropriées à ton niveau.

L'avantage de Bidart, c'est que même l'été les plages n'étaient pas bondées comme à Biarritz ou dans le sud-est de la France. On pouvait toujours trouver un petit coin tranquille pour s'entraîner.

Après avoir trouvé un endroit adapté, je fis signe à Pauline de poser sa planche sur le sol.

— Bon, commence par faire quelques squats.

Pauline haussa un sourcil tout en attachant rapidement ses cheveux en queue-de-cheval.

— On n'est pas censés faire du surf ?

— Si, mais il faut toujours bien s'échauffer avant. Allez, squats, puis pompes et rotations du buste. Je les fais avec toi.

— J'ai l'impression d'être à un cours de fitness, soupira-t-elle en s'exécutant malgré tout.

Et elle effectua tous les exercices suivants que je lui recommandai sans rechigner davantage.

— Tu te souviens de la technique du take-off ? l'interrogeai-je une fois qu'on eut fini.

1. Emplacement.

Pauline acquiesça, et réalisa la figure à même le sable pour me le prouver.

— OK, parfait, approuvai-je en le jugeant plutôt réussi. Bon, Greg a dû aussi vous expliquer les règles de base concernant tout ce qui est priorité sur la vague et les consignes de sécurité pour les débutants, pas besoin de revenir dessus ?

— Non, ça va, je m'en souviens.

— Alors, vas-y, je t'écoute.

Elle prit une grande inspiration puis se lança :

— Toujours surfer avec un cordon de sécurité et seulement sur des petites vagues. Ne pas prendre les rouleaux au bord, et toujours protéger sa tête en cas de chute. Respecter les zones de baignade. Une vague pour un surfeur. C'est celui qui est le plus proche du peak[1] qui a la priorité sur la vague. Ne pas partir sur une vague s'il y a déjà quelqu'un. Ne pas lâcher sa planche et éviter de rentrer dans les autres surfeurs. Si on est pris dans un courant, on ne doit pas revenir au bord à la nage mais rester sur sa planche, puis alerter les secours en agitant les bras[2]. Je continue avec les conditions météo ou ça suffit ?

Impressionné qu'elle ait tout retenu, je me contentai de hocher la tête et de lui faire signe d'aller dans l'eau.

— C'est le moment de mettre ton take-off en pratique, l'informai-je en la rejoignant.

Allongée sur sa planche, elle attendit qu'une vague arrive puis rama jusqu'à elle. Une fois emportée par celle-ci, elle tenta de se mettre debout comme Greg le lui avait appris. Mais en vain. Je remarquai aussitôt ses deux erreurs.

Je lui demandai alors de revenir vers moi, où on avait pied, pour lui expliquer le problème.

1. Première partie de la vague qui va se briser, zone de déferlement.

2. Règles de sécurité de la Fédération française de surf.

— OK, écoute, quand tu veux te mettre debout, il ne faut pas que tu agrippes les rails[1] de la planche. Laisse tes mains à plat sous ta poitrine, OK ? Et ensuite, une fois que tu es debout, garde bien tes genoux pliés. C'est à cause de ça que tu perds l'équilibre et que tu tombes, tu comprends ?

Pauline sembla assimiler ce que je venais de lui dire, puis hocha la tête.

— OK, je vais essayer mais je ne te promets rien… Je crois que le surf ce n'est vraiment pas fait pour moi.

— Alors pourquoi avoir voulu prendre une seconde leçon ? l'interrogeai-je, intrigué.

Elle m'observa un instant.

— Longue histoire, me révéla-t-elle simplement avant de retourner à la chasse aux vagues.

Pauline rata la suivante, et celle d'après. Je remarquai qu'elle avait du mal à savoir à quel moment la vague allait se casser et que, lorsqu'elle trouvait le peak, elle se trompait de sens. Après un troisième loupé, je lui fis signe de revenir me voir. Elle était visiblement blasée.

— Tu vas finir par y arriver, l'encourageai-je.

Elle ne semblait pas vraiment y croire.

— Tu as du mal à savoir de quel côté la vague va déferler. J'ai un conseil, quand tu rames pour prendre ta vague, regarde de quel côté se situe le plus creux de la vague. Si c'est à gauche, alors il faut que tu partes à droite une fois que tu te seras mise debout. Et inversement si c'est à droite. OK ?

— Tu peux me montrer ? demanda-t-elle, espérant sans doute que cela l'aiderait à comprendre la technique.

J'acquiesçai, et partis prendre une petite vague, puis une deuxième, pour lui montrer les deux sens de déferlement.

1. Il s'agit des deux extrémités de la planche.

— Maintenant à toi, dis-je une fois de retour vers elle.

— À te regarder, ça semblait tellement facile, soupira-t-elle.

Je souris.

— Je te rassure, je fais du surf depuis que j'ai dix ans.

— Wikipédia disait neuf pourtant. T'essayes de gratter une année ? se moqua-t-elle.

Bien qu'étonné de la voir plaisanter avec moi, je fus surtout surpris qu'elle soit au courant de cette info.

— T'es allée voir mon Wikipédia ?

Pauline haussa les épaules, l'air de rien.

— J'étais bien obligée d'aller vérifier si tu étais vraiment un pro ou pas. D'ailleurs, comment peux-tu être considéré comme pro en étant classé 73e ?

J'aperçus une lueur de provocation dans ses yeux, et ne pus m'empêcher de grincer des dents.

Bon sang, cette fille adorait vraiment jouer avec mes nerfs.

— OK, je retire ce que j'ai dit plus tôt.

— À propos de quoi ?

Lâchant ma planche, je poussai Pauline en arrière, suffisamment fort pour lui faire perdre l'équilibre, et lui plongeai la tête sous l'eau. Elle la ressortit en me lançant un regard assassin, et je regrettai légèrement mon geste.

— J'espère que tu nages plus vite que tu rames, parce que là tu vas prendre cher, me menaça-t-elle d'une voix froide.

Elle tenta de se rapprocher de moi, mais je l'empêchai d'avancer avec mes mains, jusqu'à ce qu'elle réussisse malgré tout à me faire basculer dans l'eau, et se venge en m'éclaboussant avec force.

— OK, c'est bon, t'as gagné ! m'exclamai-je en me protégeant le visage d'un bras.

Pauline s'arrêta, puis me regarda d'un air satisfait.

— Bon, je tente une dernière fois. Si je n'y arrive pas, ne

t'inquiète pas, je ne dirai pas à Greg que tu es un mauvais prof, me rassura-t-elle avec un clin d'œil espiègle.

Pauline s'allongea sur sa planche, attendit qu'une mousseuse idéale se présente, puis rama jusqu'à elle. Elle tenta de se mettre debout, tint une à deux secondes, puis tomba à la renverse.

— C'est le destin ! cria-t-elle au loin.

— Essaie encore !

— Ça ne sert à rien !

— N'oublie pas ce que je t'ai dit ! Mains sous la poitrine et genoux fléchis !

Pauline sembla hésiter un instant, puis attendit une nouvelle vague pour s'élancer dessus. Cette fois, elle se redressa et glissa pendant plusieurs secondes avant de tomber. Certes, elle n'était pas arrivée jusqu'au bout, mais au moins elle n'avait pas chuté dès le début.

— C'est pas mal ! Ça commence à venir ! lui lançai-je.

Je l'aperçus sourire, puis essayer à nouveau. Au bout de la cinquième fois, elle réussit à rester sur sa planche jusqu'au bout de la mousse.

— Enfin ! s'écria-t-elle avec soulagement.

Je la rejoignis rapidement, fier de son exploit.

— Tu vois, je t'avais dit que tu allais y arriver avec moi.

— En toute honnêteté, je pense que j'avais simplement besoin de plus d'entraînement.

J'hésitai un instant à lever les yeux au ciel, puis commençant à la connaître un peu mieux, elle et ses petites provocations, je me contentai de sourire.

— Je comprends, c'est dur d'admettre que je suis un bon prof.

— Je dirais plutôt que tu n'es pas le pire, me complimenta-t-elle en me rendant mon sourire.

C'était la première fois qu'elle le faisait. Et j'avais remarqué que ses deux dents du haut étaient légèrement plus avancées que les autres. C'était adorable.

Nous regagnâmes le sable, et je la regardai détacher son cordon de sécurité.

— J'ai eu ma dose pour aujourd'hui, dit-elle en prenant sa planche dans les bras. Je sens que je vais avoir des courbatures de partout ! Merci pour la leçon. Je t'avoue que je ne pensais pas que ça se passerait comme ça.

Je fronçai les sourcils, curieux.

— Tu imaginais quoi ?

— Que j'allais faire demi-tour avant même d'avoir mis les pieds dans l'eau parce que tu m'aurais énervée, m'expliqua-t-elle. Au final, c'était plutôt sympa. Bon… Salut !

Étrangement, ses paroles et sa bonne humeur, très certainement liées à sa réussite en surf, me touchèrent plus qu'elles n'auraient dû.

J'observai Pauline s'éloigner en direction de l'école de surf, et, après un bref instant, je ne pus m'empêcher de détacher rapidement mon cordon de sécurité et de la rattraper en courant.

— Tu ne vas pas t'entraîner ? s'étonna-t-elle en m'apercevant.

Finalement, Greg ne s'était pas trompé.

— Je crois qu'une petite pause ne me fera pas de mal, répondis-je avec un sourire.

Cette fille me plaisait. Et pas qu'un peu.

Chapitre 9

Pauline

Lorsque nous entrâmes dans l'école de surf, Robin salua la jeune femme qui avait remplacé Grégoire derrière le comptoir. Je l'avais déjà aperçue sur la plage en train de donner un cours. Comme il n'y avait que deux moniteurs, je devinai que la jolie brune au carré plongeant n'était autre que Julie. Elle nous invita à déposer les combinaisons de surf dans un grand caisson devant le pavillon, puis nous proposa d'aller nous rincer dans les douches collectives installées au fond de la seconde pièce.

Même si nous n'avions pas eu froid grâce aux combinaisons, je ne pouvais nier que sentir l'eau chaude couler sur ma peau me fit le plus grand bien. Robin, debout à ma gauche, semblait lui aussi ravi de ce petit moment de bien-être.

Alors qu'il était dos à moi, je ne pus m'empêcher de l'observer s'ébouriffer les cheveux. Je n'en revenais toujours pas que nous ayons réussi à passer une heure ensemble sans nous entretuer. C'était presque un miracle. Et je devais même dire un agréable miracle. Car, si on mettait de côté son sale caractère, Robin n'était pas si désagréable que ça.

Il se mit brusquement de profil. Mon regard descendit le

long de ses larges épaules, avant de finalement se poser sur ses abdos joliment dessinés. Une sensation de chaleur me traversa le corps. Il était quand même vraiment bien foutu.

Je réprimai une soudaine envie de le toucher, et plissai légèrement les yeux en apercevant une fine cicatrice le long de ses côtes.

— Accident de surf, dit-il soudain. Comme quoi, il faut toujours bien respecter les règles de sécurité…

Malgré mon embarras d'avoir été surprise en plein examen de son corps, je restai silencieuse. Je n'allais tout de même pas m'excuser de l'avoir maté…

Robin avait baissé les yeux sur son ancienne blessure. Son visage s'était tordu en une expression de douleur silencieuse. Cette blessure ravivait-elle de mauvais souvenirs ?

Je brandis mon poignet gauche devant lui. Sur le côté, on pouvait encore voir une marque désormais estompée.

— Chute de ski, lui dis-je, j'avais onze ans. C'était plus moche à l'époque.

Ma diversion sembla fonctionner, car il observa ma peau en grimaçant avec amusement. Je remarquai alors seulement que l'eau des douches s'était arrêtée de couler autour de nous. Robin s'avança vers le banc situé en face de nous et sur lequel reposaient deux serviettes pliées. Il m'en lança une pour que je puisse m'essuyer un peu, et commença lui-même à se sécher.

— Tu veux boire un truc avant d'y aller ? me proposa-t-il. Greg a des canettes d'Ice Tea et de Coca cachées sous son comptoir. Et aussi de l'eau si tu préfères…

Son invitation me surprit, mais puisque nous avions passé un bon moment jusque-là, je n'étais pas contre l'idée de le prolonger un peu. Et puis mon maillot de bain était encore mouillé, et je ne voulais pas traverser le camping avec des grosses traces d'eau sur mes vêtements.

J'acceptai donc d'un hochement de tête. Ma serviette nouée autour de mon corps, je le suivis à la réception. Julie n'était pas là, mais j'entendais le bruit d'un tuyau d'arrosage à l'extérieur.

— Elle rince nos combis, m'informa Robin en s'abaissant derrière le comptoir. Tu veux quoi ?

— Ice Tea.

Il récupéra deux canettes et m'en tendit une. Je l'ouvris puis, après avoir bu une gorgée, fis un petit tour dans la pièce. J'observai silencieusement les photos des surfeurs sur les murs, et m'arrêtai devant l'une d'elles sur laquelle figuraient Grégoire et Julie, debout à côté d'une sorte de petite chapelle située en haut d'une colline. Derrière eux on pouvait voir l'océan, le cadre était vraiment magnifique.

— Où est-ce que c'est ? demandai-je à Robin.

Je l'entendis se rapprocher derrière moi.

— La chapelle Saint-Joseph, répondit-il en penchant sa tête par-dessus mon épaule. Ce n'est pas très loin du camping.

Me rendre là-bas un jour pendant nos vacances était peut-être faisable.

— Il y a un super sentier de randonnée qui passe par là et qui longe l'océan, ajouta-t-il. C'est vraiment sympa et la vue est superbe. Je peux te donner un plan, si toi et tes amis souhaitez visiter un peu la région…

Sentant son souffle chaud sur mon cou, je ne pus réprimer un frisson. Tout en tâchant de ne pas laisser paraître mon trouble, je me retournai pour lui faire face.

— J'aurais bien aimé, mais mes amis ne sont pas vraiment branchés randonnée. S'ils arrivent à marcher jusqu'à la piscine, c'est déjà un miracle, plaisantai-je.

Robin m'étudia d'un air pensif.

— Je peux te servir de guide si tu veux.

Je le fixai, déconcertée. Son expression était sérieuse. Ce n'était pas une blague, et je ne savais absolument pas quoi répondre.

Bien sûr que cette randonnée me tentait, mais la faire avec Robin était-il raisonnable ? La séance de surf s'était plutôt bien passée, et c'était justement ce qui me faisait hésiter. J'avais déjà assez de soucis à gérer avec le choix de mes études et le comportement bizarre d'Alexis, avais-je envie de compliquer les choses en ajoutant dans la balance mon attirance pour un mec que je ne reverrais bientôt plus ? Voilà, je l'avais admis. Robin Lebrest me plaisait.

— OK, lâchai-je d'une petite voix.

Quoi ? Non, Pauline, ce n'est pas ça que tu devais dire !

Je me maudis intérieurement, et n'eus aucun mal à imaginer dans mon esprit le visage de Romane, avec un sourire malicieux. À croire qu'elle avait pris possession de mon corps pour accepter !

— OK, répéta Robin, à la fois surpris et ravi par ma réponse. Je suis libre demain après-midi si ça te va.

Je réfléchis rapidement, mais n'eus pas le souvenir d'avoir déjà prévu quelque chose avec mes amis.

— Ça devrait être bon.

Robin alla de l'autre côté du comptoir, il se pencha et sembla écrire quelque chose. Lorsqu'il eut fini, il déchira un bout de papier et me le tendit.

— C'est mon numéro. Je passerai te chercher à ton mobil-home vers 14 heures. Écris-moi si tu as un empêchement.

Je pris le morceau de feuille dans ma main et hochai la tête.

— Ça marche. Bon… Je vais aller mettre mes vêtements, l'informai-je en m'éloignant vers la porte. Je laisse la serviette sur le banc ?

Il acquiesça, et je m'éclipsai rapidement dans la seconde pièce. J'ouvris la main et regardai les dix chiffres qu'il avait notés sur le papier. Robin avait une belle écriture.

Je retirai la serviette et m'habillai en moins de cinq minutes. Mon maillot de bain était toujours mouillé, mais les traces d'eau ne se verraient probablement pas beaucoup. Une fois prête, je retournai à la réception et trouvai Robin en train de discuter avec Julie au comptoir.

— Ah, tu t'en vas ? fit-elle en m'apercevant.

— Oui, merci d'avoir lavé nos combinaisons, lui dis-je.

— De rien, j'ai l'habitude ! À la prochaine, alors ?

Je hochai la tête, puis après avoir jeté un rapide coup d'œil à Robin et constaté qu'il m'observait avec intensité, je me hâtai de sortir, déstabilisée. Autant dire que son regard ne me laissait pas du tout indifférente.

Je n'aurais jamais dû accepter…

Robin

Après le départ de Pauline, j'étais resté traîner à la Bidart Surf School avec Julie, jusqu'à ce que Greg finisse ses cours.

De l'autre côté de la table, celui-ci me fixait d'un air abasourdi.

— Sérieusement, mec ? Une rando ? Tu ne pouvais pas lui proposer mieux comme premier rendez-vous ?

J'hésitai un instant à le contredire sur le terme « rendez-vous », mais il était inutile de me mentir à moi-même. C'en était un.

Mais à vrai dire, cela allait bien me changer de mes rencards avec Célia. Mon ex détestait clairement la nature et la marche – sauf sur tapis roulant avec ventilateur intégré. Avec elle, c'était plutôt balade en ville, sortie shopping, ou dîner dans des restaurants gastro. Et même si ça ne m'avait jamais vraiment dérangé, je devais bien reconnaître que sortir en plein air avec Pauline et pouvoir partager avec elle quelque chose que j'appréciais me faisait plaisir.

— Crois-moi, elle va adorer.

Tout comme elle avait adoré les chants basques. Je me souvenais encore de l'instant où ses yeux s'étaient illuminés tandis que je lui expliquais les paroles de la chanson *Hegoak*.

— Elle n'est pas comme les autres filles, ajoutai-je, toujours perdu dans mes pensées. Elle… Elle est spéciale.

— Se rapprocher d'elle n'est peut-être pas une si bonne idée, entendis-je Greg marmonner.

Je revins à la réalité et l'interrogeai du regard.

— Quand je t'ai dit que le meilleur remède pour te remettre d'une rupture était d'avoir une nouvelle histoire, je ne parlais pas de *ce* genre d'histoire.

OK, je ne comprenais toujours pas ce qu'il voulait dire par là.

— C'était plus dans le sens « coup d'un soir », expliqua-t-il, ou bien d'une relation sans attache ni prise de tête qui ne dure que le temps d'une semaine de vacances ! Si ça devient sérieux entre vous, ça va clairement être la merde autant pour elle que pour toi.

— Détends-toi, le rassurai-je en soupirant, il ne s'est encore strictement rien passé avec Pauline, et je ne sais même pas s'il se passera un truc.

— Étant donné que tu l'as invitée à un rencard…

— Oui, elle me plaît, et oui, j'ai bien envie de passer du temps avec elle, mais ce n'est pas pour autant que je vais la demander en mariage !

Greg m'étudia avec intérêt avant de finalement laisser tomber.

— Si tu le dis.

Mes pensées dévièrent à nouveau vers Célia. Il était évident que je l'aimais toujours. Sans doute parce que notre rupture n'était pas uniquement liée à la distance, ou à nos activités professionnelles respectives qui nous occupaient beaucoup. Est-ce que je lui manquais ?

Je chassai aussitôt cette question de mon esprit. Je me l'étais suffisamment posée après notre séparation. Étant donné que Célia m'avait bloqué de partout afin de faciliter les choses, je savais que je n'aurais jamais de réponse et que c'était mieux ainsi.

Je ne devais plus penser à elle et me concentrer sur les personnes que je n'avais pas perdues et qui étaient toujours là.

Brusquement le portable de Greg vibra. Mon meilleur ami jeta un coup d'œil à l'écran avant de le reposer, face contre la table.

— Tu ne réponds pas ?

— Non. C'est juste un pote. Bon, sinon…

Son téléphone vibra à nouveau.

— Un pote très insistant, constatai-je avec amusement.

Sauf que, lorsqu'il regarda à nouveau son portable, j'aperçus ses lèvres s'étirer en un petit sourire. Il prit l'appel, et je compris qu'il ne s'agissait pas de la même personne.

— Ouais ?… Je suis avec Robin là… Ouais… Je te rappelle après… Moi aussi.

Et il raccrocha.

— Ta copine ? devinai-je avec un sourire narquois.

Il acquiesça.

— Alors… Tu vas finir par me dire qui est cette mystérieuse inconnue ? Étant donné que tu lui as dit mon prénom, soit tu lui as parlé de moi, soit elle me connaît. On était à l'école ensemble ?

Greg jeta un coup d'œil derrière lui, comme pour s'assurer que Julie n'était pas dans les parages.

Visiblement, elle non plus n'était pas au courant.

— OK, commença-t-il.

Il sembla soudain mal à l'aise.

— Je t'assure que je voulais te le dire avant, continua-t-il, mais…

— Allez, crache le morceau, le coupai-je en rigolant.

Greg baissa les yeux, puis, après avoir pris une profonde inspiration, se jeta enfin à l'eau.

— C'est… Naia.

Mon cœur rata un battement.

Quoi ? Mon meilleur ami sortait avec ma sœur ? !

— Tu déconnes là ? fis-je en essayant d'analyser son expression.

Mais son embarras ne fit que me confirmer la vérité. Je passai nerveusement une main dans mes cheveux et tentai d'assimiler ce fait.

— Ça fait… combien de temps ? lui demandai-je au bout de longues secondes.

— Cinq ans…

— Cinq ans ? ! m'exclamai-je. Vous êtes ensemble depuis cinq putains d'années et personne…

Je m'arrêtai brusquement. Évidemment que personne ne m'en avait parlé. Que ce soit Greg ou Naia, je les avais tous deux exclus de ma vie. Alors comment auraient-ils pu m'annoncer ça plus tôt ?

— Je suis désolé, murmurai-je, c'est juste que… Quand je t'ai demandé de veiller sur ma petite sœur avant de partir, je ne pensais pas que tu le ferais de cette façon…

Greg reprit étrangement de l'assurance et se pencha vers moi.

— Écoute, Robin, même si tu es contre notre relation, je ne la quitterai pas, me prévint-il avec sérieux, quitte à foutre en l'air notre réconciliation. J'aime Naia, elle m'aime, et on est heureux ensemble.

Lui demander de quitter ma sœur ne m'avait pas effleuré l'esprit un seul instant. J'étais certes surpris par cette annonce, mais je n'étais pas du tout contrarié. En toute honnêteté, je préférais largement que ma sœur soit en couple avec un homme que je jugeais digne de confiance plutôt qu'un inconnu.

— Tant que tu ne la fais pas souffrir… Il n'y a aucun problème entre nous, mec, le rassurai-je.

Greg acquiesça.

— Il y a juste autre chose… À l'exception d'une amie de Naia, tu es le seul au courant, m'apprit-il.

— Vous sortez ensemble depuis cinq ans sans que ma mère le sache ? m'étonnai-je.

— Naia et moi, on s'est beaucoup rapprochés après la mort de ton père. Elle avait besoin de quelqu'un à qui parler, et ta mère n'avait pas la force de faire son deuil et d'aider ta sœur à faire le sien. Je n'ai pas profité de sa faiblesse, hein !

— Continue, fis-je seulement en souriant, amusé.

— On s'est mis en couple un an après que tu sois parti, mais on a décidé de rester discrets au cas où tu reviendrais et que tu le prendrais mal. Si j'avais su… Enfin bref, ensuite j'ai eu l'idée de créer mon école de surf, et Naia m'a proposé de la faire à côté du camping afin que ça puisse être autant un avantage pour Ocean Village que pour moi. Bien sûr, j'ai dû proposer un partenariat à ta mère, et même si ta sœur a réussi à la convaincre d'accepter, ta mère a commencé à me voir sous un mauvais œil depuis ce jour.

Évidemment, ma mère détestait le surf et tous ceux qui pratiquaient ce sport.

— Mais je pense que nous allons bientôt devoir lui dire. Naia m'a proposé de développer l'école de surf en y ajoutant une nouvelle activité qu'elle aimerait initier.

— La plongée, devinai-je.

Le rêve de ma sœur.

Greg acquiesça.

— Ta sœur compte s'inscrire au CREPS[1] l'année prochaine pour décrocher le diplôme qui lui permettra d'être prof en France. Ta mère n'est pas au courant de ses projets. Elle pense que la plongée est juste un hobby pour ta sœur et, d'ailleurs, elle ne sait même pas que Naia est déjà niveau trois.

Je passai la main dans mes cheveux, nerveusement. Quand ma mère allait apprendre les projets de ma sœur et l'identité de son petit copain... Non, je ne préférais pas imaginer sa réaction pour le moment. Mais je savais d'avance qu'elle ne sauterait pas de joie.

— Enfin bref. En tout cas, ça fait du bien de pouvoir enfin te parler de tout ça. Naia voulait qu'on continue de garder notre relation secrète, mais t'es son frère et t'es aussi mon meilleur ami. Je pense que tu avais le droit de connaître la vérité.

— Ça me touche, mec, mais connaissant ma sœur, j'espère qu'elle ne te fera pas trop mal quand tu lui avoueras que tu me l'as dit, ricanai-je.

Il sourit.

— Ça va, j'ai l'habitude.

Je me levai de table en rigolant.

— OK, je crois qu'on va s'arrêter là dans la discussion. Ma mère doit sûrement être en train de préparer le dîner, et j'ai peur d'apprendre des choses sur ma sœur que je préférerais ne pas savoir !

Greg se mit debout à son tour.

— Tu as raison, et puis j'ai encore deux, trois trucs à faire avant de fermer. On se voit plus tard, mec ?

1. Centre de ressources, d'expertise et de performance sportive.

— Ça marche. Ne travaille pas trop dur surtout, hein ? me moquai-je en sortant.

Le soleil commençait déjà à se coucher. Bon sang, ma sœur et mon meilleur ami ensemble. Même une fois chez moi, j'avais encore du mal à y croire !

Le dîner se déroula dans le plus grand des silences, et je devinai, en sentant à maintes reprises le regard de ma sœur sur moi, que Greg l'avait déjà prévenue que j'étais au courant. Je fis comme si de rien n'était jusqu'à ce qu'on ait débarrassé et que ma mère, après avoir accepté que je fasse la vaisselle, sorte de la cuisine. Je notai d'ailleurs dans un coin de ma tête qu'un lave-vaisselle ne serait pas de trop dans cette maison.

Naia était restée assise à table, et faisait semblant d'être occupée sur son téléphone. Elle qui me fuyait comme la peste dès qu'elle en avait l'occasion, j'avais très bien compris que si elle était toujours là c'est qu'elle voulait me dire quelque chose. Mais comptait-elle attendre que j'aie fini de laver tous les couverts ?

— Tu sais que tu peux me parler maintenant, l'informai-je en rinçant une assiette.

— Non.

Après avoir posé l'assiette sur l'égouttoir, je coupai l'eau du robinet et me retournai vers elle.

— Je sais que tu sais que je sais, donc vas-y, crache le morceau.

Naia me jeta un regard noir avant de se lever brusquement, et de quitter la cuisine sans un mot.

OK. En toute honnêteté, j'adorais ma sœur, vraiment. Mais des fois elle était quand même vachement bizarre.

Je terminai, puis montai dans ma chambre. Je venais à peine de m'asseoir sur mon lit que ma porte s'ouvrit sur Naia.

— Quoi encore ? lui demandai-je, fatigué par son petit jeu du silence.

Elle entra et jeta un coup d'œil dans le couloir avant de m'observer à nouveau.

— Merci de n'avoir rien dit à maman… Pour Greg et moi, lâcha-t-elle enfin.

Mon cœur rata un battement. Ma sœur venait-elle réellement de me remercier ? Bon, elle avait gardé son air froid et impassible, mais étant donné ses sentiments actuels à mon égard c'était déjà pas mal.

— Ce n'est pas à moi de le faire, répondis-je simplement.

— Je sais… Mais ce n'est pas facile, Robin. Si tu avais été là ces six dernières années, les choses seraient beaucoup moins compliquées.

J'avais très bien compris ce qu'elle voulait dire par là, mais c'était l'occasion de crever l'abcès. Au moins un petit peu.

— En quoi ma présence aurait facilité l'annonce de ton couple à maman ?

Elle fronça les sourcils.

— Tu plaisantes, j'espère ? Si tu étais resté, tout aurait été différent. Si je n'ai rien dit pour Grégoire et moi à maman au début, c'est parce qu'elle n'allait toujours pas bien. Et pas seulement à cause de papa, mais aussi de toi. En plus d'avoir perdu son mari, elle pensait avoir perdu son fils. Comment tu voulais que je lui parle de mon histoire avec Greg alors que je l'entendais pleurer toutes les nuits ?!

Un nœud se forma dans mon estomac. La culpabilité, les regrets, la tristesse. Malgré mon mal-être grandissant, j'essayai de ne rien laisser paraître.

— Tu ne t'es pas dit que ça aurait pu lui faire plaisir ? De te voir heureuse avec quelqu'un ?

— Bien sûr que si. Je pensais que mon bonheur pourrait lui redonner un peu le sourire. Mais à chaque fois que je voulais lui parler et que je voyais son visage… Elle semblait tellement triste à l'intérieur. Et je me sentais tellement mal d'aller mieux alors qu'elle non.

Naia passa une main sur sa joue, et je compris aux larmes qui perlaient sous ses yeux qu'elle était en train de pleurer. J'avais envie de la prendre dans mes bras, mais il était probable qu'elle me repousserait, c'était encore trop tôt.

— Alors j'ai décidé d'attendre, reprit-elle en reniflant, sauf que… Lorsqu'elle a commencé à reprendre un peu goût à la vie, Greg et moi étions déjà ensemble depuis un moment, il avait ouvert son école de surf, et même si ça arrangeait maman pour les affaires, je savais que cela lui rappelait papa, l'accident, ta disparition. J'ai eu peur de la blesser à nouveau et je n'ai jamais trouvé le courage ni les mots pour le lui dire.

— Et tu ne penses pas que, si j'étais resté, Greg n'aurait jamais été là pour te réconforter, et que tu ne serais peut-être pas avec lui à l'heure actuelle ?

Son expression à la fois choquée et affligée me brisa le cœur.

— Peut-être, mais c'est de toi que j'avais besoin. C'est toi qui aurais dû me réconforter au lieu de Greg. C'était ton rôle de grand-frère.

Bien trop touché par ses mots, j'avais bondi de mon lit et l'avais serrée contre moi. À ma grande surprise, elle n'essaya pas de s'échapper de mon étreinte.

— Je suis désolé, soufflai-je près de son oreille. Tu ne peux pas savoir à quel point je m'en veux d'être parti.

Elle releva la tête vers moi, et je pus lire dans ses yeux son incompréhension.

— Pourquoi ? me demanda-t-elle seulement.

Je posai une main sur sa tête et caressai affectueusement ses cheveux noirs.

— Papa est mort à cause de moi, murmurai-je en sentant les larmes me monter aux yeux.

— C'était un accident, protesta-t-elle.

— C'est moi qui ai voulu qu'on aille surfer alors que les conditions météo n'étaient pas bonnes. Papa… il ne voulait pas, mais j'ai insisté.

Je ne l'avais encore jamais dit à personne. Officiellement, mon père et moi y étions allés d'un commun accord. Dans la réalité, j'avais dû le convaincre, parce que les vagues étaient incroyables et qu'on ne pouvait pas rater une occasion pareille.

Naia resta silencieuse un moment, les yeux rivés sur mon torse, puis elle me regarda à nouveau. À mon grand étonnement, elle ne semblait pas en colère contre moi, seulement peinée.

— Tu sais, Robin, papa t'aimait, mais il n'était pas fou. S'il a fini par accepter, c'est sûrement parce qu'il pensait que ce ne serait pas trop dangereux. Il n'aurait jamais risqué ta vie ni la sienne.

Elle posa une main sur ma joue et me sourit. C'était la première fois depuis mon retour, et bon sang, ce que ça me faisait du bien.

— C'est vrai qu'il y avait du courant et des grosses vagues, mais le fait que son leash[1] se soit coincé dans un récif, c'était un accident, Robin. Ce n'est pas de ta faute.

Je repensai à cette matinée. À cette vague qu'avait prise mon père. Et au moment où je l'avais vu disparaître sous l'eau. Je l'avais appelé. J'avais crié, hurlé son nom à maintes reprises. J'avais essayé de le retrouver malgré le courant, j'avais risqué ma vie pour lui, mais en vain. Je savais que je n'aurais rien pu faire d'autre que d'attendre l'arrivée des secours et que l'océan se calme. Mais…

— Robin, reprit ma sœur d'une voix douce, tu n'es pas respon-

1. Accessoire qui relie le surfeur à sa planche.

sable de sa mort et personne ici ne te l'a jamais reprochée, tu m'entends ?

Ne sachant quoi répondre, je me contentai de hocher la tête et de laisser à mon tour les larmes couler sur mes joues. Naia me serra contre elle en me caressant le dos. Nous restâmes silencieux durant de longues secondes, avant que je ne finisse par m'écarter lentement.

— Merci, lui dis-je.

— Ça m'a fait du bien à moi aussi, tu sais, répondit-elle avec un faible sourire.

On s'observa encore un instant, profitant de ce moment de retrouvailles et de proximité, puis Naia eut un petit rire gêné. Ça aussi, ça m'avait manqué.

— Au fait... à propos de Greg et moi... ça doit te paraître un peu bizarre, mais j'espère que ça ne te pose pas de problème ?

— Non, la rassurai-je avec sérieux, tant que tu es heureuse, il n'y a aucun souci.

Elle sembla réfléchir un instant – probablement à ce que je pourrais faire à son copain s'il lui faisait du mal –, puis acquiesça.

— Je t'ai demandé mais en fait la réponse m'importait peu. Allez, bonne nuit.

Je souris en la regardant quitter ma chambre. Ma sœur était vraiment spéciale...

Après avoir récupéré la photo de mon père et moi sur mon bureau, je retournai m'asseoir sur mon lit et fixai l'image.

« Robin, écoute-moi bien. La vie ne sera pas toujours rose pour toi. Mais quoi qu'il arrive, tant que tu as tes deux jambes et tes deux bras pour ramer, n'abandonne jamais le surf. Tu es né pour ça, et crois-moi, tu peux atteindre le plus haut niveau si tu t'en donnes les moyens. Ça ne sera pas tous les jours facile, il y a des fois où tu auras envie de baisser les bras, mais au bout du compte, tu y arriveras. Et je serai le plus fier des papas. »

J'avais neuf ans lorsque mon père m'avait dit ces paroles. Je commençais tout juste le surf, mais il savait déjà que ce sport deviendrait ma passion, mon métier. À sa mort, j'avais songé à arrêter, mais ces mots me revenaient sans cesse à l'esprit. Je ne pouvais pas le décevoir. J'avais repris les compétitions et je m'étais donné à fond. Pour lui. Pour qu'il soit fier de moi. Pour me faire pardonner de ne pas avoir pu le sauver.

Naia connaissait la vérité à présent. Même si elle me croyait innocent, je ne pouvais me résoudre à faire de même. Cependant, me confier sur la mort de mon père m'avait allégé d'un poids. Je me sentais encore bien chargé, mais c'était déjà ça en moins.

Je reposai le cadre sur mon bureau et allai me coucher, le cœur et l'esprit un peu plus légers.

Merde. J'avais complètement oublié de demander à Greg si je pouvais lui emprunter sa voiture demain !

Chapitre 10

Pauline

14 h 06.

Debout sur la terrasse, je fixai le numéro de Robin sur l'écran de mon portable et soupirai. Soit il n'était pas très ponctuel, soit il m'avait oubliée.

Les filles se détendaient au spa, et les garçons étaient allés se renseigner pour qu'on fasse du jet-ski tous ensemble demain après-midi.

Si mon rendez-vous tombait à l'eau, j'allais bien m'amuser cet aprèm toute seule au mobil-home !

Et comment allaient réagir Romane et Éloïse en apprenant que Robin m'avait posé un lapin ? Car oui, en rentrant de ma petite séance privée de surf la veille, je leur avais avoué que la personne qui me plaisait réellement n'était pas Grégoire, mais Robin.

Les filles étaient contentes que j'aie ce rencard. Probablement parce que je n'avais pas eu de relations sexuelles depuis deux ans, et qu'elles souhaitaient m'aider à « remédier à ce problème ». Cependant, autant Robin m'attirait, autant je ne savais pas encore si j'avais envie de « remédier à ce problème » avec lui.

14 h 09.

Je finis par sortir mon appareil photo de mon sac, et fis défiler les derniers clichés que j'avais pris à Bidart. Les photos de Grégoire sur sa planche de surf me rappelèrent que je devrais les lui envoyer une fois de retour à Paris.

Un bruit de klaxon me tira brusquement de mes pensées. Je relevai les yeux et fus soulagée d'apercevoir Robin. Une casquette sur la tête, il était au volant de la voiture dans laquelle Grégoire m'avait ramenée mercredi soir. Est-ce qu'elle lui appartenait ?

Je rangeai mon Nikon, jetai un bref coup d'œil dans la porte vitrée du mobil-home à ma tenue de randonnée – pas très seyante, au passage –, puis rejoignis Robin à l'avant du véhicule.

— Désolé pour le retard, me dit-il une fois que je fus installée. J'ai surfé ce matin et je n'ai pas vu l'heure passer.

Il avait l'air sincère, et puis, ce n'est pas comme si j'avais attendu une heure non plus…

— Tu es obligé de surfer tous les jours ? l'interrogeai-je en m'attachant.

— J'essaye de surfer minimum deux heures par jour, mais ce n'est pas du tout une obligation, répondit-il en faisant demi-tour. Bien sûr, il faut que je m'entraîne par rapport à mes compétitions, mais si je vais dans l'eau c'est surtout parce que j'aime ça et que c'est ma passion. Puis après, tout dépend des conditions météo et de mes déplacements.

Même si Robin était concentré sur la route, j'acquiesçai.

— Bon, prête pour cinq heures de marche ?

— Quoi ? ! m'exclamai-je en tournant la tête vers lui. Cinq heures ? !

Il éclata de rire.

— Non, en vrai, la rando dure un peu plus de trois heures, mais on pourra faire demi-tour dès que tu le souhaites.

— Et si j'ai envie d'aller au bout ? Comment on va faire pour le retour ?

Robin me jeta un petit regard enthousiaste.

— Il y a des cars à Saint-Jean-de-Luz.

— Parfait.

Bon, je faisais peut-être la maligne maintenant, mais j'espérais que le circuit ne soit pas trop difficile. Bien que j'aie l'habitude de porter des vêtements de sport, parce que c'était confortable, je n'étais pas pour autant très sportive. D'un autre côté, souffrir un peu pour découvrir la région et pouvoir prendre de belles photos en valait sûrement la peine.

Robin alluma le lecteur CD, et une musique sympathique au ukulélé nous accompagna jusqu'au parking du sentier du littoral. C'était peut-être cliché, mais je trouvais que cela correspondait bien au genre de musique que pouvaient écouter les surfeurs.

— Au fait, je me demandais, commençai-je en sortant de la voiture, la Honda appartient à qui ?

Robin récupéra son sac à dos dans le coffre puis se tourna vers moi. Comme je ne m'étais pas vraiment mise en beauté pour aller faire cette rando, je fus soulagée de constater qu'il portait, en plus de son short kaki et de son T-shirt, des grosses chaussures de marche et des chaussettes hautes. En toute honnêteté, je le préférais largement dans sa combi moulante de surf. Enfin, il devait probablement penser la même chose de moi, puisque j'avais tressé mes cheveux blonds et opté pour des baskets, un vieux débardeur beige et un bermuda de la même couleur.

— À Greg. Je la lui ai empruntée pour la journée. On y va ?

— Tu n'as pas de voiture ? m'étonnai-je en le suivant sur le sentier.

Il tourna la tête vers moi et m'étudia avec amusement.

— Tu poses beaucoup de questions, en fait.

J'alignai mes pas sur les siens et lui jetai un coup d'œil en fronçant les sourcils.

— Parce que tu m'as invitée à faire cette rando pour qu'on marche en silence pendant trois heures ?

Robin sourit, avant de m'attraper brusquement le bras. Mon cœur s'emballa jusqu'à ce que je réalise qu'il venait de m'empêcher de marcher sur un bout de verre assez conséquent. Je soupirai de soulagement.

— Tais-toi un peu et regarde où tu mets les pieds, répondit-il en reprenant le chemin.

Quel guide charmant !

Cependant, il n'avait pas tort, il y avait bien plus à regarder qu'à discuter.

Nous longeâmes toute la côte, des fois en quittant le sentier pour nous rendre sur des plages magnifiques, d'autres en passant par des petites routes. Armée de mon appareil photo, autant dire que je me régalais. Notamment lorsque je pus photographier la chapelle Saint-Joseph au bout d'une heure de marche.

À notre arrivée au jardin botanique de Saint-Jean-de-Luz, Robin me proposa d'aller y faire un tour. Il était seulement 16 h 30, et selon lui, il nous restait moins d'une heure de marche. J'acceptai volontiers, l'entrée ne coûtait que quatre euros, et face au paysage qui se dressait devant moi, je ne le regrettais absolument pas. Je photographiai les plantes, avec en fond l'océan et un soleil resplendissant.

Semblant bien connaître les lieux, Robin refusa la visite guidée et le plan qu'on nous avait proposé. Je décidai de le suivre au milieu de toute cette végétation.

Après avoir pris un énième cliché, je me retournai et cherchai Robin du regard. Il n'était pas très loin, debout, de dos, accoudé à la barrière d'un ponton surplombant un petit bassin. Sans réfléchir, je m'accroupis légèrement et cadrai parfaitement sa silhouette dans le viseur de mon appareil. Cliché réussi. Je souris malicieusement en contemplant le résultat. Même s'il était plus beau de face, lui demander la permission de le photographier était bien trop embarrassant. Et le connaissant, j'étais sûr qu'il refuserait.

Robin s'étira en levant les bras, et j'en profitai pour prendre une deuxième photo. La seconde d'après, j'aperçus un vieil homme aux cheveux blancs venir lui parler. Même si nous étions en saison estivale, il n'y avait pas énormément de visiteurs aujourd'hui. Robin se retourna et, après que le vieil homme m'eut désignée du doigt, il me regarda en fronçant les sourcils.

Ne comprenant pas ce que l'homme avait bien pu lui raconter à mon sujet, je décidai de les rejoindre sur le ponton.

— Bonjour, dis-je à l'intention de l'inconnu.

— Bonjour, mademoiselle ! répondit-il avec un sourire aimable. J'ai vu que vous photographiez votre ami, alors je lui ai proposé de vous prendre en photo tous les deux. Ce serait triste de ne pas avoir une photo ensemble dans ce beau cadre, n'est-ce pas ?

Je déglutis, mal à l'aise.

— Allez, donne-lui ton appareil, me somma Robin avec un petit sourire amusé.

Après avoir expliqué au vieil homme où appuyer pour prendre la photo, j'allai me positionner à côté Robin, tendue comme un arc.

— Tu ne peux pas t'empêcher de photographier les gens derrière leur dos, hein ? se moqua-t-il doucement.

Déjà que j'étais morte de honte, voilà qu'il en rajoutait une couche.

— Rapprochez-vous, les jeunes ! nous lança le vieil homme. Et, blondinette, un sourire ne serait pas de refus !

Robin passa un bras autour de mes épaules et m'attira contre lui. Ma respiration se bloqua un court instant, et je sentis mon rythme cardiaque s'accélérer.

— Allez, souris, « blondinette », ironisa Robin en resserrant son étreinte autour de moi.

— Encore une plaisanterie, et je te pousse par-dessus la rambarde, répliquai-je en m'exécutant néanmoins.

Lorsque le vieil homme eut capturé l'instant, Robin me lâcha, et je regrettai aussitôt notre proximité. Il s'approcha du photographe amateur pour voir le résultat, et je finis par le rejoindre. La photo n'était pas trop mal, hormis mon sourire forcé et nos tenues de randonnée respectives, je trouvais que nous allions plutôt bien ensemble.

Je chassai aussitôt cette pensée. Je n'étais pas stupide. J'habitais à plus de huit cents kilomètres d'ici. Je savais très bien que, quoi qu'il se passe entre Robin et moi, cela resterait à Bidart. Il devait se douter que je n'étais pas du coin et probablement ne pas chercher quelque chose de sérieux avec une vacancière.

De toute façon, vu le peu de contacts que nous avions eus jusqu'à présent, j'en venais à me demander si Robin espérait qu'il se produise quelque chose entre nous. Je savais qu'une randonnée comme premier rendez-vous était loin d'être propice au rapprochement physique, mais ne pouvait-il pas quand même tenter un truc ?

Nous terminâmes la visite du jardin sans nous dire grand-chose. Visiblement, cette photo ensemble nous avait tous deux un peu perturbés.

Mais après plusieurs minutes, Robin, qui marchait devant moi sur le sentier, finit par rompre ce silence qui commençait à devenir un peu gênant.

— C'est ta passion, n'est-ce pas ? me demanda-t-il sans se retourner. La photographie ?

Sa question me surprit un peu, mais je lui répondis avec sincérité.

— Oui. Je ne pourrais pas te dire depuis quand parce que j'ai l'impression que, même avant d'avoir un appareil-photo, je l'avais déjà en moi.

Robin fit enfin volte-face et me sourit.

— Tu as l'air quand même plus jeune que moi, mais est-ce que c'est, ou est-ce que tu comptes en faire ton métier ?

Je repensai à mes études et à mon avenir professionnel.

— Tu poses beaucoup de questions en fait, répondis-je d'un air narquois.

Cela eut le don de le faire rire, avant qu'il ne se retourne et continue d'avancer.

— Alors, je n'ai pas de voiture, parce que je n'habite pas ici, me révéla-t-il finalement.

Je le rattrapai pour marcher à côté de lui, me souvenant qu'il s'agissait du camping de sa mère.

— Où est-ce que tu habites ?

Malgré une brève hésitation, il finit par me répondre :

— J'ai une maison à Tahiti, mais avec mes compétitions de surf toute l'année, autant dire que je n'y reste jamais bien longtemps.

Ouah. Une maison à Tahiti. Le rêve !

— Mais ne va pas croire que le surf me rapporte des millions, ajouta-t-il, les sponsors que j'ai s'occupent de mes frais de déplacement quand je voyage, et les compétitions que je gagne me permettent de vivre convenablement en Polynésie, mais je suis loin de rouler sur l'or. C'est surtout l'argent que m'a légué mon père qui m'a aidé à payer une bonne partie de la maison.

Je repensai à sa biographie. Son père était mort lorsqu'il avait dix-huit ans. Et si je me souvenais bien, Robin était né en 1995, ce qui signifiait qu'il avait vingt-quatre ans. Soit six ans de plus que moi.

— Je vois. En tout cas, ça doit être sympa d'avoir la chaleur de l'été toute l'année !

— C'est sûr qu'il fera toujours plus chaud qu'en France, mais les étés sont très pluvieux là-bas. Et je t'avoue que des fois la fraîcheur de l'hiver me manque.

Je fronçai les sourcils.

— Parce que tu ne rentres pas en France fêter Noël avec ta famille ? À moins que ce ne soit eux qui te rejoignent là-bas…

— Non.

— Pourtant, tu aides bien ta mère au camping.

Robin resta silencieux un moment.

— Et toi, alors ? La photographie ?

OK, j'avais compris le message : ne plus lui poser de questions sur sa famille.

— Tu me donnes quel âge ?

Il s'arrêta, et j'en fis tout autant. Ses beaux yeux noisette m'étudièrent avec intérêt. Cela me déstabilisa un peu, mais j'essayai de garder un air serein.

— Vingt ? Vingt et un ?

Ah oui, quand même. J'hésitai un instant à le lui révéler, de peur qu'il me trouve trop jeune et que cela change quelque chose entre nous.

— Dix-huit. J'ai eu mon bac cette année.

Je pus lire la surprise sur son visage, mais son expression redevint rapidement impassible, et il reprit la route. Impossible de savoir si j'avais bien fait de lui avouer la vérité.

— La photographie, dis-je en le rattrapant, j'aimerais en faire mon métier. Mais les choses sont compliquées.

— Ah, fit-il seulement, avant de s'arrêter face à l'océan. Nous sommes arrivés à la pointe de Sainte-Barbe.

Je contemplai silencieusement la vue magnifique qu'on avait sur l'océan, Saint-Jean-de-Luz mais aussi les Pyrénées, la côte espagnole. Même s'il y avait quelques touristes et que le simple « Ah » de Robin m'avait un peu contrariée, l'endroit restait très agréable.

— Les couchers de soleil doivent être incroyables ici, murmurai-je.

Robin acquiesça.

— Je t'avoue que je n'en ai jamais vu ici, mais je le pense aussi.

Je jetai un coup d'œil à mon portable. Le soleil était encore loin de se coucher, mais il était déjà 17 h 48. Je savais que la randonnée touchait bientôt à sa fin, et j'étais un peu déçue qu'il n'ait rien tenté avec moi.

Je pris quelques photos de l'endroit, puis Robin et moi continuâmes notre chemin jusqu'à la plage de Saint-Jean-de-Luz. Contrairement à Bidart, il y avait beaucoup de monde sur le sable, même en début de soirée !

— Pourquoi est-ce que c'est compliqué ? me demanda soudain Robin.

Moi qui avais cru que cela ne l'intéressait pas…

— Eh bien… je suis censée entrer en école de commerce en septembre, mais j'ai également été prise dans une école de photographie.

— Le commerce t'intéresse aussi ?

— Non, mais mon père a une boîte de transport. Je suis fille unique et, évidemment, il aimerait que je reprenne l'entreprise dans quelques années.

— Et tu n'en as pas envie ?

— Ça fait deux ans que j'y travaille l'été, et même si je ne déteste pas ça et que je suis sûre d'avoir un bon salaire plus tard, je ne pense pas que ce soit vraiment fait pour moi.

— Alors en quoi les choses sont compliquées ? Choisis l'école de photographie.

Si seulement c'était aussi simple que ça…

Ayant une envie soudaine de tremper mes pieds dans l'eau, je décidai de retirer mes chaussures et mes chaussettes, puis m'approchai de l'océan. Après plusieurs heures de marche, cela me fit le plus grand bien. Robin ne tarda pas à m'imiter, et je l'entendis soupirer d'aise.

— Ça va probablement te paraître stupide, lui expliquai-je, mais… je n'ai pas envie de décevoir mon père.

Robin sembla réfléchir.

— Je comprends, mais d'un autre côté c'est ta vie, Pauline, c'est à toi de décider de ton avenir. Même s'il sera probablement triste que tu ne reprennes pas son entreprise plus tard, tu n'as pas à te priver pour lui faire plaisir. Parce que si tu fais ça, crois-moi, dans quelques années tu regretteras amèrement de ne pas avoir suivi ta propre voie.

Je le savais. J'avais déjà envisagé toutes les options, mais aucune ne me convenait. Travailler pour mon père et garder la photographie comme passe-temps ? Je ne voyais pas comment j'allais pouvoir gérer les deux avec mes horaires de boulot. Intégrer l'école de photographie ? Cela causerait probablement une énorme dispute avec mon père, et je redoutais les conséquences. Et s'il ne voulait plus me parler ? Et si, pire, il décidait de me mettre à la rue ? Non, ma mère ne le laisserait pas faire ça… Enfin, à moins que ce ne soit plutôt elle qui le souhaite. Mais si je prenais ce risque, cela me mènerait-il quelque part ? Aurais-je un travail me permettant de bien gagner ma vie ?

Perdue dans mes pensées face à l'océan, je ne remarquai

qu'après de longues minutes que Robin ne se trouvait plus à côté de moi.

Je me retournai et le cherchai du regard parmi les vacanciers. Je savais que mes études n'étaient pas un sujet de conversation très captivant, mais de là à prendre la fuite... À moins que ce ne soit à cause de mon âge ?

J'observai à nouveau l'océan, pensant qu'il était peut-être allé se baigner, mais aucun signe de lui dans les vagues.

— Tiens.

En entendant sa voix derrière moi, je manquai de sursauter. Je lui fis face et constatai qu'il avait deux cornets de glace dans les mains. L'un au chocolat, et l'autre à la vanille. Ce mec était vraiment... surprenant.

— J'espère que tu aimes au moins un des deux parfums que j'ai choisis, ajouta-t-il en souriant.

Vu mon état légèrement déprimé, je choisis le chocolat.

— Merci, dis-je avec sincérité.

Nous nous installâmes sur le sable pour savourer tranquillement nos crèmes glacées.

— Au fait, on est quasiment arrivés, m'informa-t-il. Il nous reste à longer le port, et on arrivera sur la place Louis-XIV, le dernier point de la randonnée.

Étrangement, cette nouvelle me soulagea autant qu'elle m'attrista. J'étais fatiguée, j'avais mal aux pieds, et pourtant, j'étais bien avec Robin et je n'avais pas envie de rentrer tout de suite. Je l'observai discrètement, assis à quelques centimètres de moi. Le vent remuait ses cheveux bruns, et son regard semblait perdu au loin. Qu'attendait-il de moi exactement ? J'avais vraiment du mal à le cerner.

Soudain, il tourna la tête vers moi et nos yeux se rencontrèrent. Évidemment, venant encore une fois de me faire surprendre en pleine contemplation de son corps, je détournai rapidement le regard, mal à l'aise.

La seconde d'après, je sentis sa main remettre une de mes mèches blondes derrière mon oreille. Je retins mon souffle, espérant que ses doigts dévient sur ma joue pour la caresser, avant de tourner mon visage vers lui et qu'il m'embrasse enfin… Mais j'eus seulement droit à un :

— Allez, finis ta glace, ce serait bien de rentrer avant la nuit.

Perplexe, je le fixai à nouveau.

— Pourquoi ? Tu as un truc de prévu ?

— Non, mais je pensais que…

Il se tut, m'observant avec incertitude.

— Que quoi ? l'invitai-je à poursuivre.

— Que tu voudrais rentrer assez tôt pour passer la soirée avec tes amis.

Sérieusement ? Bon, OK, c'était ce que j'avais également prévu à la base. Mais ça, c'était avant de réaliser ce que je voulais vraiment.

— C'est avec toi que j'ai envie de passer ma soirée.

Une seconde, cette phrase était quand même assez équivoque, non ? Non pas que l'idée de coucher avec lui ne me déplaise à présent, mais je ne voulais pas qu'il me prenne pour une chaudasse !

Je sentis mes joues virer au cramoisi.

— Enfin, euh, je veux dire qu'on peut aller boire un verre, ou manger un bout ensemble, essayai-je de me rattraper.

En tout cas, si Robin n'avait pas saisi le sous-entendu dès le départ, là il l'avait clairement assimilé.

— OK, va pour le resto, accepta-t-il d'un air amusé. Fruits de mer et poissons, ça te tente ? J'en connais un plutôt sympa.

— Parfait.

J'étais vraiment la reine des gaffeuses…

Robin

« C'est avec toi que j'ai envie de passer ma soirée. »

Assis en face de Pauline au restaurant, je me demandais s'il n'était pas temps de mettre les choses au clair avec elle. Même si sa phrase était dénuée d'ambiguïté, vouloir passer la soirée avec moi signifiait tout de même quelque chose de plus « sérieux » que si elle m'avait proposé une partie de jambes en l'air. Et, bien que j'adore être avec elle, et que je ne sois pas contre le fait qu'on se rapproche davantage, je craignais qu'elle ne s'attache un peu trop, et finisse par vouloir plus que ce que je pouvais lui donner.

— Pauline, il faut que je te dise quelque chose.

Elle releva ses beaux yeux bleus du menu pour m'observer avec curiosité. Je cherchai mes mots, afin d'être aussi honnête que possible.

— Tu me plais, et j'aime passer du temps avec toi. Mais il faut que tu saches que j'ai un passé compliqué, et que je ne suis pas prêt à avoir une nouvelle relation sérieuse avec quelqu'un, et encore moins à distance.

Pauline acquiesça. Cela ne semblait pas lui poser de problème. Je savais que j'aurais pu m'arrêter là, mais quelque chose me poussa à me justifier de cette annonce soudaine.

— C'est juste que, la rando, le resto, ça pouvait prêter à confusion, et je ne voulais pas que tu te fasses de fausses idées.

Elle secoua la tête, à la fois amusée et dépitée.

— Parce que tu penses vraiment que j'aurais espéré vivre une magnifique histoire d'amour avec un mec que j'aurais rencontré en camping, que je connais depuis moins d'une semaine, et qui en plus habite à l'autre bout du monde ?

Je me sentis un peu idiot.

— J'ai peut-être six ans de moins que toi mais je ne suis plus une gamine stupide et naïve, tu sais, ajouta-t-elle en regardant à nouveau la carte, je m'en vais mercredi et je sais très bien que, quoi qu'il se passe entre nous, on ne se reverra plus après mon départ, ne t'inquiète pas.

Étrangement, cette nouvelle m'attrista plus que je ne l'aurais cru. J'aurais dû être soulagé d'être sur la même longueur d'onde qu'elle, et pourtant…

Dans quatre jours, Pauline disparaîtrait de ma vie. Cette fille aux yeux turquoise, mignonne, drôle, taquine, et adorablement chiante, qui était prête à marcher pendant des heures pour découvrir une région, ne serait bientôt plus qu'un souvenir.

— Ça y est, j'ai fait mon choix ! déclara-t-elle en refermant le menu. Je vais prendre des moules au roquefort, et toi ?

Je chassai mes pensées nostalgiques et me concentrai sur le moment présent.

— Un merlu de ligne, c'est une spécialité d'ici, et c'est délicieux.

Ma réponse sembla la faire hésiter sur son choix, puisqu'elle ouvrit à nouveau la carte. Heureusement, lorsque le serveur, un gars dans la trentaine en uniforme noir, vint enfin prendre notre commande, Pauline avait décidé de rester sur son premier choix, accompagné d'une bière basque.

Parmi toutes les filles que j'avais emmenées au resto, c'était bien la première qui n'avait pas pris de plats « sains et équilibrés » ni de cocktail portant un nom sexy, et qui n'avait pas peur de manger avec ses doigts devant moi. Autant dire que ça faisait du bien d'être avec quelqu'un qui était juste elle-même.

— Comment est-ce que tu connais cet endroit ? me questionna-t-elle en regardant par la baie vitrée.

Je balayai des yeux l'intérieur du restaurant Le Marin. Cadre rustique et chaleureux, murs en pierre, et sol en chêne massif. En six ans, rien n'avait changé.

— Mes parents nous emmenaient souvent manger ici avec ma sœur lorsque nous étions plus jeunes, lui avouai-je.

Bien évidemment, j'avais demandé une table en salle plutôt qu'en terrasse. Même si la vue sur le port de Saint-Jean-de-Luz et les bateaux qui y étaient amarrés était moins jolie depuis l'intérieur, manger à l'extérieur m'aurait rappelé trop de souvenirs. Et de toute façon, nos tenues de rando auraient probablement été trop légères pour la fraîcheur de la nuit.

Pauline sembla réfléchir, probablement à si elle devait ou non creuser cette information. Par chance, son téléphone sonna, et elle reporta son attention sur le numéro qui s'affichait à l'écran.

— Ça ne te gêne pas si je réponds ? J'en ai pour deux minutes.

Je secouai négativement la tête, et elle prit l'appel.

— Coucou… Oui, je vais bien, et vous ?… Ah, oui, on est au restaurant, il y a un peu de bruit, désolée… Ce qu'on a fait aujourd'hui ? Euh, je suis allée au spa avec les filles…

Pauline m'adressa un petit sourire gêné. Il s'agissait probablement de ses parents.

— Soins du corps, visage, et sauna, reprit-elle d'une voix mal assurée. Bien sûr que j'ai commandé une salade… Oui, je fais attention, ne t'inquiète pas… D'accord, gros bisous à vous, et à mercredi.

Et elle raccrocha en soupirant.

— Une salade composée de moules et de frites ? ne pus-je m'empêcher de relever avec amusement.

— Ma mère travaille comme directrice de collection dans une maison de haute couture. Elle côtoie des mannequins tous les jours, et l'a elle-même été dans sa jeunesse. Pour elle, être mince est signe de beauté et de bien-être, et parce qu'elle l'est toujours, elle aimerait que je le sois tout autant, m'expliqua-t-elle en levant les yeux au ciel.

— Tes parents semblent t'en demander beaucoup.

— Si tu savais… Je les adore, mais des fois j'ai l'impression qu'ils aimeraient que je sois parfaite !

— C'est dommage. S'ils pensaient un peu moins à ce que tu devrais être et plutôt à ce que tu es, ils verraient que tu n'as pas besoin de changer.

Pauline secoua la tête avec un petit rire gêné.

— C'est la phrase que tu sors aux vacancières pour les séduire ?

Même si ce n'était absolument pas le cas, sa réplique m'arracha un sourire malicieux.

— Comme tu es la première, on va dire que c'était un test…

Nos plats arrivèrent sans que Pauline ne me quitte du regard. Elle attendit que le serveur soit reparti avant de me répondre, dans un murmure bien plus appétissant que mon poisson :

— Le test est réussi.

Puis elle baissa les yeux sur son assiette, et commença à déguster ses moules comme si de rien n'était. Mais ses joues légèrement rosies et l'accélération de mon rythme cardiaque me prouvaient le contraire.

Même si cette histoire devait être courte et inconséquente, elle promettait d'être vraiment intéressante.

Chapitre 11

Pauline

Le repas se déroula dans une atmosphère vraiment agréable. Nous évitâmes les sujets trop personnels, probablement car ce que nous avions appris l'un sur l'autre dans l'après-midi était déjà amplement suffisant pour aujourd'hui.

Même si j'avais déjà mangé une glace au chocolat en guise de goûter, je ne pus résister à l'envie de goûter un gâteau basque. Après tout, si j'avais accepté cette sortie avec Robin au départ, c'était surtout pour découvrir la région. Et autant dire que mon dessert était délicieux.

Il se contenta d'un café, puis lorsque nous eûmes tous deux terminé, et alors qu'il souhaitait m'inviter, je réussis à le convaincre de diviser la note, étant donné qu'il m'avait offert ma crème glacée à la plage. Après qu'il m'eut informée que le prochain et dernier car était à 23 h 45, et puisque nous avions presque trois heures à attendre, nous décidâmes de nous balader dans les rues éclairées de la ville, avant d'aller assister à un concert de jazz sur la place Louis-XIV. Robin me raconta qu'elle portait le nom du Roi-Soleil car il était possible d'y voir la maison dans laquelle le monarque avait résidé pendant quarante jours. J'appris également que celui-ci s'était marié dans cette ville, à l'église Saint-Jean-Baptiste, avec sa cousine Marie-Thérèse d'Espagne, et fus d'ailleurs assez impressionnée par les connaissances de Robin à ce sujet.

Lorsque le concert prit fin, aux alentours de 23 h 30, nous allâmes nous asseoir à l'arrêt de car, et Robin me demanda de lui montrer les photos que j'avais prises au cours de la randonnée.

Je fis lentement défiler les images sur le petit écran de mon Nikon, lui laissant le temps à chaque fois de complimenter mon travail, jusqu'à ce que nous en arrivions à notre photo ensemble dans le jardin botanique.

— Est-ce que tu peux zoomer sur ta tête ? demanda Robin d'un ton railleur. T'as l'air tellement heureuse !

Le regard noir que je lui adressai en guise de réponse le fit éclater de rire.

— Va te faire foutre, lui lançai-je, exaspérée, avant de changer de photo.

— Attends, attends, je ne l'ai pas bien regardée !

Il appuya sur le bouton pour revenir en arrière.

— Si je te vois faire un seul zoom, je t'assomme avec l'appareil, l'avertis-je.

— Tu n'oserais pas abîmer mon joli crâne, répliqua-t-il en observant toujours le cliché.

— Pour le peu de choses qu'il doit contenir, plaisantai-je.

Cette fois-ci, il riva ses beaux yeux sur moi et m'observa avec un mélange d'étonnement et d'amusement. Puis son expression devint sérieuse, et je sentis son regard se poser sur mes lèvres. Mon rythme cardiaque s'accéléra tandis qu'il avançait doucement son visage vers le mien. Son souffle chaud se mêla au mien, et il m'embrassa enfin. D'abord avec lenteur, puis, après que je me fus rapprochée de lui, avec plus d'ardeur. Il posa les mains sur mes hanches, et bon sang, si nous n'étions pas à un arrêt de bus en plein centre-ville, je me serais déjà mise à califourchon sur lui !

Lorsque Robin s'écarta, j'avais encore le sang qui battait à mes tempes et je regrettai que cela soit déjà fini. Néanmoins, ce premier baiser avait été parfait. Si on faisait abstraction de son léger arôme aux produits de la mer…

— Le car arrive, m'informa Robin en se levant.

— Dommage, m'entendis-je murmurer en l'imitant.

Il sourit, puis m'adressa un regard espiègle.

— En effet…

Je rangeai mon Nikon dans mon sac. Nous montâmes dans l'autocar et allâmes nous asseoir au fond. Malgré l'heure tardive, il y avait du monde à l'intérieur, mais aussi du bruit. La tension entre Robin et moi s'évapora.

— Merci, lui dis-je tout de même, cette journée était vraiment super.

Il acquiesça.

— Je t'avoue que ce grand bol d'air m'a fait du bien à moi aussi. On remet ça quand tu veux.

Je grimaçai légèrement.

— Je pense que j'ai eu ma dose de randonnée pour les vacances… Mais je suis partante pour d'autres activités ou visites.

Les bras croisés sur sa poitrine, il sembla y réfléchir.

— Eh bien, il me semble qu'il y a de la pelote basque demain soir en ville, si ça t'intéresse.

— Qu'est-ce que c'est ?

— Pour faire simple, c'est un sport dans lequel on envoie une balle contre un mur.

— Dit comme ça, c'est un peu étrange, rigolai-je.

Robin sourit.

— Je t'avoue que c'est assez original, mais c'est une chose à voir ici.

— Très bien, monsieur le guide, c'est noté. Je ne sais pas encore si mes amis ont prévu quelque chose pour demain mais, si je suis disponible, je t'envoie un message ?

— Ça marche, blondinette.

Je lui donnai un coup d'épaule.

— Si tu m'appelles comme ça encore une fois…

Son visage se rapprocha du mien, et l'air malicieux qu'il affichait fièrement m'empêcha de terminer ma phrase.

— Tu sais que j'adore quand tu me menaces ?

Je lui donnai un nouveau coup d'épaule pour qu'il recule. S'il croyait pouvoir m'avoir comme ça à chaque fois, il se mettait le doigts dans l'œil.

Ma réaction le fit rire, mais à mon plus grand regret il ne tenta pas de nouvelle approche jusqu'à ce que nous arrivions à destination.

Il nous avait peut-être fallu plusieurs heures de marche pour parvenir à Saint-Jean-de-Luz, mais seulement dix minutes de route nous séparaient de Bidart. Le bus nous laissa sur le parking où Robin s'était garé. Comme par hasard, alors que nous avions eu grand soleil toute la journée, voilà qu'il s'était mis à pleuvoir. Nous nous dépêchâmes de gagner sa voiture et de rentrer au camping.

Moins de dix minutes plus tard, Robin était stationné devant mon mobil-home. Il tombait encore quelques gouttes dehors, mais rien de bien méchant.

— Bon, commençai-je en me détachant, merci encore pour la rando, et… d'avoir passé la soirée avec moi.

Prête à descendre, j'ouvris la portière, mais la main de Robin sur mon bras m'arrêta. Je tournai la tête et constatai qu'il s'était incliné vers moi. Alors que je m'attendais à ce qu'il m'embrasse à nouveau, je fronçai les sourcils en le voyant humer l'air.

— Hum, ne le prends pas mal, Pauline, commença-t-il d'une voix douce, mais je crois qu'on a tous les deux besoin d'une bonne douche.

Je le fixai un instant, offusquée, avant de finalement éclater de rire avec lui.

— Par contre, reprit-il après plusieurs secondes, je peux encore une fois supporter les moules au roquefort…

Je n'eus pas le temps de réagir qu'il avait déjà saisi mon visage entre ses mains pour m'embrasser tendrement. Je résistai à l'envie d'approfondir le baiser et de le toucher, car je savais que le moment n'était pas idéal.

— Bonne nuit, Pauline, me dit Robin en s'écartant.

— Bonne nuit, Robin.

Je descendis de la Honda et, après lui avoir jeté un regard charmé, refermai la portière.

Finalement, Robin Lebrest était bien loin de gâcher mes vacances…

Robin

Je garai la voiture de Greg dans le parking extérieur du camping, et rentrai chez moi à pied.

Autant ma mère ne m'aurait pas posé de question en voyant la Honda de mon meilleur ami devant notre bungalow, autant Naia, elle, aurait cherché à savoir pourquoi j'en avais eu besoin.

Je me sentais un peu désolé pour Greg. Entre les questions indiscrètes que devait lui poser ma sœur à mon sujet, et les réponses qu'il ne pouvait pas lui donner en raison de notre amitié, ça ne devait pas être facile pour lui.

Alors que je cherchais les clés de la maison dans mon sac, un bruit étrange derrière moi suivi d'un grincement attira mon attention.

Ébahi, je fixai ma sœur qui s'arrêtait en vélo, à quelques mètres de moi.

— Tu… Tu n'étais pas à la maison ?

Vêtue d'un long coupe-vent à capuche jaune fluo, elle éteignit sa lampe frontale et descendit de son vélo.

— Tu vois bien que non, Einstein.

Elle me rejoignit sous le porche sans même jeter un coup d'œil à la voiture, et retira sa veste mouillée.

— Comment s'est passé ton rendez-vous ? m'interrogea-t-elle d'un air innocent.

Mon cœur rata un battement.

— Comment est-ce que…

Greg… Espèce de sale traître…

— Désolée, il ne voulait rien me dire mais je sais être très persuasive comme fille. Alors ?

Et je préférais clairement ne pas imaginer par quel moyen elle était arrivée à ses fins.

— Ça ne te regarde pas, soupirai-je.

Je récupérai les clés et ouvris la porte.

— J'espère juste qu'elle ne te fera pas autant souffrir que Célia, dit-elle en entrant la première.

Surpris qu'elle soit au courant pour mon ex, je lui attrapai aussitôt la main.

— Qu'est-ce que Greg t'a dit exactement ?

— Euh… Tout ?

Je jurai intérieurement. Bon sang, ce mec était pire qu'une meuf !

— C'est-à-dire ? insistai-je en la relâchant.

— Que ton ex t'avait largué, que c'était pour ça que tu t'étais ramassé sur la dernière compétition, et que tu étais probablement revenu à la maison parce que tu n'allais pas très bien… Il a raison, n'est-ce pas ?

Je hochai la tête.

— Plus ou moins.

— Pourquoi est-ce qu'elle t'a quitté ? me questionna-t-elle doucement.

Étant donné que j'avais déjà confié à ma sœur la raison de mon départ, peut-être était-il temps de lui raconter pourquoi j'étais revenu à Bidart…

Ne voulant pas réveiller ma mère en restant dans le hall d'entrée, je lui fis signe de me suivre dans la cuisine.

— Ce que je t'ai dit hier soir, commençai-je en m'appuyant contre la table, je n'ai jamais réussi à le dire à Célia. Ni à personne d'autre d'ailleurs.

Malgré son étonnement, Naia hocha la tête et attendit probablement que je développe.

— Je n'ai jamais pu lui dire pourquoi j'avais coupé les ponts avec vous, ni lui parler de la mort de papa. Et même si elle n'a jamais insisté pour savoir ce que je lui cachais, mes secrets créaient une sorte de barrière entre nous.

Je repensai au début de notre relation, quand je faisais encore chaque nuit des cauchemars dans lesquels je revoyais mon père disparaître sous la vague devant moi. Mais lorsque je me réveillais en sueur et que Célia me disait : « Chut… Ce n'est qu'un mauvais rêve, rendors-toi… », je devais retenir mes sanglots, car je savais que c'était la réalité qui venait me hanter même dans mon sommeil.

— Célia savait que je souffrais intérieurement, repris-je d'une voix rauque, mais elle ne pouvait rien faire pour m'aider. Et rester en couple avec une personne qui ne veut pas d'aide, je suppose que ça devient invivable à force.

— Elle ne t'a pas quitté, murmura ma sœur d'une voix attristée, elle t'a abandonné.

Je haussai les épaules.

— Appelle ça comme tu veux, mais – et même si je lui en veux de m'avoir brisé le cœur –, je la comprends.

Naia secoua la tête, dépitée.

— Moi pas. Si cette fille t'avait réellement aimé, elle ne t'aurait jamais laissé tomber alors que tu allais mal !

— Naia, elle a tout essayé, crois-moi. Elle m'a même forcé à aller voir un psy. Mais je ne voulais pas de son aide. En réalité, la seule chose dont j'avais besoin, c'était de toi et de maman, et de vous parler, mais ça je ne l'ai compris que lorsque Célia m'a quitté. Elle m'a dit que c'était à cause de la distance mais j'ai bien compris que, si j'avais pu m'ouvrir à elle comme je le fais avec toi ce soir, on serait peut-être encore ensemble à l'heure qu'il est.

Ma sœur s'approcha de moi et vint me serrer contre elle. Je fermai les yeux un court instant, me laissant envahir par cette chaleur réconfortante.

— Je l'ai perdue parce que je n'ai pas su la laisser entrer complètement dans ma vie, chuchotai-je d'une voix tremblante. Si je ne revenais pas à la maison, c'était aussi ce qui risquait de se passer avec toi et maman. Et je ne pouvais pas vous perdre aussi.

Naia resserra son étreinte.

— Tu ne nous perdras pas, Robin. Jamais.

Nous nous séparâmes brusquement en entendant des grincements dans l'escalier.

— Merde ! jura Naia. Maman ne sait pas que je suis sortie, couvre-moi !

Et elle alla aussitôt se cacher sous la table.

— Je te rappelle que tu as vingt et un ans, la taquinai-je.

Ma mère, vêtue d'une robe de chambre blanche en soie, ne tarda pas à débarquer dans la cuisine.

— Robin ? Mais qu'est-ce que tu fais là ?

— Euh, je viens de rentrer, j'allais me faire un thé avant de dormir.

Elle balaya la pièce du regard, comme si elle était à la recherche de quelqu'un, avant de me fixer à nouveau.

— J'ai cru que tu parlais à quelqu'un…

Je sortis aussitôt mon téléphone portable de mon sac.

— Ouais, désolé de t'avoir réveillée, j'étais avec Greg sur haut-parleur… On vient de raccrocher.

Son air sceptique disparut presque aussitôt. Il fallait croire que j'avais des talents cachés d'acteur…

— Je vois, bon, eh bien, fais-moi aussi un thé pendant qu'on y est, je ne crois pas pouvoir me rendormir de sitôt.

Elle s'approcha de la table pour tirer une chaise, mais je l'arrêtai aussitôt, par crainte que ma sœur ne se fasse griller.

— Et si on allait plutôt dans le salon ? On sera mieux installés.

— Si tu veux.

— Parfait, j'apporte les tasses dans cinq minutes.

À peine eut-elle quitté la cuisine que j'entendis un profond soupir de soulagement. Naia sortit de sa cachette et déposa un rapide baiser sur ma joue.

— Merci, tu viens de m'épargner quinze minutes de conversation embarrassante ! Allez, je te laisse, amuse-toi bien !

Je regardai ma sœur quitter discrètement la cuisine, puis allai préparer la bouilloire, l'esprit plus apaisé qu'avant. S'ouvrir aux autres n'était pas une chose facile, mais le résultat en valait bien la peine.

Chapitre 12

Pauline

Salut, c'est Pauline. Un de mes amis est à l'hôpital. Rien de très grave mais je ne pourrai pas venir ce soir, désolée. On peut se voir demain si tu veux ?

Je soupirai en relisant mon message.

La journée avait si bien commencé. Après avoir raconté brièvement à mes amis ma super soirée de la veille, je leur avais demandé si cela ne les dérangeait pas que je revoie Robin ce soir. Bien évidemment, Romane et Éloïse avaient sauté de joie, Thibaut avait lui aussi rendez-vous – avec Poitrine Refaite – et Alexis… Autant dire que la nouvelle ne l'avait pas ravi, mais tant mieux. Même si j'adorais passer du temps avec Robin, je devais reconnaître que sortir avec lui était un bon moyen de faire comprendre à Alexis qu'il n'y aurait rien entre nous. Il était temps que celui-ci retrouve ses esprits et se souvienne qu'il avait déjà une petite amie.

Après avoir pris un gros petit déjeuner sur la terrasse en fin de matinée, nous étions restés tranquilles au mobil-home jusqu'en milieu d'après-midi. Les garçons nous avaient réservé une heure de jet-ski à Saint-Jean-de-Luz, et ça avait été vraiment génial. J'étais montée avec Éloïse, et je ne regrettais pas de l'avoir laissée conduire. Assise à l'arrière, j'avais pu fermer les yeux et ressentir pleinement les sensations. On aurait dit qu'on volait sur les vagues. Ensuite, nous nous étions un peu baladés dans la commune, dans les rues où Robin et moi avions marché la veille, et lorsque nous étions arrivés devant l'arrêt de bus, Romane m'avait fait remarquer que je souriais niaisement. À se demander pourquoi…

À ce moment-là, Thibaut et Alexis s'étaient courus après en rigolant, et le second avait fini par tomber et se déboîter la tête de l'humérus dans sa chute.

Actuellement, Thibaut, Romane, Éloïse et moi attendions dans la salle d'attente des urgences que le médecin réduise la luxation d'Alexis et qu'il lui mette une écharpe. Ensuite, il faudrait encore qu'Alexis règle toutes les formalités administratives, et nous pourrions rentrer au camping. La pelote basque, ce n'était définitivement pas pour aujourd'hui.

J'envoyai mon SMS, puis posai mon portable sur mes cuisses et observai mes amis. Éloïse était assise à ma droite, Romane en face de nous, et Thibaut avait préféré rester debout à ma gauche.

— Il en a encore pour longtemps, vous pensez ? demanda-t-il en s'étirant. Je commence à avoir la dalle.

— Si vous ne vous étiez pas comportés comme des gamins, on serait déjà à table, répondit froidement Romane.

Elle avait l'air en colère contre lui, mais je savais qu'au fond elle était surtout inquiète pour Alexis. Même s'il aurait moins mal une fois son épaule remise en place, cette manipulation médicale ne serait probablement pas très agréable.

— C'est lui qui a commencé, se défendit Thibaut.

— La ferme, Thibaut, lui lança Éloïse d'un ton agacé.

Mon portable vibra, et je jetai un coup d'œil au message que je venais de recevoir.

Salut, Pauline, pas de souci, j'espère que ça va aller pour lui. Demain il y a les danses basques en fin de matinée… Tu veux danser ?

Je souris, et lui écrivis rapidement.

Tant que ça ne te dérange pas d'avoir une très mauvaise partenaire…

Sa réponse ne se fit pas attendre.

Tu as de la chance. En plus d'être un très bon guide touristique, je suis un excellent professeur de danse. Rendez-vous sur la place de la mairie à 11 h 30.

— Paupau parle avec son amoureux ! claironna Thibaut.

Je l'ignorai et envoyai la confirmation de ma présence à Robin.

J'ai hâte de voir ça… professeur.

— Tu sais que tu aurais pu aller le voir ce soir, me chuchota Éloïse. Alexis n'est pas au bord de la mort et, de toute façon, on ne peut pas faire grand-chose pour lui.

Je jetai un coup d'œil à Romane, qui tapait nerveusement du pied. Elle avait besoin d'être tranquillisée.

— Je sais, mais vous comptez plus pour moi.

Après avoir rangé mon téléphone dans mon sac, je me levai et allai m'asseoir à côté de Romane. Mon amie posa la tête sur mon épaule en soupirant.

— Ils auraient au moins pu attendre la fin des vacances pour ça, marmonna-t-elle.

— Connaissant Alexis, un bras immobilisé ne l'empêchera pas de profiter pleinement des derniers jours, la rassurai-je.

— Hum, c'est vrai… Mais ça va être plus compliqué de faire l'amour. Déjà qu'on ne l'a même pas fait depuis qu'on est arrivés… Je ne sais pas ce qu'il a en ce moment, mais il agit bizarrement.

Mon cœur rata un battement. Était-ce… à cause de moi ?

Je n'étais pas du genre à m'imaginer des choses, mais après le comportement d'Alexis vis-à-vis de moi, il y avait de grandes chances pour que ce soit le cas. Et si Alexis et Romane se séparaient par ma faute ? Cela détruirait notre groupe et je me le reprocherais toute ma vie.

Je posai ma main sur celle de mon amie et la lui serrai. Pour elle, c'était sûrement un signe de soutien. Pour moi, il s'agissait d'excuses anticipées.

Robin

À ma plus grande surprise, lorsque j'annonçai à Naia que je me rendais aux danses basques du village ce matin-là, elle me demanda si elle pouvait m'accompagner avec Greg. Bon, j'étais quasiment certain qu'elle voulait plus venir pour voir à quoi ressemblait Pauline que pour danser, mais je ne pouvais pas non plus lui dire non. On était enfin de nouveau proches tous les deux, à tel point qu'elle m'avait même accompagné à la pelote basque la veille quand je lui avais dit que Pauline avait eu un empêchement. Et cela m'arrangeait bien de monter dans la voiture de Greg plutôt que d'y aller à pied.

Nous nous garâmes dans une petite rue tranquille non loin de la place de la mairie. À notre arrivée, l'orchestre avait déjà commencé à jouer et les gens à danser dans une ambiance joviale. Il y avait foule, alors j'envoyai un message à Pauline pour lui dire que je me trouvais devant la mairie.

— Ta copine n'est pas là ? s'enquit Naia. J'espère qu'elle ne t'a pas encore posé un lapin !

— Ce n'est pas ma « copine », répondis-je seulement.

J'espérais tout de même qu'elle n'ait pas fait la fête toute la nuit, et qu'elle se soit réveillée ce matin.

— Parce que tu invites tes plans cul à danser le mutxiko[1] ? répliqua ma sœur. Même la polka, c'est plus sexy !

— Ce n'est pas non plus un « plan cul », rétorquai-je en balayant la foule du regard. On aime bien passer du temps ensemble mais on ne recherche rien de sérieux.

— Et si je peux me permettre, intervint Greg, moi, je ne trouve pas que la polka soit plus sexy.

Ma sœur leva les yeux au ciel.

— Crois-moi, ce ne sont pas tes talents en danse basque qui m'ont fait tomber amoureuse de toi, lui lança-t-elle sèchement.

Je ricanai et donnai une tape encourageante dans le dos de mon meilleur ami. Ça ne devait pas être facile tous les jours d'avoir ma sœur comme petite copine !

Soudain mon portable vibra.

T'as vraiment le look d'un surfeur !

Je relevai les yeux de l'écran et aperçus Pauline en face de moi. Elle portait une ravissante robe blanche en dentelle, avec une courte veste en denim et des sandalettes, et ses beaux cheveux blonds ondulaient sur ses épaules. Elle était vraiment à couper le souffle aujourd'hui.

Avec ma casquette à l'envers, mon débardeur, mon short

1. Danse traditionnelle du Pays basque.

en jean et mes baskets usées, je regrettais de ne pas avoir fait plus d'efforts.

— Bon, je vous laisse, ma partenaire est arrivée, à plus ! lançai-je à Naia et Greg.

Je descendis rapidement les marches de la mairie pour aller rejoindre Pauline.

— Tu pourrais au moins nous la présenter ! entendis-je ma sœur s'exclamer.

Et la présenter à maman pendant qu'on y est...

— Salut, dit-elle d'une voix charmante lorsque j'arrivai enfin à sa hauteur.

À présent que nous étions plus proches, je remarquai qu'elle avait un trait d'eye-liner au-dessus des yeux et un peu de mascara sur ses cils. Son regard bleu turquoise était encore plus intense que d'habitude, et je commençais un peu à avoir chaud.

— Ça te va bien, la complimentai-je avec un sourire.

— Le maquillage ou la robe ? me taquina-t-elle non sans rougir légèrement.

— Les deux.

Pauline me rendit mon sourire, bien qu'elle semble un peu gênée.

— Merci, mais quand je vois que tout le monde est habillé normalement, je me dis que j'aurais mieux fait de ne pas en faire autant...

Je secouai la tête et me penchai vers elle.

— Un bon danseur a toujours besoin d'une jolie partenaire, lui murmurai-je. Allez, viens, je vais t'apprendre les pas !

— Euh... On ne peut pas regarder avant ? me demanda-t-elle en grimaçant.

En guise de réponse, je lui attrapai la main et l'entraînai au milieu de la foule.

— Suis mes mouvements, OK ? dis-je en commençant à danser.

Cette danse était assez compliquée. Même si un présentateur dictait les pas à effectuer au micro afin que tout le monde puisse suivre correctement la chorégraphie, encore fallait-il savoir à quoi ils correspondaient.

— *Erdizka*, énonça le présentateur.

Je fis un demi-tour avec des pas spécifiques et observai Pauline tenter de m'imiter du coin de l'œil. Bon, ce n'était pas tout à fait ça, mais au moins elle essayait !

— *Dobla.*

Cette fois, il fallait faire un tour complet, et Pauline me rentra dedans.

— Désolée, dit-elle en rigolant.

— Bon, on va peut-être attendre la prochaine danse ! répondis-je en riant avec elle.

Nous nous mîmes sur le côté, et patientâmes.

— Tu connais vraiment toutes les danses ? me questionna Pauline.

Je hochai la tête.

— Chaque dimanche de chaque mois, mes parents nous emmenaient danser, ma sœur et moi. Et puis, étant originaire d'ici, ce serait une honte de ne pas connaître le mutxiko.

— Le mutxiko, c'est ce type de danse, c'est ça ?

— Ouais. Il comprend plusieurs danses composées de plusieurs pas et de sauts différents. En réalité, il n'y en a pas énormément à apprendre, mais les enchaînements changent à chaque fois.

Lorsqu'une autre musique se lança, et que les gens formèrent un cercle, j'entraînai à nouveau Pauline sur la piste. C'était probablement le mutxiko le plus facile.

— Cette danse est simple, il n'y a pas beaucoup de pas, et on va les enchaîner sept fois de suite. Et à chaque nouveau tour, à la fin, il faut faire un saut de plus qu'au tour précédent. T'es prête ?

Elle secoua la tête, visiblement peu convaincue de réussir, mais tenta quand même. Le premier tour, durant lequel Pauline percuta mon dos, mais aussi celui d'une femme âgée devant elle, fut un échec total. Tout comme le deuxième. Ainsi que le troisième. En revanche, à partir du quatrième tour, Pauline commença à retenir les pas, et à se débrouiller. Lorsque nous terminâmes le dernier tour, ce n'était pas un sans-faute, mais j'étais quand même impressionné.

— Ça y est, je crois que je suis devenue la pro des danses basques ! s'exclama-t-elle avec ironie.

— Ouais, je pense même que l'élève a dépassé le maître, plaisantai-je.

En revanche, la danse qui venait d'être annoncée allait s'avérer bien plus compliquée pour elle.

— On va peut-être faire une pause, proposai-je avec un sourire en coin.

Pauline acquiesça, semblant à la fois soulagée et ravie de cette idée.

Nous allâmes nous asseoir sur un banc un peu plus loin.

— Bon, sinon, comment va ton ami ? lui demandai-je en croisant les mains derrière la tête.

Pauline haussa les épaules.

— Je ne l'ai pas vu ce matin, tout le monde dormait quand je suis partie, mais je pense que ça va mieux qu'hier.

— Qu'est-ce qu'il a eu exactement ?

— Ah oui, c'est vrai que je ne te l'avais pas dit. Il s'est luxé l'épaule en tombant par terre, comme un crétin…

Elle avait l'air aussi blasée qu'amusée. Étrangement, j'eus l'impression que celui dont elle parlait était peut-être plus qu'un ami pour elle. Mais étant donné que je n'étais qu'un « compagnon de passage », j'estimai que cela ne me regardait pas. Et ce n'est pas comme si je n'avais plus aucun sentiment pour Célia.

— Salut !

Je tournai la tête et levai les yeux au ciel en voyant Naia et Greg arriver vers nous. Ma sœur tendit aussitôt la main à Pauline.

— Naia, se présenta-t-elle joyeusement, la sœur de Robin. Enchantée !

Pauline sembla un peu surprise par cette rencontre inattendue, mais elle afficha tout de même un sourire amical.

— Pauline, de même.

— Et nous, je crois qu'on se connaît déjà, plaisanta Greg.

Pauline acquiesça.

— Sinon, Robin, c'est assis sur un banc que tu lui apprends à danser le mutxiko ? me lança Naia avec sarcasme.

— De quoi je me mêle ? répliquai-je en croisant les bras sur mon torse. Tu n'as qu'à retourner sur la piste avec ton partenaire.

Ma sœur m'ignora et reporta son attention sur Pauline.

— D'où est-ce que tu viens ? Si ce n'est pas trop indiscret…

Si, ça l'était, Naia…

— De Paris, répondit tout de même Pauline.

— Oh ! fan du PSG, je suppose ?

Pauline grimaça.

— Je ne suis pas très football, alors… On va dire que je soutiens l'équipe de France !

— Et tu repars quand ? lui demanda Naia.

— Mercredi matin.

Ma sœur hocha la tête, l'air pensif, puis elle me regarda malicieusement.

— C'est vrai que, Paris, ce n'est pas à côté, mais bon, ce n'est pas comme si mon frère adoré ne voyageait pas déjà aux quatre coins du monde pour ses compétitions de surf, n'est-ce pas ?

Bon sang, qu'est-ce que ma sœur n'avait pas compris dans « ce n'est pas ma copine » et « on ne recherche rien de sérieux » ?

Ressentant la gêne de Pauline, qui visiblement ne savait pas trop quoi répondre, je décidai de me lever. Je jetai un regard noir à ma sœur, puis attrapai la main de Pauline.

— On retourne danser, lui dis-je avec un sourire rassurant.

Elle ne protesta pas et me suivit sur la piste. C'était une danse dans laquelle on tournait beaucoup et dans tous les sens, mais tant pis. Pauline me rentra dedans et m'écrasa les baskets plusieurs fois. Nous finîmes par nous arrêter, complètement hilares à cause de notre fiasco.

— OK, les danses basques, ce n'est définitivement pas pour moi, déclara-t-elle.

— Mais si, c'est comme le surf, avec de l'entraînement, je suis sûr que tu y arriveras, tentai-je de la réconforter.

Elle n'avait pas l'air très convaincue par mes paroles, et moi non plus d'ailleurs…

— En tout cas, désolé pour Naia, lui dis-je. Elle est super gentille, mais c'est une vraie fouine. Je suis même certain qu'elle est venue ici uniquement pour rencontrer la jolie blondinette que je voyais en secret.

Elle me donna une tape sur le bras.

— Je t'ai déjà dit d'arrêter de m'appeler comme ça.

— Mais j'ai rajouté le « jolie » devant ! me défendis-je. Et puis ce n'est pas comme si tu étais brune…

Pauline enroula soudain ses mains autour de mon cou et se haussa sur la pointe des pieds pour m'embrasser sur les lèvres. À la fois ravi mais tout aussi surpris par ce baiser inattendu, je restai immobile pendant ces quelques secondes.

Pauline me regarda avec un petit sourire espiègle.

— C'était pour quoi ça ? l'interrogeai-je en fronçant les sourcils.

— J'en avais juste envie, répondit-elle d'un air innocent.

Je replaçai une mèche de ses cheveux derrière son oreille. Elle était vraiment adorable, et je ne pus résister au désir de l'embrasser à nouveau, un peu moins tendrement qu'elle. Je sentis qu'elle était tentée de se rapprocher de moi, mais qu'elle se retenait, probablement à cause de la foule autour de nous. Ce fut d'ailleurs elle qui mit fin à ce baiser parfait, qui avait fait monter ma température corporelle de quelques degrés supplémentaires.

— On devrait peut-être aller ailleurs, proposa-t-elle avec un petit sourire en coin.

OK, la Pauline toute mignonne venait de se transformer en une Pauline fatale et vraiment attirante.

Je déglutis nerveusement, et approuvai d'un hochement de tête. N'ayant aucune idée de l'endroit adéquat, et puisqu'elle marchait devant moi, je décidai de la suivre en profitant de la vue que j'avais sur son corps moulé par sa robe et ses ravissantes jambes dénudées.

Au bout de quelques minutes, Pauline tourna dans une ruelle tranquille et s'appuya contre un mur. Son visage était éclairé par un rayon de soleil. Je l'observai un moment, gravant dans mon esprit son sourire appétissant, ses beaux yeux bleu ciel, ses boucles blondes sur ses épaules. Puis mon regard descendit vers sa robe, qu'elle remontait lentement, et avec sensualité, sur ses cuisses. Cette fille allait vraiment me rendre fou.

Je m'approchai d'elle, assez pour sentir son souffle chaud contre mon visage. Mes yeux rivés aux siens, je fis glisser mes doigts sous le tissu de sa robe. Elle se tendit aussitôt, tandis que ma main remontait doucement jusqu'à son sous-vêtement.

— Je suis clean, m'informa-t-elle, et toi ?

— Moi aussi.

Célia était une angoissée des MST, alors, et bien que chacun de nos rapports ait été protégé – sans exception –, j'avais dû faire un test au début de notre relation. Et comme je n'avais couché avec personne d'autre depuis…

Même si nous ne nous connaissions que depuis peu, Pauline sembla me faire confiance, et cela était réciproque.

Je jetai un rapide coup d'œil aux alentours, mais le coin semblait vraiment désert. Du moins, pour le moment. Et c'était peut-être ce qui rendait les choses encore plus excitantes.

Je la regardai à nouveau et pus lire le désir qu'elle ressentait pour moi à cet instant précis.

Nos respirations devinrent lourdes, et soudain, tout se déroula avec rapidité et frénésie. Pauline m'embrassa avec fougue, tout en m'attirant contre son corps. Nos cœurs battaient à toute allure.

Impatient, j'abaissai mon short et mon caleçon, la soulevai contre le mur, et, une fois ses jambes enroulées autour de ma taille, entrai profondément en elle. Putain, ce que c'était bon.

Pauline gémit contre ma bouche, me mordillant la lèvre, avant de plonger sa tête dans mon cou et de me lécher la peau. Je donnai un nouveau coup de bassin, nous faisant tous deux tressaillir de plaisir. Elle agrippa mon dos, et me serra davantage contre sa poitrine.

Tout en me concentrant sur nos souffles saccadés et sur ses gémissements, j'accélérai mes mouvements de va-et-vient.

— Plus vite, susurra-t-elle contre mon oreille.

Bon sang… Cette fille allait sans aucun doute être l'un des meilleurs coups de ma vie. Du moins, ça l'aurait été si nous n'avions pas dû nous arrêter en entendant des voix dans la rue adjacente…

Chapitre 13

— Bah alors, t'étais passé où ? m'interrogea Naia. Et Pauline ? Elle est partie ?

Après avoir été « interrompus », Pauline et moi avions tous deux réalisé que ce que nous étions en train de faire était un peu dingue. Nous nous étions alors rhabillés correctement, puis, un peu gênés, nous avions marché dans le village en échangeant des banalités.

En toute honnêteté, je n'aurais jamais pensé que m'envoyer en l'air avec elle me ferait autant de bien. Même si nous n'avions pas pu aller jusqu'au bout, Pauline avait réussi à me faire oublier tous mes soucis, y compris mon ex, et ça, j'avais encore du mal à y croire.

Cette fille était vraiment surprenante, et l'effet qu'elle me faisait encore plus. Heureusement, avant qu'elle ne rentre au camping, nous avions convenu d'essayer de nous revoir avant son départ, et autant dire que j'avais déjà hâte.

Le sourire aux lèvres, je me laissai tomber sur le banc, à côté de ma sœur et de Greg.

— Ouais. Elle voulait rentrer avant que ses amis ne se réveillent, lui répondis-je enfin.

Non pas qu'elle ne les ait pas avertis de notre petit rendez-vous matinal, mais elle leur avait dit la veille qu'elle serait là pour le déjeuner, et aussi pour la séance de ciné qu'ils avaient prévu dans l'après-midi. Apparemment, Pauline voulait à tout prix voir *Annabelle 3* car, à ma plus grand surprise, elle était une grande fan des films d'horreur.

— Oh ! dommage, j'aurais bien aimé discuter avec…

Devant le regard noir que je lui lançai, elle se tut.

— OK, d'accord, excuse-moi pour tout à l'heure, soupira-t-elle, je n'aurais pas dû me mêler de votre histoire.

Je jetai un coup d'œil à Greg, certain que c'était lui qui l'avait convaincue de s'excuser. Et son expression nerveuse sous mon regard me le confirma.

— Donc, tu ne vas pas la revoir aujourd'hui ? s'enquit ma sœur.

— Tu ne viens pas de dire à l'instant que tu ne devais pas te mêler de notre histoire ?

— Non, j'ai dit que je n'aurais pas dû, pas que je ne le ferais plus, me contredit-elle fièrement. Alors ?

— Je ne pense pas, elle va au ciné avec ses potes, répondis-je tout de même.

Naia devait vraiment avoir un pouvoir de persuasion, parce que je ne comprenais vraiment pas ce qui me prenait de lui raconter autant de choses ces derniers jours.

— Sérieux ? s'étonna-t-elle. Elle vient dans le Sud pour aller au ciné ?

Je trouvais ça dommage moi aussi, mais étant donné que l'un de ses amis s'était luxé l'épaule et que son bras était immobilisé, cela réduisait pas mal le nombre d'activités. Plus de piscine, de jet-ski, ni de parc d'attractions et compagnie.

Je réfléchis un instant, et eus une idée.

— Greg, ton grand-père a toujours son catamaran ?

Mon meilleur ami se pencha en avant.

— Ouais, pourquoi ?

— Il te le prêterait une journée ?

— Euh… Ouais, probablement, pourquoi ?

— Je sais que tu es occupé avec l'école de surf, mais tu serais dispo demain en fin de matinée ?

— Attends, tu veux qu'on aille faire une sortie catamaran tous les deux ?

Je souris, amusé.

— Non, enfin oui, j'ai besoin de toi, car tu as ton permis bateau, mais j'aimerais bien aussi inviter Pauline et ses amis.

Évidemment, c'était surtout pour voir Pauline. Mais je savais que, si elle adorait passer du temps avec moi, elle était quand même ici en vacances avec ses potes, et qu'elle voulait aussi profiter des derniers jours avec eux. Alors peut-être que si je les invitais tous elle accepterait. Et puis, si personne n'avait le mal de mer, cela conviendrait également à celui qui était estropié.

— Bah, écoute, ça aurait été avec plaisir, mais Julie donne un cours à 11 heures, et il faut que quelqu'un reste à l'école, au cas où des gens viennent réserver des cours, ou prendre des renseignements, tu comprends.

— Je peux m'en occuper, intervint Naia.

— C'est gentil mais tu n'es pas censée travailler au camping ?

— Je peux m'arranger avec ma mère, et puis regarde ce que mon frère est prêt à faire pour sa copine qui n'est pas sa copine ! Peut-être que cette sortie en mer lui permettra de réaliser qu'il est plus attaché à cette fille qu'il ne le pense !

— Ou seulement de tirer son coup, ajouta Greg en me faisant un clin d'œil.

Ma sœur leva les yeux au ciel avant de me dévisager de haut en bas, et de humer l'air dans ma direction.

— À mon avis, ça s'est déjà fait, déclara-t-elle.

Greg éclata de rire tandis que j'observais mon corps, paniqué, à la recherche d'indices pouvant lui avoir laissé deviner ce que j'avais fait dans la ruelle avec Pauline.

Merde ! Ma braguette.

Honteux, je cachai mon visage dans mes mains pendant quelques secondes.

— Donc, c'est adjugé pour demain, reprit Naia comme si de rien n'était. Je m'occuperai de l'école pendant que Greg vous promènera en mer ! En attendant, est-ce qu'on peut aller manger quelque part ? Il est bientôt 13 heures, et je commence à avoir faim !

— Euh, allez-y sans moi, les prévins-je. La météo est idéale, je vais manger un sandwich et aller surfer.

Mon meilleur ami et ma sœur se levèrent simultanément.

— Ça marche. À plus tard, mec, me répondit Greg.

Durant mon retour à pied jusqu'au camping, j'envoyai un message à Pauline pour lui demander si elle et ses amis seraient d'accord pour la sortie en catamaran. Je reçus sa réponse juste avant de partir à la plage.

Tout le monde est partant.

De bonne humeur, j'allai m'entraîner pendant deux bonnes heures. Même si j'avais encore le temps, ma prochaine compétition à Anglet approchait, et je comptais bien rattraper les terribles notes que j'avais obtenues en juin. J'avais failli perdre l'un de mes sponsors, et si je n'arrivais pas au moins en final à ma prochaine QS, je pouvais dire adieu à mon contrat avec Red Bull.

À la fin de ma séance de surf, je profitai du beau temps pour nager un peu. Le surf correspondait à 80 % de mon entraînement physique, les 20 % restant comprenaient la natation, l'apnée et la sophrologie, le renforcement physique, les étirements, les exercices de pliométrie, et la course en fractionné. Le surf était loin d'être un sport facile. Il faisait appel pratiquement à chaque partie du corps. Les bras lorsqu'on rame, le mental quand on doit attendre la vague, les jambes dès qu'on se met debout sur la planche, l'équilibre, le cardio car il faut être très rapide et réactif pour aller prendre la vague, la respiration parce que des fois on peut se retrouver entraîné au fond de la mer…

La mort de mon père me revint en mémoire. Le surf était un sport risqué et l'océan, une étendue d'eau infinie aussi belle que dangereuse. Malgré tout, mon père avait raison. Tant que j'aurai toujours mes deux jambes et mes deux bras pour ramer, je n'abandonnerai jamais.

— Je te rendrai fier de moi, papa, murmurai-je en regardant l'horizon, je te le promets.

Posé sur ma serviette à côté de moi, mon téléphone vibra. Ma mère me demandait si je serais présent pour le dîner, car elle comptait préparer une piperade.

Je repensai aux plats rapides que j'avais l'habitude de manger en Polynésie française. Je n'avais jamais été un grand cuisinier, et je préférais la facilité. Malgré tout, les bons repas de ma mère m'avaient souvent manqué.

Je pris une rapide photo de l'océan et la publiai sur mon compte Instagram avec la description suivante : « Home[1] ».

Car oui, ça faisait du bien d'être enfin rentré à la maison.

1. Maison.

Pauline

Robin nous avait donné rendez-vous au port de Saint-Jean-de-Luz à 11 heures.

La perspective de cette sortie en mer me réjouissait, et j'étais ravie qu'on se revoie après notre partie de jambes en l'air intense, bien qu'inachevée. Pourtant, à l'idée que Robin et Alexis seraient dans le même bateau, je n'étais pas très sereine. Autant j'étais sûre que le premier saurait bien se tenir, autant pour le second… Son attitude désagréable ces derniers jours était incontestablement liée au fait que je voyais Robin, et j'avais peur qu'il dise, ou fasse, une connerie.

Romane et Éloïse avaient revêtu leurs plus beaux maillots de bain, et s'étaient bien pomponnées pour une « séance photo à bord du catamaran ». Même si je n'en avais pas fait des tonnes, j'avais tout de même décidé de porter mon nouveau maillot noir, par-dessus lequel j'avais enfilé une jolie petite robe de plage blanche en coton un peu transparente que j'avais achetée la veille au soir dans le centre-ville de Biarritz après le ciné.

Lorsque Robin et Greg nous rejoignirent à l'entrée du port, gênée par la présence de mes amis, je me contentai de leur faire la bise à tous les deux. Robin sembla ressentir mon léger malaise, mais il ne fit aucune réflexion. Le revoir me fit revenir à l'esprit ce qui s'était passé dans la ruelle, et je ne pus m'empêcher d'éprouver une petite excitation.

Après avoir échangé quelques banalités, Robin nous invita à monter à bord du catamaran.

Le bateau était *ma-gni-fique*. À l'intérieur il y avait même une cuisine de style rustique bien aménagée, un petit salon avec banquette et table à manger, et une chambre.

— Je suis fan ! s'exclama Romane en posant ses affaires dans le salon.

Elle prit son portable et filma les lieux tout en murmurant : « Les gars, je suis sur un putain de catamaran de malade ! » Elle s'arrêta, pianota sur son clavier, puis me fit signe d'approcher tout en levant son portable devant elle.

— Petite photo pour ma story Snapchat, m'informa-t-elle en se recoiffant.

Je la rejoignis devant la caméra, et, après avoir mis un effet « oreilles de lapin violettes » sur nos têtes, elle nous photographia.

Si j'adorais retoucher des photos, je le faisais toujours de façon discrète et sans excès. Et je trouvais que ce genre d'effet était certes amusant mais un peu grotesque.

Une photo naturelle valait dix fois mieux qu'une photo sur laquelle la personne était « dénaturée ».

— Bon, en fait, elle n'est pas top, soupira-t-elle en analysant les traits de son visage. Je vais aller en prendre d'autres dehors avec l'océan en fond !

Devais-je la prévenir que nous n'avions pas encore quitté le port ? Trop tard, elle avait déjà disparu.

Je récupérai ma serviette de plage et mes lunettes de soleil, que je plaçai sur ma tête, puis remontai sur le pont.

Greg et Robin semblaient faire quelques vérifications avant de partir, et je décidai de m'installer à côté des garçons à l'arrière, sur une banquette près du cockpit.

Je jetai un coup d'œil à Alexis, assis à la droite de Thibaut, et constatai qu'en plus de m'ignorer royalement il tirait la gueule. Être ici n'avait visiblement pas l'air de l'emballer, pourtant il n'avait pas émis la moindre objection la veille. J'avais vraiment du mal à le comprendre en ce moment.

— Tu veux une bière ? me proposa Thibaut.

J'acceptai volontiers et ce fut le moment où Éloïse et Romane décidèrent de nous rejoindre.

— Pauline, rassure-moi, j'ai bien mis ma crème solaire autobronzante dans ton sac ? me questionna Romane d'une voix paniquée.

— Ouais.

Elle soupira de soulagement, et s'assit à côté de moi.

— Parfait ! Parce qu'une fois en pleine mer, je compte bien m'allonger sur les trampolines à l'avant et me faire dorer la pilule au soleil ! Vous n'auriez pas apporté autre chose que des bières ? Du vin, par exemple ?

— Oui, bien sûr, et on a aussi préparé des cocktails juste pour toi, princesse, lui répondit Thibaut d'un ton moqueur.

Romane leva les yeux au ciel et récupéra une bière dans la glacière. Au même moment, Robin et Greg réapparurent au cockpit et nous annoncèrent que nous allions partir. Greg se mit à la barre, et Robin resta derrière lui, appuyé contre une barrière métallique. J'hésitai un instant à l'appeler pour qu'il nous rejoigne, mais peut-être préférait-il rester avec Greg pour le moment.

— Petite photo de groupe ! s'exclama Romane lorsque nous sortîmes enfin du port.

Elle passa son portable à Éloïse, assise au bout de la banquette, pour qu'elle nous prenne tous ensemble. Au moins cette fois-ci Romane n'avait pas mis d'effet, et j'étais certaine que cela nous ferait une plus belle photo souvenir.

Mais lorsque Romane observa le résultat, elle lança un regard contrarié à Alexis.

— Bébé, déjà que t'es moins photogénique avec ton bras dans cet état, mais en plus si tu ne souris pas !

— Désolé, mais j'ai encore un peu mal, répondit-il en grimaçant.

— Oh ! pardon, mon cœur, dit-elle en lui envoyant un baiser invisible.

Autant Romane sembla convaincue par son excuse, autant je ne l'étais pas le moins du monde.

Lorsque nous fûmes suffisamment loin en mer, et dans un cadre magnifique, près des falaises, Greg s'arrêta pour jeter l'ancre. Les filles partirent aussitôt à l'avant du bateau pour prendre des photos, et Thibaut s'éclipsa aux toilettes. Je m'assurai que Robin et Greg étaient toujours en train de discuter près de la barre pour me rapprocher d'Alexis.

— Si tu as quelque chose à dire, vas-y, lui ordonnai-je en croisant les bras sur ma poitrine.

Il me fixa silencieusement pendant de longues secondes. Lorsqu'il ouvrit enfin la bouche pour répondre, Romane surgit devant nous.

Même si nous ne faisions que parler, je craignis un instant qu'elle ne comprenne tout ce qui se passait entre nous. Mais par chance, elle ne sembla pas se douter de quoi que ce soit, et me demanda d'une voix pressée :

— Pauline, tu peux venir me prendre en photo avec Éloïse, s'il te plaît ?

Sans me laisser le temps de répondre – probablement car elle savait que je ne refusais jamais de prendre des photos —, elle se pencha vers Alexis et lui susurra à l'oreille :

— Et après, j'en veux aussi une avec toi, bébé !

Elle l'embrassa sur la joue, puis me prit la main et m'entraîna à l'avant du bateau. Éloïse avait mis de la musique, style deep house. Je les photographiai sous tous les angles. Thibaut et Alexis nous rejoignirent pendant la séance shooting et s'amusèrent à commenter avec amusement les poses sexy des filles.

Au bout de vingt minutes, lorsque Romane fut enfin satisfaite, et que je commençais à avoir un petit creux, je décidai d'aller chercher de quoi grignoter dans mon sac.

En arrivant près de la cabine, je fus ravie de tomber sur Robin. Nous ne nous étions pas encore parlé seul à seul depuis notre départ, et je m'en voulais un peu. Après tout, cette sortie, il l'avait organisée pour qu'on passe du temps ensemble.

— Alors, euh, ça vous plaît ? me demanda-t-il.

J'acquiesçai, plus que satisfaite.

— Où est Greg ? m'enquis-je.

Même s'il m'avait semblé de bonne humeur, j'avais compris que Robin l'avait réquisitionné parce qu'il avait besoin d'un bateau, ainsi que d'un capitaine. J'espérais sincèrement qu'il allait s'amuser et profiter autant que nous.

— Je crois qu'il a entendu une musique qu'il aimait bien et qu'il est parti danser. Et toi, tu allais où ?

Cela me rassura un peu.

— Chercher des chips. Ou des pistaches. J'adore les pistaches. Mais je ne sais plus si on en a pris.

Robin sourit.

— J'en ai amené. Attends, j'arrive.

Il disparut dans la cabine pendant quelques secondes, avant de revenir avec un paquet de pistaches dans une main, et un bol en plastique dans l'autre, pour mettre les coquilles vides. Je fus vraiment touchée par son attention.

Nous allions bientôt nous séparer, et pourtant il faisait tout pour rendre la fin de mon séjour ici agréable.

C'était vraiment un mec bien, et j'étais un peu attristée à l'idée de le quitter. Malgré tout, je savais que c'était ce que nous avions convenu, et que c'était aussi la chose la plus raisonnable à faire.

— On va s'installer à l'avant ? me proposa-t-il.

— Tout de suite ? fis-je d'une voix légèrement déçue.

Même si nous étions en groupe, on pouvait tout de même rester seuls quelques instants, non ?

Robin posa les fruits secs et le récipient sur la table à côté de nous, puis me regarda avec intérêt.

— C'est ce genre de moment qui me fait regretter de ne pas avoir mon permis bateau.

— Ni de bateau, ajoutai-je avec amusement.

— Et je suis sûr que je n'aurais même pas les moyens de m'acheter un catamaran, soupira-t-il.

— Ouais, pas sûr que j'aurais accepté cette sortie sur un petit bateau de pêche, plaisantai-je.

— Et sur un pneumatique ? Ou sur une barque ? Je ne sais pas si tu as vu le film *N'oublie jamais*[1], mais visiblement les balades en barque ça fait son effet.

J'éclatai de rire.

— Alors premièrement, oui, je l'ai vu, mais ça m'étonne que *toi* tu l'aies vu. Et deuxièmement, le cadre était idyllique, et si les deux acteurs principaux se sont embrassés, c'est surtout parce qu'ils étaient toujours très amoureux l'un de l'autre !

Robin se rapprocha lentement de moi.

— Eh bien, ici on a un cadre idyllique et un catamaran. Donc, je peux t'embrasser ?

Je souris, enchantée par cette idée.

— Tu sais que tu n'as pas besoin de mon autorisation pour le faire, non ?

Il posa les mains sur mes hanches et me tira près de lui.

— Bah, je suis un gentleman.

Mais bien sûr !

Je me retins de lever les yeux au ciel et le laissai m'embrasser avec légèreté et douceur. Je sentis ses mains descendre sur mes

1. Film américain réalisé par Nick Cassavetes.

cuisses pour finir par se poser sur mes fesses et remonter ma robe blanche sur ma peau. Son geste m'excita autant qu'il m'amusa.

Veut-il qu'on recommence, et termine, ce qu'il s'est passé dans la ruelle ?

— Un vrai gentleman, soufflai-je contre ses lèvres.

Il éclata d'un rire incroyablement sexy.

J'attrapai les bords de son débardeur à rayures et le tirai à mon tour contre mon corps. Tout comme le mien, son souffle se fit court.

— Je ne crois pas que ce soit une bonne idée, murmura-t-il en rivant ses beaux yeux noisette aux miens.

Je passai une main sous son T-shirt et caressai lentement son ventre musclé. Ses abdos se contractèrent sous mon toucher.

— C'est toi qui as commencé, répliquai-je d'une voix suave.

Quelqu'un toussota derrière moi, et je m'écartai aussitôt de Robin.

— Désolé, je ne voulais pas vous interrompre, nous dit Alexis. Pauline, Romane veut te parler.

Je fronçai les sourcils.

— Et elle t'a envoyé pour me transmettre le message ?

— Non, je venais me prendre une bière. Mais tu ferais bien d'aller la voir, je crois que c'est important.

Le « important » de Romane signifiait sans aucun doute : lui dire sur quelle photo elle était la plus canon afin qu'elle puisse la poster sur les réseaux sociaux.

Je jetai un coup d'œil à Robin et constatai qu'il semblait aussi contrarié que moi qu'on nous ait dérangés pour si peu. Malgré tout, il hocha la tête d'un air compréhensif.

— OK, très bien, fis-je. Ah et…

Après avoir ouvert la glacière, je récupérai deux bières.

— T'en veux une ? demandai-je a Robin.

— Non, merci.

Je tendis une bière à Alexis et gardai la seconde pour moi.

— Je crois que je vais en avoir besoin, plaisantai-je avant de me tourner vers Robin. Tu m'accompagnes ?

— Je te rejoins. Je vais faire un petit passage aux toilettes avant.

J'acquiesçai, puis après avoir regardé tour à tour les garçons, décidai d'y aller. L'idée de les laisser ensemble ne m'enchantait pas vraiment, mais Alexis n'avait pas eu l'air énervé en me voyant proche de Robin. Peut-être que je m'étais inquiétée pour rien après tout.

Une fois à l'avant du bateau, je trouvai Romane et Éloïse allongées sur les trampolines au soleil. Thibaut et Greg, appuyés contre les barrières du bateau, semblaient discuter tranquillement malgré la musique assez forte qu'avaient mise les filles.

— Qu'est-ce qu'il y a ? demandai-je en m'asseyant à côté des filles.

Romane se redressa légèrement.

— Rien, pourquoi ?

— Alexis m'a dit que tu voulais me parler.

Elle secoua la tête.

OK, ça c'est vraiment bizarre, songeai-je en me relevant. L'esprit troublé, je décidai de retourner voir Robin et Alexis. J'eus tout juste le temps d'arriver à l'arrière du bateau pour voir Robin balancer Alexis par-dessus la rambarde du catamaran. Je poussai un cri de surprise et, paniquée, me précipitai vers le garde-corps. Alexis ressortit la tête de l'eau en toussotant.

— Est-ce que ça va ? ! lui lançai-je, inquiète.

— Ouais, marmonna-t-il en nageant d'une main pour regagner les escaliers.

Je me retournai face à Robin et le fusillai du regard.

— Mais qu'est-ce qui t'a pris ? ! T'es complètement fou ! Il s'est luxé l'épaule, je te rappelle !

Robin passa une main sur son visage, il avait l'air embarrassé.

— Désolé, dit-il seulement.

Contrariée, je laissai Robin et allai apporter une serviette à Alexis qui sortait difficilement de l'eau.

Visiblement, les autres ne semblaient pas avoir entendu ce qui se passait à l'arrière du bateau.

— Qu'est-ce qu'il s'est passé ? l'interrogeai-je.

— Tu peux m'aider à retirer mon T-shirt… Je galère un peu avec un seul bras.

Je m'attelai à la tâche, puis l'essuyai rapidement.

— Alors ? insistai-je. Pourquoi il t'a poussé ? Tu l'as provoqué ?

Alexis m'arracha la serviette des mains et termina de se sécher seul.

— Tu veux vraiment le savoir ? répondit-il après plusieurs secondes.

J'acquiesçai, soucieuse.

— Eh bien… Je lui ai dit que c'était un gros pervers en manque de sexe.

— Quoi ? ! m'exclamai-je, mais pourquoi est-ce que tu lui as dit ça ?

— Parce que c'est le cas ! Qu'est-ce que tu t'imagines, il est avec toi juste pour le cul, Pauline ! Et tu sais ce qu'il m'a répondu ce connard ? Qu'au moins, lui, il pouvait te baiser ! Ça m'a rendu fou, je te jure. Tu ne mérites pas un mec comme ça.

J'hésitai un instant à lui expliquer que de toute façon je ne cherchais rien de sérieux. Mais Alexis semblait encore furieux et extrêmement jaloux, et je n'avais pas envie de me prendre davantage la tête avec lui sur ce que je « méritais ».

— Et ensuite ?

— Ensuite, je l'ai insulté, et il m'a jeté à l'eau.

— C'est tout ? m'étonnai-je.

— Parce que ce n'est pas suffisant ? Tu aurais préféré que je lui en colle une avant qu'il le fasse ?

Je jetai un coup d'œil en direction du cockpit. Robin avait disparu.

— Non, m'excusai-je, c'est juste que…

Disons que Robin ne m'avait pas l'air de quelqu'un de violent. Ou du moins, j'imaginais qu'il lui en fallait quand même beaucoup pour le faire agir ainsi. Mais je m'étais visiblement trompée à son sujet.

Sentant le regard d'Alexis sur moi, et étant donné notre proximité ainsi que la vue qu'il m'offrait sur son magnifique torse musclé, je préférai reculer d'un pas. Même si les autres à l'avant ne semblaient pas avoir entendu sa chute, n'importe qui pouvait arriver à tout moment.

— Je vais dire à Grégoire de nous ramener au port, terminai-je.

Bien que je doute qu'Alexis et Robin se disputent à nouveau, j'étais certaine qu'aucun d'eux n'avait envie de rester ici plus longtemps. Et moi non plus, à vrai dire.

Je tournai les talons et partis à la recherche de Greg. Bien évidemment, il fallut que je croise Robin sur mon chemin.

— J'ai dit à Greg que ma mère m'avait appelé pour une urgence au camping et qu'il fallait que je rentre, m'informa-t-il sans me regarder dans les yeux.

Il semblait visiblement avoir honte de son comportement, et tant mieux. Malgré tout, j'étais contente qu'il ait pris cette initiative, car cela m'évitait d'inventer une excuse pour le reste du groupe.

— OK, merci, dis-je seulement.

J'allais le contourner, mais il m'arrêta en posant une main sur mon bras.

— Pauline, je…

— Lâche-moi, lui demandai-je calmement.

Il m'obéit aussitôt.

— Alexis m'a raconté ce qu'il s'est passé, ajoutai-je froidement. Je sais qu'il t'a provoqué et insulté, mais tu ne penses pas que le balancer à l'eau était un peu excessif ?

Je n'attendis pas de réponse, et partis voir les filles. Alexis était vraiment stupide de l'avoir cherché, mais Robin l'était encore plus d'avoir réagi ainsi.

Trop en colère, je n'adressai la parole à aucun des deux garçons jusqu'à ce que nous soyons rentrés à Saint-Jean-de-Luz.

Romane et Éloïse remercièrent tout de même Greg et Robin pour cette sortie, rapide, mais néanmoins sympa. Parce que je ne voulais pas me comporter comme une gamine, je saluai Greg et Robin avant de partir avec mes amis prendre le bus.

Je ne savais pas trop quoi faire par rapport à Robin. Je partais dans deux jours. Est-ce que nous allions nous revoir ? Ou plutôt, avais-je envie de le revoir après cet incident ? Bonne question.

Quant à Alexis, autant il restait mon ami, autant je n'approuvais pas non plus sa crise de jalousie. Une discussion allait s'avérer nécessaire. Et très vite !

Chapitre 14

Robin

Même si je doutais qu'Alexis ait relaté la totalité de notre conversation à Pauline, je regrettais d'être entré dans son jeu et de m'être laissé emporter par mes émotions. J'avais vingt-quatre ans, je n'étais plus un gamin, mais ce connard de première s'était permis d'insulter ma mère et, ça, ça m'avait vraiment foutu en rogne.

Lorsque j'avais raconté à Greg pourquoi nous étions réellement rentrés plus tôt, il était furieux contre cet abruti fini, et m'avait assuré qu'il méritait amplement son petit plongeon dans l'océan.

Cependant, à cause de cette histoire, il y avait de grandes chances pour que Pauline ne veuille plus me revoir avant son départ. Et disons que ça me faisait quand même chier qu'on se sépare de cette façon, car je l'appréciais vraiment. Elle devait m'en vouloir, et je n'avais pas envie de me sentir un peu coupable d'avoir gâché la fin de ses vacances.

D'un autre côté, était-ce réellement de ma faute si son pote, pourtant en couple avec le sosie de Jessica Alba, était venu me taper une crise de jalousie ? Et à la façon dont Pauline s'était précitée à sa rescousse, comme s'il avait failli mourir après une chute d'un mètre dans de l'eau à 19 degrés, je validais ma supposition selon laquelle ce crétin fini ne la laissait pas non plus indifférente.

Je ne savais pas trop comment cette histoire se terminerait entre eux, mais il allait y avoir de la casse dans leur groupe d'amis, c'était certain. Peut-être était-il préférable que je les laisse régler ça entre eux.

— C'est Pauline qui t'a mis dans cet état ?

Je me redressai sur mon lit. Ma sœur, l'air moqueur, se tenait dans l'entrebâillement de la porte.

— C'était déjà ouvert, ajouta-t-elle comme pour justifier son intrusion. Je peux entrer ?

Je haussai les épaules, puis me laissai retomber en arrière sur le matelas.

— Tu veux en parler ? demanda Naia d'un ton sérieux.

— Pas vraiment, marmonnai-je en fixant le plafond.

Je la sentis s'asseoir à côté de moi, et la seconde d'après, son joli visage apparut dans mon champ de vision.

— Tu es sûr ? Avoir l'avis du sexe opposé est toujours très utile !

Même si je ne doutais pas des bons conseils de ma sœur, pour le coup, je ne voyais pas trop ce qu'elle pouvait m'apporter. Pauline m'en voulait pour avoir remis son ami – dont elle était probablement amoureuse – à sa place, et elle quittait le camping après-demain. Au mieux, je pouvais m'excuser, mais qu'est-ce que ça changerait entre nous ?

— Tu es sûr de vouloir couper les ponts avec elle ? reprit Naia. Même si tu ne l'aimes pas comme Célia, je suis sûre que vous pourriez vivre une belle histoire ensemble.

— C'est gentil, Naia, mais je t'ai déjà dit que…

— Vous ne recherchiez rien de sérieux, je sais, me coupa-t-elle, mais il n'y a que les imbéciles qui ne changent pas d'avis, non ?

Je réfléchis un instant. Il est vrai que, si Pauline ne représentait rien pour moi, je ne serais probablement pas en train de me demander comment rattraper le coup pour ce matin. Au fond, n'espérais-je pas une suite à notre aventure ?

Je lui avais proposé une relation sans attache, mais au final j'étais peut-être le premier à m'être attaché.

— Je crois qu'elle est amoureuse d'un autre mec, soupirai-je.

— Développe, répondit Naia en plissant les yeux.

— Il s'agit d'un de ses potes, qui est en couple avec l'une de ses meilleures amies. Mais, mauvaise nouvelle, elle lui plaît aussi.

Alors que je m'attendais à la voir grimacer, ou me dire de laisser tomber, elle sourit.

— S'il sort avec une de ses *best-friends*, à moins que Pauline soit une vraie garce, il ne se passera jamais rien entre eux. Et même s'il rompt avec sa copine. C'est une des règles de base de l'amitié, on ne touche pas aux copains ni aux ex des autres.

Ma sœur avait probablement raison. Pauline ne ferait jamais une chose pareille.

Naia se mit soudain debout, et je me retournai sur le côté pour la regarder.

— Je pense qu'elle essaye de l'oublier, continua-t-elle, tout comme tu essayes d'oublier Célia. Et je suis sûre qu'elle sera d'accord pour que votre histoire se prolonge… quand tu te seras excusé !

Je me levai, perplexe.

— Comment sais-tu que je dois m'excuser ?

Elle s'esclaffa.

— J'ai un cinquième sens, répondit-elle avec un clin d'œil. Allez, je te laisse te débrouiller comme un grand garçon, à plus !

Déconcerté, je la regardai quitter ma chambre, avant de me rappeler l'identité de son petit ami.

Bon sang, Greg ne sait vraiment pas garder les choses pour lui ! songeai-je en récupérant mon portable sur le lit.

Je repensai à ce que Naia m'avait dit et décidai d'envoyer un SMS à Pauline.

Qui ne tente rien n'a rien, non ?

Pauline

Je serai sur la plage du camping à 17 heures.

Son message tourna en boucle dans ma tête toute la journée jusqu'à H -1. Il voulait sans doute s'excuser pour hier. Mais est-ce que je devais y aller ? Le fait étant que, même si ce qu'il avait fait m'avait énervée, je lui avais déjà pardonné… Pourquoi ? Probablement parce que je m'étais attachée à Robin plus que je n'aurais dû. Et c'est pourquoi j'hésitais à aller le retrouver. Notre histoire devait s'arrêter aujourd'hui, ou demain matin. Je n'allais pas non plus avoir le cœur brisé de le quitter, mais je n'aimais pas les adieux, et le voir une dernière fois n'était peut-être pas une très bonne idée.

Malgré tout, et puisque nous nous étions séparés plutôt froidement la veille, je savais que je lui devais au moins ça.

Aujourd'hui, c'était rangement et ménage pour tout le monde. Je bouclai ma valise en moins de dix minutes puis, après avoir fait la vaisselle, allai récupérer les deux sacs-poubelle posés près de la porte d'entrée.

— Les gars, je vais au vide-ordures ! avertis-je mes amis en sortant.

Avec un peu de chance, puisque tout le monde était bien

occupé, personne ne remarquerait mon absence un peu plus longue que nécessaire.

— Attends !

J'avais à peine fait quelques pas que la voix d'Alexis m'avait stoppée net dans mon élan.

— Je t'accompagne, ajouta-t-il.

Il s'approcha de moi et m'arracha un sac des mains.

— Alex…

— Quoi ? J'ai un bras de libre quand même !

Je soupirai, puis repris mon chemin, avec lui sur mes talons.

Même si ce moment était idéal pour discuter avec Alexis, Robin n'allait pas m'attendre indéfiniment sur la plage, et je préférais reporter cette conversation à plus tard. Par chance, Alexis resta tout aussi silencieux que moi jusqu'à ce que nous ayons jeté nos déchets.

— Bon, écoute, j'ai un truc à faire. Est-ce que tu peux rentrer sans moi ? lui demandai-je, plus gênée par sa présence qu'autre chose.

Alexis ricana.

— J'étais sûr que tu voulais aller le voir.

— Et alors ?

— Pourquoi ? Après ce qu'il a dit et ce qu'il m'a fait hier… Et puis on s'en va demain, je te rappelle.

OK, j'adorais Alexis, mais là il m'agaçait.

— Ça ne te regarde pas, et je commence vraiment à en avoir marre que tu t'immisces dans ma vie privée. Tu n'es pas mon mec, Alex. À plus.

Je passai devant lui mais il m'attrapa la main.

— Je vais quitter Romane, dit-il très sérieusement.

Sa révélation me laissa sans voix. C'était la pire chose que je pouvais imaginer. Celle que je craignais depuis le début de nos vacances et qui risquait de détruire notre amitié, à tous.

— Pauline… Ça fait un moment que j'y pense, et le fait de te voir avec un autre homme m'a fait comprendre que je devais agir maintenant et te dire… Je crois que je suis tombé amoureux de toi. Depuis le jour où je t'ai accidentellement enfermée dans les vestiaires.

Mon cœur rata un battement.

Ce jour-là, je ne l'avais jamais oublié. Bien sûr, j'avais déjà le béguin pour lui depuis un moment, mais ce mercredi 20 mars avait été vraiment spécial. J'étais arrivée en retard au cours d'EPS. Du coup, j'avais filé me changer dans les vestiaires sans prévenir mon prof de sport. Cependant, ce dernier avait donné les clés à Alexis pour qu'il aille fermer tous les vestiaires, et au moment où je me trouvais en sous-vêtements, j'avais entendu la porte se verrouiller. J'avais alors crié que j'étais là. Heureusement, Alexis m'avait entendue et m'avait aussitôt libérée. Néanmoins, ce dont je me rappelais surtout était son regard. Il avait d'abord été à la fois étonné et amusé de me trouver là, puis ses yeux étaient descendus sur mon corps à moitié nu, et la lueur de désir qui avait traversé ses iris avait fait accélérer les battements de mon cœur. Bien sûr, je pensais avoir rêvé, car cela n'avait duré qu'un court instant et qu'il sortait déjà avec Romane depuis deux ans. Mais le fait qu'il m'en reparle aujourd'hui me prouvait que je n'avais pas halluciné. Notre attirance était réciproque.

— Je sais que tu ressens la même chose, ajouta-t-il en entrelaçant ses doigts aux miens. J'ai vu tes regards au lycée… J'ai senti tes frissons quand je passais près de toi… Je t'ai aperçue m'observer avec envie lorsque je courais au stade… Ne me dis pas que c'est faux, je te connais, Pauline.

Je déglutis, mal à l'aise.

Tout ça… Ce moment… Ce qu'Alexis éprouvait pour moi… Ça n'aurait jamais dû arriver. Romane était parfaite, et lui aussi. Comment pouvait-il la quitter pour moi ? Non… C'était de la folie. Je n'avais rien de spécial, je n'étais pas la fille la plus belle, ni la plus drôle, ni la plus intelligente… J'étais juste moi.

— Dis quelque chose, murmura-t-il.

S'il n'y avait pas eu Romane… ni Robin… j'aurais été heureuse. Je l'aurais embrassé. Je lui aurais dit que moi aussi je l'aimais, depuis le premier jour où je l'avais vu en classe. Mais ce n'était pas possible. Alexis et moi, ça ne pouvait pas arriver et ça n'arriverait jamais.

Les larmes aux yeux, je retirai ma main de la sienne.

— Désolée, Alexis… Je ne peux pas faire ça à Romane.

Et je pris la fuite en courant.

Il me fallut quinze bonnes minutes pour reprendre mes esprits, et dix autres pour que je me décide quand même à aller retrouver Robin sur la plage. J'étais toujours chamboulée par la déclaration d'Alexis, mais heureusement la vision de Robin, assis en maillot de bain sur le sable, face à l'océan, ses cheveux remuant au rythme du vent, le regard perdu au loin, m'apaisa étrangement.

Je refoulai Alexis et ses aveux au fin fond de mon esprit et m'approchai de Robin. Il ne m'entendit pas arriver, et il ne tourna la tête vers moi qu'une fois que je me fus assise à ses côtés.

— Salut, dit-il avec un petit sourire en coin.

— Salut, répondis-je en lui rendant son sourire.

Il semblait vraiment ravi de me voir, et je sus que j'avais pris la bonne décision.

— Je ne pensais pas que tu viendrais, m'avoua-t-il.

Un peu mal à l'aise, je me contentai de hausser les épaules.

Robin observa à nouveau les vagues et je l'imitai. Nous restâmes silencieux un moment, avant qu'il ne reprenne la parole.

— Je suis vraiment désolé pour Alexis, sincèrement. Je n'aurais pas dû.

J'acquiesçai et m'amusai à tracer des cercles dans le sable avec mon doigt.

— Tu m'en veux encore ? demanda-t-il.

— Non.

— Tant mieux, parce qu'il y a autre chose dont je voulais te parler.

Je cessai de jouer et le regardai à nouveau, curieuse. Il prit une profonde inspiration et croisa les mains entre ses jambes.

— OK, alors… Je sais qu'on avait dit que ce qui se passerait entre nous resterait au camping… mais finalement, je me suis dit que peut-être… on pourrait… continuer.

« Continuer » ?

— Qu'est-ce que tu proposes exactement ? demandai-je, troublée.

— De sortir avec toi. Tu me plais, je te plais. On aime bien passer du temps ensemble. Peut-être que ça pourrait marcher malgré la distance.

Je ne pus m'empêcher de rigoler. Mais son air sérieux m'arrêta. Ce n'est pas que l'idée me déplaisait, loin de là, mais elle n'avait absolument rien de réaliste !

— Excuse-moi, mais je ne vois pas comment, lui dis-je. Tu habites la moitié de l'année à Tahiti et, pendant l'autre, tu te balades un peu partout dans le monde pour tes compétitions. Tu as l'intention de venir me voir à Paris une fois par an ? Parce que, personnellement, je ne compte pas payer mille balles pour te rejoindre en Polynésie française.

Certes, comme j'avais l'habitude de bosser dans l'entreprise de mon père pendant mes vacances scolaires depuis que j'avais seize ans, j'avais un peu d'argent de côté. Mais je souhaitais d'abord passer mon permis de conduire avant d'aller retrouver mon « petit ami d'une semaine » sur une île située à presque vingt-quatre heures de vol.

— Et si c'est moi qui venais plusieurs week-ends par mois ? proposa-t-il.

Je levai les yeux au ciel.

— Tu m'as dit toi-même que tu n'étais pas riche…

— Pas encore, mais je compte bien remporter la prochaine compétition à Anglet. Bon, ce n'est pas elle qui me rapportera le plus, mais ce ne sera que le début. Et si j'échoue, je trouverai un autre moyen.

OK, donc notre « possible relation » était uniquement fondée sur un espoir qu'il gagne ses compétitions à venir.

— Robin, c'est de la folie, soupirai-je, et… on a passé de bons moments ensemble, vraiment, c'était super… et je n'ai pas envie de gâcher ces bons souvenirs en tentant quelque chose qui ne fonctionnera pas.

Robin se tourna entièrement face à moi, l'air déterminé à me faire changer d'avis.

— Je sais que les relations à distance, c'est la merde. Mais je commence à avoir des sentiments pour toi. Peut-être que ça ne marchera pas, tu as raison. Mais j'ai envie de prendre ce risque pour toi, Pauline. Parce que… je me sens bien avec toi.

Ouah. Deux déclarations dans la même journée, et dans la même heure, ça faisait beaucoup pour moi !

Certes, mon cœur s'était emballé, mais j'avais aussi pris un coup de chaud.

Ne sachant pas trop comment gérer la situation, je me levai brusquement et fis quelques pas vers l'océan. Par chance, Robin ne me suivit pas. Il semblait avoir compris que j'avais besoin de digérer tout ça et de réfléchir un moment.

Même s'il ne se passerait jamais rien avec Alexis, je ne pouvais pas oublier ce qu'il éprouvait pour moi, et ce que je ressentais pour lui.

Lorsque je revins vers Robin après plusieurs minutes, je ne savais toujours pas quoi répondre, et tout ce que je réussis à lui sortir fut :

— Je croyais que tu n'étais pas prêt à avoir une nouvelle relation avec quelqu'un. Tu as soudainement changé d'avis ?

Il se mit debout et, après quelques secondes de réflexion, me répondit avec sérieux :

— Je ne veux pas te mentir là-dessus, mon ex compte toujours beaucoup pour moi. Mais j'ai des sentiments pour toi, et je crois que ce serait dommage de passer à côté de ce qu'il pourrait y avoir entre nous… Même s'il est possible que ce soit un peu compliqué.

OK, j'avais besoin de refaire un petit tour.

Il me laissa encore une fois marcher seule au bord de l'eau. Robin semblait toujours avoir des sentiments pour son ancienne copine, mais il souhaitait quand même tenter quelque chose avec moi. Probablement pour réussir à avancer et tourner la page. Une nouvelle histoire était un bon moyen de guérir un cœur brisé, mais étions-nous la personne idéale pour l'autre ?

Je me retournai et observai Robin. Il me fixait, debout, les mains dans les poches de son short de bain. J'avais totalement oublié qu'il était torse nu et, putain, ce qu'il était canon… Je détournai aussitôt les yeux, afin de ne pas me laisser influencer par ses abdos.

Il me plaisait physiquement, et je devais bien reconnaître qu'être avec lui était vraiment plaisant. Moi aussi, je me sentais bien avec lui. Je ne pensais plus à Alexis ni à tous mes autres problèmes. Mais les choses seraient-elles pareilles à distance ? Étais-je prête à prendre le risque de souffrir à nouveau pour lui ?

Je finis par faire un choix et retournai près de lui, sûre de moi, mais un peu nerveuse.

— OK, on peut essayer, lui dis-je.

Robin parut surpris de ma réponse.

— Vraiment ?

— Ouais… Ton discours n'était pas très convaincant mais heureusement tu ne portes pas de T-shirt, plaisantai-je.

Il éclata de rire, avant de se rapprocher de moi, de prendre mon visage entre ses mains et de m'embrasser avec enthousiasme. Heureuse également, je nouai mes bras autour de sa taille et finis par poser la tête contre son torse. Robin m'enlaça, et je fermai les yeux, me laissant envelopper par une chaleur très agréable bien qu'étrange.

Je sortais avec Robin Lebrest. On se connaissait à peine. Il habitait à l'autre bout du monde. C'était de la pure folie, et pourtant, tout comme lui, j'avais envie que ça marche.

Chapitre 15

Le lendemain, Robin passa me dire au revoir au mobil-home.

En raison de la présence d'Alexis dans les parages, je préférai limiter les contacts physiques avec mon nouveau « petit ami ».

Robin n'était pas au courant de la déclaration qu'Alexis m'avait faite la veille mais, après ce qui s'était passé sur le bateau, il savait pertinemment que mon ami avait des sentiments pour moi, mais aussi que j'en avais pour lui.

Malgré tout, je laissai Robin m'embrasser avant de monter dans le taxi. Je ne savais pas quand nous allions nous revoir, et l'attente risquait d'être longue.

J'avais encore du mal à croire que nous avions décidé de poursuivre notre « histoire ». D'ailleurs, et en partie à cause d'Alexis, j'avais préféré ne pas l'annoncer à mes amis pour le moment. Autant les filles m'avaient encouragée à sortir et m'amuser avec un garçon pendant les vacances, autant j'étais sûre qu'elles trouveraient qu'une relation à distance n'était pas une bonne idée et que je finirais par avoir le cœur brisé, encore une fois. Peut-être. Mais pour l'instant j'avais envie d'être un peu heureuse et, avec Robin, je l'étais.

Après plus de quatre heures de train depuis Biarritz, nous arrivâmes à Paris à la mi-journée. Malgré nos valises, nous allâmes tous ensemble prendre un déjeuner tardif au McDonald's. Ensuite, nous nous saluâmes, et chacun rentra tranquillement chez soi.

Une fois à la maison, comme mes parents n'étaient pas encore rentrés du boulot, j'en profitai pour mettre du Coldplay à fond dans notre appartement situé au sixième et dernier étage, et allai prendre un bon bain chaud pour me détendre.

De retour dans ma chambre, je vidai ma valise en chantant et en bougeant au rythme des chansons. Lorsque j'entendis sonner depuis la buanderie, je me dépêchai de couper le son et d'aller ouvrir.

Ma mère, vêtue d'une robe de créateur bleu ciel ultramoulante et de talons noirs de quinze centimètres, se tenait devant moi. Elle releva ses épaisses lunettes de soleil noires sur ses longs cheveux platine lissés, et m'étudia du regard.

— Tu as pris des couleurs, me complimenta-t-elle avant d'entrer dans l'appartement.

Tant que ce n'était pas des kilos…

Une fois dans la cuisine, ouverte sur le salon, elle posa son sac Chanel sur le canapé en cuir et alla récupérer une bouteille de vin dans un placard. Elle revint ensuite s'asseoir sur le sofa, un verre dans une main, son portable dans l'autre.

— Alors, comment se sont passées ces vacances entre amis ? me questionna-t-elle.

J'hésitai à prendre place à côté d'elle, mais connaissant ma mère et la durée habituelle de nos discussions, je savais qu'il y avait de grandes chances pour que cela soit inutile.

— C'était sympa. On a visité la région et…

— Pour le dîner, tu préfères un sauté de dinde aux artichauts ou bien une salade de concombre et carottes ? m'interrompit-elle brusquement. À ta place, je privilégierais la salade le soir, c'est moins lourd.

Qu'est-ce que je disais…

— Va pour la salade, répondis-je en retenant un soupir ennuyé.

— Parfait, je vais commander ! Et donc, tes vacances, tu disais ?

Son téléphone se mit à sonner, et elle décrocha aussitôt.

— Oui, Alejandro ?… La collection est fin prête ? Vraiment ! C'est merveilleux !… Évidemment que je veux voir les photos ! Reste au téléphone, je veux te dire ce que j'en pense !

Comprenant que la conversation risquait d'être longue, je préférai m'éclipser dans ma chambre. J'adorais ma mère, vraiment. Mais elle avait toujours fait passer sa carrière avant sa famille. Même si c'était en partie grâce à ça que je ne manquais de rien dans ma vie, je regrettais que les seules choses qui l'intéressent à mon propos fussent mon poids et mon alimentation.

Peut-être que si j'avais été un peu plus comme elle… Enfin bref.

N'ayant pas touché à mon portable depuis mon arrivée, je jetai un coup d'œil à mes messages en attendant impatiemment mon père. En général, il ne rentrait jamais bien longtemps après ma mère, et j'étais sûre que lui au moins se soucierait réellement de mon retour à la maison. Peut-être même irait-il jusqu'à me demander de lui montrer mes photos.

Je me retins de lever les yeux au ciel en voyant que Romane voulait savoir si je n'avais pas mis, par mégarde bien sûr, sa brosse à cheveux dans ma valise. Il y avait de grandes chances pour qu'elle l'ait oubliée au mobil-home. Éloïse avait envoyé sur notre groupe d'amis le lien d'une musique électro qui venait de sortir aujourd'hui, et je me notai mentalement de l'écouter plus tard. Je souris en lisant le message de Robin, qui me disait qu'il espérait que je sois bien rentrée. En revanche, mon sourire disparut aussitôt lorsque j'ouvris le SMS d'Alexis.

Je vais parler à Romane demain. Je ne peux plus continuer à faire semblant. C'est avec toi que j'ai envie d'être, Pauline.

Le retentissement de la sonnette de l'appartement me força à quitter l'écran des yeux, et, l'estomac noué, un faux sourire collé sur le visage, je partis accueillir mon père.

Cette nuit, mon insomnie allait être mémorable.

Robin

À Biarritz, un grand feu d'artifice avait lieu chaque été le 14 juillet. Cependant, en raison d'un problème de livraison de fusées, cette année, l'événement avait exceptionnellement été reporté au 24.

Ma mère avait tenu à ce que nous y allions en famille, mais Greg avait également invité Naia. Alors, en grand frère adorable que j'étais, je couvris ma sœur et réconfortai ma mère en lui disant que passer un moment « mère-fils » serait tout aussi parfait.

C'est comme ça que je me retrouvais actuellement, à 22 h 45, assis sur une serviette avec ma mère sur la grande plage de Biarritz. Beaucoup de gens, notamment des vacanciers, étaient venus assister au spectacle. Mais par chance, ma mère et moi avions trouvé un petit coin tranquille en retrait.

Je jetai un rapide coup d'œil à mon portable. Cela faisait précisément sept jours que Pauline avait quitté le camping, et pour l'instant, les choses ne se passaient pas trop mal entre nous. En raison de nos journées respectives bien chargées, et durant lesquelles on ne pouvait pas s'écrire beaucoup, on avait convenu d'un appel régulier avant d'aller se coucher. Nos conversations n'étaient pas très longues, car la plupart du temps nous étions tous deux assez fatigués, mais c'était plaisant d'entendre sa voix. Pauline me posait souvent des questions sur le surf et sur mes entraînements quotidiens, et honnêtement, ça me faisait plaisir qu'elle s'intéresse à moi et à ma passion. J'aimais qu'elle respecte que je ne veuille pas aborder certains sujets pour le moment, comme ma famille ou encore Célia.

En raison du feu d'artifice, je lui avais dit par SMS que je ne serais pas disponible ce soir. Je constatai qu'elle m'avait répondu que ce n'était pas grave et de bien profiter, suivi d'un smiley « clin d'œil ».

— Dis-moi, Robin, commença ma mère, ta sœur a un petit ami, n'est-ce pas ?

Je manquai de m'étouffer avec ma salive, et rangeai mon portable dans ma poche.

— Euh… Je n'en sais rien.

Malheureusement, et même s'il faisait nuit, le ciel était clair, et elle pouvait clairement voir mon léger malaise. Je n'avais jamais été un bon menteur.

— Depuis combien de temps ? demanda-t-elle avec curiosité.

Naia allait me tuer. Il fallait au moins que j'essaye de limiter les dégâts.

— Un moment, répondis-je seulement.

— Et c'est sérieux ?

— Il me semble.

Ma mère acquiesça, l'air songeur.

— Tu le connais ?

— Ouais.

— Et… il est comment ? Je veux dire… c'est un bon garçon ? Parce que, même si ta sœur ne se confie pas beaucoup, si c'est sérieux, je me demande pourquoi elle tient à me le cacher…

Évidemment. Mon cerveau tourna à cent à l'heure, à la recherche d'une réponse adéquate.

— Naia a probablement ses raisons, mais elle finira par t'en parler, très bientôt, j'en suis sûr. Et oui, c'est quelqu'un de bien, tu n'as aucun souci à te faire de ce côté-là.

Ma mère sembla rassurée.

— En tout cas, ça me fait plaisir de vous voir proches à nouveau tous les deux. Et je suis vraiment heureuse que tu sois là, et que tu passes du temps avec nous.

— Je n'aurais jamais dû partir.

Elle prit ma main dans la sienne et me sourit.

— L'essentiel, c'est que tu sois rentré, mon chéri.

— Parce que j'avais peur de vous perdre, Naia et toi, lui avouai-je enfin.

Ma mère eut un petit rire émotif.

— Oh ! mon chéri… Tu ne nous perdras jamais ! Ta sœur et moi, on t'aimera toujours quoi qu'il arrive.

Ému, je lui rendis son sourire réconfortant et l'enlaçai chaleureusement.

— Merci, maman, murmurai-je dans ses cheveux.

Elle me caressa doucement le dos, puis s'écarta, les yeux légèrement humides.

— Bon, le feu d'artifice ne va pas tarder !

Je hochai la tête, et regardai l'horizon. Mais pour l'instant, il n'y avait aucune fusée en vue. Il était peut-être temps que je lui dise pourquoi j'étais parti il y a six ans.

— Maman, repris-je au bout de quelques secondes, je sais que tu n'aimes pas le surf, je veux dire, même avant la mort de papa, tu as toujours trouvé que c'était un sport dangereux… Mais tu sais que c'est ce qui me rapproche le plus de *lui* ?

Ma mère resta silencieuse un moment avant de répondre :

— Je sais. Et je sais aussi pourquoi tu es parti.

Hein ?

Elle tourna la tête vers moi et, devinant mon incompréhension totale, afficha un air navré.

— J'ai entendu un bout de la conversation que tu as eue avec Naia dans ta chambre. Je n'aurais pas dû écouter aux portes, je suis désolée…

Je secouai la tête. En réalité, cela rendait les choses un peu plus faciles, alors je ne lui en voulais pas le moins du monde…

— C'est vrai que je suis parti parce que je me sentais responsable de la mort de papa, mais… c'est aussi parce que je ne pouvais pas rester et surfer ici, devant toi. Je ne pouvais pas t'infliger ça, maman. Je vois à quel point ça te fait du mal encore aujourd'hui de me savoir dans l'eau chaque jour, alors à l'époque, je n'imagine même pas…

Le bruit d'une explosion nous fit tous deux sursauter. Nous levâmes la tête vers le ciel. Le feu d'artifice venait de commencer.

— Tu sais que je suis venue te voir surfer l'année dernière à Anglet ? Et aussi celle d'avant ? Et celle d'avant encore ?

Sidéré par cette révélation, je quittai les belles lumières des yeux pour regarder ma mère.

— Oh ! si tu savais à quel point j'ai dû prendre sur moi pour ne pas courir te serrer dans mes bras… Mais j'avais peur. De ta réaction, mais aussi de ne pas être capable de te laisser partir à nouveau. Et si tu nous avais quittées, c'est que tu en avais besoin, et je savais que la meilleure chose à faire était d'attendre que tu reviennes par toi-même.

Les larmes aux yeux, je la serrai une nouvelle fois dans mes bras.

— C'est vrai que le surf n'est pas le sport que j'apprécie le plus mais… Tu es mon fils, Robin. Et je t'aime. Peu importe ce que tu fais dans la vie, je te soutiendrai toujours quoi qu'il arrive.

Ce que je craignais venait de se produire : je pleurais.

— Merci, maman, murmurai-je.

— Oh mince, on va rater tout le feu d'artifice ! s'exclama-t-elle en me repoussant doucement.

Je rigolai puis regardai les fusées. En toute honnêteté, ce spectacle n'avait aucune importance comparé à cette conversation et au fait que j'avais renoué les liens avec la femme que j'aimais le plus au monde.

En revanche, je venais de me souvenir que durant la discussion que j'avais eue avec Naia dans ma chambre ma sœur avait clairement évoqué l'identité de son petit ami. Alors soit ma mère n'avait pas entendu cette partie-là, soit elle avait fait semblant de ne pas être au courant pour je ne sais quelle raison. Enfin… Tout finissait par se savoir un jour ou l'autre.

Ma mère posa soudain la tête sur mon épaule, et nous regardâmes ensemble, et dans une complicité sans égale, la fin de ce beau spectacle estival.

Tu aurais dû être là, papa… Mais, je te promets que je profite de cet instant pour deux, songeai-je en laissant glisser une énième larme sur ma joue.

Chapitre 16

Pauline

— CTR Transport, bonjour… Ah, Robert, j'allais t'appeler. Alors c'est bon, je t'ai trouvé un camion qui peut charger tes dix palettes dans l'après-midi… Oui, avant 14 heures, pas de souci… Ha, ha ! Tu sais bien que je trouve toujours des solutions… Merci, bon appétit à toi aussi !

La porte de mon bureau s'ouvrit sur un homme de taille moyenne en costume-cravate, les cheveux roux coupés court, les yeux bleus pétillants.

Je raccrochai avec Robert, et me levai pour aller rejoindre mon père.

— Alors, ça a été ce matin ? me demanda-t-il en m'enlaçant brièvement.

J'acquiesçai et, tandis que nous quittions l'entreprise pour aller déjeuner à l'extérieur, lui racontai les commandes que j'avais eues au cours de la matinée. Selon le travail qu'il avait à faire, nous avions l'habitude soit de manger dans un de ces petits restaurants parisiens tels que nous les aimions, soit de prendre un sandwich à la boulangerie. Visiblement aujourd'hui mon père n'était pas surchargé, et nous optâmes pour une brasserie située dans le quartier.

— En tout cas, je tenais à te dire que tu fais un excellent boulot ici, me félicita-t-il durant le repas. Je suis sûr que si tu travaillais ici à plein temps tu ferais un aussi bon chiffre d'affaires que mes cadres.

Je rougis légèrement, touchée, mais aussi gênée.

Je n'étais toujours pas sûre de ce que je comptais faire plus tard. Enfin, évidemment, ma raison me criait de choisir la photographie mais, devant le sourire fier de mon père et son enthousiasme de me voir bosser avec lui, mon cœur était déchiré.

— Quand est-ce que tu commences les cours déjà ? Début septembre ?

Je me contentai de hocher la tête et de découper mon escalope milanaise.

— Ah, si ça ne tenait qu'à moi, je t'embaucherais directement, mais, tu comprends, je ne pourrais pas te payer à ta juste valeur si tu n'as qu'un bac en poche. Et puis, même si je pense que tu es déjà prête pour travailler à CTR Transport, je suis sûr que tes cours t'apporteront plein de connaissances qui te serviront dans la vie !

J'acquiesçai à nouveau, et le regardai discrètement en prenant une bouchée de viande.

Comment réagirait-il si je lui disais maintenant que je ne voulais pas aller en école de commerce ni travailler dans son entreprise plus tard ? Je l'imaginais soit bondir de sa chaise et renverser la table, furieux, soit s'en aller sans un mot, déçu et attristé.

Il ne me restait plus que quelques jours pour payer l'école de photographie. Serais-je assez courageuse pour faire ce choix et affronter les conséquences qui en découleraient ?

Si seulement mes études n'étaient que mon seul souci actuel !

Car évidemment je ne pouvais m'empêcher de penser à Romane, qui m'ignorait depuis une semaine. Je m'étais même rendue chez elle un soir après le travail, mais selon sa sœur, qui était venue m'ouvrir, ma meilleure amie n'avait aucune envie de me voir ni de me parler. Dans un sens, je pouvais comprendre sa réaction vis-à-vis de moi. Alexis m'avait écrit lui avoir carrément annoncé que s'il la quittait c'était parce qu'il était tombé amoureux de moi !

Même si c'était la vérité, Romane devait probablement s'imaginer que c'était réciproque et que nous allions nous mettre ensemble, ce qui n'était absolument pas près d'arriver !

— Tout va bien, Pauline ? s'enquit mon père, l'air soucieux.

Je baissai les yeux sur le couteau que je tenais fermement dans ma main, et desserrai aussitôt mon emprise sur le couvert.

— Euh, oui, désolée, j'avais l'esprit ailleurs, tentai-je de le rassurer avec un petit sourire.

— Est-ce que tu veux en parler ?

Une chose était sûre, c'est que jamais ma mère ne m'aurait posé cette question.

Mais, autant mon père et moi étions proches, autant je ne lui avais jamais parlé de mes histoires d'amour. En général, c'était le genre de choses que je racontais à Romane et Éloïse. Or, l'une me faisait la gueule, et l'autre m'avait simplement donné comme conseil d'« attendre ».

— Je ne pense pas que ça va t'intéresser, répondis-je en grimaçant.

— Ça m'intéresse déjà, me contredit-il en souriant malicieusement.

J'hésitai un instant, puis, consciente que de toute façon mon groupe d'amis était déjà bien endommagé, finis par lâcher le morceau.

— Alexis est tombé amoureux de moi. Du coup, il a quitté Romane, et Romane ne veut plus m'adresser la parole.

Mon père s'essuya la bouche avec sa serviette, puis m'observa sérieusement, les bras croisés sur sa poitrine.

— Et toi, est-ce que tu l'aimes, Alexis ?

Je n'étais probablement pas folle amoureuse, loin de là, mais il était clair et net que j'avais des sentiments pour lui. En revanche, cela ne changerait pas le fait que je respectais bien trop ma meilleure amie – si elle voulait encore l'être – pour oser sortir avec son ex.

Et il y avait Robin dans ma vie à présent. Même si plus de sept cents kilomètres nous séparaient, nos conversations téléphoniques nous avaient beaucoup rapprochés.

Néanmoins, je ne lui avais toujours pas dit qu'Alexis avait quitté Romane pour moi, et je ne savais pas si je le ferais. Pour moi, cela ne changeait absolument rien à notre relation, et je n'avais pas envie qu'il se fasse des idées pour rien.

Finalement, parler de toute cette histoire à mon père, qui ne connaissait même pas l'existence de Robin, n'était peut-être pas une si bonne idée que ça.

— Hum, en fait, est-ce que tu peux faire comme si je ne t'avais rien dit ? lui demandai-je, soudain mal à l'aise.

Mon père rigola mais n'insista pas. À mon grand étonnement, il trouva même un nouveau sujet de discussion, et nous terminâmes tranquillement notre déjeuner.

De retour à la maison, je saluai silencieusement ma mère, qui était une fois de plus au téléphone, et filai sous la douche.

Ma journée de travail m'avait permis de me changer les idées, même si mes problèmes étaient toujours bien présents. Il fallait que j'en règle un ce soir. C'était mon objectif. La photographie, ou bien Romane ? Le premier risquait de m'attirer plus de soucis que je n'en avais déjà, mais je n'avais pas encore trouvé de solution au problème Romane, et à part attendre un signe de sa part comme me l'avait suggéré Éloïse, je ne voyais pas trop quoi faire d'autre.

J'enfilai mon pyjama Disney, et, après avoir pris une profonde inspiration, allai voir mes parents. Ma mère était assise sur le canapé et, étonnamment, était toujours au téléphone, un verre de vin à la main. Mon père était quant à lui occupé à préparer le dîner sur le plan de travail.

— Qu'est-ce que tu fais ? demandai-je en l'observant cuisiner.

— Des œufs cocotte à l'avocat, répondit-il en hachant une gousse d'ail.

OK, il était en pleine concentration, le moment était peut-être mal choisi…

Je m'étais retournée, prête à regagner ma chambre jusqu'à l'heure du repas, mais il m'arrêta.

— C'est encore cette histoire avec Alexis qui te tracasse ?

Je lui fis face à nouveau et secouai la tête. Étais-je vraiment prête à détruire la relation que j'avais avec lui ? Ce lien de confiance, et toute l'estime qu'il avait pour moi ?

— Quelle histoire avec Alexis ? intervint soudain ma mère.

Savait-elle au moins lequel de mes amis était Alexis ?

— Écoutez, il faut que je vous parle d'un truc important…

— Ne me dis pas que tu es enceinte ! s'exclama ma mère.

Oui, et de quintuplés tant qu'on y est.

— Non, la rassurai-je dans un soupir las.

— Alors quoi ? insista-t-elle.

Mon père s'essuya les mains sur son tablier, puis me fixa, attentif.

La boule au ventre, je finis par me lancer.

— Vous savez que j'ai une très grande passion pour la photographie… que j'y consacre plusieurs heures par semaine, et que c'est vraiment important pour moi, n'est-ce pas ?

Mes parents hochèrent simultanément la tête, et je décidai d'enchaîner avant de me retrouver avec la gorge nouée.

— Eh bien… Lorsque j'ai envoyé mon dossier d'inscription à l'école de commerce, j'en ai également envoyé un à une école de photographie… et ils m'ont aussi acceptée.

Je vis leurs deux visages se décomposer lentement. Après de longues secondes de silence, ma mère finit par reprendre la parole.

— Donc, ce que tu es en train de nous dire, c'est que tu comptes faire des études de photographie plutôt que de commerce ?

Lentement, j'acquiesçai. Mon père respira un grand coup, puis fit quelques pas dans la pièce.

— Papa, commençai-je d'une petite voix.

Il leva une main dans ma direction, afin de m'intimer de garder le silence. Le moment que je redoutais le plus était arrivé.

Mes mains tremblaient ; en fait, tout mon corps tremblait. J'avais peur qu'il me crie dessus. Peur qu'il me dise que je lui avais toujours laissé espérer que je prendrais la relève de CTR Transport, que j'avais trahi sa confiance, que je l'avais déçu… Et pire encore, qu'avec ma mère il s'oppose à ce que j'intègre l'école de photographie.

Lorsqu'il daigna reporter son attention sur moi, son expression impassible me fit frissonner.

— C'est vraiment ce que tu veux faire ? me questionna-t-il d'un ton sérieux.

— Pendant les vacances, j'adore travailler avec toi, papa, vraiment, répondis-je avec sincérité. Mais que ce soit affréteur ou dirigeant d'une boîte de transport, je ne pense pas que ce soit le genre de métier fait pour moi.

Son silence m'invita à poursuivre.

— Je sais qu'on ne peut pas toujours exercer le métier qu'on veut dans la vie, mais là j'ai le choix. J'ai la chance d'avoir été acceptée dans l'une des meilleures écoles de photographie de Paris. J'ai la chance de pouvoir m'améliorer dans ce domaine, et peut-être par la suite de gagner ma vie grâce à ma passion. Je pense que je dois aller dans cette école pour ne pas le regretter plus tard. Et si ça ne marche pas, je te promets de faire autant d'études commerciales que tu veux, et de travailler dans ton entreprise jusqu'à la fin de ma vie… Mais s'il te plaît, papa, laisse-moi essayer.

Mes parents échangèrent un regard. J'avais les larmes aux yeux, le souffle court, le cœur qui battait à cent à l'heure, et je croisai les doigts à m'en briser les os pour qu'ils acceptent.

— D'accord, lâcha finalement mon père.

— Quoi ? ! m'écriai-je.

Je devais avoir l'air complètement ébahi, car mon père éclata de rire.

— J'ai dit d'accord, va dans cette école ! répéta-t-il avec un sourire amusé.

— Christophe, je te rappelle que j'ai quand même mon mot à dire, lui rappela ma mère.

Nous nous retournâmes vers elle, impatients de savoir ce qu'elle avait à dire.

— Euh, eh bien… Je suis du même avis que ton père.

— Sérieusement, Lisa ? s'étonna mon père. Tu étais obligée d'intervenir pour dire ça ?

— Oui, répondit-elle, visiblement satisfaite.

Pour ma part, j'étais plus que soulagée. Mes parents étaient d'accord. J'avais encore du mal à le croire. En septembre, j'intégrerais une école de photographie. Mon Dieu, je nageais en plein rêve.

— Rassurez-moi, ce n'est pas une blague, hein ? Vous êtes

vraiment OK ? Non, attendez, ne me répondez-pas, j'ai peur que vous ayez changé d'avis !

Mon père secoua la tête, à nouveau sérieux, et s'approcha de moi.

— Eh bien, c'est vrai que j'aurais quand même préféré que tu suives la voie que j'avais tracée pour toi… Enfin, tu ne m'avais jamais parlé de faire des études de photographie, alors je supposais que travailler chez CTR Transport plus tard te convenait aussi… Je t'ai probablement mis un peu trop la pression avec ma boîte pour que tu gardes cette révélation pour toi jusqu'à aujourd'hui. Je suis désolé de t'avoir infligé ça, ma chérie.

— C'est juste que j'avais peur de te décevoir, lui avouai-je.

Il me caressa la tête.

— Ce n'est pas le cas, et puis, c'est ta vie, Pauline, c'est à toi de décider de ton avenir. Et comme tu l'as dit tout à l'heure, si la photo ça ne marche pas, il y aura toujours une place pour toi dans mon entreprise.

Émue, je me jetai dans ses bras et le serrai contre moi.

— Merci, papa…

— J'ai l'impression d'assister à une vraie scène de théâtre, entendis-je ma mère soupirer derrière nous. Vous pouvez vous dépêcher de finir ? Je commence à avoir un petit creux.

Mon père m'écarta doucement de lui, et, après m'avoir fait un clin d'œil complice, retourna aux fourneaux. Ma mère s'était rassise sur son sofa, et, alors qu'elle ne s'y attendait pas, je l'enlaçai par derrière et l'embrassai sur la joue.

— Merci, soufflai-je près de son oreille.

J'aperçus ses lèvres s'étirer sur les côtés. Même si nous n'avions jamais été très proches toutes les deux, je savais qu'elle était un peu jalouse du lien fort que j'avais avec mon père. Pourtant, je les aimais autant l'un que l'autre.

Ravie, je m'éclipsai dans ma chambre, et, mon portable dans la main, sautai sur mon lit.

Même si ce n'était pas encore l'heure de notre appel quotidien, Robin était la première personne avec qui je souhaitais partager cette bonne nouvelle.

En temps normal, ça aurait été Romane, mais comme ma meilleure amie n'avait pas daigné répondre à mes 83 précédents messages, ni à mes 23 appels, il y avait peu de chance que j'obtienne un quelconque retour de sa part.

Allongée sur le ventre, j'appelai Robin et priai intérieurement pour qu'il réponde. Miracle, il décrocha avant la dernière sonnerie.

— Hé, t'es en avance aujourd'hui, dit-il d'une voix un peu surprise.

— Ouais, désolée, c'est juste que je ne pouvais pas t'annoncer ça par SMS… Mes parents sont OK pour l'école de photographie !

— Sérieux ? Ah, c'est super ! Je suis vraiment content pour toi.

Je roulai sur le dos.

— Merci, moi aussi, je suis sur un petit nuage là… Bon, tu es peut-être occupé, je te rappelle plus tard si tu veux.

— Non, non… Je sors de la douche mais c'est bon, je m'habillerai après. Enfin, j'ai une serviette autour de la taille, hein…

Je souris, amusée.

— Dommage…, répondis-je d'une voix malicieuse.

Robin resta silencieux.

— Ne me dis pas que tu es sur haut-parleur, m'inquiétai-je brusquement.

— Non, j'hésitais à entrer dans ton jeu.

— Et pourquoi tu ne l'as pas fait ? l'interrogeai-je avec curiosité en m'asseyant en tailleur.

— Parce que j'aurais dû aller reprendre une douche.

Un frisson d'excitation me parcourut. Je savais qu'il était préférable de s'arrêter là. Notamment car j'allais bientôt devoir dîner avec mes parents. Mais le désir était plus fort que la raison. Je me laissai retomber sur le dos, et glissai une main entre mes cuisses.

— Tu sais que je repense souvent à ce qui s'est passé dans la ruelle ?

— Pauline…

Sa voix rauque me fit frémir.

— À tes lèvres sur les miennes, continuai-je d'une voix sensuelle, à tes mains sur mes cuisses, et à…

— Pauline, à table ! m'appela mon père depuis le couloir.

Je me redressai aussitôt. Autant dire que je venais de refroidir d'un coup.

— Et à… ? répéta Robin d'un ton impatient.

— Faut que j'aille manger, lui annonçai-je à regret.

— Tu plaisantes, j'espère ?

Si seulement…

— Désolée, je pensais que j'avais un peu plus de temps devant moi…

Je l'entendis grogner de mécontentement.

— Mouais, je suis sûr que tu l'as fait exprès.

Ravie d'entendre qu'il était déçu de ne pas pouvoir continuer ce petit jeu coquin, je souris, mais préférai ne pas lui dire à quel point je l'étais aussi.

— Bon, je te rappelle tout à l'heure ! Bisous.

— Bon ap'.

Je raccrochai et partis jeter un coup d'œil à mon reflet dans le miroir de la salle de bains. Mes joues étaient légèrement rosies et mes yeux pétillaient encore d'enthousiasme, mais je pouvais mettre ça sur le dos de l'école de photographie !

Chapitre 17

Le jour suivant, je me rendis en fin de matinée à l'école de photographie pour valider définitivement mon choix d'études.

Je décidai toutefois de travailler à CTR Transport jusqu'à la fin des vacances d'été. Mon père me payait bien, et cela ne me dérangeait pas de continuer à lui donner un coup de main pour les quatre semaines à venir. En plus, cela m'évitait de trop penser à Romane et Alexis et de me sentir mal.

Je constatai d'ailleurs en rentrant chez moi qu'Alexis m'avait envoyé un SMS. Il voulait qu'on se voie ce week-end pour « discuter ». Je préférai ne pas lui répondre pour le moment. De toute façon, il était peu probable que j'accepte. Je savais qu'il souhaitait me persuader de lui laisser une chance et j'avais déjà été claire là-dessus au camping, cela n'arriverait pas.

Même si Alexis comptait pour moi, Romane était plus importante à mes yeux, et c'était elle et notre amitié que je voulais désespérément retrouver.

Afin de me changer les idées, je récupérai mon ordinateur portable posé sur mon bureau, ainsi que mon appareil photo et un câble de branchement, puis m'installai sur mon lit. Cela faisait plus d'une semaine que j'étais rentrée à Paris, et je n'avais toujours pas envoyé les photos à Grégoire, faute de temps…

Je transférai l'intégralité des images sur mon ordinateur, puis après avoir sélectionné celles de Grégoire, je les envoyai par message à la page Facebook de son école de surf.

Finalement, je regrettais de ne pas avoir pris de photos de Robin ce jour-là. D'un autre côté, il me suffisait de taper son nom dans la barre de recherche pour avoir toute une panoplie d'images, vidéos et interviews de lui. J'avais même découvert qu'il avait vingt-sept mille abonnés sur Instagram ! Pour moi qui n'en avais que quarante-neuf, cela faisait beaucoup…

Enfin, bref, déjà que je ne comprenais pas comment Alexis avait pu tomber amoureux de moi, j'avais encore plus de mal à saisir qu'un mec comme Robin, avec une vie de surfeur palpitante et une foule de fans, se soit intéressé à la petite Parisienne sans grand intérêt que j'étais.

Absorbée par mes pensées, je sursautai en sentant mon téléphone vibrer dans ma poche.

Robin.

Même si ce n'était pas l'envie qui manquait, j'attendis quelques secondes avant de prendre l'appel. J'avais lu dans un livre que les hommes aimaient bien que les femmes se fassent désirer, et cette théorie me plaisait bien !

— Ce n'est pas parce que je t'ai appelé plus tôt hier que ça doit devenir une habitude, le taquinai-je en décrochant.

— Ah, désolé, je te dérange ?

— Oui ! J'étais en pleine réflexion, répondis-je en prenant un faux ton sérieux.

— Mmh, à quel propos ?

Je souris bêtement. Évidemment, je n'allais pas lui dire qu'il s'agissait de lui. C'était totalement une coïncidence qu'il appelle à ce moment précis, et je ne voulais pas qu'il croie à tort qu'il hantait mes pensées.

— Oh ! tu sais, sur le sens de la vie, tout ça, tout ça…

— Ouais, t'étais vachement occupée quoi.

— Exactement ! Et donc, que me vaut cet appel précoce ?

— Rien de spécial, enfin juste, j'étais en train de me dire que je n'avais pas ton Facebook.

Sa remarque me surprit, mais le sous-entendu me fit assez plaisir.

J'avais souvent pensé à l'ajouter mais, étant donné que Robin et moi n'avions pas vraiment une relation comme les autres, je m'étais dit qu'il était préférable qu'il le fasse. Qu'il veuille m'ajouter en « ami » sur les réseaux sociaux me donnait l'impression qu'il avait envie de rendre les choses un peu plus sérieuses entre nous. Et cette idée me réjouissait.

— C'est Pauline Russo avec deux « s ». Par contre, tu risques d'être déçu, je n'ai aucune photo en maillot de bain, plaisantai-je.

— Sérieusement ? Oh mince, ma demande d'ami ne fonctionne pas…

— Ha, ha, ha ! très drôle.

— Ouais, ma mère m'a toujours dit que j'aurais pu faire une carrière humoristique.

— On peut difficilement faire pire qu'être classé 73e…, le provoquai-je fièrement.

Je l'entendis ricaner.

— T'as bien de la chance de ne pas être en face de moi.

— Pourquoi ? T'es en train de pleurer ?

— Tu connais *Cinquante nuances de Grey* ? répondit-il seulement.

Je fronçai les sourcils.

— Euh, ouais, pourquoi ?

— Parce que là tu mériterais que je te bâillonne dans la chambre rouge.

Sa réponse me laissa mitigée, entre l'amusement et le doute.

— Je ne savais pas que tu avais des tendances un peu SM…

— Je n'en ai pas. Moi, je te bâillonne juste et je me casse.

— Ah, ouf ! t'es juste un psychopathe, ça me rassure !

Il rigola le premier, et je finis par rire à mon tour.

Je sentis à nouveau mon portable vibrer, et mit Robin sur haut-parleur afin de regarder mon écran.

ROBIN LEBREST VOUS A ENVOYÉ UNE DEMANDE D'AMI.

— T'es rapide comme l'éclair, dis donc, lui fis-je remarquer en confirmant son invitation.

— Ne t'inquiète pas, ce n'est pas comme ça dans tous les domaines.

Je levai les yeux au ciel, puis tentai de rester sérieuse.

— Est-ce qu'on pourrait essayer d'avoir une conversation normale juste une fois ?

— Je te rappelle que la dernière fois c'est toi qui m'as chauffé…

— Certes, mais jusqu'à ce qu'on raccroche aujourd'hui, interdiction de parler de sexe, OK ?

— Très bien. Alors, de quoi veux-tu qu'on parle ? De surf ? De photographie ?

Je réfléchis. Nous discutions assez souvent de nos passions. En fait, lorsque nous n'évoquions pas notre désir l'un pour l'autre, nous ne parlions que de ça.

En réalité je ne savais toujours pas grand-chose d'autre sur Robin. Hormis son amour pour le surf, je ne connaissais pas ses centres d'intérêt dans la vie, et lui non plus n'avait aucune idée des miens. J'aurais aussi aimé en apprendre un peu plus sur sa famille à présent, mais étant donné que cela m'avait paru être un sujet délicat, mieux valait m'abstenir. Quant à son ex et à Alexis, il s'agissait de « Ceux-Dont-On-Ne-Devait-Pas-Prononcer-Le-Nom », et je préférai ne pas jouer avec le feu !

— Dis-moi ce que tu aimes faire d'autre que le surf.

Souhaitant m'allonger sur mon lit, je refermai l'écran de mon ordinateur d'une main et le posai par terre.

— Te parler, ça compte ?

Je souris.

— Non.

— Mmh, j'aime bien regarder la mer, je trouve ça apaisant.

— Et quelque chose qui n'a pas de rapport avec l'eau ? Lire ? Regarder des séries ? Des choses normales, quoi.

— Ah bah, si, j'ai lu des livres et j'ai vu des films sur le surf.

Je soupirai en me redressant. Ce mec était désespérant.

— Ta musique préférée ?

Je priai pour qu'il ne me réponde pas les bruits marins…

— *Stand High* d'Irie Locals.

— C'est quoi ? Du rock ?

— Non, c'est plutôt dans le genre reggae. C'est un groupe polynésien pas très connu à l'étranger. Une autre question ?

J'hésitai. Peut-être était-ce un peu trop personnel, mais après tout nous étions en couple, non ?

— Pourquoi tu t'es installé en Polynésie ?

Il resta silencieux un moment, mais finit tout de même par me répondre :

— J'y allais souvent avec mon père quand j'étais ado. J'ai tout de suite eu le coup de foudre pour les îles du Pacifique. Tahiti, Moorea… Je me suis toujours promis de venir m'y installer quand j'aurais les moyens, et je l'ai fait. Et toi ?

— Ma musique préférée ou est-ce que j'ai envie de vivre à Tahiti ?

— Les deux.

— Alors, je suis une grande fan de Coldplay, et j'adore *Fix you*, même si j'ai toujours les larmes aux yeux quand je l'écoute. Ensuite, pour Tahiti… Je pense que mon lieu d'habitation dépendra du métier que j'exercerai plus tard. Tu n'as jamais pensé à revenir habiter en France ?

J'entendis frapper à ma porte.

— Pauline ? Je peux entrer un instant ? me questionna ma mère depuis le couloir.

— Désolée, il faut que je raccroche, dis-je à l'intention de Robin. Je te rappelle plus tard.

J'eus tout juste le temps de mettre fin à la conversation que ma mère entra dans ma chambre. Je pris sur moi pour ne pas lui faire remarquer que je ne lui avais pas encore répondu, et attendis impatiemment qu'elle me dise ce qu'elle me voulait.

— Tu étais au téléphone, n'est-ce pas ? me demanda-t-elle d'un air curieux.

Je me contentai de hocher la tête, mais cela ne sembla pas lui suffire.

— Est-ce que tu aurais… un petit ami ?

Face à mon air probablement abasourdi, elle ajouta :

— Enfin, tu en as sûrement déjà eu, bien sûr, mais ton père m'a raconté cette histoire avec Alexis…

Oh. Mon. Dieu. Mais pourquoi avait-il fait une chose pareille ?! OK, il s'était probablement dit que si je ne lui avais pas raconté l'histoire jusqu'au bout c'était parce qu'il s'agissait de problèmes de filles et que j'aurais peut-être plus de facilité à me confier à ma mère. Sauf que, en dix-huit ans, c'était bien la première fois qu'elle s'intéressait à ma vie privée, et j'avais d'ailleurs bien du mal à en croire mes yeux.

— Je ne sors pas avec Alexis, lui avouai-je tout de même.

Même si je n'avais pas prévu de lui parler de Robin, je ne voulais pas non plus lui mentir. Devant son expression incrédule, et dans l'espoir qu'elle me fiche la paix après ça, j'ajoutai :

— J'ai rencontré quelqu'un en camping, sauf qu'il n'habite pas à côté et je ne sais absolument pas si on se reverra un jour. Enfin bref, pour le moment tout va bien, tu n'as aucun souci à te faire.

De toute façon, il y avait peu de chance qu'elle se soit réellement inquiétée, ou ne s'inquiète pour moi.

— Et euh… Il s'appelle comment ? s'enquit-elle, un peu mal à l'aise.

Sérieusement ?

— Il s'appelle Robin et, avant que tu ne me le demandes aussi, il a vingt-quatre ans, précisai-je, ennuyée.

Elle haussa les sourcils, probablement surprise par son âge.

— Il n'est pas un peu vieux pour toi ?

— Non.

Ma réponse un peu sèche lui fit comprendre que je n'avais pas envie de m'étaler sur le sujet. Et puis ce n'est pas comme si nous avions dix ans d'écart non plus !

— Hum, d'accord… Eh bien, j'espère que ça fonctionnera entre vous.

Ma mère m'adressa un petit sourire qui se voulait, je crois, compatissant, puis elle sortit de ma chambre.

J'avais encore du mal à croire qu'elle avait voulu essayer d'endosser le rôle de « mère bienveillante » ce soir. En tout cas, lui parler brièvement de Robin avait suffi à lui faire oublier Alexis.

Enfin, le principal était qu'elle et mon père ne s'imaginait pas que j'étais capable de sortir avec l'ex de ma meilleure amie. Pour le reste, ça ne regardait que moi et je devais gérer ça toute seule.

Mon téléphone vibra, et, pensant que c'était Robin, je décrochai avant de m'apercevoir qu'il s'agissait d'Alexis.

— Tu l'as ajouté sur Facebook ? Sérieusement ?

Ouh là. La conversation commençait bien !

J'hésitai à raccrocher, n'ayant pas envie de m'énerver ni de me justifier, mais je me ravisai. Même si, de base, je n'avais pas prévu d'informer mes amis de ma relation avec Robin avant d'être sûre que notre histoire allait « durer », peut-être que le dire à Alexis lui ferait comprendre qu'entre nous il n'y aurait jamais rien.

— On sort ensemble, lui avouai-je.

— Quoi ? ! Comment ça ?

J'inspirai profondément.

— Tu m'as très bien comprise.

— Tu préfères sortir avec ce type que tu connais depuis quelques jours plutôt qu'avec moi ? !

Il semblait vraiment choqué, et je sentis mon cœur se briser tout comme ma voix.

— Je t'ai déjà dit que je ne pourrais jamais sortir avec toi, Alex…

— Pauline, crois-moi, je n'avais aucune envie de faire souffrir Romane, et je ne voulais pas non plus que les conséquences de notre rupture vous impactent toi ou le groupe… Mais je ne pouvais pas rester avec elle alors que je ne pensais qu'à toi.

— Peut-être que si tu n'avais pas quitté Romane en lui laissant sous-entendre que je voulais sortir avec toi, les choses auraient été différentes, ne pus-je m'empêcher de lui reprocher.

— J'ai juste été honnête avec elle sur mes sentiments. Comme je le suis avec toi. Si je ne l'avais pas été, les choses auraient été différentes, mais peut-être pires.

C'était vrai.

— Dans tous les cas, cela ne changera rien entre nous, lui dis-je. Je préfère souffrir pendant un temps plutôt que d'être avec toi et de me sentir coupable envers Romane jusqu'à la fin de ma vie. Ce ne sont que des sentiments, Alexis, ils finiront par disparaître, et on s'en remettra tous les deux. Maintenant je pense qu'il est préférable qu'on coupe les ponts pendant un moment… Et je pense même… définitivement.

Car, oui, même si nous tirions un trait sur ce que nous ressentions l'un pour l'autre, notre amitié ne pourrait jamais redevenir comme avant. C'était impossible. Que Romane décide ou non de me reparler, vis-à-vis d'elle, je ne pouvais pas garder contact avec lui.

— Pauline… s'il te plaît… On pourrait au moins en discuter et…

— Désolée.

— Attends, écoute-moi…

Le cœur battant, je me forçai à décoller mon portable de mon oreille et à raccrocher d'une main tremblante.

J'avais fait la meilleure chose possible, j'en étais certaine. Malgré la douleur que j'éprouvais, je savais également que, s'il n'y avait pas eu Robin, jamais je n'aurais eu la force ni le courage de dire ça à Alexis.

Cela signifiait sans aucun doute que Robin avait pris plus d'importance dans ma vie que je ne l'imaginais.

Robin

Je venais encore de passer une belle matinée d'évasion dans les vagues.

Sans le surf, je me demandais vraiment ce que je ferais de ma vie. Mais pour l'instant, et surtout grâce aux compétitions qui me permettaient d'en vivre, la question ne se posait pas.

Après avoir rangé mon équipement et m'être changé à la Bidart Surf School, je pris la route de la maison. Même si nous étions dimanche, notamment en raison des arrivées et des départs des vacanciers, il y avait pas mal de boulot au camping. Du coup, ma mère avait réquisitionné ma sœur pour lui donner un coup de main à la réception, et je devais remplacer Naia à 14 heures pour qu'elle ait son après-midi de libre.

Ce qui signifiait que j'avais trente minutes pour déjeuner.

Alors que j'arrivais devant la porte de notre bungalow, mon portable sonna. C'était Naia. Bizarre, ce n'était pas dans ses habitudes de m'appeler, surtout pendant ses heures de travail.

Je décrochai tout en sortant mes clés de ma poche.

— Ouais ?

— Euh… Écoute, Robin… Célia est là.

Mes clés tombèrent par terre dans un bruit sourd.

Non… Elle ne pouvait pas avoir dit ça. Ce n'était pas possible, je devais avoir mal entendu.

— Quoi ? fis-je d'une voix mal assurée.

— Célia… Elle est là, à l'accueil.

Mon cœur rata un battement.

— J'arrive.

Je raccrochai, ramassai mes clés sur le sol et partis en courant jusqu'à la réception. Je n'eus pas besoin d'entrer dans le bâtiment. Mon ex-copine m'attendait dehors, vêtue d'un pantalon rouge flamboyant, d'une veste de la même couleur qu'elle portait sur ses épaules, par-dessus un petit top noir en dentelle, et de talons noirs de quinze centimètres. Elle était magnifique, chic, parfaite, comme toujours.

Ayant piqué un sprint jusqu'ici, je tentai de reprendre un peu mon souffle avant de m'approcher d'elle. Je tins toutefois à maintenir une distance raisonnable entre nous. Quelle que soit la raison de sa présence, nous n'étions plus ensemble.

Ses yeux marron éclatants me dévisagèrent de haut en bas.

— Tu n'as pas changé, constata-t-elle de sa voix sensuelle.

Elle réajusta une mèche de ses cheveux châtains derrière son oreille et fit un pas vers moi.

Je sentis son parfum. Celui que je lui avais offert pour son anniversaire en janvier. Six mois avant qu'elle ne me quitte.

Même si j'avais rêvé des milliers de fois de la revoir, rien qu'une fois, une toute dernière fois… je n'en revenais toujours pas qu'elle soit ici, devant moi, au camping de ma mère.

— Tu comptes m'observer encore longtemps ou bien tu m'invites à déjeuner ? lança-t-elle devant mon silence.

Alors que je croyais mon cerveau totalement déconnecté de la réalité, je me souvins que je devais remplacer Naia dans moins de vingt minutes. Mais là il y avait clairement plus important, et j'étais sûr que ma sœur comprendrait mon retard.

— Allons-y, dis-je à Célia en me retournant.

Je fis deux pas en direction du parking avant de faire volte-face.

— Euh… tu as une voiture ? l'interrogeai-je.

Célia soupira.

— J'ai pensé à venir en taxi mais…

Elle passa devant moi en affichant un petit sourire espiègle.

— … tu sais bien que j'aime manier le levier de vitesse, termina-t-elle en continuant sa route.

Son sous-entendu me laissa perplexe. Une tonne de questions me brûlèrent la langue, mais telle que je connaissais Célia elle ne répondrait à rien tant qu'elle ne serait pas installée dans un resto gastro, avec un bon verre de vin rouge à la main.

Je montai donc dans la belle Audi Q5 qu'elle avait louée, et lui indiquai la route jusqu'à un restaurant à Biarritz qui lui conviendrait parfaitement.

Nous restâmes tous deux silencieux pendant les quinze minutes de trajet. Célia fuma une cigarette sur la route, et je m'abstins de lui faire remarquer qu'elle avait pourtant arrêté lorsque nous étions ensemble.

Ce ne fut qu'une fois à table, nos verres à pied remplis, et après que nous eûmes commandé un menu dégustation à cent un euros chacun, que je sus que je pouvais enfin parler librement.

— Alors… qu'est-ce que tu fais là ? demandai-je.

J'avais beau avoir pris un ton nonchalant, Célia savait parfaitement que je mourrais d'envie de connaître la raison de sa présence et ce qu'elle attendait de moi.

— Moi aussi, je suis ravie de te revoir Robin, répondit-elle avec ironie.

— Célia…

Elle huma l'odeur qui émanait de son vin, puis trempa délicatement ses lèvres dedans avant de me répondre :

— Tu me manquais.

Heureusement que je ne buvais pas, car je lui aurais probablement tout recraché au visage.

— Comment ça, je te manquais ? répétai-je, stupéfait. C'est toi qui m'as quitté, je te rappelle, avant de me supprimer et de me bloquer de partout…

Avec grâce, elle reposa son verre sur la table et m'adressa un sourire désolé.

— Je pensais que ça allait faciliter les choses, mais ce n'est pas le cas. Je t'aime toujours et j'ai envie de nous redonner une chance.

Si son ton n'avait pas été aussi sérieux, et son regard aussi perçant et sincère, j'aurais probablement éclaté de rire. Mais après un an et sept mois de relation, je savais pertinemment quand cette fille rigolait, ou pas.

— Pourquoi ? demandai-je.

Étrangement, elle semblait un peu mal à l'aise.

— Eh bien, tu te doutes bien que, lorsque je t'ai quitté, ce n'était pas uniquement parce qu'on ne se voyait pas assez souvent, n'est-ce pas ?

C'était le moment d'assumer mes erreurs.

— Je sais… Et je m'en veux de t'avoir fait souffrir, sincèrement, dis-je en la regardant droit dans les yeux.

Elle acquiesça, puis, sans que je m'y attende, posa sa main sur la mienne. Sa peau douce et chaude me rappela certains de nos moments ensemble…

— Robin, si tu es ici, avec ta mère et ta sœur que tu n'avais pas revues depuis six ans… c'est que tu as enfin affronté ce qui te hantait, n'est-ce pas ?

— Comment tu as su que j'étais ici ? répondis-je seulement.

— J'ai une amie abonnée à ton compte Instagram. Elle a vu la photo que tu as postée il y a plus d'une semaine avec la description « Home », elle a pris une capture d'écran et me l'a envoyée.

Eh merde.

— Robin, reprit Célia en me scrutant avec intérêt, tu vas mieux, n'est-ce pas ?

Je me contentai de hocher la tête.

— Alors, je suis sûre que ça peut marcher cette fois. À moins que… tu ne m'aimes plus, mais… dans ce cas-là tu aurais retiré ta main de la mienne, non ?

Elle caressa doucement mes doigts, et je pus lire tout l'espoir qu'elle avait dans son regard.

Ma main… Je savais qu'il fallait que je la retire. Je le devais, parce que, et même si j'éprouvais toujours des sentiments pour Célia, il y avait quelqu'un d'autre dans ma vie à présent.

— J'ai rencontré une fille, lâchai-je brusquement.

Célia écarquilla les yeux. Finalement, ce fut elle qui retira sa main de la mienne.

— On est en couple, ajoutai-je.

Elle baissa le regard sur son verre de vin.

— Est-ce que… tu l'aimes ? demanda-t-elle d'une petite voix.

Je pensai un instant à Pauline, à son sourire, à ses provocations, à ses blagues, à son corps… Mon cœur s'emballait, alors oui, je l'aimais. Mais, il me suffisait de croiser le regard de Célia pour que Pauline disparaisse de mon esprit.

— C'est compliqué, murmurai-je.

À cause de toi. J'essaye de t'oublier et tu reviens dans ma vie sans prévenir. Qu'est-ce que je suis censé faire maintenant ? Quitter Pauline et accepter de nous donner une seconde chance ? Mais qui me dit que tu ne me quitteras plus ?

Célia se leva brusquement. Elle s'approcha de moi, et, sans me laisser le temps de réaliser ce qu'il se passait, prit mon visage entre ses mains et m'embrassa tendrement. Mon cœur s'emballa aussitôt.

— Pour… pourquoi, balbutiai-je bêtement.

Célia caressa ma joue et me sourit.

— Parce que tu m'aimes encore, au moins autant qu'elle, voire plus, et ça me suffit. Oh ! je crois que notre repas arrive. J'ai hâte de goûter ces crevettes sauvages brûlées au soja.

Avec élégance, elle retourna s'installer en face de moi, et quelques secondes plus tard, un serveur nous apporta nos assiettes.

Pour ma part, le baiser que m'avait volé Célia tournait en boucle dans mon esprit, et cela risquait de durer pendant tout le repas.

Elle avait raison, et j'étais clairement dans la merde.

Chapitre 18

Pauline

Depuis ma conversation téléphonique avec Alexis, et malgré ses cinq appels manqués et ses dix SMS que je n'avais pas ouverts, je me sentais plus… légère. À moins que cela soit également dû à la chaleur agréable de l'été, aux enfants jouant et se chamaillant dans le parc, aux rires d'un jeune couple assis dans l'herbe à quelques mètres de moi. Sans oublier que dans un mois j'entrerais dans l'école de mes rêves pour apprendre et pratiquer ma passion, mais aussi que ma relation avec Robin se déroulait pour le moment vraiment à merveille. Bien que son absence physique commence un peu à se faire ressentir !

Et dire que ça ne faisait que deux semaines et demie que j'avais quitté Bidart…

Munie de mon appareil photo, je fis abstraction de cette petite boule au ventre qui ne me quittait pas depuis plusieurs jours, et photographiai divers coins du jardin public dans lequel je me trouvais. Ce n'était pas la première fois que je venais ici, pourtant, à chaque fois je voyais ce paysage magnifique, j'avais l'impression de le redécouvrir complètement. Probablement car chaque jour était différent et que je ne venais jamais ici à la même heure.

Je pris également des clichés d'enfants en train de courir, de dos, bien sûr, et d'un vieux couple marchant devant moi main dans la main. Je me voyais déjà retoucher certaines photos, en jouant avec la luminosité, le contraste, ou bien en mettant un effet sépia.

Lorsque je rentrai chez moi, il était 18 heures. J'avais passé tout l'après-midi à l'extérieur, et ce grand bol d'air frais m'avait fait du bien… Si on ne tenait pas compte de la pollution parisienne et des transports en commun que j'avais dû prendre pour me déplacer jusqu'au parc des Buttes-Chaumont.

Mon père, comme toujours, se trouvait à la maison. Il avait la mauvaise habitude de profiter de ses week-ends pour mettre à jour ses dossiers d'entreprise au lieu de se reposer ou d'aller se balader !

En revanche, c'était à peine si je voyais ma mère avec son agenda overbooké. Elle avait passé la journée du samedi à se faire pomponner, car elle devait assister à un grand défilé de mode qui avait lieu le soir. Elle était rentrée à point d'heure, mais avait tout de même réussi à se lever avant moi pour aller faire une séance de yoga avec des amies de son club de sport, suivie d'un « brunch entre copines ». On s'était tout de même croisées avant que je parte en « expédition photo ».

Des fois, j'avais l'impression qu'elle se croyait à Beverly Hills et qu'elle oubliait qu'elle avait une famille… Enfin bref.

Vu que mon père était toujours en train de travailler dans son bureau, je décidai de me mettre aux fourneaux. J'étais loin d'être une grande cuisinière mais, comme mes parents me soutenaient dans mes études, j'avais envie de leur faire plaisir à mon tour.

Suivant une recette trouvée sur Internet, et parce que ma

mère évitait de manger trop de viande, je préparai des lasagnes végétariennes. Une fois mon plat au four, je m'installai devant la télévision et tombai sur une émission sur les Français qui partaient vivre à l'étranger. Je pensai automatiquement à Robin, et eus alors la bonne idée de l'appeler, en attendant que le dîner soit prêt.

Après avoir baissé le volume de la télé, je composai son numéro.

— Salut, dis-je lorsqu'il décrocha enfin.

— Salut.

Je fronçai les sourcils et m'assis en tailleur sur le canapé. Sa voix était assez grave. Il ne semblait pas très joyeux aujourd'hui.

— Tout va bien ? Je te dérange peut-être ?

— Non, non, c'est bon, c'est juste que… j'ai passé une longue journée, désolé.

Cela me rassura un peu.

— Tu veux en parler ?

— On dirait ma sœur, se moqua-t-il.

— Bah, en tant que petite amie, ça me paraissait normal de te demander ça…

— T'es mignonne, mais ne t'inquiète pas, tout va bien. Ma séance de surf m'a juste complètement épuisé, je crois que je vais aller me coucher… Je te rappelle demain, OK ?

Même si son entraînement l'avait crevé, je trouvais ça franchement bizarre qu'il aille se coucher avant 19 heures. À moins qu'il ait surfé toute la journée ? Sa voix me paraissait étrange, mais je ne voulais pas me montrer parano.

— Euh, bon, OK… Repose-toi bien.

— Merci, bisous.

Et il raccrocha le premier.

Non, je n'étais pas folle. Son comportement était bien trop étrange pour qu'il puisse mettre ça sur le compte de la « fatigue ». Malheureusement pour moi, à distance, je ne pouvais pas faire grand-chose. Même si cela m'inquiétait, je n'allais pas insister là-dessus s'il ne voulait pas en parler.

— Mmm, ça sent bon par ici !

Je tournai la tête et aperçus mon père se diriger vers le four.

— Ce sera prêt dans une vingtaine de minutes à peu près, l'informai-je.

Il observa un instant le plat qui cuisait par la vitre, puis se redressa.

— Parfait ! Ta mère ne devrait pas tarder à rentrer.

— Où est-ce qu'elle est allée ? m'enquis-je.

— Son assistant Alejandro lui a demandé de passer au bureau, répondit-il en venant s'asseoir à côté de moi. Apparemment, il y aurait eu un petit souci avec la nouvelle collection, mais rien de grave, elle ne va plus tarder.

— Si ce n'est « rien de grave », elle n'aurait pas pu attendre lundi ? ne pus-je m'empêcher de répliquer.

Mon père soupira.

— Pauline, tu sais qu'avec ta mère on exerce des métiers qui demandent beaucoup d'investissement. Crois-moi, quand tu travailleras en tant que photographe professionnelle un jour, tu comprendras ce que c'est.

— Peut-être, mais dans ce cas-là j'attendrai pour fonder une famille. Encore, toi, je te vois tous les jours et on peut avoir une vraie discussion, comme maintenant, mais maman, c'est à peine si elle fait partie de ma vie…

Il posa une main réconfortante sur ma cuisse.

— Écoute, ce n'est pas pour la défendre, mais tu sais que ta grand-mère maternelle est décédée quand ta mère avait seulement quatre ans, n'est-ce pas ? Sans compter que son père passait son temps à travailler en usine afin de leur permettre d'habiter dans un petit appartement miteux en banlieue parisienne… Ta mère a grandi seule, et elle s'est toujours débrouillée sans l'aide de personne. Elle a aussi très vite assimilé à quel point travailler est important, et c'est probablement pour ça qu'elle y passe beaucoup de temps.

Bien sûr, je savais tout ça. Et c'était pour ça que je ne lui avais jamais vraiment reproché son comportement. Mais cela n'empêchait pas que j'avais à mon tour l'impression d'avoir grandi sans mère.

— Ta mère t'aime, Pauline. Énormément. C'est juste que… Elle est comme ça, et elle aura toujours besoin de vivre sa vie à sa façon pour se sentir épanouie. Mais je lui dirai d'essayer de faire plus d'efforts, d'accord ?

Je repensai à ce qui s'était passé ces derniers jours. Au fait qu'elle ne s'était pas opposée à mon choix d'études, même si elle savait que mon avenir professionnel était incertain. Qu'elle avait essayé de discuter avec moi à propos de mes problèmes, et qu'elle espérait que ma relation avec Robin fonctionne. Sans oublier qu'elle m'avait laissée partir en vacances à l'autre bout de la France sans poser de questions.

Ma mère n'avait pas besoin de faire des efforts. Elle en faisait déjà, depuis toujours. Même si elle ne l'exprimait pas toujours correctement, elle ne souhaitait que le meilleur pour moi. J'étais trop exigeante avec elle.

— Non, ne lui dis rien, s'il te plaît, demandai-je à mon père. Je pense que tu as raison, et c'est aussi peut-être à moi de m'investir davantage dans sa vie. Je lui en veux souvent de ne pas s'intéresser à ma passion, mais en réalité je ne m'intéresse pas non plus à la sienne.

Mon père hocha la tête, l'air satisfait. Je me penchai vers lui et l'embrassai sur la joue.

— Merci, papa.

— De rien, ma chérie. Bon alors, en attendant ces lasagnes, que dirais-tu de me montrer les photos que tu as prises aujourd'hui ?

Je souris, heureuse qu'il s'y intéresse, et allai récupérer mon appareil photo que j'avais rangé dans ma chambre.

Même si l'attitude anormale de Robin me trottait encore dans la tête, je comptais bien essayer de passer une bonne soirée avec mon père, et ma mère, si elle ne rentrait pas à point d'heure !

Robin

Surfer aujourd'hui avait été une terrible erreur. Déjà parce que je n'avais absolument pas la tête à ça, et que je ne faisais que penser à Pauline, et au fait que je comptais lui annoncer ce soir que je la quittais. Mais également parce que Célia avait tenu à venir me voir m'entraîner. Autant je pouvais faire abstraction de son corps de mannequin, bronzé et mis en valeur dans un bikini rouge pétant, autant je ne pouvais ignorer les regards insistants que posaient les hommes sur elle.

Certes, nous n'étions pas ensemble, du moins pas encore, mais je ne pouvais pas m'empêcher de vouloir casser la gueule à tous ces gros pervers.

J'eus beau essayer de me concentrer sur les vagues, et la sensation de bien-être et de liberté que je ressentais en étant dans l'eau ou sur ma planche, impossible de réaliser parfaitement une seule figure. Je finis par abandonner au bout d'une demi-heure, et rejoignis Célia sur la plage. Allongée sur le ventre sur sa serviette, elle bascula sur le côté lorsque je m'assis à côté d'elle, et redressa d'une main ses épaisses lunettes noires sur sa tête.

— Très impressionnant, se moqua-t-elle.

Je fusillai du regard un gars qui matait son cul derrière elle, et, après qu'il eut baissé les yeux, reportai mon attention sur Célia.

— Au fait, tu peux me mettre de la crème solaire dans le dos ? demanda-t-elle d'un air innocent.

Je soupirai. Célia savait parfaitement que je comptais me remettre avec elle. Mais je lui avais aussi dit qu'il ne se passerait rien entre nous tant que je n'aurais pas quitté Pauline.

— C'est juste de la crème solaire, Robin ! s'exclama-t-elle comme si elle avait lu dans mes pensées.

Je levai les yeux au ciel.

— C'est vrai que, si nous étions en couple, tu m'aurais laissé sans problème masser la peau d'une autre fille.

Célia se redressa et approcha son visage du mien.

— Bien sûr, me murmura-t-elle à quelques centimètres de ma bouche. Tu as toute ma confiance, amour.

L'entendre prononcer ce surnom qu'elle me donnait lorsque nous étions ensemble fit s'accélérer mon rythme cardiaque. Malgré tout, je pris sur moi et résistai à la forte envie que j'avais de l'embrasser. Je ne tromperais pas Pauline. Je ne pouvais pas lui faire ça.

— Célia, grognai-je froidement, garde tes distances.

Elle sourit fièrement, et posa une main sur ma cuisse. Heureusement que je portais une combinaison.

— Détends-toi, amour, on ne fait rien de mal.

Je retirai rapidement sa main et me levai.

— On se voit plus tard, dis-je en prenant la direction de l'école de Greg.

— Rejoins-moi à l'hôtel quand tu auras quitté ta « petite amie » ! lança-t-elle d'une voix amusée.

Je l'ignorai et continuai mon chemin.

Quitter Pauline n'était pas aussi simple que ça. Je n'avais pas envie de la blesser, et lui dire que je la larguais pour me remettre avec mon ex n'était probablement pas la meilleure des solutions. D'un autre côté, lui mentir non plus.

Même si ça ne faisait que trois semaines, on avait partagé des choses et je m'étais attaché à elle. Vraiment. Et il y avait de grandes chances pour que ce soit réciproque. Mais Célia… C'était sans aucun doute la femme de ma vie. Elle m'avait fait souffrir en me quittant, mais elle aussi avait souffert par ma faute, et pendant toute la durée de notre relation. Je ne pouvais pas refuser cette seconde chance. On avait été en couple pendant un an et sept mois, ce n'était pas rien. Et maintenant que je m'étais enfin libéré de mon passé, que j'avais renoué avec ma famille, je savais que tout irait mieux entre nous. Même si je ne l'avais pas encore fait, je me sentais enfin capable de tout lui avouer et de m'investir pleinement dans notre histoire.

En entrant dans la Bidart Surf School, je tombai nez à nez avec Greg.

Je ne lui avais pas encore annoncé le retour de Célia, mais mon adorable sœur avait dû s'en charger dès l'instant où mon ex avait mis les pieds au camping. Peut-être même qu'elle l'avait appelé en premier… !

— Je vais quitter Pauline, dis-je avant qu'il n'ouvre la bouche. Ce soir.

Il lâcha un petit soupir, puis, sans un mot, alla nous chercher deux canettes de Coca. Nous nous installâmes à la petite table ronde de l'accueil. Seulement après avoir bu une gorgée, Greg prit enfin la parole.

— Tu es sûr ? Enfin, je sais que tu es toujours amoureux de Célia, mais elle t'a quand même brisé le cœur.

— Je sais, mais j'ai fait mon choix.

Il sembla contrarié.

— Tu pourrais prendre le temps d'y réfléchir, quand même. Finalement, ce n'est peut-être pas plus mal pour Pauline, tu n'as pas l'air de tenir beaucoup à elle.

— Tu te trompes, c'est justement parce que je ne veux pas lui faire de mal que je préfère la quitter le plus tôt possible. Célia m'a déjà embrassé hier, et j'ai failli ne pas… résister. Avec Pauline, on s'appelle tous les jours, je ne peux pas continuer à faire semblant que tout va bien. Je n'y arriverai pas.

Mon meilleur ami termina sa canette cul sec, puis se leva.

— Très bien. De toute façon, c'est ta vie, pas la mienne, alors fais les choses à ta façon.

Je le fixai, perplexe.

— Attends, mais pourquoi t'as l'air énervé contre moi ? C'est quoi le problème ?

— Je ne suis pas énervé, je suis juste déçu de voir que tu laisses tomber une fille gentille, drôle, mignonne, et avec qui tout se passait bien, pour ton ex qui t'a quitté et qui est revenue dans ta vie depuis seulement un jour. Enfin, bref, « l'amour rend aveugle », comme on dit !

Ne sachant quoi répondre, je le regardai aller jeter sa canette, puis observai la mienne, que je n'avais pas encore ouverte.

Peut-être qu'il avait raison et que je faisais une erreur. Mais si c'était le cas, en cet instant précis, je voyais Célia comme une irrésistible erreur.

Assis sur mon lit, je fixai le numéro de Pauline. Elle méritait au moins que je l'appelle. À part Célia, je n'avais pas vraiment eu de copine « longue durée », mais à moins que je n'en aie vraiment rien à foutre de la personne il me paraissait inconcevable de quitter quelqu'un par texto.

Lorsque je me résolus enfin à l'appeler, je sentis une boule se former dans mon estomac.

— Salut !

Elle semblait de bonne humeur, et cela ne fit qu'accentuer mon malaise.

— Robin ? ajouta-t-elle devant mon silence.

Je toussotai afin de m'éclaircir la voix.

— Ouais, je suis là.

Ce fut à son tour de ne pas répondre. Du moins, pas avant de longues secondes.

— Tu peux m'expliquer ce qui se passe ?

Je passai nerveusement une main sur mon visage. C'était le moment d'être honnête avec elle… Mais je l'imaginais déjà en pleurs, me sortir un truc du genre : « Non mais tu te rends compte ? Tu es en train de me dire que tu me quittes pour être heureux avec ton ex ? ! »

— Écoute, Pauline, j'ai réfléchi et… je pense qu'on ferait peut-être mieux d'arrêter tous les deux.

— Quoi ?

Sa voix s'était brisée. Tout comme mon courage de lui avouer la vérité.

— Notre relation à distance, ça ne va pas marcher.

Je l'entendis respirer profondément.

— Attends, c'est *toi* qui m'as proposé et convaincue de m'engager là-dedans avec toi, je te rappelle.

Ce fut à mon tour de prendre une grande inspiration.

— Je sais. Je pensais vraiment que ça pourrait le faire, mais je n'étais pas réaliste. Avec les compétitions, je ne sais pas quand est-ce que j'aurai le temps de venir te voir… Je pense que c'est préférable qu'on arrête avant de trop s'attacher l'un à l'autre, tu comprends ?

— Non, je ne comprends pas, répondit-elle d'un ton consterné. Tout allait bien entre nous… Pourquoi…

— Je suis désolé, Pauline, sincèrement. Mais je pense que c'est la meilleure chose à faire pour tous les deux tant qu'il est encore facile de couper les ponts.

— « Facile » ? répéta-t-elle, outrée. C'est peut-être facile pour toi, mais pas pour moi. C'est vrai qu'on se connaît depuis moins d'un mois, mais c'est suffisant pour…

Sa voix s'éteignit, et je sentis mon cœur se serrer dans ma poitrine.

J'avais peut-être une idée de ce qu'elle voulait dire, mais je n'avais pas envie de rendre notre rupture plus difficile qu'elle ne l'était.

— Bon, je pense qu'on n'a plus rien à se dire alors, reprit-elle après un moment.

J'avais l'intention de m'excuser à nouveau, mais elle raccrocha la première.

Très sincèrement, je regrettais de lui avoir infligé ça. J'étais un menteur. Un vrai connard. Je n'aurais jamais dû lui proposer de sortir avec moi… Mais comment aurais-je pu savoir que Célia reviendrait dans ma vie ?

— Elle méritait de savoir pour Célia.

La voix de ma sœur me tira de mes lamentations. L'instant d'après, la porte de ma chambre s'ouvrit, et Naia me rejoignit.

— Je te promets que je ne voulais pas écouter, se défendit-elle avant que je ne la réprimande. Mais j'étais dans la salle de bains et tu sais que les murs sont assez fins dans ce bungalow…

— Naia, sors de ma chambre, dis-je seulement.

Mon ton était calme, mais sans appel. Je n'avais pas la tête à discuter avec elle, encore moins à propos de ma rupture toute fraîche avec Pauline.

J'avais besoin d'être seul, et même si je savais que Célia m'attendait dans sa chambre d'hôtel, je me sentais beaucoup trop coupable et honteux envers Pauline pour y aller ce soir.

Mon regard se posa sur le cadre photo posé sur mon bureau. Ce qui venait de se passer n'avait peut-être aucun rapport avec le surf, mais j'étais sûr de l'avoir déçu quand même.

Désolé, papa. Moi aussi, je m'en veux.

Chapitre 19

Pauline

L'incompréhension totale.

C'était ce que j'avais ressenti après avoir raccroché. J'étais restée assise sur mon lit pendant plusieurs minutes, me demandant pourquoi. Est-ce que j'avais fait quelque chose de mal ? Était-ce ma faute ?

Puis, après de longues minutes, j'avais fini par m'énerver et faire les cent pas dans ma chambre. Son excuse était complètement bidon. Robin m'avait prise pour une conne.

J'avais songé à le rappeler, ou encore à l'insulter par message, mais par miracle j'avais trouvé la force de ne pas le faire et de me donner la nuit pour réfléchir à cette situation.

Le lendemain, après une nuit difficile, j'avais tout de même tenté de lui demander calmement par SMS quelle était la vraie raison, mais j'avais seulement eu droit à un simple « Désolé » comme réponse. Bien sûr, cela m'avait fait péter un câble, et donné l'envie de lui répliquer un « Désolé ? Désolé de quoi, espèce de gros connard ? ! Tu me demandes de tenter une relation à distance pour me larguer deux semaines après ? Tu te fous de ma gueule ? Oui, forcément ! Eh bien, va te faire… ».

Par chance, encore une fois, la voix de la raison m'avait convaincue de m'arrêter là et de ne rien lui envoyer. Tout simplement car cela n'aurait mené nulle part. Je ne saurais jamais pourquoi Robin m'avait plaquée comme une merde, et j'allais devoir vivre avec.

Cela faisait déjà une semaine que nous n'étions plus ensemble, et impossible de tourner la page. Je n'étais plus vraiment en colère contre lui, mais je continuais à me demander pourquoi. Je passais d'ailleurs mes soirées à épier ses réseaux sociaux, à la recherche d'un indice pouvant justifier notre rupture. Mais hormis le fait qu'il ne m'avait pas supprimée de ses « amis » sur Facebook, il n'y avait rien de surprenant sur son profil ni sur son compte Instagram d'ailleurs. Du coup, et probablement parce que j'étais peut-être un peu maso, je finissais toujours par regarder ses photos et déprimer dans mon coin.

Nous n'avions passé que trois semaines ensemble, mais Robin était plus difficile à oublier que je ne le croyais. À tel point que j'avais failli verser des larmes pour lui. Cependant, à chaque fois que la tristesse m'envahissait, je me rappelais la façon misérable dont il m'avait quittée, et je me reprenais aussitôt.

Tout ce qu'il méritait était que je le raye de mon esprit. Plus facile à dire qu'à faire. Le supprimer des réseaux sociaux et de mon répertoire m'aurait sans doute aidée, mais j'avais eu le malheur de commencer à éprouver des sentiments pour lui, et le courage me manquait.

En tout cas, il était clair et net que j'avais le don pour tomber amoureuse des bonnes personnes !

Songeant à tout ça alors que je travaillais à CTR Transport ce lundi matin, je me mélangeai les pinceaux dans mes commandes et dus rectifier mes erreurs pendant ma pause déjeuner.

Conscient que quelque chose me perturbait depuis plusieurs

jours, mon père m'apporta un sandwich et une bouteille d'eau, puis me proposa de prendre mon après-midi. Je déclinai son offre, car rester à la maison ne m'aiderait pas à aller mieux.

J'essayai de me concentrer durant le reste de la journée, puis une fois l'heure de rentrer à la maison arrivée, je rappelai à mon père qu'il devait me déposer chez Éloïse. Mon amie habitait également dans le 20e arrondissement, et cela ne lui ferait pas un gros détour.

Même si Éloïse et moi ne nous parlions plus beaucoup depuis mon « froid » avec Romane, elle ainsi que Thibaut prenaient tout de même régulièrement de mes nouvelles. Lors de notre appel téléphonique la veille, elle s'était elle aussi rendu compte que quelque chose n'allait pas. Du coup, et aussi parce que j'avais besoin d'en parler à quelqu'un, j'avais fini par lui raconter la suite – et fin – de mon histoire avec Robin.

En bonne amie qu'elle était, Éloïse m'avait alors invitée à passer la soirée chez elle aujourd'hui pour me « réconforter », et j'avais accepté, tant qu'on évitait de parler de Robin.

— On est arrivés, m'avertit mon père en se garant sur une place de parking.

Je tournai la tête et aperçus l'immeuble de style haussmannien dans lequel résidait Éloïse.

— Merci ! Ne m'attendez pas pour le dîner, OK ? Je risque de rentrer tard, dis-je en sortant du véhicule.

— Et…

— Et je prendrai un Uber, terminai-je à sa place. Oui, ne t'inquiète pas ! Bisous !

Il acquiesça, et après l'avoir regardé partir, je me rendis rapidement au second étage du bâtiment.

Ce n'était bien sûr pas la première fois que je me rendais chez Éloïse. Elle vivait avec ses parents et sa petite sœur de quinze ans.

Contrastant avec la façade ancienne du bâtiment, l'intérieur de leur appartement avait été complètement modernisé.

Lorsque Éloïse, vêtue d'un pull noir aux épaules dénudées et d'un jean boyfriend agrémenté d'une ceinture, vint m'ouvrir, nous nous rendîmes directement dans sa chambre. Les murs étaient blancs, il y avait d'immenses fenêtres et du parquet en bois massif, j'étais vraiment fan de ce genre de décoration !

— Alors, j'ai prévu au programme pizza devant *Vendredi 13*, qu'est-ce que t'en penses ? À moins que tu ne préfères *Martyr*, il est bien gore dans son genre !

Ma copine savait parfaitement comment me changer les idées. Cependant, la voir en face à face était aussi l'occasion de me renseigner sur l'état de Romane sans qu'elle essaye d'esquiver le sujet.

— Elle m'en veut toujours ? l'interrogeai-je en m'asseyant sur son lit.

Évidemment, Éloïse comprit aussitôt de qui je parlais.

— Pas vraiment… Je pense qu'elle sait très bien au fond d'elle que tu ne lui aurais jamais piqué Alexis, mais… Elle était vraiment amoureuse de lui, et comme il l'a quittée pour toi… Enfin, tu comprends ?

J'acquiesçai.

— Tu lui as reparlé ? me questionna-t-elle alors. À Alexis, je veux dire ?

Je repensai aux messages qu'il m'avait envoyés après notre conversation téléphonique.

Même si je ne lui avais pas répondu, j'avais quand même fini par les lire. Il m'avait d'abord demandé de le voir en face à face, puis de le rappeler, car notre discussion n'était, selon lui, pas terminée, avant de finalement me dire qu'il m'attendrait.

Cela n'était clairement pas une bonne chose, mais depuis

ce dernier SMS il n'avait pas essayé de me contacter. J'espérais sincèrement qu'il finirait par se lasser et réussirait à tourner la page, tout comme j'essayais de le faire.

— Il m'a appelée une fois quand je sortais encore avec Robin, lui révélai-je. J'ai tenté de lui faire comprendre qu'il n'y aurait jamais rien entre nous, mais il ne semblait pas être du même avis. En revanche, depuis, pas de nouvelles, bonne nouvelle. Enfin j'espère.

— Ouais, j'espère aussi… En tout cas, tu peux être sûre qu'il ne reviendra jamais dans notre groupe celui-là ! Même Thibaut n'en revient pas ! Vouloir sortir avec la meilleure amie de sa meuf, non mais quel culot. Il n'a vraiment aucun respect ! Bon, je vais mettre les pizzas au four, je te laisse préparer la salle de ciné en attendant !

Je préférais m'abstenir de lui préciser que, même si j'avais refusé ses avances, j'avais moi aussi des sentiments pour lui. L'amour nous faisait parfois faire des choses horribles, mais incontrôlables.

Éloïse quitta sa chambre au pas de course, et j'allai récupérer son ordinateur portable posé sur son bureau. À nouveau installée sur le lit, je sentis mon portable vibrer dans la poche de mon jean. Je jetai un coup d'œil à la notification que je venais de recevoir et écarquillai les yeux en constatant que Robin avait publié une nouvelle photo sur Instagram. Il était de dos, en train de surfer sur une vague. Et sa combinaison moulait son large dos musclé et son fessier à la perfection.

Mon cœur se serra un court instant. Il fallait vraiment que je trouve le courage d'arrêter de le suivre sur les réseaux sociaux. J'allais quitter l'application lorsque je remarquai qu'une dénommée « celia-1224 » avait commenté sa photo. Certes, « julienolae » avait également écrit quelque chose, mais son « *nice pic, man*[1] ! » m'avait beaucoup moins perturbée que les petits cœurs de Célia.

1. « Jolie photo, mec ! »

Je cliquai aussitôt sur son profil et constatai que Robin était abonné à sa page. Intriguée, je fis défiler ses photos. Elle était vraiment magnifique. Grande, mince, sexy. Elle posait souvent seule en maillot de bain ou en lingerie. Lorsque je m'aperçus que Robin avait aimé et commenté avec trois petits cœurs toutes les photos qu'elle avait publiées avant le mois de juin, je compris enfin qui elle était : son ex.

J'entendis la porte de la chambre s'ouvrir et relevai les yeux de mon portable.

— Désolée, me dit Éloïse. Ma mère a changé de four et j'ai galéré à… Tout va bien ? T'as l'air toute pâle !

Devais-je lui dire que je venais de découvrir l'identité de l'ex-copine de Robin et que je me sentais vraiment misérable à côté d'elle ? Sauf qu'il n'y avait pas que ça.

— Attends, il faut que je vérifie un truc, répondis-je en retournant sur le profil de Robin.

Célia avait peut-être commenté sa photo d'aujourd'hui, mais elle n'avait rien écrit sur la précédente. Ni celle d'avant, qui datait de juin. Et ça, c'était vraiment bizarre.

— Tu veux bien me dire ce que tu fais ? s'impatienta mon amie.

Je retournai à nouveau sur le compte de Célia. Elle avait mis du contenu dans sa story[1]. J'hésitai un instant à cliquer dessus, par peur qu'elle ne se rende compte que je l'espionnais, mais de toute façon elle avait plus de quatre mille abonnés, et il y avait peu de chance qu'elle sache qui j'étais.

Et en voyant la photo qu'elle avait prise de ses jambes de mannequin, allongée sur le sable, et géolocalisée à Bidart, je compris enfin quelle était la raison de notre séparation. Je me sentis à la fois blessée et furieuse contre Robin.

— Quel enfoiré ! jurai-je en serrant mon portable dans ma main.

1. Publication qui s'efface au bout de vingt-quatre heures.

— Qui ça ? s'enquit Éloïse en s'asseyant à côté de moi.

Je lui tendis mon portable, peut-être plus par peur de le jeter violemment contre le mur que pour lui faire part de ma découverte, mais tant pis. Mon amie ne tarda pas à comprendre la vérité à son tour.

— Je confirme, c'est vraiment un connard, lâcha-t-elle dans un soupir.

Je sentis des larmes me brûler les yeux, et récupérai brusquement mon portable.

— Qu'est-ce que tu fais ? s'enquit Éloïse.

— Je vais lui dire ce que je pense, déclarai-je en appelant Robin.

— Tu crois qu'il va te répondre ? s'étonna-t-elle.

Il y avait de grandes chances pour qu'il ne le fasse pas... Mais j'osais espérer que, comme je ne l'avais pas harcelé de messages ou d'insultes depuis notre rupture, il aurait la décence de le faire.

— On verra bien.

Je collai mon portable à mon oreille et me levai. J'étais beaucoup trop fébrile et énervée pour rester assise.

Plus les sonneries retentissaient, plus je sentais mon estomac se contracter et les larmes couler sur mon visage.

Je tournai le dos à mon amie et inspirai profondément.

— Allô ?

Sa voix. C'était sa voix...

Je devais parler... Je savais que je devais lui dire ce que j'avais sur le cœur, là, maintenant. Mais je n'y arrivais pas.

— Pauline ?

Pour toute réponse, je me mis à sangloter au téléphone sans pouvoir m'arrêter.

— S'il te plaît, ne pleure pas, murmura Robin d'un ton qui me parut attristé.

Je pris alors conscience que je devais lui faire terriblement pitié.

Malgré la foule d'émotions qui me consumaient de l'intérieur, je trouvai enfin la force de lui parler.

— Je… Je sais pourquoi tu m'as quittée, dis-je en essayant de me ressaisir.

— Comment ça ?

— C'est ça, fous-toi de ma gueule encore une fois. Non, mais tu me prends vraiment pour une conne, ce n'est pas possible !

— Pauline, calme-toi…

— Me calmer ?! m'écriai-je, furibonde. Mais comment veux-tu que je me calme alors que tu m'as caché que tu t'étais remis avec ton ex ?! Et d'ailleurs, c'était avant ou après m'avoir larguée, espèce de connard ?!

— Après, bien sûr ! Je ne t'aurais jamais trompée…

J'eus un rire nerveux.

— C'est vrai que t'as toujours été honnête avec moi !

— Si je ne t'ai rien dit pour Célia, c'est parce que j'avais peur de te blesser davantage…

— Tu crois que me sortir une excuse bidon était mieux ?

— Je suis sincèrement désolé… Je ne voulais vraiment pas te faire souffrir.

— Bah, c'est raté.

De longues et embarrassantes secondes de silence s'écoulèrent. Sachant que je n'obtiendrais pas plus de sa part que des « désolé », je décidai de mettre fin à cette horrible discussion.

— Eh bien… J'espère en tout cas que ton ex ne te quittera pas à nouveau. Salut.

Et je raccrochai.

— Sérieusement ? fit Éloïse derrière moi. « J'espère que ton ex ne te quittera pas à nouveau » ?

Ma conversation avec Robin m'avait légèrement fait oublier sa présence. En tout cas, elle avait raison, ma dernière phrase, bien qu'ironique, pouvait tout de même sous-entendre que je lui souhaitais tous mes vœux de bonheur !

Je me retournai en grimaçant.

— Bon, ce n'est pas grave… Comment tu te sens maintenant ?

Honnêtement ? Pas mieux qu'avant, bien au contraire. C'était pire. Je me sentais encore plus misérable. Il s'était mis avec moi pour oublier son ex, et voilà qu'il était de nouveau avec ! Je ne connaissais peut-être pas tous les détails de leur relation, mais en tout cas Robin m'avait menti, trahie, et utilisée.

Je brandis mon téléphone devant moi et le bloquai. De partout. Instagram, Facebook, répertoire. Une fois mon petit nettoyage terminé, je réprimai un nouveau flot de larmes, et rejoignis Éloïse sur son lit.

— On peut regarder le film, lui signalai-je en rangeant mon portable dans ma poche.

Mon amie passa un bras autour de mes épaules et m'embrassa sur la joue.

— Bien, chef ! C'est parti et ça va saigner !

Oh oui, et je comptais bien imaginer la tête de Robin à la place de toutes les victimes de Jason Voorhees, le tueur masqué !

Chapitre 20

Malheureusement, le film, la pizza et la présence d'Éloïse ne suffirent pas à m'apaiser entièrement. Je partis aux alentours de 23 h 30, parce que tout comme moi Éloïse travaillait le lendemain, mais dans un magasin bio pour sa part.

Comme prévu, j'avais commandé un Uber pour rentrer. Cependant, il faisait bon dehors, il n'était pas très tard, et je n'habitais qu'à une quinzaine de minutes à pied de chez Éloïse. Je décidai donc d'annuler ma commande et de marcher jusqu'à la maison.

Nous étions en semaine, mais le quartier était assez animé. Je traversai une rue dans laquelle plusieurs bars étaient ouverts et hésitai un instant à entrer dans l'un d'entre eux. Mais 1) ma bonne conscience me rappela que l'alcool ne m'aiderait absolument pas à me sentir mieux, et 2) me bourrer la gueule toute seule dans un lieu public me rendrait probablement encore plus pitoyable que je ne l'étais déjà.

Je traversai un passage piéton et m'arrêtai net en apercevant Alexis à quelques mètres de moi. Il était assis, de profil, à une table extérieure d'un pub écossais. Je constatai d'ailleurs que son épaule n'était plus immobilisée. Il était probablement guéri. En face de lui se trouvait un de ses amis que je connaissais, Julien, grand, brun, et tout aussi musclé que lui. Les croiser ici n'était pas une si grande coïncidence. Nous habitions tous dans le 20e.

Comme Alexis ne m'avait pas encore vue et que je n'étais pas en état de « discuter » avec lui, je décidai de retourner sur le trottoir d'en face. Mais au même moment, un gars un peu torché qui venait de sortir du pub passa un bras autour de mes épaules et m'attira contre lui.

— Coucou, toi ! me susurra-t-il.

Son haleine empestait le whisky, et je ne pus m'empêcher de grimacer.

— Darren, lâche-la ! intervint une voix féminine.

Par miracle, le gringalet bourré me repoussa.

— Oups, désolé ! me dit-il en levant les mains en l'air.

Je jetai un coup d'œil à son « amie ». Une jolie rousse au teint pâle.

— Excusez-le, il ne sait jamais quand s'arrêter, m'informa-t-elle à regret. Allez, on rentre, crétin.

Même si ce petit incident ne m'avait pas vraiment importunée, cela avait suffi à attirer l'attention d'Alexis et de Julien. Suffisamment pour que mon premier amour se lève et vienne à ma rencontre. Alexis était toujours aussi beau. Bien coiffé, les cheveux en arrière, vêtu d'une belle chemise blanche de qualité, d'un pantalon bleu marine bien ajusté et de mocassins, il dégageait une certaine classe.

En tout cas, malgré notre dernière conversation téléphonique, il n'avait pas l'air de m'en vouloir. Bien au contraire. Ses yeux semblaient pétiller de désir. Même si j'étais contente, bien que surprise, de ne pas lui avoir brisé le cœur, c'était loin d'être une bonne chose pour moi !

— Qu'est-ce que tu fais là ? s'enquit-il en détaillant ma tenue, dubitatif.

Comme j'avais travaillé en entreprise la journée, je portais encore une blouse de couleur bordeaux et un pantalon de tailleur noir accompagnés de derbys vernies. Il est vrai que cela contrastait un peu avec mon style décontracté de d'habitude, mais il me paraissait inconcevable d'aller bosser en jean et T-shirt à CTR Transport.

— J'étais chez Éloïse. Je rentre chez moi.

— Toute seule ? À cette heure-là ?

Je savais qu'il s'inquiétait seulement pour moi mais, compte tenu de notre dernière conversation, je ne pus m'empêcher de trouver sa remarque déplacée.

— Je suis une grande fille, tu sais, répondis-je froidement.

Alexis perçut vraisemblablement mon malaise, car il ne répliqua pas.

— Tu veux boire un verre avec nous ? me lança soudain Julien depuis leur table.

Je regardai un instant le grand brun agiter sa bière dans ma direction, puis reportai mon attention sur Alexis.

— Je comprendrais que tu ne veuilles pas, murmura-t-il en me regardant droit dans les yeux. Mais… et même si tu dois te douter que je suis loin d'avoir tourné la page, je te promets de garder mes distances.

Mon rythme cardiaque s'accéléra. Bien que je ne sois plus aussi amoureuse d'Alexis qu'auparavant, je ne pouvais nier qu'il m'attirait encore.

Refuser aurait été la chose la plus raisonnable à faire. Mais il avait l'air sincère, et j'étais certaine que si je rentrais tout de suite chez moi j'allais passer la nuit à pleurer et déprimer à cause de Robin.

— OK, va pour un verre, acceptai-je.

Alexis haussa un sourcil, surpris, mais ne fit aucune réflexion.

Nous rejoignîmes Julien, et ce dernier commanda aussitôt une bière pour moi.

L'heure qui suivit fut étonnamment agréable. Ou peut-être était-ce dû aux deux bières que je m'étais enfilées. En tout cas, en plus de se tenir correctement, Alexis ne me posa aucune question sur Robin ni sur Romane. Julien avait le don de trouver des sujets de conversation banals et amusants. De ce fait, il n'y eut aucun blanc gênant, et j'eus presque l'impression que tout ce qui s'était passé entre Alexis et moi n'avait jamais eu lieu.

Quand je terminai ma troisième bière, et que Julien nous proposa d'aller chez lui finir la soirée, je déclinai gentiment son invitation en prétendant être fatiguée, et Alexis insista pour me raccompagner jusqu'à chez moi.

J'aurais pu refuser et prendre un Uber, mais l'alcool m'était un peu monté à la tête, et j'éprouvais le besoin d'évacuer ça en marchant un peu. Lorsque je trébuchai bêtement et qu'Alexis me rattrapa en posant une main sur mes hanches, je regrettai ma décision. Déjà que la bière m'avait donné chaud, sa proximité ne fit qu'accentuer mon trouble.

— Sérieusement, Pauline ? T'es déjà dans cet état après trois bières ?

Je m'esclaffai, alors que ce n'était pas vraiment drôle, puis essayai de reprendre mon sérieux.

— Je les ai bues en une heure, je te rappelle, me défendis-je sans bouger.

OK, je savais qu'il fallait que je m'écarte, et rapidement, mais mon corps ne voulait visiblement pas m'obéir. Son contact me procurait étrangement une sensation de réconfort.

— Heureusement que je suis là hein, murmura-t-il en retirant – à mon grand regret – sa main.

Je voulus lui faire remarquer que s'il n'avait pas été là je n'aurais jamais bu, mais ma conscience me rappela que j'étais la seule responsable de mon état actuel. Et elle avait raison.

Nous reprîmes alors silencieusement notre route, avant que je ne m'arrête soudain. Il ne manquait plus que ça.

— Qu'est-ce qu'il y a ? s'enquit Alexis.

— Il faut que j'aille aux toilettes.

— On arrive chez toi dans dix minutes, cinq si on court.

Courir ? Avec la vessie pleine ? Très mauvaise idée.

— C'est vraiment urgent, précisai-je en balayant la rue du regard.

Comme par hasard, il n'y avait aucun bar ou restaurant ouvert dans le coin !

— On peut faire demi-tour et aller chez moi, me proposa-t-il.

Maintenant qu'il le disait, je me rappelais qu'Alexis habitait effectivement deux rues derrière.

— OK, dis-je en rebroussant chemin.

Même s'il s'était bien comporté ce soir, je savais parfaitement qu'entre nous les choses ne redeviendraient jamais comme avant. Cependant, je préférais cent fois utiliser ses toilettes plutôt qu'uriner dans la rue. Et de toute façon, Alexis habitait avec ses parents et ses frères et sœurs, donc il n'allait absolument rien se passer chez lui. Enfin, ce n'est pas qu'il se serait produit quoi que ce soit s'il vivait seul mais… OK, je n'avais visiblement plus les idées très claires.

Perdue dans mes pensées, je ne réalisai que devant l'appartement d'Alexis que nous étions arrivés. Je lui laissai à peine le temps d'ouvrir la porte que je partis en courant dans sa salle de bains sans même allumer la lumière dans le couloir. Heureusement que je connaissais un peu les lieux. En revanche, venir ici sans les filles était bizarre. Encore plus depuis qu'Alexis et Romane avaient rompu.

Une fois mon envie pressante résorbée, je retournai dans l'entrée, mais Alexis avait disparu. Toutefois, le bruit d'une bouteille qu'on débouche me parvint depuis la cuisine. Je m'y rendis et le trouvai en train de se servir un verre de vin.

— Qu'est-ce que tu fais ? l'interrogeai-je, confuse.

— Désolé, j'avais envie d'un dernier verre. Tu en veux ?

Je jetai un coup d'œil au couloir derrière moi.

— Non, je pense que j'ai assez bu, mais tes parents…

— Ils ne sont pas là, me coupa-t-il, ni mes frères et sœurs d'ailleurs.

Donc, nous étions tous les deux. Chez lui.

— OK, je crois que je vais y aller, l'informai-je en reculant.

— Laisse-moi juste finir de boire.

— Tu n'es pas obligé de m'accompagner, dis-je, un peu gênée.

Il posa son verre sur le comptoir de la cuisine et s'approcha de moi d'un air inquiet.

— Pauline, tu tiens à peine debout, et je n'ai pas envie qu'il t'arrive quelque chose sur la route, OK ?

Mes yeux ne purent s'empêcher de parcourir son beau visage, avant de s'arrêter sur ses lèvres. C'était probablement à cause de l'alcool, mais elles ne m'avaient jamais paru aussi appétissantes que ce soir.

— Tu sais, reprit Alexis d'une voix rauque, j'ai promis que je ne tenterais rien avec toi ce soir, mais si tu continues de me regarder comme ça, je crois que je vais avoir du mal à me retenir…

Je rivai mes yeux aux siens et déglutis, mal à l'aise.

J'aurais dû partir. Ou tout simplement rompre ce contact visuel qui faisait s'accélérer mon rythme cardiaque. Mais je me sentais si triste. Si mal. Et si l'alcool n'atténuait pas cette douleur, alors peut-être qu'Alexis… pouvait.

Je fis un pas dans sa direction et sentis son souffle chaud sur mon visage.

— Qu'est-ce que tu fais ? demanda-t-il, indécis.

— Je ne sais pas, dis-je en posant une main sur son torse, mais j'en ai envie.

Alexis ferma les yeux un court instant, puis retira ma main de ses pectoraux. Vu les avances que j'étais en train de lui faire, son self-control était surprenant.

— Tu es en couple, non ?

Le visage de Robin me traversa l'esprit et un voile de larmes obstrua ma vision pendant quelques secondes.

— C'est fini, avouai-je en le contournant.

Je récupérai son verre de vin à moitié plein et le terminai d'une traite.

— Quoi ? s'étonna Alexis.

Je lui fis face et replaçai nerveusement une mèche de cheveux derrière mon oreille.

— Il m'a quittée… pour son ex.

— Quel connard.

J'acquiesçai et me resservis du rosé.

— Je croyais que tu n'en voulais pas, me fit-il remarquer en s'avançant.

— J'ai changé d'avis.

Ce n'était peut-être qu'une impression, mais cette conversation passait bien mieux avec de l'alcool dans le sang.

Sauf que, au moment où je m'apprêtais à boire à nouveau, Alexis m'attrapa le poignet.

— Ça ne t'aidera pas, crois-moi.

S'il pensait m'apprendre quelque chose…

— Alors *toi*, aide-moi, dis-je en me penchant vers lui.

Je le sentis hésiter à m'embrasser.

— Même si j'en meurs d'envie, je ne profiterai pas de toi alors que tu as bu, et que tu es triste. Tu risques de le regretter.

L'alcool m'empêchait d'être raisonnable, et tout ce que je souhaitais était d'oublier la douleur.

Puisque les mots ne semblaient pas suffisants pour le convaincre, je me haussai sur la pointe des pieds et plaquai mes lèvres sur les siennes avec ardeur. Alexis ouvrit aussitôt sa bouche afin d'approfondir ce premier baiser. Instantanément, je sentis une vague de chaleur m'envahir et m'apaiser.

Il lâcha alors mon poignet pour m'agripper par les cheveux et m'embrasser avec une fougue déconcertante. Je manquai de lâcher mon verre de vin, mais réussis à le poser miraculeusement sur le comptoir avant qu'il ne m'entraîne hors de la cuisine. Sans décoller ses lèvres des miennes, il me retira sauvagement ma blouse. Je tentai tant bien que mal de déboutonner sa chemise, mais son excitation, qui avait largement pris le dessus sur la mienne, me rendit la tâche difficile. Lorsque enfin j'y parvins, nous étions dans sa chambre, debout devant son lit, et il m'avait également retiré mes chaussures et mon pantalon.

Le souffle court, je l'observai aller prendre un préservatif dans sa commode, et n'eus pas même le temps d'admirer son beau torse musclé qu'il me retournait, et plaquait ma poitrine sur le matelas. Je frissonnai de plaisir, et gémis lorsqu'il arracha ma culotte d'un geste brusque et avide.

Son petit côté dominateur me plaisait bien. J'avais imaginé qu'en raison de ses sentiments pour moi Alexis serait plutôt romantique et attentionné, comme il l'était en général. Finalement non, et c'était une bonne surprise. Autant j'avais besoin de réconfort, autant je n'avais pas envie de douceur.

Sans prévenir, il agrippa mes fesses et entra en moi, nous arrachant à tous les deux un soupir de satisfaction. Je m'accrochai fermement aux draps et respirai profondément. Plus ses mouvements de va-et-vient étaient profonds, plus je me sentais remplie et apaisée. C'était exactement ce dont j'avais besoin.

Tout était parfait jusqu'à ce qu'Alexis nous fasse changer de position. Allongée sur le dos, mes jambes en l'air entre ses mains, je pouvais clairement discerner les traits de son visage, et lui les miens. C'est quand je le vis prendre du plaisir que mon cerveau tilta enfin, comme si j'étais brusquement redevenue sobre. J'étais en train de coucher avec Alexis. Alors que la seule personne dont j'avais envie était Robin. J'étais amoureuse de Robin. Et de lui seul.

Le cauchemar.

Ne ressentant plus aucun désir sexuel pour Alexis, j'hésitai un instant à lui demander d'arrêter. Mais c'était moi qui avais insisté pour qu'on couche ensemble. Ce qui se passait était uniquement de ma faute. Alors, je décidai d'assumer silencieusement la pire connerie de ma vie jusqu'au bout.

Ne pouvant plus supporter de le voir prendre son pied, je décidai de fermer les yeux et d'attendre qu'il jouisse enfin. Je retins une grimace de dégoût lorsque ce moment arriva, et rouvris les paupières.

— T'as joui ? me questionna-t-il en se retirant.

Ne voulant absolument pas qu'il me « termine », je me redressai et hochai la tête en essayant d'avoir l'air aussi satisfaite que lui.

Alexis partit jeter sa capote, puis vint s'asseoir à côté de moi.

— Tu veux aller prendre une douche ?

Ma porte de sortie. Bénis soient les dieux.

J'acquiesçai.

— Il y a des serviettes propres dans le tiroir de la salle de bains. Je risque de dormir quand tu auras fini, parce que je suis vraiment mort, mais n'aie pas peur de me réveiller en te couchant, OK ?

Parce qu'il pensait vraiment que j'avais envie de rester ? Et de dormir avec lui ?

Ne sachant quoi répondre, j'allais me lever, mais Alexis m'arrêta en m'attrapant le menton pour m'embrasser. Je pris sur moi pour ne pas avoir un air écœuré et lui rendis son baiser.

— À plus, souffla-t-il en me relâchant.

OK, je n'avais peut-être pas été très claire sur mes intentions, mais Alexis savait pertinemment que je n'étais pas dans mon état normal, ce qui venait de se passer ne se reproduirait jamais. C'était une erreur monumentale. Alors pourquoi avais-je l'horrible impression qu'il agissait comme si nous étions en couple ?

Sans plus attendre, et parce que la situation commençait à devenir encore plus bizarre, je me levai et sortis de sa chambre en chancelant.

Je ne me sentais vraiment pas bien du tout. Secouée, je récupérai mes chaussures d'une main tremblante, puis ma blouse et mes affaires personnelles, avant de quitter discrètement l'appartement.

Je me rhabillai à la va-vite dans le hall de l'immeuble et, une fois à l'extérieur, j'eus à peine le temps de courir vers un buisson que je vomis tripes et boyaux.

Quand je fus certaine de ne plus rien avoir à recracher, je m'accroupis sur le sol et me mis à sangloter.

Putain, mais qu'est-ce que je venais de faire… *Pourquoi, Pauline ? Pourquoi ?*

Robin

Assis dans la belle Audi Q5 de Célia, je ne cessais de repenser à la conversation que j'avais eue la veille avec Pauline. J'avais d'abord été étonné qu'elle ait découvert la vérité à propos de Célia, mais il m'avait suffi d'aller sur mon compte Instagram pour comprendre comment elle l'avait su.

J'en avais un peu voulu à Célia pour ces petits cœurs sous ma photo alors que peu de personnes avaient commenté, mais au final le seul connard responsable dans l'histoire c'était moi.

Je n'aurais jamais dû mentir à Pauline, et je culpabilisais de l'avoir fait souffrir. Tout finissait par se savoir un jour ou l'autre, j'en avais parfaitement conscience.

— On est arrivés, m'avertit Célia en se détachant.

Je tournai la tête vers la maison familiale. Comme si les choses n'étaient pas assez compliquées pour moi en ce moment, Célia avait réussi à me convaincre de la présenter à ma famille avant qu'elle ne reparte en Amérique d'ici quelques jours.

Même si je trouvais ça un peu précipité, Célia m'avait rappelé que tout s'était bien passé entre nous cette semaine, et que le début de notre relation ne datait pas d'hier. Elle m'avait dit tout cela nue, collée à moi dans son lit d'hôtel. Dans ces conditions, je ne voyais pas comment j'aurais pu lui refuser quoi que ce soit.

— Robin ? m'appela Célia.

Elle était déjà descendue de la voiture. Je me dépêchai de la rejoindre, et nous entrâmes dans le bungalow.

J'avais évidemment prévenu ma mère et ma sœur la veille que je ramènerais « une amie » pour le déjeuner. Naia avait visiblement compris de qui il s'agissait puisqu'elle ne sembla nullement surprise en me voyant entrer dans la cuisine accompagné de Célia. Ma mère, quant à elle, afficha un sourire ravi et vint aussitôt prendre ma copine dans ses bras, comme si elle savait parfaitement qui elle était.

Je jetai un regard suspicieux à Naia, et ma sœur haussa les épaules d'un air innocent. Elle lui avait parlé de Célia, c'était certain.

— Bienvenue à la maison, j'ai fait des pâtes au pesto. Tu aimes, j'espère ? demanda ma mère à Célia.

— Oui, bien sûr, madame Lebrest. Je ne suis pas difficile !

Si je ne la connaissais pas mieux que ça, sa beauté aveuglante m'aurait fait gober son joli mensonge sans problème. Célia aimait le luxe et la bonne cuisine. Et même si ma mère cuisinait bien, le menu tout comme la présentation ne seraient pas dignes d'un cinq-étoiles. Malgré tout, je savais que Célia avait envie de plaire à ma famille, et qu'elle ne s'en plaindrait pas le moins du monde.

— Installe-toi, je t'en prie, l'invita ma mère. Et Robin, qu'attends-tu pour nous présenter cette ravissante jeune fille !

Je m'assis à côté de Célia, en face de ma sœur. Quant à ma mère, elle resta debout, attendant le bon moment pour nous servir.

— Eh bien, commençai-je, un peu gêné, nous sommes sortis ensemble pendant un an et demi avant de nous séparer à cause de…

— La distance, continua Célia à ma place, avec ses compétitions de surf et mon travail de mannequin en Amérique, il était difficile de nous voir, alors nous avons décidé de nous séparer en juin dernier… Nous pensions qu'avec le temps nous allions réussir à pouvoir continuer l'un sans l'autre, mais au final nos sentiments sont restés identiques, alors nous avons décidé de poursuivre notre relation malgré nous.

« La distance », si seulement il n'y avait que ça.

— Robin a sûrement dû te parler beaucoup de nous, n'est-ce pas ? lança Naia avec un faux sourire.

Ma sœur savait parfaitement que la distance n'était pas la véritable raison de notre rupture. Alors pourquoi s'amusait-elle à la provoquer de cette façon ?

Je jetai un coup d'œil à Célia, et regrettai de ne pas lui en avoir dit plus à propos de ma mère et de Naia. En revanche, j'étais heureux de lui avoir enfin avoué que j'avais rompu les liens avec ma famille, parce que je m'étais reproché la mort de mon père. Étrangement, elle n'avait pas cherché à creuser plus loin. Mais peut-être s'imaginait-elle que si elle m'en demandait plus j'allais à nouveau me refermer sur moi-même.

— Oui, je sais par exemple que tu sors avec son meilleur ami, répondit Célia en lui rendant son sourire.

Je manquai de m'étouffer avec ma salive, et observai le visage de ma mère. Elle n'était pas surprise, ce qui confirmait que durant le feu d'artifice elle m'avait menti. Naia, en revanche, ignorait que notre mère était déjà au courant, et se recroquevilla sur sa chaise en attendant sa réaction.

— Greg est un bon garçon, dit ma mère en récupérant le plat de pâtes derrière elle.

Naia eut l'air de se détendre un peu et me décocha un regard noir. Je regrettais que Célia ait balancé cette info, mais actuellement elle et ma sœur avaient entamé une sorte de « guerre », et j'étais certain que le pire restait à venir.

— En effet, approuva Naia en retrouvant son assurance, il est gentil, drôle, mignon, un peu comme Pauline.

Et voilà, qu'est-ce que je disais ! Le pire était arrivé.

— Pauline ? releva ma mère en commençant à nous servir.

— L'ex de Robin, précisa Naia. Enfin, c'est la copine qu'il a eue pendant sa séparation avec Célia. Visiblement, son amour intact pour Célia ne l'a pas empêché de sortir avec quelqu'un d'autre.

Sa façon de se venger n'était pas très loyale.

— Je ne savais pas que tu avais eu une petite amie entretemps, s'étonna ma mère en remplissant mon assiette de pâtes.

Je la remerciai d'un signe de tête.

— Ce n'était pas sérieux, répondit Célia à ma place. Il pensait réussir à m'oublier avec elle mais, comme vous le voyez, ce n'était pas suffisant. Il y a certains couples qu'on ne peut pas briser.

— Et d'autres qui persistent alors que leur histoire est déjà terminée, ajouta Naia comme si de rien n'était.

Célia se tendit aussitôt.

— Bon, ça suffit, intervins-je avant que la conversation ne dégénère. Je ne sais pas ce qui vous prend à toutes les deux, ni pourquoi vous semblez déjà vous détester, mais j'aimerais que ce déjeuner se déroule sans que l'une finisse avec un couteau planté dans l'œil, c'est clair ?

J'attendis un signe d'approbation de leur part, et après avoir obtenu un hochement de tête de la part de ma sœur et un petit « Mmm » de ma copine, je pris enfin une bouchée de pâtes.

— Bon, eh bien, sur ce... bon appétit, nous souhaita ma mère en s'asseyant à côté de Naia.

Heureusement, ses tagliatelles au pesto étaient délicieuses !

— Ce déjeuner était un vrai cauchemar ! s'exclama Célia en sortant de chez moi.

— Les pâtes étaient trop cuites ? plaisantai-je en regagnant sa voiture.

Elle me foudroya du regard, puis monta à l'avant.

— Ta sœur me hait, et à cause d'elle ta mère doit me détester aussi, marmonna-t-elle en démarrant. Et oui, les pâtes étaient trop cuites.

Il ne manquait plus que ça...

— Écoute, Naia est... Naia. Il est possible qu'elle ne t'apprécie pas beaucoup pour l'instant, mais il faut lui laisser le temps de mieux te connaître.

— C'est vrai qu'elle a eu beaucoup de temps pour connaître

et apprécier « ta » Pauline ! répliqua-t-elle d'une voix ironique en prenant la route.

Je préférai laisser s'écouler quelques minutes avant de reprendre la parole. Elle était contrariée, mais elle allait finir par se calmer.

— Ça se passera mieux la prochaine fois, lui assurai-je.

— S'il y a une prochaine fois, me corrigea-t-elle.

Je la fixai, ahuri.

— Qu'est-ce que tu entends par là ? Tu comptes me quitter à nouveau ?

Elle tourna la tête vers moi un court instant, comme pour vérifier si j'étais sérieux.

— Bien sûr que non, finit-elle par me répondre d'une voix plus posée. Mais toi, en revanche... Tu ne sembles pas avoir oublié ton ex intermédiaire.

Ah, Pauline... Si tout le monde ne parlait que d'elle, j'allais avoir du mal à l'oublier !

— Ce n'est pas parce que ma sœur l'aimait bien que...

— Je ne parle pas de ta sœur, me coupa Célia, je parle de toi. Cette semaine passée ensemble était super, même au niveau sexe... mais il y a des moments où tu as l'air ailleurs, et je sais que tu penses à elle, je le sens.

— OK, je ne vois pas trop comment tu peux sentir ce genre de chose, mais si j'ai pensé à elle cette semaine, c'est seulement parce que je m'en voulais de ne pas lui avoir dit pourquoi je la quittais réellement. Pas parce qu'elle me manquait, OK ? C'est toi que j'aime Célia et tu le sais très bien.

Elle hocha la tête d'un air compréhensif.

— Je le sais. Mais tant que cette fille représentera encore quelque chose pour toi et pour ta famille, je ne serai pas satisfaite.

— Tu sais que tu es mignonne quand tu es jalouse ? la taquinai-je en posant une main sur sa cuisse dénudée.

— Je ne suis pas jalouse, protesta-t-elle en retirant ma main.

Mais je la reposai aussitôt au même endroit, et caressai sa peau.

— Tu me déconcentres, Robin, soupira-t-elle.

— Je peux penser à Pauline si tu préfères, la provoquai-je en décollant mes doigts un à un.

Elle m'attrapa brusquement le poignet et glissa ma main sous sa jupe. Elle ne portait pas de sous-vêtements et, ça, c'était très excitant.

— Ou bien tu peux penser à ça et attendre qu'on arrive à l'hôtel, répliqua-t-elle avant de me chasser à nouveau.

Oui, c'était une bonne idée. Étrangement, alors que j'avais dit ça pour plaisanter, ce fut à Pauline que je pensai jusqu'à ce que nous arrivions dans sa chambre. Et pas seulement à cause de ma culpabilité. Et ça, c'était un très gros problème.

Chapitre 21

Pauline

Allongée sur mon lit depuis 1 h 30 du mat, j'avais l'impression de ne pas avoir quitté une seule minute le plafond des yeux. Pas même pour annoncer à mon père que je ne viendrais pas travailler à l'entreprise aujourd'hui, parce que j'avais « des règles douloureuses ». Comme j'en avais déjà eu au début de mon adolescence, mon père savait que je pouvais en pleurer de douleur. En revanche, ce qu'il ne savait pas, c'est que cette douleur s'était atténuée avec le temps et que ce n'était absolument pas pour cette raison que j'étais immobile sur mon lit.

J'avais étonnamment trouvé la force de rentrer chez moi après avoir vomi pendant plusieurs minutes, puis j'avais réussi à prendre une douche et à me mettre en pyjama. Après ça, j'avais fixé le plafond comme je continuais de le faire en cet instant précis.

J'avais perdu la notion du temps, mais mon estomac criait famine. Pourtant, je me sentais incapable d'avaler quoi que ce soit. Tout me dégoûtait. Et je ne parlais pas que de la nourriture, mais aussi de moi. Ce que j'avais fait hier soir avec Alexis… Rien que d'y repenser, cela me donnait la nausée.

J'avais entendu mon portable sonner ce matin, plusieurs fois, avant que mon père ne parte au boulot. C'était probablement Alex. Il devait se demander pourquoi je n'étais pas restée, et devait m'en vouloir de ne pas l'avoir prévenu de mon départ. Mais dormir avec lui, dans son lit, après ce que nous avions fait, cela m'avait semblé inconcevable.

Robin m'avait fait me sentir comme une moins-que-rien mais, à présent que j'avais couché avec Alexis, c'était cent fois pire. J'avais pensé trouver du réconfort avec lui, mais au final j'avais récolté tout l'inverse. Je me sentais triste, sale, honteuse, et coupable.

Une crampe à la jambe me força à me redresser. J'aperçus l'heure sur mon radio-réveil et constatai avec surprise qu'il n'était pas plus tard que 13 h 33.

D'un autre côté, même si je n'avais pas encore dormi, je m'étais suffisamment apitoyée sur mon sort, et il était temps que je me remue.

Parce que je ne me sentais pas encore psychologiquement prête à assumer mon erreur face à Alexis, et que coucher avec lui avait détruit tout espoir que notre amitié survive, je préférais laisser mon portable de côté pour le moment.

Je partis dans la cuisine boire un grand verre d'eau et me préparer un plat de pâtes. Même si je ne réussis à en manger qu'une bouchée, le fait d'avoir essayé m'avait fait du bien.

J'allai à nouveau prendre une douche. Et bien que je sache que cela ne suffirait pas à me purifier, l'eau chaude eut le don de m'apaiser un peu l'esprit. Après avoir réenfilé mon pyjama, n'ayant pas la moindre idée de quoi faire à présent, je décidai de retourner dans mon lit, mais cette fois pour trouver le sommeil.

Ce fut un claquement de porte qui me réveilla. Il était déjà 19 h 25 et, visiblement, ma mère ou mon père venait de rentrer.

Je bondis de mon lit, et, avant de me rendre dans le salon, fis un rapide saut dans la salle de bains pour de pas avoir l'air d'avoir dormi presque cinq heures d'affilée. Comme à son habitude, ma mère se servait un verre de vin dans la cuisine. Elle portait une ravissante robe longue couleur sable qui lui allait à la perfection.

— Ça va mieux ? me demanda-t-elle en me voyant entrer dans la pièce. Ton père m'a dit que tu avais tes règles.

J'acquiesçai et allai m'asseoir sur le canapé.

— Bon, tant mieux. Écoute, je dois sortir ce soir, j'ai une réunion importante avec le directeur artistique et toute l'équipe commerciale. On va leur présenter la nouvelle collection. Tu pourras le dire à ton père ?

— Pourquoi tu es rentrée à la maison alors ? m'étonnai-je.

Ma mère termina son verre de vin et le posa dans l'évier.

— Il fallait que je récupère un dossier, et j'avais aussi besoin de me détendre un petit peu. Ça fait des mois qu'on travaille sur cette collection, alors si ça ne leur plaît pas…

— Ne t'inquiète pas, tu es vraiment douée et, comme tu l'as dit, tu as travaillé longtemps dessus. Je suis certaine que tout le monde va adorer.

Elle m'observa un instant, silencieuse, avant de hocher la tête.

— Je crois que c'est la première fois que tu complimentes mon travail, fit-elle remarquer d'un air flatté.

Visiblement, la petite conversation que j'avais eue avec mon père avait porté ses fruits.

— D'ailleurs, Pauline, reprit-elle d'une voix un peu gênée, je me disais que peut-être, si tu n'avais rien de prévu, on pourrait aller faire les magasins toutes les deux ce samedi ? Ou autre chose, bien sûr…

C'était la première fois qu'elle me proposait de faire « autre chose ».

— On pourrait aller voir un film au ciné, suggérai-je en guettant sa réaction.

Comme je m'y attendais, elle ne semblait pas très emballée à cette idée. Cependant, à mon grand étonnement, elle accepta.

— Oui, pourquoi pas. Faisons ça !

Son portable, qu'elle avait posé sur le comptoir, sonna soudain.

— Ah, ça doit être mon taxi, m'informa-t-elle en allant décrocher. Oui ?… D'accord, très bien, je descends dans une minute.

Elle raccrocha, s'avança vers moi et m'embrassa sur le front.

Je la fixai, abasourdie. C'était la première fois qu'elle m'embrassait de la sorte. Autant dire que ce geste d'affection, plus le cinéma, ça faisait beaucoup d'un coup !

— Merci pour ce que tu m'as dit tout à l'heure, dit-elle d'un air ravi. Passe une bonne soirée avec ton père !

Elle partit récupérer son dossier, puis s'en alla d'un pas rapide, mais toujours plein de grâce. Même après qu'elle eut quitté l'appartement, j'étais toujours troublée par ce qui venait de se passer. C'était vraiment une bonne chose pour notre relation mère-fille. D'ailleurs, ce moment chaleureux partagé avec elle me donna la force et le courage de jeter enfin un coup d'œil à mon portable.

Mon cœur rata un battement. Romane m'avait écrit. J'ignorai les messages d'Alexis et ouvris aussitôt celui de mon amie.

Est-ce qu'on peut se voir ce week-end ?

Surprise, je manquai de lâcher mon téléphone par terre.

Pourquoi ? Pourquoi avait-il fallu qu'elle attende aujourd'hui pour me parler à nouveau ?

Je sentis des larmes me monter aux yeux.

À un jour près, cela m'aurait évité de commettre la pire erreur de ma vie. Mais je ne pouvais m'en prendre qu'à moi-même. J'étais la seule responsable de mes actes, et je devrais les assumer.

Les mains tremblantes, je lui répondis que oui et lui demandai précisément quand et à quel endroit.

J'ai vraiment tout gâché, songeai-je en envoyant le message.

Par chance, on sonna à la porte, et cela me tira de mes pensées mélancoliques.

De qui pouvait-il s'agir ? Ma mère ou mon père aurait-il oublié ses clés ?

Je récupérai ma robe de chambre grise dans mon armoire, et, après l'avoir rapidement enfilée, allai ouvrir.

Alexis. Il portait un jean et un T-shirt bleu foncé. Ses cheveux habituellement bien coiffés étaient très ébouriffés, et il n'avait pas l'air dans son état normal. Ce n'était pas son genre de débarquer chez les gens sans prévenir, et puis… il puait l'alcool. En avait-il encore bu aujourd'hui ?

— Qu'est-ce que tu fais là ? demandai-je, déconcertée.

Il fronça les sourcils, visiblement contrarié.

— Tu es sérieuse ? Tu n'as pas vu mes cinquante messages et mes dizaines d'appels manqués ? Tu es partie seule, en plein milieu de la nuit, probablement encore bourrée, sans me prévenir, et sans me donner le moindre signe de vie depuis. Tu trouves ça normal ? J'ai failli débarquer chez toi ce matin tellement j'étais inquiet, mais je me suis promis d'attendre la fin de la journée, en espérant que tu étais bien rentrée et que tu t'étais endormie.

— Désolée, lui dis-je, attristée, je ne voulais pas t'inquiéter.

— Alors pourquoi ? Pourquoi tu ne m'as pas répondu ? Pourquoi tu es partie comme ça ? Je pensais que tout était OK entre nous.

Je me sentis encore plus troublée que je ne l'étais déjà.

— Alex, il n'y a rien de « OK » entre nous. Ce qui s'est passé hier soir, c'était une erreur. Je n'étais pas bien et…

— Je sais, me coupa-t-il d'une voix vive, et je sais aussi que je n'aurais pas dû coucher avec toi alors que tu venais de te faire larguer, mais…

— Non attends, l'arrêtai-je à mon tour, tu n'y es absolument pour rien ! C'est ma faute, c'est moi qui avais besoin de réconfort, et j'ai profité de tes sentiments pour avoir ce que je voulais. Ce que j'ai fait… c'est horrible. Je suis sincèrement désolée.

Alexis fit un pas vers moi et leva une main vers mon visage. Son pouce essuya une larme qui roulait sur ma joue.

— Je ne t'en veux pas du tout, dit-il d'une voix douce.

— Vraiment ?

Il acquiesça, avant de me prendre brusquement dans ses bras.

— Comment t'en vouloir, murmura-t-il en m'enlaçant un peu trop fort.

— Alex…, commençai-je, mal à l'aise.

— C'était tellement bon hier soir…

Il m'embrassa soudain sur les cheveux, avant de descendre lentement sa bouche sur mon front. Je tentai de m'écarter, mais il resserra son emprise sur mon corps.

— S'il te plaît, restons comme ça un moment, me chuchota-t-il à l'oreille.

— Je ne peux pas, répondis-je en tentant de garder mon calme.

— Je sais que j'ai dit que je t'attendrais, mais tu n'es plus avec Robin désormais. Et même si tu as couché avec moi parce que tu étais triste, peut être que…

— Non, l'interrompis-je, je te l'ai dit, c'était une erreur. Une erreur qui ne se reproduira plus jamais, Alexis, parce qu'on ne doit plus se revoir.

Il m'écarta instantanément de lui pour m'observer, l'air indécis.

— Pourquoi, Pauline ? Je t'aime, et tu m'aimes aussi… On est faits pour être ensemble. C'est peut-être un peu tôt à cause de ton ex, mais ce mec c'était un connard, il ne te méritait pas. Moi, je ne te ferai jamais souffrir, je te le promets.

Je me devais de lui dire la vérité. C'était probablement le seul moyen pour lui de comprendre que nous devions vraiment et définitivement couper les ponts.

— Je ne t'aime plus, Alex.

D'ailleurs… peut-être ne l'avais-je jamais aimé. Car ce que j'éprouvais pour Robin, malgré notre rupture, était bien plus fort que ce que j'avais jamais ressenti pour Alexis.

— Tu mens. Je t'ai repoussée hier, mais tu as insisté. Tu avais vraiment envie de moi, je l'ai vu dans tes yeux, je l'ai senti, et en plus, je t'ai fait jouir.

Je réprimai une grimace de dégoût, mais préférai ne pas le contredire là-dessus afin de ne pas le blesser davantage.

Je ne pouvais d'ailleurs pas non plus lui révéler que la seule personne avec qui j'avais eu envie de faire l'amour était Robin. Il fallait que je trouve une alternative.

— Ça aurait pu être n'importe qui d'autre, murmurai-je. Je n'ai vraiment plus aucun sentiment pour…

— Non ! Tu mens ! Tu dis ça uniquement parce que tu as peur de perdre Romane, mais on peut se cacher, ou réfléchir à une autre solution.

Je repensai au message que Romane m'avait envoyé aujourd'hui. Je ne savais pas pour quelle raison elle souhaitait me voir. Cela pouvait être pour me pardonner ou mettre un terme définitif à notre amitié. Si je lui avouais avoir couché avec Alexis, je savais que la seconde option serait inévitable, mais je me devais d'être honnête avec elle demain, quoi qu'il en coûte.

— J'ai déjà perdu Romane, dis-je d'une voix attristée, et je ne te mens pas, Alex… Je suis désolée… sincèrement… Mais il faut que tu t'en ailles, s'il te plaît.

— Pauline…

Alexis leva à nouveau une main vers mon visage, mais j'eus le réflexe de reculer légèrement. Il baissa son bras, et lâcha un profond soupir.

— Très bien, déclara-t-il froidement, tu le regretteras, crois-moi.

Sachant pertinemment que je l'avais blessé, je préférai ne pas répliquer.

Alex se retourna, fit un pas dans le couloir, puis me jeta un dernier regard.

— J'aurais vraiment pu te rendre heureuse, tu sais, murmura-t-il avant de prendre les escaliers.

Mon estomac se noua douloureusement. Après m'être fait larguer, voilà que je venais de perdre mes deux meilleurs amis dans la même journée, et par ma faute. C'était dur. Vraiment.

Le cœur battant, je refermai la porte de mon appartement et retournai dans ma chambre d'un pas chancelant. Je réussis à regagner mon lit, et à m'allonger dessus en position fœtale.

Cette nuit risquait d'être aussi agréable que la précédente.

Robin

Ce jeudi après-midi, alors que je discutais avec Greg dans son école, deux de ses jeunes élèves étaient venus le voir pour lui demander des renseignements sur les compétitions de surf, plus précisément sur le WQS et le WCT. Ces ados étaient des débutants, mais envisageaient déjà de devenir professionnels.

Greg m'avait alors présenté, et en apprenant que j'étais actuellement sur le circuit des qualifications, ils m'avaient regardé avec des yeux émerveillés. À croire que j'étais le roi du surf (à la 73e place du classement) !

Puis, parce que j'étais directement concerné par le sujet, Greg m'avait proposé de répondre à leurs questions à sa place, ce qui avait fait le bonheur des garçons.

Voilà comment je me retrouvais debout sur la plage, devant les visages admiratifs et curieux de Timothée et Lucas, assis sur le sable en face de moi. Sans oublier Greg, installé derrière eux, qui m'observait avec un mélange d'intérêt et d'amusement.

La première question venait de Lucas, qui souhaitait savoir comment se déroulait une épreuve de QS.

— Alors, elle se divise en plusieurs rounds durant lesquels on passe par *heats*, ou série si tu préfères, lui expliquai-je, sachant qu'une série dure en général une vingtaine de minutes pour les premiers rounds et une trentaine lorsque tu arrives en phase finale. Et on ne bénéficie que de ce court laps de temps pour donner le meilleur de nous-mêmes et essayer de nous qualifier pour la manche suivante.

— Et tous les surfeurs sont dans l'eau en même temps ?

Je regardai Timothée, le blondinet.

— Pendant les premiers rounds, on est quatre dans l'eau par série. Et bien sûr, celui qui a la meilleure note est qualifié. Ensuite, suivant la compétition, on se retrouve en un contre un. Pour le Pro Anglet à laquelle je participe très bientôt, c'est à partir des quarts de finale qu'on se retrouve en *man to man*.

— Et vous êtes notés sur quoi ? m'interrogea Lucas.

— Il y a quatre ou cinq juges, et ils vont noter toutes nos vagues. Mais ils ne garderont les notes que des deux meilleures. Et c'est l'addition de ces deux notes qui donnera notre score final. Sachez que le plus important n'est pas d'essayer de prendre le plus de vagues possible, mais de choisir celles qui permettront de nous rapporter le plus de points. Ensuite, les juges prennent en compte notamment le style, la qualité des enchaînements, la cohérence des manœuvres, l'originalité et la prise de risque.

— Et sur le circuit du WCT, c'est la même chose ? demanda Timothée.

— Ouais. Les critères de notation sont les mêmes. D'ailleurs, il ne faut pas oublier qu'il y a aussi les règles de priorité de passage à respecter. Et si un surfeur est prioritaire sur une vague et qu'un autre grille sa priorité, il sera pénalisé sur sa note.

— Tu as déjà été pénalisé ? me questionna Lucas.

— C'est comment les compétitions à l'étranger ? Tu as gagné quoi ? ajouta Timothée.

— Alors non, je n'ai jamais été pénalisé, et j'ai remporté le Caraïbos Lacanau Pro. Après, sur les autres épreuves, je ne suis pas arrivé premier.

— C'est déjà pas mal, me félicita tout de même Timothée. Nous, c'est à peine si on arrive à faire un beau roller ! Tu t'entraînes tous les jours ?

— Minimum deux heures de surf par jour.

— Sérieux ? ! s'exclama Timothée.

— C'est énorme ! exagéra Lucas.

— Ouais, mais c'est le prix à payer si vous voulez avoir un niveau pro. Vous avez d'autres questions ?

— Est-ce que tu pourrais nous donner un cours ?

— Et nous dire comment on se débrouille ?

Je souris.

— Vous savez que vous avez déjà un prof hautement qualifié pour ça ? dis-je en lançant un regard amusé à Greg.

— Ouais, mais moi je ne m'appelle pas Robin Lebrest, répliqua mon meilleur ami avec un clin d'œil.

Devais-je lui rappeler que j'étais classé seulement 73e sur le circuit QS et qu'il y avait bien meilleur surfeur que moi ?

Voyant que cela ne dérangeait pas Greg et comme je n'avais rien à faire jusqu'à ce soir, j'acceptai.

— Très bien, allons nous mettre en tenue.

Ravis, les deux garçons se précipitèrent à l'école pour se changer. Comme mon meilleur ami ne bougeait pas, je m'approchai et lui tendis la main pour qu'il se lève.

— Tu veux aussi me donner un cours, professeur Lebrest ? plaisanta-t-il en acceptant ma main.

— Allons-y, répondis-je en le poussant vers la Bidart Surf School.

Une fois prêts, nos planches à la main, nous nous rendîmes dans un spot libre et idéal.

Les deux adolescents coururent dans l'eau en premier. Greg et moi les suivîmes en rigolant. Je n'avais pas besoin de regarder Greg pour savoir que Timothée et Lucas lui faisaient comme à moi penser à nous autrefois. Une belle époque, à laquelle mon père était encore là. Si seulement…

— Bon, t'attends quoi pour leur montrer ce que tu sais faire ? me lança-t-il soudain.

Je souris à mon ami, puis ramai jusqu'aux garçons. Lorsque j'aperçus une bonne vague arriver, je m'élançai dessus et réalisai deux beaux rollers.

— À vous maintenant ! criai-je aux adolescents.

Timothée ne se fit pas prier. Il se lança le premier sur une vague et tenta à son tour un roller, mais il tomba.

— Rhaa, ça m'énerve ! râla-t-il en ressortant la tête de l'eau.

Instinctivement, je repensai à Pauline et à la leçon de surf que je lui avais donnée. Elle aussi avait réagi comme ça, avant de finalement réussir à surfer.

Réalisant que je souriais, je la chassai aussitôt de mon esprit. Ce n'était pas la première fois que je songeais à elle cette semaine, et ça commençait à m'agacer. Il me suffisait de voir une petite blondinette de dos, un couple de randonneurs, ou n'importe qui en train de prendre des photos, pour que son joli visage apparaisse devant mes yeux. Ce n'était clairement plus à cause de la culpabilité que je continuais de penser à elle, mais parce qu'elle me manquait. Elle, son sourire, son rire, sa joie de vivre, sa repartie, sa bouche… Bon sang. Pourquoi n'arrivais-je pas à l'oublier ?

— Essaye à nouveau ! l'encouragea Greg.

Je me reconcentrai sur Timothée, qui finit par réussir son roller. Pas à la perfection, certes, mais c'était un bon début. Je réussis à ne plus songer à Pauline durant le reste de notre session de surf.

Quand nous fûmes de retour à l'école, les deux gamins nous remercièrent avec enthousiasme pour nos conseils et avis. Avec de l'entraînement et de la persévérance, ils pourraient probablement atteindre un bon niveau. Nous prîmes tous notre douche à l'école, puis je saluai Timothée et Lucas, et leur souhaitai bon courage. Comme la journée touchait à sa fin et qu'il n'y avait plus grand monde sur la plage, Greg ferma l'école et me raccompagna jusqu'à chez moi.

— Ça te dit qu'on aille se mater *Point Break* chez moi ? me proposa Greg.

J'allais accepter, avant de me rappeler que Célia et moi avions déjà prévu de dîner ensemble ce soir. Étant donné qu'elle repartait en Amérique ce week-end, et que nous ne nous étions pas encore vus de la journée, autant dire que je ne pouvais pas décaler.

— Désolé, je dois voir Célia, mais on peut se faire ça un autre jour, OK ?

Greg acquiesça.

— Elle part dimanche, c'est ça ?

— Ouais, ça fait déjà deux semaines qu'elle est là et lundi elle a un shooting pour un gros magazine new-yorkais. Elle est obligée d'y aller.

— Et tu ne veux pas l'accompagner ?

Je m'arrêtai et fronçai les sourcils.

— En Amérique ? Alors que j'ai le Pro Anglet dans deux semaines ? Sans parler du prix du billet…

— Si c'est la femme de ta vie, tu peux bien faire une petite folie. Après tout, elle a bien fait la même chose pour toi.

Ne sachant quoi dire, je restai silencieux.

— Tu doutes, n'est-ce pas ? devina Greg.

— Tu sais qu'on dirait ma sœur ?

Il sourit, amusé.

— C'est peut-être pour ça qu'on est ensemble. Non mais, plus sérieusement, j'ai raison, pas vrai ?

Si je doutais à propos de Célia et de moi ? Ce n'était plus un doute, mais une réalité que j'avais comprise ces derniers jours. Je n'étais plus amoureux de Célia. Probablement depuis ma rencontre avec Pauline. Aveuglé par mon fantasme de revoir cette femme que j'avais tant aimée, j'avais naïvement cru que notre belle histoire inachevée pourrait reprendre là où elle s'était arrêtée. Cependant, les choses n'étaient plus comme avant. Bien sûr, au lit, c'était carrément le pied, mais ce que je ressentais pour Célia n'était rien d'autre qu'une forte attirance sexuelle, et des sentiments liés à notre passé.

— Si je te réponds oui, tu vas me sortir un truc du genre « je te l'avais bien dit que tu aurais dû réfléchir avant de te remettre avec elle » ?

Greg réfléchit un instant.

— Non, même si je le pense fortement.

Je lui donnai un petit coup de poing dans l'épaule.

— Va te faire foutre, plaisantai-je.

— Toi, va te faire foutre, répliqua-t-il en me tapant le bras.

Nous reprîmes notre chemin d'un pas tranquille.

— Je crois que je suis tombé amoureux de Pauline, lui avouai-je après de longues secondes.

Greg soupira.

— Tu aimes vraiment les situations compliquées toi, hein ?

C'était le cas de le dire...

Nous étions arrivés devant mon bungalow.

— Écoute, reprit Greg, je ne vais pas te dicter ce que tu as à faire, mais tu devrais quitter Célia et envoyer un message à Pauline. Même si je pense que la probabilité pour qu'elle te pardonne et accepte de te laisser une seconde chance est assez faible.

— Tu sais que tu viens exactement de me dire quoi faire ?

Il haussa les épaules, puis continua sa route, les mains dans les poches de son short.

— Passe un bon dîner ! lança-t-il avec sans se retourner.

Quel enfoiré.

Je rentrai chez moi en repensant à cette discussion. Je savais parfaitement que Greg avait raison. Je ne pouvais pas rester avec Célia alors que Pauline m'obnubilait. Ce n'était pas correct. D'un autre côté, Célia avait fait des milliers de kilomètres pour moi, et même si j'étais certain de ne pas regretter cette future rupture, je ne voulais pas agir comme un connard avec elle et gâcher le reste de son séjour en France. Il était préférable que j'attende son retour en Amérique pour mettre fin définitivement à notre relation.

Mon portable vibra dans ma poche. Je jetai un coup d'œil à l'écran et aperçus un message de Célia.

Je passe te chercher à 19 heures.

Je lui répondis rapidement un « OK », puis allai boire un verre d'eau dans la cuisine pour me détendre.

Pourquoi ma vie sentimentale était-elle aussi complexe ?

Chapitre 22

Pauline

Romane m'avait donné rendez-vous au parc de Belleville ce samedi après-midi.

Lorsque nous étions encore au lycée, c'était l'un des endroits dans lequel notre petit groupe avait l'habitude de traîner après les cours. Nous nous installions toujours à la même place, sur un coin d'herbe en hauteur, et passions le reste de la journée à discuter et rigoler tous ensemble.

Étant arrivée en avance, je m'assis sur le gazon et profitai de la vue panoramique sur Paris qu'offraient les lieux.

Je n'entendis pas Romane s'approcher derrière moi, et sursautai lorsqu'elle s'installa à côté de moi.

Elle portait une ravissante jupe en jean bleu foncé, un crop top blanc aux épaules dénudées, et des sandales à talons compensés de couleur beige. Malgré l'appréhension que je ressentais quant à cette discussion, je décidai de parler la première.

— Tu vas bien ? demandai-je en étudiant son visage.

Même si le maquillage lui donnait bonne mine, peut-être cachait-il encore des cernes, ou une peau terne et fatiguée.

Romane haussa les épaules.

— Ça peut aller… Et toi ?

Je repensai à ce qui s'était passé avec Alexis et préférai m'abstenir de répondre.

— Il faut que je te dise quelque chose, murmurai-je en détournant le regard. J'ai…

— Éloïse m'a raconté tout ce qui s'est passé avec Robin, m'interrompit-elle, je te dois des excuses.

Je la regardai à nouveau, déconcertée.

— Si j'avais été au courant pour vous deux, je n'aurais peut-être pas réagi de la sorte, tu sais. Pourquoi tu nous l'as caché ?

— Parce que je n'étais pas sûre que notre relation fonctionne, lui avouai-je d'un air navré. Et vu la façon dont ça s'est fini, ce n'était pas une mauvaise chose de ne rien vous avoir dit…

Elle resta pensive quelques instants.

— Dans tous les cas, je m'en veux de ne pas t'avoir fait confiance. Que tu aies été avec Robin ou non, j'aurais dû savoir que tu ne me ferais jamais une chose pareille. Mais quand Alexis m'a quittée, j'étais tellement bouleversée et en colère, que j'ai perdu la raison. Je suis désolée, Pauline. Le seul connard qui mérite toute ma haine, c'est lui, et pas toi.

Mon estomac se noua, et je me sentis tout à coup vraiment mal. Une part de moi ne voulait rien lui dire, à propos d'Alexis et de moi. Mais je n'étais pas sûre de pouvoir vivre avec ça sur la conscience, et encore moins dans la crainte qu'elle ne découvre toute la vérité un jour.

Je frissonnai en sentant la main de mon amie sur la mienne.

— Tu veux bien me pardonner ? me demanda-t-elle d'une petite voix.

Le sentiment de culpabilité qui m'envahissait était si grand qu'il me donna envie de vomir.

— Je… J'ai couché avec Alexis, lui avouai-je d'une voix étranglée.

Elle retira aussitôt sa main de sur la mienne, et son regard s'assombrit. Mes yeux se remplirent instantanément de larmes.

— Pardon, Romane, sanglotai-je. Pardon…

Sa mâchoire se contracta, et elle se leva aussi sec.

— Comment as-tu pu me faire ça, Pauline ?

— C'était un accident ! m'exclamai-je en me mettant debout à mon tour.

— Je ne vois pas trop comment son sexe a pu « accidentellement » rentrer dans ton vagin ! Déjà que tu as attendu que je me sois excusée inutilement pour me balancer ça, tu me prends vraiment pour une conne, hein ?

— Non… Je… On avait trop bu et…

Romane me gifla. Choquée, je portai automatiquement mes doigts à ma joue.

— Je ne veux plus jamais te revoir, siffla-t-elle entre ses dents. Tu as tout détruit, tu me dégoûtes.

Elle tourna aussitôt les talons et, ne sachant que faire, je restai immobile et la regardai partir.

La conversation ne s'était pas tout à fait déroulée comme je l'imaginais. J'avais au moins espéré qu'elle me laisserait m'expliquer, et je n'aurais jamais cru qu'elle serait capable de me gifler. En revanche, le résultat était bien ce à quoi je m'attendais : la fin inévitable de notre amitié.

Mais je ne regrettais pas d'avoir été honnête avec elle. Même si ça nous faisait toutes deux souffrir, cela avait été la meilleure chose à faire. Je n'aurais pas supporté de lui cacher cette horrible et honteuse vérité.

Au bout de plusieurs minutes, je pris une profonde inspiration et décidai de rentrer. Une fois chez moi, alors que je n'avais qu'une envie, me cacher et déprimer en silence dans ma chambre, ma mère apparut devant moi dans le couloir. Elle portait une longue jupe plissée en soie de couleur dorée, ainsi qu'un top noir au design déstructuré, et un sac à main de marque.

— On y va ? me demanda-t-elle.

Face à mon air probablement perdu, elle précisa :

— Voir *The Hustle*. On avait bien prévu d'y aller aujourd'hui à la séance de 17 heures, non ?

Eh merde. Mon rendez-vous avec Romane m'avait obsédée, à tel point que j'en avais oublié notre sortie mère-fille !

J'hésitai un instant à prétexter être malade, mais me ravisai au dernier moment. En dix-huit ans, je n'étais pas allée une seule fois au ciné avec ma mère. C'était l'occasion de passer du temps avec elle, et je craignais qu'une opportunité pareille ne se représente pas avant longtemps. Et comme je n'avais pas vraiment le moral, cela me changerait sans doute les idées.

— Oui, allons-y, répondis-je avec un petit sourire.

Je réenfilai mes baskets, que j'avais retirées en arrivant, et la suivis au parking souterrain de l'immeuble. Nous montâmes dans sa jolie BMW Série 4 cabriolet de couleur rouge, et prîmes la route.

— Tout va bien ? me questionna ma mère durant le trajet.

Même si mon état semi-dépressif devait se lire sur mon visage, j'étais étonnée qu'elle s'en soucie.

Honnêtement, j'avais envie de pleurer. Alors que tout allait bien, il avait suffi de quelques jours pour que ma vie sociale et sentimentale tourne au cauchemar. Bien sûr, je n'étais pas la seule victime, et j'étais même responsable de certaines choses. Mais si j'avais su ce qui allait se passer, j'aurais agi différemment. En commençant par refuser de sortir avec Robin. Cela n'aurait probablement pas évité à Romane et Alexis de rompre, mais cela m'aurait évité de souffrir, et de commettre une erreur irréparable.

— Oui… Je suis juste un peu fatiguée, répondis-je en calant ma tête contre la vitre.

Le reste du chemin jusqu'au cinéma CGR Paris Lilas se déroula dans le plus grand des silences. Une fois à l'intérieur du bâtiment, nous allâmes acheter nos places pour la comédie que j'avais choisie. Je n'avais clairement pas envie de rire à l'heure actuelle, mais il s'agissait du seul film qui avait « intéressé » ma mère quand je lui avais montré la bande-annonce.

— Est-ce que tu veux… du pop-corn ? demanda ma mère quand nous eûmes nos places.

Je la fixai, choquée. La femme qui faisait si attention à sa ligne, et à la mienne, venait-elle réellement de me proposer une confiserie calorique et très sucrée ? Avais-je eu une hallucination auditive ?

— Pauline ? ajouta-t-elle devant mon mutisme.

Visiblement, non.

Très franchement, rien que l'idée d'avaler quelque chose me donnait la nausée. Cependant, elle voulait vraiment me faire plaisir, et je me devais de lui rendre la pareille, ou sinon accepter cette sortie n'aurait servi à rien.

— Oui, je veux bien, répondis-je en me forçant à sourire.

Elle sembla ravie, et nous allâmes nous acheter un petit cornet de pop-corn.

À mon grand étonnement, elle en picora même un peu avant que notre salle de cinéma ne soit ouverte et que nous nous installions sur les sièges.

— C'est à cause de ton petit ami ? demanda-t-elle soudain, assise à ma droite.

En tournant la tête vers elle, je constatai qu'elle avait l'air inquiète. Je ne pouvais clairement pas lui révéler tous mes secrets, mais cela ne servait à rien que je lui cache notre séparation plus longtemps.

— Ex-petit ami, la corrigeai-je, il m'a quittée la semaine dernière.

Ma mère posa aussitôt sa main sur mon épaule.

— Oh ! Pauline, je suis désolée, murmura-t-elle.

Elle semblait vraiment l'être.

— Ça va, ne t'inquiète pas, la rassurai-je.

Mensonge. Je n'allais pas bien. Robin me manquait, terriblement. Il me suffisait de fermer les yeux pour nous imaginer à nouveau dans cette petite ruelle, sa bouche contre la mienne, mes jambes serrées autour de sa taille, et son sexe dur en moi.

Je frémis à cette pensée et, mal à l'aise, tournai la tête.

— Tu sais, moi aussi, j'ai eu des ruptures amoureuses dans ma jeunesse, m'avoua-t-elle en retirant sa main de mon bras.

Surprise, je la regardai à nouveau.

— Mais c'est toi qui quittais tes copains, non ?

Ma mère était tellement parfaite que je ne pouvais pas imaginer le contraire.

— Pas toujours… À vrai dire, adolescente, je n'étais pas aussi mince et élégante que je le suis aujourd'hui.

J'en restai bouche bée.

— Au collège, j'étais en surpoids et je ne prenais pas soin de moi. J'ai subi beaucoup de moqueries de la part de mes camarades de classe, et j'ai appris, juste avant qu'il ne me quitte, que mon premier petit copain était sorti avec moi uniquement par défi. J'en ai beaucoup souffert, mais c'est aussi ce qui m'a rendue plus forte et m'a permis de changer.

Ma mère… avait eu ce genre de passé ? Je n'en revenais pas. D'un autre côté, cela expliquait pourquoi elle était si à cheval sur la nourriture et l'apparence physique avec moi. Elle ne voulait pas que j'endure ce qu'elle avait subi.

Devant mon air probablement sidéré, elle eut un petit rire gêné.

— C'est la première fois que je parle de mon passé à quelqu'un. Même ton père n'est pas au courant…

— Merci, murmurai-je, émue.

L'écran de la salle s'alluma brusquement, et les pubs commencèrent. Absorbée par ma conversation avec ma mère, je m'aperçus seulement à cet instant du monde qui s'était installé autour de nous.

— Ça me fait plaisir d'avoir partagé ce secret avec toi, répondit ma mère d'une voix affectueuse. Tout ça pour dire que peu importe le temps que ça prendra, tout comme j'ai surmonté ma rupture, je sais que tu surmonteras la tienne et que tu deviendras plus forte.

Les larmes aux yeux, je la pris aussitôt dans mes bras. En dix-huit ans, c'était la première fois que j'agissais de la sorte avec elle. La première fois que nous partagions vraiment quelque chose, et que nous étions aussi proches.

— Je t'aime, maman, chuchotai-je, touchée par ses mots.

— Moi aussi, ma chérie, répondit-elle en me serrant contre elle.

Conscientes que nous devions nous donner un peu en spectacle devant les personnes derrière nous, nous nous écartâmes simultanément en rigolant, heureuses, mais légèrement embarrassées par la situation.

— Du pop-corn ? proposa-t-elle en me tendant le pot.

Si je n'avais pas faim en arrivant, autant dire qu'après cette discussion pleine d'émotion mon chagrin s'était estompé et mon appétit avait miraculeusement réapparu. J'en pris une petite poignée, et me calai confortablement dans mon siège en attendant que le film démarre.

Moi qui n'avais pas eu envie d'aller au ciné, à présent, je ne le regrettais pas le moins du monde !

Robin

Après avoir garé la voiture de Greg dans le parking souterrain de l'aéroport de Biarritz, je descendis du véhicule. Célia m'imita et alla récupérer sa valise dans le coffre. Elle avait coiffé ses longs cheveux châtains en un chignon raffiné, et portait une jolie petite robe noire moulante avec une veste en cuir par-dessus. À côté d'elle, avec mon T-shirt rayé, mon short en jean et mes baskets usées, je faisais un peu tache.

— Laisse-la-moi, dis-je en posant la main sur la poignée.

— Je peux la prendre. Elle est à roulettes, tu sais, répondit-elle dans un soupir.

Ne voulant pas la contrarier avant son vol jusqu'à Paris, je n'insistai pas davantage. Nous gagnâmes le hall de l'aéroport dans le plus grand silence.

Célia savait. Elle savait que notre relation était finie, et depuis le début. Si nous avions fait comme si tout était normal durant ces deux semaines, c'était uniquement parce que je ne voulais pas la blesser en la quittant, et car elle ne voulait pas accepter cette dure vérité.

— Est-ce que tu veux un café ?

Elle m'observa un instant, avec un mélange de tristesse et d'ironie.

— On ne pourrait pas arrêter de faire semblant ?

Alors que je voulais attendre qu'elle soit rentrée chez elle pour évoquer le sujet, Célia en avait visiblement décidé autrement.

Je hochai lentement la tête puis cherchai du regard un coin tranquille. Je repérai une table libre dans un petit café et lui fis signe de me suivre.

Nous commandâmes deux expressos, et nous décidâmes

d'attendre qu'un jeune serveur nous les apporte pour entamer notre conversation.

— Je savais que tu ne pourrais pas l'oublier, murmura Célia, avant de tremper ses lèvres dans le liquide chaud.

Étrangement, elle ne semblait pas en colère. J'étais pourtant resté avec elle alors que j'en aimais une autre. Et je lui avais menti en lui disant que, si je pensais à Pauline, c'était uniquement parce que je culpabilisais.

— Je suis désolé, Célia, fut tout ce que je trouvai à dire.

Elle reposa sa tasse sur la table et m'étudia de ses beaux yeux marron.

— Je suis arrivée trop tard, soupira-t-elle.

Je restai silencieux.

— Peut-être que si je ne t'avais pas quitté il y a deux mois, ajouta-t-elle d'une voix mélancolique.

— Non. Je ne l'aurais jamais cru, mais c'est grâce à cette rupture que j'ai pu renouer avec ma famille. Je t'ai perdue, car je ne m'ouvrais pas assez à toi. Quand tu m'as abandonné, c'est à ce moment-là que j'ai réalisé que je ne supporterais pas de perdre d'autres personnes… Avec les secrets que j'avais, nous n'aurions pas pu rester ensemble, et tu le sais. Mon silence te faisait souffrir.

— C'est vrai, mais si j'avais su que te quitter t'aiderait à aller mieux, je l'aurais fait plus tôt, plaisanta-t-elle sur un ton amer.

— J'ai énormément souffert, tu sais. Je t'aimais sincèrement, Célia.

Elle riva son regard au mien.

— Mais plus maintenant.

Non. Plus maintenant.

— Bon, lâcha-t-elle en se levant, je pense que tout a été dit.

Sa tasse de café était encore presque pleine, j'hésitai à le lui faire remarquer, puis compris à son air dépité qu'elle ne voulait plus rester en ma compagnie.

Je me mis debout à mon tour, et la détaillai une dernière fois de haut en bas. Nous avions vécu de merveilleux et inoubliables moments ensemble. Mais c'était fini à présent. Celle que je croyais être la femme de ma vie ne serait qu'une femme dans ma vie. Elle appartenait à mon passé désormais, et à jamais.

Brusquement, Célia fit un pas vers moi et m'embrassa tendrement. Ce baiser… Il avait le goût du chagrin, et de la fin.

— Adieu, Robin, murmura-t-elle contre mes lèvres. Prends soin de toi.

Elle caressa du bout des doigts la fine barbe sur ma joue, puis recula et tourna les talons.

Je crus apercevoir une larme rouler sur sa joue.

Célia était partie. Enfin, pas très loin étant donné que son vol n'était que dans deux heures, mais elle avait quitté ma vie.

Physiquement, je ne me sentais pas trop mal. Mentalement, je savais que c'était ce que je voulais. Cela avait été la meilleure chose à faire, mais ce n'était pas simple à supporter pour autant. Notre amour avait été fort. Cette femme m'avait brisé le cœur, et voilà que je brisais le sien.

Je pris une profonde inspiration, refoulant la tristesse qui m'envahissait, puis retournai au parking souterrain. Avant de démarrer, j'écrivis un dernier message à Célia.

Préviens-moi lorsque tu arrives à Paris, et à New York. Et s'il y a le moindre souci, tu m'appelles, OK ?

Je l'envoyai et compris au même instant que je n'obtiendrais jamais de réponse. Elle m'avait bloqué. Encore.

Était-ce une manie de toutes les filles de faire ça ?

D'une humeur maussade, je rentrai au camping et partis surfer.

J'avais besoin de me vider la tête, et glisser sur les vagues était le meilleur moyen pour ça.

Alors que la compétition à Anglet approchait, ce dimanche après-midi ne pouvait pas mieux se terminer !

Chapitre 23

Pauline

Ce dimanche soir, je ne fus pas vraiment surprise de voir Éloïse débarquer chez moi sans prévenir.

— Presque vingt-quatre heures, dis-je en la laissant entrer, Romane a mis du temps à te raconter ce qui s'est passé.

Ma petite remarque sarcastique ne l'amusa pas le moins du monde. Elle avait l'air énervée, et je pouvais la comprendre.

— Tes parents sont là ? demanda-t-elle froidement.

— Juste mon père, mais il travaille dans son bureau.

Ma mère, comme à son habitude, était sortie.

— Dans ta chambre, ordonna-t-elle d'une voix sans appel, tout de suite.

Je soupirai, fatiguée par toute cette histoire, puis la suivis à contrecœur. J'allais passer un sale quart d'heure…

À peine eus-je refermé la porte derrière moi qu'Éloïse m'incendia.

— Sérieusement, Pauline ? Comment as-tu pu faire une chose pareille ? ! Bon sang, je n'arrive toujours pas à y croire !

Moi non plus.

Honteuse, je préférai ne pas la regarder droit dans les yeux.

— C'était une erreur…

— Une « erreur » ? répéta-t-elle avec emphase. Coucher avec l'ex de ta meilleure amie, tu appelles ça une erreur ? ! Tu te fous de ma gueule là ? !

Je reportai finalement mon attention sur elle, agacée par sa colère disproportionnée.

— Écoute, j'ai déjà eu cette conversation avec Romane, et je pense qu'elle te l'a parfaitement bien résumée.

— Justement, tu as eu cette discussion avec elle, mais pas avec moi. Quelle belle amitié on a, toutes les deux ! Enfin, maintenant que je sais de quoi tu es capable, ce n'est pas si étonnant que ça.

Comme si cette histoire n'était pas suffisante, voilà qu'elle y rajoutait une crise de jalousie.

— Éloïse, s'il te plaît, arrête, la priai-je en faisant un pas vers elle.

— Que j'arrête quoi ? De dire la vérité ? Je te faisais confiance, Pauline. Je te croyais sincèrement amoureuse de Robin et incapable de faire une chose pareille, mais j'ai eu tort.

— Je suis sincèrement amoureuse de Robin ! m'exclamai-je.

— Alors, pourquoi est-ce que tu as couché avec Alexis ? ! répliqua-t-elle sur le même ton.

Brusquement, quelqu'un frappa à ma porte, mais ne l'ouvrit pas. Mon père.

— Euh, les filles… Est-ce que tout va bien là-dedans ? demanda-t-il d'une voix inquiète.

— Très bien !

Nous avions répondu en même temps.

— D'accord… Je retourne dans mon bureau…

J'attendis qu'il se soit éloigné dans le couloir pour répondre à Éloïse d'une voix basse :

— Parce que je me sentais mal.

Les larmes me montèrent aux yeux, mais j'en fis abstraction et continuai :

— Après notre soirée pizza, je suis rentrée à pied et j'ai croisé Alexis et Julien. Je savais que si je rentrais chez moi j'allais m'effondrer à cause de Robin et Célia, alors j'ai accepté de boire quelques verres avec eux... Puis, je me suis retrouvée chez Alexis, et ensuite tout s'est passé super vite. J'avais besoin de réconfort, il était là, et j'ai réalisé trop tard que ce n'était pas la bonne personne. Crois-moi, Éloïse, si je pouvais effacer cette nuit-là, je le ferais.

Elle me fixa pendant de longues secondes, puis alla s'asseoir sur mon lit.

— Tu as l'air de vraiment t'en vouloir, constata-t-elle d'une voix calme.

— Je me sens probablement plus coupable envers moi-même qu'envers Romane, murmurai-je.

Éloïse m'analysa encore un moment, avant de finalement tapoter la couette à côté d'elle. Elle m'invitait à venir m'asseoir.

Je lui obéis, et nous restâmes silencieuses. Après quelques minutes, je finis par tourner ma tête vers elle et reprendre la parole :

— Je suis désolée de ne pas te l'avoir dit, mais c'était très dur pour moi et...

— C'est moi qui suis désolée, me coupa-t-elle en m'observant avec compassion. Romane ne m'avait pas tout raconté, et je te comprends maintenant.

— Romane n'aurait pas pu tout te raconter, puisqu'elle ne m'a pas laissé le temps de lui expliquer. Mais, honnêtement, je ne pense pas que mes excuses et mes remords auraient changé quoi que ce soit pour elle.

Éloïse haussa les épaules.

— Peut-être que si... Regarde, ça a marché avec moi...

— Mais tu n'es pas directement concernée par la situation...

Elle hocha la tête d'un air pensif.

— C'est vrai. Et c'est vrai que tu as fait une grosse connerie. Mais… Romane a déjà trompé Alexis.

— Quoi ? m'étonnai-je.

Je finis par m'asseoir en tailleur sur le lit, et Éloïse m'imita.

— Ouais. Avant tout, sache que si tu n'es pas au courant, c'est parce que je l'ai découvert et que Romane m'a fait promettre de ne jamais le révéler à qui que ce soit.

— Ce n'est pas ce que tu es en train de faire là ?

Elle sourit, amusée.

— Je pense qu'elle avait surtout peur qu'Alexis le découvre à l'époque. Aujourd'hui, ça n'a plus vraiment d'importance…

— Et donc, ce mec, c'était qui ?

— Thibaut.

— Quoi ? ! Romane et Thibaut ? ! Tu plaisantes !

— Absolument pas. Un jour, je les ai surpris tous les deux dans les vestiaires du gymnase. Ils se roulaient des grosses pelles bien dégoûtantes. Rien que d'y repenser, j'ai envie de vomir !

Je m'esclaffai en la voyant grimacer.

— Donc, tout ça pour dire que Romane est loin d'être parfaite. Tu n'es pas la seule à avoir commis des erreurs, alors si elle refuse de te pardonner, ce sera uniquement parce qu'elle est de mauvaise foi !

Peut-être qu'elle avait raison, et qu'il y avait encore une petite chance pour que Romane me pardonne, même si je n'y croyais pas trop. Enfin, en mettant les choses au clair avec Alexis, et en avouant la vérité à Romane, j'avais traversé le plus dur.

Maintenant, il ne me restait plus qu'à essayer d'oublier Robin, et de continuer à vivre avec toutes mes erreurs sur la conscience. Ça n'allait pas être simple, mais au moins je savais que je pouvais compter sur Éloïse et aussi sur ma mère.

Je me penchai vers mon amie et l'embrassai sur la joue.

— Merci, Éloïse.

— Bon, puisque je suis là, on se fait une soirée Netflix ?

À son sourire espiègle, je sus que sa question n'attendait aucune réponse négative de ma part.

Comme nous devions toutes les deux aller travailler tôt le lendemain, Éloïse ne resta à la maison que jusqu'à 22 h 30.

Nous avions tout de même eu le temps d'enchaîner deux épisodes de *The Haunting of Hill House*, puis de manger une assiette de spaghettis bolognaises, concoctées par mon père, devant le troisième.

Alors que j'avais prévu d'éteindre mon ordinateur et d'aller me coucher, je m'égarai dans mes fichiers et ouvris mon dernier dossier d'images. Il comportait toutes celles que j'avais importées depuis mon appareil photo, notamment celles de Greg en train de surfer, et surtout celles de ma randonnée avec Robin.

Mon cœur se serra lorsque j'aperçus la photo que j'avais prise de lui au jardin botanique de Saint-Jean-de-Luz. Lui, de dos, accoudé à la barrière d'un pont.

Je fermai les yeux un instant, me remémorant cette journée incroyable, qui s'était terminée par des baisers délicieux. Pourquoi est-ce que je me faisais du mal en pensant à ça ? !

Je rouvris les paupières et passai au cliché suivant sur lequel nous nous trouvions côte à côte.

« Allez, souris, blondinette. »

Comment oublier sa voix… Et cet instant de proximité durant lequel mon cœur s'était mis à battre plus rapidement. Robin m'avait fait ressentir des choses que je n'avais jamais ressenties avant, mais désormais c'était fini.

Je détournai le regard de l'écran et réalisai qu'une larme avait roulé sur ma joue.

Oui. C'était fini.

Après avoir pris une profonde inspiration et m'être encouragée mentalement, je supprimai ces photos. C'était le meilleur moyen pour que mon cœur arrête de souffrir. Je devais arrêter de penser à lui. À cet homme que je ne reverrais plus jamais. À cet homme que j'aimais comme je n'avais jamais aimé personne.

Robin

La commune d'Anglet était située à côté de Biarritz, et à une quinzaine de minutes du camping.

Plus grande que Bidart, la ville bénéficiait carrément d'un parc écologique, d'une piscine municipale et d'une patinoire. Mais, bien que le cadre soit tout aussi agréable, je préférais largement mon village.

L'hôtel trois étoiles dans lequel je séjournerais ces prochains jours en raison de la QS n'avait rien d'exceptionnel vu de l'extérieur. En revanche, le hall et les chambres étaient vraiment propres et modernes, et le lit plutôt confortable.

Je me levai du matelas pour regarder par la fenêtre. Elle donnait sur le parking de l'hôtel, mais il faisait beau, et il était temps pour moi d'aller essayer des planches. La compétition débuterait dans deux jours, et il fallait que je sois prêt.

Je récupérai mon portable, mon porte-monnaie et la clé de ma chambre, puis quittai l'hôtel.

Ce n'était pas la première fois que je venais à Anglet. Étant donné qu'il s'agissait d'une petite QS à seulement 1 500 points, j'avais l'opportunité d'y participer souvent. En revanche, afin de participer aux grosses QS à 6 000 et 10 000 points et essayer de se qualifier pour le WCT, il fallait faire partie des meilleurs, ce qui n'était pas encore mon cas.

Mais j'allais changer ça. Cette compétition, je comptais bien la gagner. Il le fallait.

Je pris un taxi jusqu'à l'« école de surf Marissa ». N'ayant pas ramené mes propres planches de Tahiti, j'avais d'abord pensé à contacter un ami en Polynésie pour lui demander de me les envoyer. Cependant, afin de lui éviter cette gêne, j'avais fait quelques recherches sur le Net en arrivant à Bidart, et j'étais finalement tombé sur cette école de surf un peu particulière. En effet, la proprio, qui se nommait Estelle, était également *shaper*[1]. Je lui avais donc demandé par mail de me fabriquer deux planches de surf, en espérant qu'elles allaient me plaire et qu'elles seraient idéales pour le Pro Anglet.

Lorsque j'entrai dans le petit pavillon en bois, je tombai nez à nez avec une jolie blonde d'une vingtaine d'années.

Alors que nous étions plutôt près l'un de l'autre, elle me détailla de haut en bas sans aucune gêne, avant de m'adresser un charmant sourire.

— Je peux vous aider ? demanda-t-elle sans reculer d'un millimètre.

— Euh, ouais, je cherche Estelle Lamar.

Son sourire s'agrandit.

— Robin Lebrest, devina-t-elle en me tendant la main, ravie de te rencontrer enfin.

Estelle. Je la lui serrai brièvement.

— Tes planches sont prêtes, ajouta-t-elle. Tu veux aller les essayer tout de suite ou bien… tu as le temps pour un café ?

Je la fixai, perplexe. Cette fille était un peu trop directe à mon goût.

1. Personne qui fabrique des planches de surf.

— J'aimerais bien essayer mes planches d'abord, dis-je d'une voix gênée.

Elle me fixa un instant, l'air déçu, puis me fit signe de la suivre dans l'arrière-salle.

— C'est celles-là, m'informa-t-elle en me désignant deux superbes planches, posées sur une table.

Je m'approchai et les effleurai du bout des doigts. De couleur blanche, elles avaient cependant des formes différentes, en raison justement des vagues différentes que j'allais vouloir prendre.

— Elles sont magnifiques, murmurai-je.

— Comme toi.

Je relevai les yeux vers Estelle et constatai qu'elle me dévorait du regard. OK, cette femme était aussi douée qu'effrayante.

— Je… Je vais aller me changer, dis-je, mal à l'aise. Vous avez également la combinaison que je vous ai commandée ?

Estelle acquiesça et partit me la chercher derrière une penderie. À son retour, je la lui arrachai presque des mains et partis me changer dans un vestiaire. Qu'on me fasse du rentre-dedans de la sorte ne m'était jamais arrivé jusqu'à aujourd'hui, et je m'en serais bien passé.

En plus, je n'avais vraiment pas la tête à ça en ce moment. Je n'avais pas oublié Pauline et, surtout, il fallait que je me concentre sur la compétition à venir.

C'était pour cette raison que j'avais accepté de séjourner à Anglet, au lieu de rester au camping. Me trouver avec ma famille m'aurait distrait de mon seul et unique objectif du moment : remporter le Pro Anglet 2019.

Une fois en tenue, je récupérai ma *shortboard*[1] sous le regard charmeur d'Estelle, qui n'avait pas bougé d'un pouce.

— Ça vous va si je vous paye après ? demandai-je.

1. Planche courte et étroite qui permet de réaliser des figures complexes.

— Bien sûr. Aucun souci !

Vu comment elle m'idolâtrait, le contraire m'aurait étonné.

Je quittai l'école de surf et partis à la recherche d'un spot libre et idéal. Lorsque j'en repérai un, je plongeai dans l'eau et ramai jusqu'à la line-up[1].

Maintenant, il ne restait plus qu'à attendre une série de vagues. Pour mon plus grand bonheur, cette dernière ne tarda pas à arriver. Enchaînant un maximum de manœuvres, notamment sur des droites, je me régalai. Le surf me procurait toujours cette sensation de liberté, me permettant de m'évader de mon quotidien. Debout sur ma planche, je ne pensais à rien d'autre qu'à ce que j'étais en train de faire. Il n'y avait pas de mots pour décrire tous ces moments uniques où je ne dépendais que de moi-même.

Lorsque j'eus terminé ma session[2], je retournai voir Estelle. Il fallait que j'essaye l'autre planche à présent. Même si j'avais encore demain pour m'acclimater à cette partie de l'océan, j'avais du temps devant moi et de l'énergie à dépenser aujourd'hui. Et quand je surfais, je ne pensais plus à Pauline. J'avais beaucoup réfléchi à notre relation ces derniers jours. Accepterait-elle de me pardonner et de me laisser une autre chance ? J'avais envisagé de lui envoyer un message via un autre numéro. Au final, j'en venais toujours à me dire que c'était trop tard, que j'avais tout gâché en la quittant. Pourtant, j'aurais fait n'importe quoi pour revenir dans sa vie.

Sans m'arrêter devant Estelle, j'allai récupérer ma seconde planche. Celle-ci était plus longue et serait idéale pour les grandes vagues. Même s'il n'y en avait pas énormément aujourd'hui, je comptais tout de même l'essayer. Lorsque j'étais dans l'eau, il

1. Zone où attend le surfeur pour prendre une vague.

2. Moment passé à surfer.

n'y avait que moi, ma planche, et l'océan. C'était pire qu'une drogue. C'était le meilleur remède à n'importe quelle blessure. Malheureusement, il n'était que temporaire, et la réalité me rattrapait toujours quand je retrouvais la terre ferme.

Par chance, de retour dans les vestiaires, je découvris qu'un de mes amis, qui participait également au Pro Anglet, venait d'arriver aujourd'hui, et qu'il m'invitait à dîner avec lui et d'autres surfeurs ce soir.

Parfait. Grâce à ça, Pauline attendrait au moins que je sois seul dans mon lit pour venir à nouveau hanter mon esprit.

Chapitre 24

Pauline

— Il vous faut un chauffeur pour livrer quatre palettes de quatre mètres par deux ? À Lille, et avant demain midi ? Je vais voir ce que je peux faire. Je vous rappelle dans cinq minutes.

Je raccrochai avec mon client, et appelai aussitôt un transporteur que je connaissais bien. Nicolas décrocha avant la seconde sonnerie.

— Salut, Pauline, que puis-je faire pour toi aujourd'hui ?

— Salut, Nico, est-ce que tu aurais un chauffeur de dispo pour me prendre quatre palettes de quatre mètres par deux à Orléans, et les livrer à Lille avant demain midi ?

Il ne me répondit pas tout de suite, mais je savais qu'il était en train de regarder sur son ordinateur.

— Tu as de la chance, j'en ai un qui peut te livrer ça dans l'après-midi, à 16 heures, si tu m'envoies l'adresse de chargement et de déchargement dans la foulée.

— Bien sûr, je t'envoie ça tout de suite, et concernant le prix…

— J'ai un double appel, me coupa-t-il. On s'envoie les infos par mail comme d'habitude, OK ?

— OK, à tout'.

Je raccrochai et lui transmis aussitôt toutes les informations concernant mon client. J'attendis qu'il me valide la commande, puis décidai de prendre une petite pause déjeuner.

Mon père m'avait prévenue qu'il ne serait pas disponible ce midi. Ce fut donc seule que je me baladai dans les rues parisiennes, n'ayant aucune idée de ce qui pourrait me faire envie.

Après maintes hésitations, je finis par m'arrêter devant une petite boulangerie et y entrer. La première vendeuse s'occupait d'une dame tandis que la seconde était de dos, en train de ranger des baguettes de pain.

Alors que j'attendais patiemment mon tour, ayant fait le choix d'une quiche lorraine, mon regard jongla de dessert en dessert. Comment résister à une petite pâtisserie ?

— Tu peux t'occuper de la prochaine cliente, Romane ? entendis-je. Il faut que j'aille chercher les pains au chocolat.

Je relevai aussitôt les yeux et me figeai en apercevant mon ex-meilleure amie devant le comptoir. Soudain, je me souvins qu'elle travaillait en boulangerie cet été. Mais même si nous nous trouvions dans le 20e arrondissement, il y avait des dizaines de boulangeries autour de nous. C'était une sacrée coïncidence…

— Qu'est-ce que tu veux ? me demanda-t-elle.

Son expression était neutre, tout comme sa voix.

— Euh, je vais prendre une formule déjeuner, avec une quiche lorraine, un Ice Tea et un framboisier, lui répondis-je, légèrement mal à l'aise.

Elle n'avait plus l'air en colère, c'était déjà ça.

— Tu la veux réchauffée, ta quiche ?

— Oui, s'il te plaît.

Romane s'activa à la tâche sans me jeter un seul coup d'œil. La tension qui régnait entre nous était palpable, mais heureusement elle me servit assez rapidement.

— Ça fera huit euros cinquante.

Je lui tendis ma carte, pas besoin de lui préciser que j'avais le sans contact. Elle la posa sur le lecteur, puis me la rendit avec ma note.

— Merci, lui dis-je en récupérant mon déjeuner.

Elle ne répondit rien, et dans le plus grand des silences, je quittai la boulangerie.

Durant cette dernière semaine, je m'étais demandé plusieurs fois comment elle réagirait si on se croisait à nouveau. Et si j'avais songé qu'il était possible qu'elle me hurle dessus ou me frappe à nouveau, ce que j'avais lu sur son visage m'avait prouvé qu'elle ne me haïssait pas. Est-ce que Éloïse lui avait parlé ? Probablement.

Je soupirai, puis repris la direction de l'entreprise. Si j'avais eu l'intention de déjeuner au soleil dans un parc, ma rencontre imprévue avec Romane m'avait rendue mélancolique, et travailler était le meilleur moyen pour moi de ne pas déprimer.

J'avais à peine parcouru un mètre que j'entendis à nouveau sa voix.

— Pauline !

Surprise, je me retournai. Romane était là, dans la rue, et elle paraissait tracassée par quelque chose.

— Est-ce qu'on peut se voir ce soir ? me demanda-t-elle en se balançant d'un pied sur l'autre.

Je la fixai, déconcertée par sa requête.

— Pourquoi ?

— Parce que j'aimerais m'excuser.

Hein ? Mais de quoi ?

— Si tu fais allusion à la gifle, c'est oublié, tu sais…

Après tout, erreur ou pas, je l'avais bien méritée.

— Il n'y a pas que ça. Il faut que je retourne bosser, tu peux me retrouver à 19 heures au café Bruno ?

Sans me poser de question, j'acquiesçai. Romane regagna aussitôt la boulangerie, me laissant seule et perplexe. Que signifiaient ses excuses exactement ? Allait-on redevenir amies ? Après ce que j'avais fait, c'était trop beau pour être vrai. Pourtant… j'osais l'espérer, car ma meilleure amie me manquait énormément.

De retour à CTR Transport, je dégustai mon petit repas tout en reprenant le boulot. Même si j'appréhendais un peu mon rendez-vous avec Romane, je réussis à rester vigilante et efficace dans mon travail. Du moins, jusqu'à ce que je me souvienne que nous étions le 21 août, et qu'il s'agissait du début du Pro Anglet, autrement dit la compétition de surf à laquelle participait Robin. Entre deux appels téléphoniques, assise devant mon ordinateur, je mourais d'envie d'aller sur le Net et de me renseigner à son sujet.

Avait-il surfé aujourd'hui ? Était-il qualifié pour le round suivant ? Est-ce qu'il allait bien ? Toutes ces questions se bousculaient dans ma tête, mais je savais qu'avoir des réponses ne m'aiderait pas à aller mieux.

Par chance, la journée touchait à sa fin. Je réussis à la terminer tant bien que mal sans céder à la tentation. J'avais tenu bon ces derniers jours, j'étais sur la bonne voie pour l'oublier, et je ne comptais certainement pas gâcher tous mes efforts aujourd'hui.

Ne souhaitant pas déranger mon père dans son travail, je lui envoyai un mail pour l'avertir de ne pas m'attendre pour le dîner, car j'allais rejoindre Romane.

Je pris le métro pour me rendre au café Bruno et y arrivai avec un peu d'avance. Tout comme le parc de Belleville, c'était un des lieux que nous fréquentions souvent, avant que le groupe soit dissous.

Bien qu'il y ait du monde dans la salle, notre table habituelle était disponible, et je me hâtai de m'y installer. Même si je comptais attendre Romane avant de commander, je n'avais pas besoin de regarder la carte pour savoir ce que j'allais prendre : des tapas. Ils étaient à tomber par terre ici !

En tournant la tête vers la fenêtre qui donnait sur la rue, j'aperçus Romane arriver. Elle s'était changée et portait un jean avec une ceinture, accompagné d'une chemise large qu'elle avait rentrée à l'intérieur, et un blazer. Lorsqu'elle entra dans le café, elle me repéra aussitôt et vint s'asseoir en face de moi sur la banquette en cuir marron glacé.

— Désolée, on est débordés ces temps-ci à la boulangerie, dit-elle en retirant sa veste.

Elle la posa à côté d'elle, puis m'observa comme si elle attendait que je dise quelque chose. Alors, et malgré ma confusion, je lui demandai :

— De quoi voulais-tu t'excuser exactement ?

Romane prit une profonde inspiration.

— Éloïse m'a expliqué ce qui s'est passé avant que tu… couches avec Alexis, lâcha-t-elle en détournant les yeux.

Même si elle n'était plus en colère contre moi, je voyais bien qu'évoquer ce sujet était difficile pour elle.

— Mon comportement n'est pas excusable, dis-je en secouant la tête.

— Ça, c'est à moi d'en juger, non ? rétorqua-t-elle en me regardant à nouveau.

Je lui souris tristement. Si elle me pardonnait… Pourrait-on vraiment redevenir meilleures amies comme avant ?

Romane resta silencieuse un moment, avant de reprendre la parole :

— Tu te souviens de ce qu'on disait avec Éloïse, avant que je ne sorte avec Alexis ?

Évidemment.

— « Notre amitié passera toujours avant les garçons », énonçai-je avec nostalgie.

— Notre amitié passera toujours avant les garçons, répéta-t-elle.

— Mais j'ai…

— Tais-toi, me coupa-t-elle, on fait tous des erreurs, Pauline, on est humains après tout. J'aurais dû te faire confiance avant que… *ça* n'arrive. Si je t'avais reparlé avant, ce qui s'est passé avec *lui* ne serait jamais arrivé.

— Non, ce n'est absolument pas de ta faute. Tu t'es sentie trahie et blessée, et…

— On a souffert toutes les deux, m'interrompit-elle à nouveau. On est quittes.

Mon souffle se fit court.

— Ce qui veut dire que…

— Vendredi soir, on va se faire une putain de soirée pour fêter nos retrouvailles, termina-t-elle avec un large sourire.

Je l'avais retrouvée. Ma meilleure amie.

Heureuse, je lui rendis son sourire tout en sentant des larmes de joie perler à mes yeux.

— Merci, murmurai-je.

— Si tu continues de me regarder comme ça, je vais me mettre à pleurer, dit-elle avec un petit rire gêné. Bon, où sont passés les serveurs ? J'aimerais bien commander, moi !

Au même moment, un serveur d'une trentaine d'années s'approcha de notre table.

— Désolé, mesdemoiselles, qu'est-ce que je vous sers ?

— Deux assiettes de tapas, répondit Romane, et deux bières ambrées !

Elle me fit un clin d'œil complice.

— Parfait, c'est noté ! nous informa le serveur avant de s'éloigner.

— C'est moi qui offre, m'annonça Romane. Bon, il faut que je te parle de ma patronne, Mme Latelle, c'est une vraie garce, elle n'arrête pas de…

Et Romane continua de parler, sous mon regard attentif.

Notre amitié ne serait plus jamais comme avant. Cette histoire avait laissé des séquelles, et aucune de nous ne pourrait jamais l'oublier. Malgré tout, nous savions également qu'avec le temps elle finirait par devenir un mauvais et lointain souvenir.

Robin

En raison de ma place, pas si mauvaise que ça, dans le classement de l'année dernière, j'avais commencé la compétition hier directement au round 2. Et j'avais réussi à me qualifier pour le tour suivant.

J'avais d'ailleurs fait un très beau score de 14,13, avec une note de 8,50 pour la première vague, et 5,64 pour la seconde. Autant dire que j'étais plutôt fier de moi. Les deux Américains et le Japonais qui avaient été dans ma série étaient très doués, mais j'étais tout de même arrivé en tête.

Ma mère et ma sœur étaient présentes aujourd'hui. Bien que je leur aie dit d'attendre au moins les quarts de finale, elles avaient tout de même tenu à venir me voir. Si je perdais avant les quarts, ce serait bien humiliant. Mais cela n'arriverait pas. Je me devais de gagner, et de rester dans la compétition coûte que coûte.

Ma mère m'avait dit être venue chaque année au Pro Anglet, mais c'était la première fois que je savais qu'elle était là et qu'elle allait me regarder. Et cette fois, il y avait aussi Naia. Elle m'avait déjà vu participer à des compétitions nationales, mais cela remontait à six ans, et le pro Anglet était totalement différent.

Il s'agissait d'une épreuve internationale du circuit des QS qui permettrait au gagnant de monter considérablement dans le classement, et ce dernier remporterait une très belle somme d'argent. L'enjeu était plus qu'énorme, et des centaines de personnes étaient venues assister à l'événement.

Je tournai la tête vers ma mère et Naia, assises sur le sable, les yeux rivés sur la série en cours.

Je jetai un coup d'œil à ma montre et, en voyant qu'il était déjà 10 heures, jugeai qu'il était grand temps que j'aille chercher mes planches et me mettre en condition.

— Bon, je vais me préparer, les informai-je en me levant. Je vous retrouve après mon passage, OK ?

Ma mère m'adressa un sourire encourageant.

— T'as intérêt à gagner ! me lança Naia avec un clin d'œil.

Même si leur présence était une vraie source de force et de motivation, cela me mettait aussi davantage la pression. Je ne pouvais pas les décevoir.

Je me contentai d'acquiescer, puis longeai la plage au milieu de la foule, jusqu'à l'école de surf d'Estelle, située non loin.

Je trouvai la grande blonde assise sur le perron, occupée à regarder les surfeurs avec émerveillement. Lorsqu'elle m'aperçut, ses yeux pétillèrent encore plus. Peut-être aurais-je dû mettre un T-shirt…

— Tu passes à quelle heure ? me questionna-t-elle avec admiration.

— À 11 heures, dans trois séries.

— OK. Il y a de grandes vagues aujourd'hui, je te conseillerais de prendre la planche qui est un peu plus longue.

— Je vais suivre ton conseil, la remerciai-je avec un sourire.

J'allai enfiler ma combinaison à l'intérieur et récupérai ma planche avant de sortir.

— Bonne chance, dit-elle en croisant les doigts.

— Merci.

Je partis à la recherche d'un coin tranquille. Avant chaque passage, j'aimais toujours m'isoler dans ma bulle. Après avoir repéré une dune tranquille, je posai ma planche sur le sable et m'assis à côté. Je fermai les yeux, et inspirai profondément. Une fois mon esprit vide de toute pensée pouvant me déconcentrer, je m'échauffai jusqu'à ce que ma série soit annoncée par le speaker.

J'étais prêt. Ma planche en main, je me dirigeai vers l'océan avec la ferme intention de me qualifier pour le tour suivant.

J'espère que toi aussi tu me regardes, papa, songeai-je, juste avant d'entrer à l'eau avec détermination. *Parce que je vais tout déchirer.*

Chapitre 25

Pauline

Le Mirror était l'une de mes boîtes de nuit préférées à Paris. Une salle gigantesque, de la musique électro à fond, une ambiance de folie… Tout y était pour que l'on passe une super soirée, et c'était exactement ce qui allait arriver cette nuit avec Romane et Éloïse.

Après avoir dîné dans un petit restaurant pour fêter nos retrouvailles, nous avions décidé de terminer la soirée en beauté en venant ici. Nous avions bien sûr songé à inviter Thibaut au début, mais après tout ce qui s'était passé nous avions finalement convenu de rester entre filles pour une fois.

— Qu'est-ce que tu veux boire ? me demanda Romane en criant.

La musique était vraiment forte, mais en général nous passions plus de temps à danser qu'à parler.

— Un jus de pomme, répondis-je.

Elle haussa un sourcil.

— Sérieusement ? On est venues là pour s'amuser, sœur Pauline !

— Je n'ai pas vraiment envie de boire, peut-être plus tard, OK ?

Mais je savais que je ne céderais pas. L'alcool ne m'avait pas réussi la dernière fois, et je m'étais promis de ne pas y retoucher avant belle lurette. En plus, je pouvais parfaitement m'éclater sans alcool. La seule différence avec Romane et Éloïse, c'est que demain je me réveillerais sans gueule de bois et que j'en serais bien contente !

Romane partit chercher nos verres tandis qu'Éloïse pianotait comme d'habitude sur son téléphone.

— Tu écris à qui ? demandai-je avec un petit sourire malicieux.

Elle fronça les sourcils, mais continua son message.

— Éloïse ? Allô, la lune, ici Pauline !

Cette fois-ci elle daigna enfin relever la tête.

— Désolée, dit-elle simplement. Où est Romane ?

— Elle est allée chercher mon jus de pomme et vos deux vodkas orange. Je me demande si elle va réussir à prendre trois verres…

Je tournai la tête vers le bar, et aperçus Romane revenir vers nous avec nos boissons. Visiblement, oui.

Elle nous les distribua avant de boire aussitôt une longue rasade.

— Ah, ça fait du bien ! déclara-t-elle avec un sourire satisfait. La soirée va enfin pouvoir commencer !

— Les filles, il faut que je vous dise un truc, commença Éloïse.

Elle passa nerveusement une main dans ses longs cheveux lisses, puis reprit :

— En fait…

— Putain de merde, la coupa soudain Romane en fixant quelqu'un derrière nous.

Nous suivîmes toutes les deux son regard, et je me figeai en apercevant Alexis sur la piste de danse, aux côtés de son ami Julien. Je ne l'avais pas revu depuis le jour où j'avais mis fin à toute relation entre nous. Et le souvenir de notre nuit me revint en mémoire.

Le cauchemar.

Je détournai rapidement les yeux.

— Tu veux qu'on parte ? demandai-je à Romane, mal à l'aise.

Celle-ci prit une profonde inspiration, puis secoua la tête.

— Non, il est hors de question de fuir l'ennemi, dit-elle en l'observant à nouveau.

J'avais clairement l'impression que ses yeux lançaient des couteaux. Je ne savais pas si la haine qu'elle éprouvait pour lui cachait encore un sentiment amoureux, mais en tout cas mieux valait pour Alexis qu'il ne s'approche pas trop près d'elle !

— Allons danser ailleurs, ajouta-t-elle au bout d'un moment. Ma vodka orange a un mauvais goût par ici !

Romane nous entraîna de l'autre côté de la boîte, dans un endroit où il y avait un peu moins de foule. Nous bûmes tranquillement nos verres, et je me souvins alors qu'Éloïse devait nous parler de quelque chose.

— Au fait, qu'est-ce que tu voulais nous dire ? demandai-je en la regardant.

— Euh, rien d'important, je vous en parlerai demain.

Elle termina son verre d'une traite, puis partit aussitôt sur la piste de danse. OK, elle avait clairement un truc important à nous dire.

Je jetai un coup d'œil à Romane, afin de voir si elle partageait mon avis, mais ma meilleure amie avait à nouveau un regard meurtrier.

— Dis-moi que je rêve, marmonna-t-elle en posant son verre sur une table derrière nous.

Je me retournai et constatai qu'Alexis venait dans notre direction. Mon estomac se serra.

— Salut, vous deux, lança-t-il en s'arrêtant à un mètre de nous.

Il n'avait pas besoin de s'approcher davantage pour que je sente la forte odeur de whisky qui émanait de lui.

— Qu'est-ce que tu veux ? grogna Romane.

Alexis fit un pas dans notre direction, et, craintive, je reculai aussitôt.

— Quoi ? Tu as peur de moi ? me demanda-t-il avec un sourire narquois.

— Qu'est-ce que tu veux ? répéta Romane en serrant les poings.

J'espérais qu'elle réussirait à se contenir. Une bagarre n'était vraiment pas la meilleure option pour finir la soirée…

— Oh rien, je suis juste étonné de vous voir toutes les deux ensemble… Après ce qui s'est passé, répondit-il d'un air faussement indifférent, je ne pensais vraiment pas que tu serais capable de lui pardonner.

Romane sembla, tout comme moi, deviner ce qu'il avait dans la tête. Alexis n'imaginait probablement pas que j'avais révélé à Romane que nous avions couché ensemble. Et il essayait de le lui dire pour se venger.

Mon malaise se transforma alors en colère.

Quel connard.

— Qu'est-ce que tu veux dire par là ? l'interrogea Romane en faisant semblant de ne pas avoir compris.

— Quoi ? s'étonna-t-il. Pauline ne t'a pas dit… Non…

Il tourna la tête vers moi et prit un air choqué.

— Je pensais que c'était ta meilleure amie et que tu lui aurais dit quand même !

Je n'arrivais pas à croire que cet homme, qui était autrefois mon ami, mais aussi la première personne que j'avais aimée, pouvait se montrer aussi vil et cruel. Bien sûr, l'alcool devait bien influencer son comportement, mais il n'était pas responsable de tout.

Romane me fit face et rentra dans son jeu.

— Qu'est-ce que tu aurais dû me dire au juste, Pauline ?

Je jetai un coup d'œil à Alexis et l'aperçus en train de sourire d'un air machiavélique.

— Qu'Alexis est vraiment stupide de penser que je ne t'ai rien dit ? C'est ça, Alexis ? fis-je en lui rendant son sourire.

Le sien, en revanche, disparut aussitôt. Romane s'avança vers lui, comblant les derniers centimètres qui les séparaient.

— Eh oui, enfoiré, Pauline m'a tout raconté, lui cracha-t-elle au visage. Si tu pensais pouvoir détruire notre amitié, tu peux t'en aller baiser d'autres meufs parce que, nous, on s'en bat les couilles de toi, pauvre mec ! Tu me dégoûtes, et tu me fais pitié.

Romane se retourna, avant de lui balancer une dernière chose dans la gueule :

— Et puisque tu t'attendais à une révélation ce soir, sache que tu ne m'as jamais fait jouir. J'ai toujours simulé avec toi parce que… t'as une petite queue, connard !

Elle avait pratiquement crié ces derniers mots, et plusieurs personnes avaient rivé leurs regards sur nous.

Romane ne me laissa pas l'opportunité d'ajouter quoi que ce soit à l'intention d'Alexis, elle me prit par la main et m'entraîna sur la piste de danse.

— Où est Éloïse ? me demanda-t-elle en cherchant notre amie des yeux.

Je l'imitai, puis finis par la repérer, à quelques mètres de nous, en train de parler avec un type de dos.

— Tu crois qu'il l'emmerde ? ajouta Romane après l'avoir vue à son tour.

Lorsque nous aperçûmes notre amie lever les yeux au ciel,

nous décidâmes d'intervenir. Mais alors que nous les rejoignions Éloïse et l'inconnu prirent la fuite, en direction de la sortie.

— Mais où est-ce qu'elle va avec lui ? ! s'étonna Romane.

Je repensai alors au comportement étrange d'Éloïse, quelques minutes plus tôt. Mais aussi à celui qu'elle avait eu une grande partie des vacances, à envoyer des SMS à je ne sais qui.

— Je crois que c'est son copain, dis-je à Romane d'un air pensif.

Ce n'était clairement pas le genre d'Éloïse de partir avec un mec qu'elle venait juste de rencontrer, et encore moins en boîte. D'autant plus s'il l'exaspérait !

— Quoi ?

— Je crois que c'est son copain, répétai-je plus fort.

— Depuis quand elle est en couple ? !

Je haussai les épaules, n'en ayant pas la moindre idée.

Peut-être qu'Éloïse ne nous avait rien dit à cause de tout ce qu'il s'était passé avec Robin et Alexis. Ou peut-être que je me trompais… Mais dans ce cas-là, qui était cet homme avec qui elle venait de partir, et pour quelle raison ?

Au même moment, je sentis mon portable vibrer dans la poche de mon jean. Éloïse venait de m'envoyer un message sur notre groupe de conversation à trois.

Désolée, les filles, je viens d'avoir mes règles. Je vous ai perdues de vue et j'ai préféré partir avant d'avoir une énorme tache sur mon jean ! Je suis trop dégoûtée mais finissez bien la soirée sans moi ! XOXO.

Visiblement, Éloïse ne s'était pas aperçue que nous l'avions cramée. Je montrai le message à Romane, qui s'esclaffa.

— En tout cas, son excuse est bien trouvée, j'aurais presque pu la croire si on ne l'avait pas vue partir.

— Presque ? relevai-je, curieuse.

Romane réfléchit un instant.

— Si je ne me trompe pas, elle a eu ses règles la semaine dernière déjà.

— Je ne sais pas si je dois m'inquiéter que tu connaisses son cycle menstruel.

Elle rigola à nouveau.

— Je connais le tien aussi. Enfin, bref, il est temps de vraiment profiter de la soirée, non ? Entre célibataires !

Romane m'arracha mon verre des mains et alla le poser au bar, avant de revenir vers moi et de se mettre à danser.

Je finis par l'imiter et me laisser envahir par la musique.

Plus d'Alexis.

Plus de Robin.

Plus personne.

Romane avait raison, personne ne nous gâcherait cette soirée.

Robin

En raison de mauvaises conditions météo, la compétition avait été suspendue hier et aujourd'hui. Les rounds 5 et 6 allaient avoir lieu demain dimanche. Si je gagnais, je me qualifierais pour les quarts de finale.

En raison de ce jour « off », ma mère et Naia m'avait proposé de déjeuner avec elles à Biarritz, et j'avais accepté.

Nous avions choisi un petit restaurant en bord de mer, et

j'étais ravi d'avoir une belle vue sur les vagues déchaînées. Quand l'océan s'énervait, c'était magnifique.

— Pas trop stressé pour demain ? me demanda ma mère, assise en face de moi.

Je tournai la tête vers elle et l'aperçus qui posait le menu sur la table.

Son geste me fit réaliser que je n'avais toujours pas choisi ce que je voulais manger. Je regardai la carte tout en songeant à sa question.

Honnêtement ? Je l'étais toujours un peu. On ne pouvait jamais savoir à l'avance ce qui allait se passer, mais c'était aussi grâce à cette petite appréhension qu'on se donnait toujours à fond le jour J.

— Non, ça devrait bien se passer, dis-je pour la rassurer.

Je l'espérais. Ma technique de surf avait toujours été bonne, maintenant il ne restait plus qu'à espérer que l'océan soit de mon côté.

— En tout cas, sache que je suis déjà très fière de toi, me dit-elle, et de toi aussi, Naia.

Sans relever les yeux de la liste des plats, je glissai un petit coup de coude à ma sœur, à ma droite.

— Quoi ? grogna-t-elle.

Ce déjeuner était l'occasion parfaite pour qu'elle révèle à ma mère ce qu'elle avait prévu pour l'année prochaine. Ma sœur voulait lui en parler mais, appréhendant sa réaction, elle ne savait pas comment aborder le sujet.

— Tu devrais lui dire, l'encourageai-je.

— Quoi donc ? s'enquit ma mère.

Alors que Naia aurait très bien pu esquiver, elle choisit enfin d'être honnête.

— Que je veux ouvrir un club de plongée. Avec Greg.

Je finis par me décider pour une côte de bœuf, et reportai mon attention sur ma mère.

— Un club de plongée ? répéta-t-elle en y réfléchissant.

— Oui, je vais passer un diplôme l'année prochaine, qui me permettra de devenir prof en France. Ensuite, je me joindrai à Greg pour ouvrir notre club. Ce sera un plus pour le camping et…

— C'est ce que tu as toujours voulu faire, n'est-ce pas ? devina ma mère.

Naia acquiesça.

— Je pourrai toujours t'aider au camping en parallèle si tu as besoin…

Ma mère secoua la tête.

— J'engagerai quelqu'un, ne t'en fais pas. Le principal est que tu fasses quelque chose qui te passionne, comme ton frère.

Naia soupira de soulagement.

— Vous me rappelez tellement votre père, mes enfants, murmura-t-elle en nous observant tour à tour. Il vous a transmis son amour pour l'océan, et quand je vous regarde, j'ai l'impression de le voir en face de moi.

Je tournai la tête vers les vagues déchaînées. Oui, il était là quelque part, toujours près de nous. Et je le retrouvais à chaque fois que je mettais les pieds dans l'eau.

Je regardai à nouveau Naia et lui souris. C'était probablement la même chose pour elle.

J'aperçus du coin de l'œil une serveuse s'approcher de notre table. Elle prit rapidement notre commande, puis nous laissa à nouveau en famille dans une ambiance chaleureuse.

— Sinon, Robin, reprit ma mère, je t'ai vu en compagnie d'une jeune femme hier, après ton dernier passage… Elle était grande, blonde, ravissante.

Estelle ? Il est vrai qu'elle était venue me voir sur la plage. Mais ça n'avait pas été la seule. Des fans m'avaient félicité, d'autres m'avaient photographié, et je m'étais aussi fait interviewer par un journal local.

Dans tous les cas, peu importait son identité, cette fille ne représentait rien pour moi.

— Tu l'aimes toujours, hein ? me lança Naia.

Évidemment, elle faisait allusion à Pauline. Et la réponse était oui. En revanche, ma mère devait probablement penser qu'il s'agissait de Célia.

— C'est l'autre fille, lui expliqua ma sœur, Pauline.

— Ah oui, je m'en souviens. C'est pour elle que tu as quitté Célia ?

— Malheureusement, Pauline habite à Paris, et ils n'ont plus eu aucun contact depuis leur rupture, elle a même bloqué son numéro, lui répondit Naia à ma place. La situation est compliquée !

— Et pourquoi ne pas lui écrire avec un autre portable ? Si tu as encore son numéro…

Je soupirai, agacé par cette conversation un peu trop intrusive.

— Et lui dire quoi ? « Désolé, j'ai fait une erreur, j'ai quitté ma copine, tu veux bien qu'on se remette ensemble ? » Vu la façon dont je l'ai larguée, elle va carrément me rire au nez. Je n'ai aucune chance de me faire pardonner. Je vais juste prendre mon mal en patience et finir par m'en remettre. Voilà, la discussion est close.

Ma mère m'adressa un sourire compatissant.

— Bien sûr que tu vas t'en remettre, mon chéri, dit-elle d'une voix douce. Bon, changeons de sujet, je trouve qu'on devrait se faire plus souvent des restos comme ça tous les trois !

Naia et moi approuvâmes d'un signe de tête. C'est vrai que ça faisait du bien de se retrouver ensemble.

Nous ne pourrions jamais rattraper les six ans durant lesquels j'étais parti, mais je savais que nous allions profiter au maximum des années à venir, malgré mes compétitions. Car, désormais, je n'avais plus aucune raison de fuir.

Chapitre 26

Pauline

Lorsque je me réveillai ce dimanche matin, je me sentais étrangement bien.

Probablement car ma soirée avec Romane vendredi soir s'était très bien finie. Nous avions dansé jusqu'à 4 heures du matin, avant d'aller chez elle nous cuisiner un bon plat de pâtes carbonara parce que nous mourions de faim.

Après avoir dormi sur son canapé-lit, et nous être réveillées aux alentours de 13 heures, nous étions allées déjeuner au McDonald's.

De retour chez moi, j'avais passé le reste de mon samedi à regarder une série sur Netflix, et ma mère m'avait rejointe sur le canapé en début de soirée.

Même si les choses n'étaient plus comme avant, j'avais retrouvé ma meilleure amie, et ma relation avec ma mère s'était énormément développée ces derniers temps, ce dont j'étais plus qu'heureuse.

Finalement, ces dernières semaines catastrophiques avaient eu du bon, et j'étais contente d'avoir à nouveau une vie plutôt agréable.

Je repoussai la couverture sur mes jambes et me dressai.

Ma rentrée à l'école de photographie approchait, et j'avais vraiment hâte de commencer les cours. Je décidai d'ailleurs d'aller me balader aujourd'hui, afin de prendre de nouvelles photos. Je ne m'en lassais jamais, et certaines pourraient probablement me servir pour mes cours, et pour mes books photo.

Je me levai, récupérai mon portable sur ma table de chevet et jetai un coup d'œil à mes messages. Romane avait envoyé dans la conversation de groupe le lien d'une nouvelle musique qu'elle adorait, ce à quoi Éloïse avait répondu « Nul à chier ».

Je souris, amusée, et l'écoutai à mon tour. Rien de bien fou, en effet. J'ajoutai un petit pouce bleu au commentaire d'Éloïse et ouvrit Facebook Messenger.

Naia Lebrest m'avait envoyé un message. Je fus surprise, mais aussi un peu anxieuse.

Était-il arrivé quelque chose à Robin ? Sinon, pourquoi me contacter ?

Afin d'avoir les réponses à ces questions, j'ouvris rapidement la conversation.

JE SAIS QU'IL Y A DE FORTES CHANCES QUE TU DÉTESTES MON FRÈRE, ET QUE TU AIES DÉJÀ TOURNÉ LA PAGE. MAIS SI CE N'EST PAS LE CAS, SACHE QU'IL A QUITTÉ CÉLIA, CAR IL N'ARRIVAIT PAS À T'OUBLIER.

Quoi…

Me sentant faiblir sous le coup de l'émotion, je me rassis sur mon lit, le corps tremblant. Je ne savais pas quoi penser de cette information ni comment réagir.

Est-ce que je le détestais ? Oui. Est-ce que j'avais tourné la page ? Non.

Robin avait quitté sa copine à cause de moi, mais c'était aussi à cause d'elle qu'il m'avait quittée. J'aurais dû être furieuse. Cet homme avait joué avec nos cœurs et les avait brisés, tour à tour. C'était un vrai connard, et rien ne me garantissait à présent qu'il ne me quitterait pas à nouveau au bout de quelques semaines pour une autre fille. Je n'avais plus confiance en lui. Je lui en voulais terriblement de m'avoir fait souffrir. Il me dégoûtait. Et pourtant, je l'aimais toujours.

D'une main, je séchai les larmes qui coulaient sur mes joues. Et voilà que je pleurais pour lui… Encore ! Mais il ne méritait pas mes larmes.

Si sa sœur disait vrai… Alors pourquoi n'était-ce pas lui qui m'avait écrit ce message ? J'avais peut-être bloqué son numéro, mais il aurait très bien pu utiliser un autre portable pour essayer de me contacter.

Ce mec était un lâche. Tout comme il n'avait pas eu les couilles de m'annoncer pourquoi il me quittait, il n'oserait jamais revenir vers moi.

Furibonde, je sautai de mon lit et fis les cent pas dans ma chambre. Même si je le voulais, ce n'était pas à moi de revenir vers lui. Ce n'était pas moi qui avais tout foutu en l'air. Il était le seul responsable ! Il devait s'excuser en premier !

Consciente qu'il fallait que je me calme, ou j'allais finir par casser quelque chose dans ma chambre, je m'appuyai contre le mur, fermai les yeux et respirai profondément. Qu'étais-je censée faire ?

N'en ayant pas la moindre idée, je me décidai à envoyer un message à Romane et Éloïse.

Besoin de vous, situation urgente.

Mes amies me répondirent dans la minute.

Je suis là dans cinq minutes.

Pareil.

Je souris, soulagée.

Mes parents étaient dans la cuisine en train de déjeuner.

— Romane et Éloïse vont passer à la maison, les prévins-je aussitôt.

— De si bon matin ? s'étonna ma mère. Qu'est-ce que vous avez de si important à vous dire ?

— Lisa, voyons, ça ne te regarde pas, la réprimanda mon père en tournant la page de son journal.

Merci, papa…

Je me servis un verre d'eau et le bus tranquillement en attendant mes amies. Ces dernières ne tardèrent pas à arriver, et nous partîmes aussitôt nous isoler dans ma chambre.

Romane s'installa sur mon lit tandis qu'Éloïse opta pour ma chaise de bureau.

— On t'écoute, m'encouragea cette dernière.

Au lieu de parler, je me contentai de leur montrer tour à tour le message de Naia.

— Et alors ? répliqua Romane la première. Ce mec t'a quittée pour son ex, et ce n'est même pas lui qui t'a écrit ce message. Ne me dis pas que tu as pensé une seule seconde à lui reparler…

— Je…

— Sérieusement ? ! s'exclama-t-elle devant mon air coupable.

Je secouai la tête, totalement perdue.

— Je sais que c'est à lui de faire le premier pas, mais…

— Faire le premier pas ? répéta Romane, stupéfaite. Mais Pauline, ce mec, faut le rayer de ta vie ! C'est un gros connard, comme Alexis ! Si tu lui pardonnes, il finira par te blesser encore une fois ! Dis-le-lui, Éloïse !

Mon amie avait croisé les bras sur sa poitrine et semblait réfléchir à la situation.

— On commet tous des erreurs, finit-elle par énoncer.

Romane leva les yeux au ciel et se laissa tomber en arrière sur mon lit en soupirant.

— Vous êtes folles, complètement folles, toutes les deux !

— Donc, selon toi, je devrais lui laisser une seconde chance ?

— C'est vrai que ce qu'il a fait c'est carrément bâtard, mais t'es amoureuse de lui et s'il a quitté sa meuf parce qu'il ne pouvait pas t'oublier, c'est probablement parce qu'il s'est rendu compte qu'il t'aimait aussi.

— Mais qui vous garantit que sa sœur dit vrai ? intervint Romane en se redressant brusquement. Vous ne savez absolument rien de ce mec, ni de ce qu'il veut, ni de ce qu'il ressent ! C'est un menteur, manipulateur, et un connard !

Elle n'avait pas tout à fait tort, mais…

Je me massai le crâne, toujours aussi perdue.

Robin m'avait fait du mal, et rien ne me garantissait qu'il ne m'en ferait pas à nouveau. Cependant, je ne pouvais oublier cette semaine extraordinaire que j'avais passée à ses côtés. Ni son visage ni sa bouche, la sensation que j'avais ressentie lorsqu'il avait posé ses mains sur mon corps… J'avais toujours envie de lui, terriblement.

— Va le voir, déclara soudain Éloïse.

— Pardon ? releva Romane en écarquillant les yeux.

Elle semblait tout aussi étonnée que moi.

— T'es en train de dire à Pauline de retourner à Bidart ? ajouta Romane. Non mais j'hallucine !

— Vous devez avoir une conversation tous les deux, répondit-elle.

Romane brandit son portable devant nous en guise de réponse.

— Ce ne sera pas pareil au téléphone, répliqua Éloïse. Tu ne peux pas décider de te remettre en couple sans voir la personne en face. Pauline doit être sûre d'elle, et le seul moyen est de voir Robin en personne.

Il est vrai que je ne m'imaginais pas reprendre contact avec lui par message ou appel… Mais aller à Bidart ? Que dirait-il en me voyant débarquer au camping sans que je l'aie prévenu ? C'était complètement dingue.

Romane se leva et s'approcha d'Éloïse.

— C'est ton mec qui t'a fait perdre la tête ou quoi ?

Éloïse fut sidérée pendant quelques secondes, avant de comprendre.

— Vous nous avez donc vus en boîte, devina-t-elle en détournant le regard.

C'était bien la première fois que mon amie semblait aussi mal à l'aise.

— Ouais, tu veux bien nous expliquer qui est ce mec et d'où tu le connais ?

Éloïse s'agita nerveusement sur sa chaise, et je décidai d'aller m'asseoir sur mon lit pour écouter attentivement ses aveux.

— Il s'appelle Jonas et… Je l'ai rencontré avant de partir en vacances… dans le métro.

— Dans le métro ? répéta Romane en haussant un sourcil.

— Pauline a bien rencontré Robin en camping, je ne vois pas le problème, rétorqua-t-elle froidement.

— Certes. Et donc, vous êtes en couple depuis… ?

— C'est compliqué. On n'a jamais dit qu'on était en couple. On traîne juste ensemble de temps en temps… Mais est-ce qu'on pourrait en revenir à Pauline et Robin ?

En toute honnêteté, cette petite parenthèse m'avait fait du bien…

— OK, on reparlera de ton couple plus tard, répondit Romane avec un sourire espiègle.

Mes deux amies reportèrent alors leurs regards sur moi.

— Donc, il y a actuellement conflit d'opinions, constata Romane. Est-ce que tu veux jouer la sécurité et me suivre dans le droit chemin ? Ou bien t'es-tu fait pervertir par cette femme qui a perdu la raison ?

Je ne pus m'empêcher de m'esclaffer, malgré ma situation plus que complexe. J'observai mes amies tour à tour. Le plus sage et le plus prudent aurait été de suivre les conseils de Romane. Mais j'étais encore amoureuse de lui, et si je n'agissais pas, je savais que je le regretterais plus tard.

Je pris une profonde inspiration.

— Éloïse, tu peux me passer mon PC derrière toi ? J'ai un train à réserver.

Romane fit semblant de s'étrangler avec ses mains, et Éloïse parut ravie de ma décision.

Sous le coup de l'adrénaline, je réservai un billet de train pour l'après-midi même. Je savais que si je ne partais pas aujourd'hui je ne partirais jamais.

Éloïse m'aida à préparer quelques affaires, sous le regard presque consterné de Romane. Même si je ne m'en allais pas en voyage mais en mission « sauvetage de ma relation », je décidai d'emmener quelques vêtements, ma trousse de toilette, et mon appareil photo avec moi – je ne m'en séparais quasiment jamais.

Une fois ma valise bouclée, et après que je me fus rapidement habillée, les filles me proposèrent de m'accompagner à la gare, mais je refusai gentiment. Je devais d'abord annoncer la nouvelle de mon départ à mes parents, ces derniers risquaient de s'y opposer, et je préférais qu'elles ne soient pas là pour entendre notre conversation agitée.

— Bonne chance, me souhaita Éloïse en m'enlaçant chaleureusement.

Je la remerciai en l'embrassant sur la joue, puis me tournai vers Romane. Malgré sa réprobation, elle finit par me prendre dans ses bras à son tour.

— J'espère que tu ne le regretteras pas, murmura-t-elle.

Moi aussi.

Mes amies m'adressèrent un sourire encourageant, puis quittèrent l'appartement.

Je jetai un coup d'œil à mon e-billet. Le départ était dans un peu plus d'une heure.

Appréhendant la discussion avec mes parents, je décidai d'aller d'abord prendre une douche, ce qui me fit un bien fou, et de m'habiller.

Une fois prête, je les rejoignis dans la cuisine, ma valise à la main. L'heure du déjeuner approchait, mon père était aux fourneaux, et ma mère, assise sur le canapé, travaillait sur son ordinateur portable.

— Vous avez une minute ? leur demandai-je en jouant nerveusement avec mes doigts. Il faut que je vous parle de quelque chose.

Mon père cessa d'éplucher ses courgettes, et ma mère referma son écran.

— OK, il faut que je retourne à Bidart. Incessamment sous peu.

— Hein ? Mais pour quoi faire ? s'étonna mon père.

— Christophe, voyons, ça ne te regarde pas, lui rétorqua ma mère en se levant du canapé. À quelle heure est ton train ?

— Dans une heure, répondis-je, déconcertée par son attitude.

— Très bien, je vais t'emmener.

Complètement abasourdie, je fixai ma mère qui semblait sérieuse.

— Lisa, attends, qu'est-ce que c'est que cette histoire ? intervint mon père en fronçant les sourcils.

— Des histoires de filles, lui expliqua-t-elle en enfilant ses talons. Tu n'as rien oublié, Pauline ?

Encore sous le choc, je me contentai de secouer la tête.

— Parfait, on y va.

Je la suivis silencieusement jusqu'au parking souterrain, et dès que nous fûmes installées dans sa BMW, nous prîmes la route.

À mon grand étonnement, elle ne me posa qu'une seule question durant tout le trajet. Ce fut à l'instant où elle entra dans le dépose-minute qu'elle me demanda :

— Tu es bien sûre de toi, Pauline ?

— Oui, répondis-je en la regardant droit dans les yeux.

Ma mère approuva ma décision d'un hochement de tête.

— Sois prudente, d'accord ? Et envoie-moi un message lorsque tu seras arrivée.

J'acquiesçai et descendis du véhicule.

— Merci, maman, dis-je avant de refermer la portière.

Elle me sourit et me fit signe d'y aller. Je récupérai ma valise dans le coffre, puis me dirigeai vers l'entrée de la gare Montparnasse.

Le trajet en train fut terriblement long. Bien que je sois excitée au départ, l'angoisse de revoir Robin finit par prendre le dessus sur mes émotions, et la réalité me frappa de plein fouet, à une heure de l'arrivée.

J'étais en train de faire une connerie. Je ne savais pas ce qui m'avait pris de prendre le train le jour même pour rejoindre un mec qui m'avait fait souffrir, tout ça parce que sa sœur m'avait dit qu'il ne m'avait pas oubliée. C'était de la folie ! Et qu'est-ce que j'allais bien pouvoir dire à Robin en le voyant, « Salut, ta sœur m'a dit que tu ne m'avais pas oubliée. En fait, moi non plus, même si t'es un gros connard qui m'a brisé le cœur » ? En fin de compte, ça me paraissait plutôt bien, même si j'étais quasiment sûre de ne pas réussir à trouver mes mots une fois devant lui. Mais aurais-je déjà le courage d'aller à sa rencontre ? L'adrénaline était complètement redescendue à présent, mais c'était trop tard pour faire marche arrière.

À quelques minutes de Biarritz, je me connectai sur Instagram et débloquai le compte de Robin.

Je m'aperçus qu'il avait publié de nouvelles photos. Sur la dernière, il était debout sur la plage, sa planche de surf dans la main, et souriait à la caméra. Mon regard descendit jusqu'à la description, et j'appris qu'il avait été qualifié pour les demi-finales qui auraient lieu demain, à Anglet.

Oh ! bon sang. La compétition à laquelle il participait m'était totalement sortie de la tête ! Me sentant complètement idiote, je me donnai un petit coup sur la tête.

Je ne pouvais pas aller voir Robin ce soir. Il devait se concentrer sur son épreuve à venir, et ma présence à Bidart pourrait le distraire. Notre conversation attendrait demain, ce qui signifiait que j'allais passer une nuit plutôt agitée à l'hôtel !

Chapitre 27

Robin

Ce lundi avaient lieu les demi-finales, suivies de la finale. Si ma mère et ma sœur n'avaient pu assister aux quarts de finale la veille, elles avaient toutefois pris un jour de congé pour venir me voir participer lors de ce dernier jour de compétition. En revanche, Greg avait dû rester travailler à l'école, mais il m'avait assuré qu'il suivrait l'épreuve en direct sur son portable.

En raison d'une houle qui ne se matérialisa qu'aux alentours de 17 heures, ma série ne fut annoncée qu'en fin de journée.

J'entrai à l'eau avec mon rival de série, Dean Stylinson, un Américain, et nous ramâmes jusqu'à la line-up.

Le regard rivé sur l'horizon, je sus dès les premières secondes de l'épreuve que nous aurions des périodes longues. Cela signifiait que les séries de vagues pouvaient mettre plusieurs minutes à arriver et, donc, qu'il était question de choisir les bonnes vagues. L'anticipation et la rapidité étaient les mots clés dans ce genre de situation. Mais il ne fallait pas oublier les règles de priorité, et toujours rester prudent.

Lorsqu'une série de vagues approcha enfin, après une dizaine de minutes, Dean et moi nous rendîmes jusqu'au peak.

Dean prit la première grande vague qui déferla vers la droite, et j'attendis la seconde. Lorsqu'elle arriva, je la trouvai plus appétissante que la précédente et réalisai aussitôt mon take-off. Glissant sur la vague avec aisance, je pris de la vitesse et réalisai deux belles manœuvres, avant de terminer par un aerial[1].

Malheureusement, je retombai hors de la vague et sus que cela ne me rapporterait pas tous les points que j'aurais pu avoir.

Avant la fin de la série, je réussis toutefois à prendre une seconde vague, et réalisai deux beaux rollers avec style.

Il nous restait encore quelques minutes avant la fin de l'épreuve, mais en raison d'une houle longue je savais qu'il y avait peu de chances que nous ayons des vagues à nouveau. Concentré, je n'avais pas vu ce qu'avait fait Dean. Il ne me restait donc plus qu'à croiser les doigts pour qu'il n'ait pas obtenu de meilleures notes que moi.

Alors que le temps était presque écoulé, une nouvelle série de vagues arriva. C'était l'occasion ou jamais.

Ayant la priorité, je pris la première vague, plutôt impressionnante, mais réussis à enchaîner deux belles manœuvres, dont un cut-back[2].

C'était mon père qui m'avait appris cette figure, et grâce à lui, je l'avais aujourd'hui réalisée à la perfection.

Merci, papa, songeai-je, alors que notre heat s'achevait. J'étais fier de moi. Et je savais que mon père l'était aussi.

Je restai assis sur ma planche, attendant impatiemment que le speaker annonce les résultats dans les haut-parleurs, et priant pour aller en finale.

J'étais si proche du but… La compétition ne pouvait pas s'arrêter là pour moi. Pas aujourd'hui. Pas maintenant. Et pourtant…

1. Figure aérienne.

2. Virage à 360 degrés.

Dean Stylinson avait gagné.

Frustré par cette défaite, je plongeai dans l'eau et y restai de longues secondes.

Lorsque l'océan réussit à m'apaiser, malgré ma grande déception, je remontai sur ma planche et ramai jusqu'à la plage.

À ma sortie de l'eau, je me forçai tout de même à afficher un sourire fair-play face aux amis, spectateurs, et autres personnes qui me félicitèrent malgré tout pour ma prestation. J'avais visiblement fait un score total de 15,13, alors que Dean avait eu 15,73. Cela s'était donc joué à peu. J'appris aussi que ma figure préférée, celle que je devais à mon père, m'avait rapporté le plus de points, mais cela n'avait pas été suffisant.

Ma famille finit par se frayer un chemin dans la foule et me rejoindre. Lorsque ma mère arriva devant moi, un grand sourire sur le visage, elle me prit aussitôt dans ses bras, se fichant de mouiller sa robe à fleurs.

— Bravo, mon fils, souffla-t-elle en me caressant le dos.

« Bravo » ? Devais-je lui rappeler que j'avais perdu ? Que je n'allais pas pouvoir accéder à la finale ?

Elle me serra contre elle un moment, avant de me relâcher. Naia était debout, derrière, et me souriait.

— Vous savez que j'ai perdu ? leur rappelai-je en me demandant d'où provenait leur joie.

— Et alors ? répliqua ma mère. Tu as été jusqu'en demi-finale. Mon Dieu, si ton père était là, il serait tellement fier de toi !

Je secouai tristement la tête.

— J'ai fait notre figure, maman, lui expliquai-je d'une voix affligée, celle qu'il m'a apprise, et pourtant…

— Robin, dit ma mère d'un ton dur, je crois que tu ne m'as pas bien comprise. Ton père serait fier de toi, tu m'entends ? Regarde-moi.

Je lui obéis et considérai son air sérieux.

— Tu ne te rends pas compte à quel point tu es formidable. Ni à quel point je suis heureuse d'avoir des enfants aussi extraordinaires que vous.

Ces paroles me réconfortèrent un peu.

— D'autres compétitions t'attendent, mec, me lança Charly, un de mes amis surfeurs. Tu n'as peut-être pas gagné celle-là, mais crois-moi, avec le potentiel que tu as, tu finiras par remporter des épreuves, et des dizaines !

Je lui souris, puis me retournai vers l'océan.

Désolé, papa… La finale, ce ne sera pas pour cette fois. Mais je te promets de ne pas baisser les bras. Jamais. Je finirai par gagner. Je finirai par atteindre le circuit du World Tour. Je serai l'un des meilleurs surfeurs au monde, et quand ce jour arrivera… je sais que tu me regarderas.

Je fis à nouveau face à ma famille, et remarquai que la foule s'était bien dissipée autour de nous. Même si j'apercevais quelques journalistes en train de m'attendre, un peu en recul.

Je pris une profonde inspiration, prêt à répondre à leurs questions, mais me figeai aussitôt en l'apercevant.

Elle était là. À quelques mètres, derrière les journalistes.

Les battements de mon cœur s'accélérèrent dans ma poitrine.

Pourquoi était-elle venue ? Comment… ?

— Robin ? m'appela ma mère, en voyant que j'étais comme paralysé.

Elle dut finir par suivre mon regard, car je l'entendis lâcher un petit « oh » de surprise.

Pauline était magnifique, comme à son habitude. Ses boucles blondes flottaient sur ses épaules. Elle portait un petit short en jean, un top noir et des baskets. Pauline était simple, et c'était exactement ce que j'aimais chez elle. Elle n'avait pas besoin de se faire une beauté pendant une heure pour me plaire, elle n'essayait pas non plus de faire attention et de se forcer à manger des salades pour rester mince, et n'avait aucune envie de vivre dans le luxe comme Célia. Elle était parfaite… pour moi.

Le souffle court, je fis un pas dans sa direction, puis un autre, jusqu'à arriver devant elle.

— Qu'est-ce que tu fais ici ? lui demandai-je en plantant mon regard dans ses beaux iris bleus.

Elle déglutit, mal à l'aise, puis jeta un coup d'œil derrière moi, comme si la réponse à ma question s'y trouvait.

Je fronçai les sourcils et fis volte-face. Ma sœur nous observait, un grand sourire émerveillé collé sur le visage.

— Bon sang, Naia, grognai-je en la fusillant du regard, qu'est-ce que tu as fait encore ?

Ma sœur haussa les épaules.

— Vous me remercierez plus tard tous les deux, répondit-elle seulement.

Je me retournai vers Pauline, et attendis impatiemment qu'elle m'explique.

— Il paraît que tu n'arrives pas à m'oublier, me révéla-t-elle, non sans être un peu gênée.

Comment pourrais-je t'oublier ?

— C'est ce que ma sœur t'a dit ?

Pauline eut brusquement l'air apeurée.

— C'est… C'est faux ? demanda-t-elle d'une voix tremblante.

Je comblai les quelques centimètres qui nous séparaient l'un de l'autre, de sorte que nos deux corps se frôlent. Mon geste la força à relever la tête pour continuer de m'observer dans les yeux. Elle attendait ave impatience une réponse, et j'allais la lui donner. Je pris son visage en coupe et l'embrassai tendrement.

Quel bonheur de pouvoir goûter ses douces lèvres à nouveau.

J'entendis Pauline gémir contre ma bouche, et je l'écartai aussitôt de moi, de peur de ne pas pouvoir me retenir. J'avais envie d'elle. Terriblement. Mais ce n'était pas le bon moment, et nous n'avions pas mis les choses au clair entre nous.

— Pourquoi es-tu là ? l'interrogeai-je à nouveau en reculant d'un pas.

Pauline ne sembla pas comprendre mon geste ni ma question.

— Je te l'ai dit, ta sœur…

— Non, la coupai-je, je t'ai fait souffrir, Pauline. Tu es censée me détester, ou au mieux être venue ici pour m'en coller une. Pas pour… répondre à mon baiser.

Elle se détendit légèrement, et se rapprocha dangereusement de moi.

— Parce que je t'aime, murmura-t-elle en effleurant ma main de la sienne.

Mon cœur fit un bond dans ma poitrine. Pauline m'aimait. Elle m'aimait. Bon sang… J'étais sûrement en train de rêver, ou tout ceci n'était qu'une grosse blague. Ce n'était pas possible. Elle ne pouvait pas…

Elle glissa ses doigts entre les miens et pressa sa paume contre la mienne.

Je fermai les yeux un instant, essayant de calmer mon désir pour elle, puis la regardai à nouveau.

Pauline me souriait timidement.

— Je sais que j'aurais dû attendre que tu te mettes à genoux devant moi, et que tu me supplies de te pardonner et de te laisser une seconde chance, mais…

— Mais quoi ? dis-je d'une voix rauque.

Putain, j'avais vraiment du mal à me contenir.

— Mais je m'en fous. J'ai simplement envie d'être avec toi.

Je lâchai sa main et me retournai.

— Mais qu'est-ce que vous faites encore là, vous ? ! m'exclamai-je.

Ma mère et Naia nous observaient avec fascination, comme si elles assistaient à un film romantique.

— Ne vous arrêtez pas pour nous, on est simplement des figurantes ! répondit Naia avec amusement.

Non mais je rêve !

J'attrapai à nouveau la main de Pauline, et l'entraînai avec moi. Où ? Je n'en avais encore aucune idée.

Nous passâmes devant les journalistes, qui m'appelèrent mais que j'ignorai royalement, et je remontai la plage, Pauline sur les talons.

— Où est-ce qu'on va ? me demanda-t-elle lorsque nous regagnâmes le parking.

Repérant une camionnette blanche, garée au fond, je nous y conduisis d'un pas rapide. Une fois de l'autre côté, je plaquai aussitôt Pauline contre la portière et l'embrassai avec ardeur. Elle plongea aussitôt ses mains dans mes cheveux tandis que je faufilais mes mains sous son top. Sa peau était brûlante, probablement tout comme la mienne. Pauline frissonna lorsque mes doigts remontèrent jusqu'à son soutien-gorge et se glissèrent dessous.

— Attends, haleta-t-elle contre ma bouche.

Je la questionnai du regard.

— On ne peut pas… Pas sans capotes.

Pauline avait l'air gênée.

— Pourtant dans la ruelle…

Je m'arrêtai, comprenant ce que cela signifiait. Elle avait couché avec quelqu'un d'autre, et je devinai aussitôt qui.

— Alexis, c'est ça ? dis-je en m'écartant.

Je savais que je n'avais aucune raison de lui en vouloir. Je l'avais quittée, et j'avais couché avec Célia. Mais ce type était vraiment un connard de première, et il l'avait baisée. Ma Pauline. Putain de merde.

Furieux, je serrai les poings et me retournai.

— Tu es avec lui ?

— Bien sûr que non !

Je préférai rester de dos, le temps que ma colère s'estompe.

— Quand ?

— Le soir où j'ai découvert que tu t'étais remis avec ton ex. Je me suis sentie tellement mal que… J'ai fait une connerie. On s'est protégés, mais il y a toujours des risques, et je ne sais pas si Alexis était clean. Alors je préfère refaire un test au cas où.

Étrangement, son aveu me calma un peu. Elle n'avait pas couché avec lui parce qu'elle le désirait, mais parce qu'elle était blessée à cause de moi.

Je lui fis face à nouveau et regrettai aussitôt ma réaction en voyant les regrets dans ses yeux.

— Désolé, dis-je en posant une main sur sa joue. Si… Si je ne m'étais pas remis avec elle, tu n'aurais jamais…

Elle posa un doigt sur ma bouche.

— C'est trop tard. Ce qui s'est passé s'est passé, on ne peut plus rien y faire. En revanche…

Pauline s'avança vers moi et effleura mes lèvres des siennes. Une vague de chaleur me traversa.

— On peut faire quelque chose plus tard, souffla-t-elle d'une voix suave.

Ma queue durcit aussitôt.

— Tu vas me rendre fou, grognai-je contre sa bouche.

Elle s'écarta en riant, puis me fit signe de la suivre.

— On devrait retourner sur la plage… Ta famille t'attend, et tu as peut-être des interviews à donner, non ?

La seule chose dont j'avais envie, là tout de suite, c'était de la prendre sauvagement contre cette foutue camionnette. Mais bien sûr, il fallait encore que les choses ne se passent pas comme je le désirais.

Je soupirai et la suivis à contrecœur.

— Je peux t'assurer que, ce soir, tu regretteras de ne pas avoir fait de tests avant de venir, dis-je en la rattrapant.

Elle s'arrêta, me forçant à en faire autant, et haussa un sourcil, nullement impressionnée.

— Si tu ne m'avais pas larguée, je n'en aurais pas eu besoin, répliqua-t-elle avant de reprendre sa route.

Je souris, amusé par sa repartie. Cette fille m'avait vraiment manqué.

— Ne t'inquiète pas, je t'assure qu'après ce soir tu ne voudras plus rentrer à Paris, rétorquai-je alors, sans bouger.

Pauline fit volte-face, et j'aperçus une lueur espiègle traverser ses iris.

— Et toi, tu ne voudras plus jamais quitter mon corps !

Au même moment, un couple et des enfants traversaient le parking derrière elle. Les parents nous observèrent d'un air outré, et accélérèrent le pas.

Je ne pus m'empêcher d'exploser de rire, et Pauline, qui ne comprenait pas, finit par se retourner.

— Je veux mourir, là tout de suite, déclara-t-elle en me regardant à nouveau, rouge de honte.

Je la rejoignis et lui pris la main.

— C'est le plaisir que je vais te donner ce soir qui va te tuer. Allez, viens, blondinette.

Nous retournâmes sur la plage, au centre de l'événement, et

Pauline ne me quitta pas un seul instant. De toute façon, même si elle l'avait voulu, je l'en aurais empêchée.

Ce soir je lui dirais… que je ressentais exactement la même chose qu'elle. Du moins, j'essayerais.

Chapitre 28

Pauline

Malgré la fatigue de la journée, Robin m'invita au restaurant pour dîner, et j'acceptai avec enthousiasme.

Évidemment, le dessert me faisait bien plus envie que le plat de résistance, mais nous avions tous les deux besoin de ce dernier pour tenir la nuit… qui risquait d'être très longue.

Si j'avais su que les choses se dérouleraient ainsi, j'aurais dormi à poings fermés la nuit dernière, au lieu de me retourner cinquante fois dans mon lit en appréhendant ma conversation avec Robin.

Nous étions restés sur la plage jusqu'à la fin de la compétition. C'était un Australien qui avait gagné le Pro Anglet, et j'avais accompagné Robin le féliciter. Ensuite, mon petit copain – ? – m'avait ramenée à l'hôtel, et même si l'idée de nous doucher ensemble nous avait traversé l'esprit, nous avions finalement décidé de faire durer l'attente, et Robin avait dit qu'il passerait me chercher à 20 heures.

J'avais donc profité de ce laps de temps pour me laver, tresser mes cheveux en arrière, et enfiler ma robe blanche… Celle que j'avais mise le jour des danses basques, et que Robin avait parfaitement remontée avant de se glisser en moi.

Rien que d'y repenser, cela me faisait frissonner d'excitation.

Une fois prête, j'avais appelé ma mère pour lui annoncer que je resterais probablement quelques jours supplémentaires à Bidart, et que tout s'était arrangé avec mon copain. Cela lui fit vraiment plaisir, et même si je m'en voulais un peu de laisser tomber mon père et le boulot avant ma rentrée, elle m'assura qu'il ne m'en voulait pas et qu'il comprenait. Ce qui signifiait qu'elle lui avait raconté pour Robin, et c'était plutôt une bonne chose.

Après avoir raccroché, je m'assis sur mon lit et demandai à Romane et Éloïse de faire un appel groupé sur Messenger. Elles me répondirent par l'affirmatif, et je les contactai aussitôt, en activant la caméra.

— On veut tout savoir ! s'exclama aussitôt Romane.

Cette dernière était sur son lit, allongée sur le ventre, les pieds en l'air. Éloïse, quant à elle, était assise dans son salon, un casque sur les oreilles. Elle avait l'air un peu pâle, mais peut-être était-ce à cause de la lumière.

— On s'est embrassés, leur révélai-je, le sourire aux lèvres.

— C'est tout ? s'étonna Romane.

Je levai les yeux au ciel et bougeai légèrement ma caméra.

— Oh ! mais attends, reprit-elle en analysant ma tenue, vous sortez ce soir ?

— Ouais, et ensuite… il se passera des choses que vous ne saurez jamais !

Romane grogna.

— Tu nous allumes avant de nous refroidir, t'es vraiment horrible !

Je lui souris diaboliquement, puis reportai mon attention sur Éloïse.

— Tout va bien ?

— Ouais, répondit-elle, désolée, je crois que j'ai chopé la

gastro… D'ailleurs, je crois que je vais devoir vous laisser… Il faut que j'aille aux…

Elle lâcha brusquement son téléphone, et nous entendîmes des pas s'éloigner en courant.

— OK, j'ai pensé une seconde à son Jonas, avouai-je à Romane, mais je crois que cette fois elle dit la vérité.

Elle acquiesça.

— Enfin bon, ne t'inquiète pas pour nous et profite bien de ta soirée avec ton connard adoré, d'accord ?

Je l'étudiai du regard, sceptique.

— Je n'arrive pas à savoir si tu es heureuse pour moi ou non…

— Je suis heureuse, mais ce n'est pas pour autant que j'approuve ta relation. Peut-être que cela changera dans quelques mois, si vous êtes toujours ensemble d'ici là…

Quel optimisme.

— D'accord, bon, allez, je te laisse, Robin ne va pas tarder. Bisous.

Je raccrochai et reçus au même moment un message de Robin. Il m'attendait en bas de l'hôtel.

Le cœur palpitant, je récupérai mon sac à main et quittai ma chambre d'hôtel au pas de course. Je me calmai toutefois en arrivant dans le hall et essayai de ne pas lui montrer toute l'excitation que je ressentais en montant dans sa voiture.

Chose difficile, car son regard parcourut aussitôt mon corps, en s'attardant sur mes cuisses dénudées.

— Tu as de la chance que ce soit la voiture de Greg, parce que sinon je te prendrais là maintenant, sur le siège où tes ravissantes petites fesses sont posées.

— En effet, quel dommage, répondis-je en jouant avec l'ourlet de ma robe.

Robin grogna, puis démarra aussitôt.

— Où est-ce qu'on va dîner ? l'interrogeai-je sur la route.

— J'ai réservé au Marin, histoire de nous rappeler de bons souvenirs...

— Très bonne idée, approuvai-je avec un sourire satisfait.

À notre arrivée à Saint-Jean-de-Luz, Robin se gara dans une allée tranquille, et nous nous rendîmes au restaurant à pied.

— Sinon, je me disais, commençai-je sur le chemin, tu ne ferais pas mieux de louer une voiture au lieu d'emprunter celle de ton meilleur ami à chaque fois ?

Robin réfléchit un instant.

— Quand je suis revenu ici en juillet, je ne savais pas si j'allais rester, ni pour combien de temps. Ensuite, je t'avoue que je l'utilise surtout à cause de toi.

— Ah, bah oui, évidemment, c'est ma faute ! plaisantai-je.

Robin s'arrêta brusquement.

— Qu'est-ce qu'il y a ? l'interrogeai-je, soucieuse.

— C'est de la mienne, répondit-il en secouant la tête, tout est entièrement de ma faute.

OK, là, il ne parlait définitivement pas de la voiture.

— Je suis désolé, Pauline. Sincèrement.

— Hé, je ne t'ai pas déjà dit que je m'en moquais des excuses ? lui rappelai-je en passant mes bras autour de sa taille. Tout ce qui compte pour moi, c'est qu'on fasse en sorte que ça marche vraiment... cette fois.

Robin me fixa avec une telle intensité que je me sentis brûler de l'intérieur.

— T'es tellement incroyable, Pauline...

Je haussai les épaules et m'écartai. Mais il m'attira aussitôt contre lui, ma tête contre son torse.

— Juste cinq minutes, dit-il.

— Tu sais qu'on est en pleine rue, et qu'il y a des gens autour ? lui fis-je remarquer, sans être réellement embarrassée.

— Tant que tu ne dis pas n'importe quoi, on ne devrait pas trop attirer l'attention, répondit-il avec ironie.

Je m'esclaffai contre lui, puis Robin finit par me relâcher, et nous reprîmes notre route jusqu'au restaurant.

La table à laquelle nous avions dîné la dernière fois était disponible. Robin demanda au serveur si nous pouvions nous y installer à nouveau. Bien sûr, celui-ci n'y vit aucun inconvénient, et nous nous y assîmes avec une certaine nostalgie.

Robin ouvrit son menu et, sachant déjà ce que je voulais – des moules frites au roquefort —, je me contentai de l'observer avec envie. Ce soir, je comptais bien embrasser chaque parcelle de son visage. Ses paupières, son nez assez large mais droit, ses sourcils épais mais bien dessinés, son menton allongé, sa bouche, bien plus appétissante que tout ce que le restaurant proposait, et son...

— À quoi tu es en train de penser, bon sang ?

Sa voix me tira de ma contemplation de son torse musclé.

— À rien, pourquoi ? répondis-je d'un air innocent.

Robin n'en croyait pas un mot.

Le laissant terminer de faire son choix, je songeai à notre premier dîner ici, et ne pus m'empêcher de laisser échapper un gloussement.

— Quoi encore ? releva Robin en refermant la carte. Et ne me dis pas rien.

— Ri... OK, tu te souviens de ce qu'on s'était dit dans ce restaurant ?

Il réfléchit un instant.

— Plus ou moins... Je me souviens surtout de la conversation mensongère que tu as eue avec ta mère...

— Et avant, tu m'avais fait clairement comprendre que tu recherchais une relation sans attache, à cause de ton passé compliqué, et je t'avais répondu qu'évidemment je savais que, quoi qu'il se passe entre nous, on ne se reverrait plus après notre départ. C'est marrant, non ?

Robin croisa les bras sur son torse et m'étudia du regard.

— Quoi ? fis-je en haussant un sourcil.

— Pauline, il faut que je te dise quelque chose.

Je m'appuyai contre le dossier de ma chaise en soupirant.

— Si c'est des excuses…, commençai-je.

— Tout ce que je t'ai dit ce jour-là, ça n'a plus aucune importance maintenant. Je…

Mais Robin ne finit pas sa phrase.

— Tu ? l'invitai-je à poursuivre avec amusement.

— Je vais prendre un merlu de ligne, termina-t-il en remuant nerveusement sur sa chaise.

OK, ce n'était vraisemblablement pas ce qu'il avait eu l'intention de me dire. Mais ça pouvait attendre, car j'avais très faim !

Nous commandâmes quelques minutes plus tard, et notre dîner en tête à tête se poursuivit dans une ambiance agréable et détendue.

Robin

Durant le repas, Pauline me parla beaucoup des dernières photos qu'elle avait prises à Paris, de ses lieux préférés, et de l'excitation qu'elle ressentait à l'idée de faire sa rentrée dans son école de photographie.

Elle me questionna ensuite sur mes compétitions de surf, et

je lui annonçai que la prochaine aurait lieu le 18 septembre. Il s'agissait d'une QS 1 000, mais elle se déroulait en Indonésie. Pour y être allé plusieurs fois, j'adorais surfer là-bas. C'était un pays magnifique, avec des îles d'une beauté époustouflante.

— Je t'y emmènerai un jour, lui dis-je en me levant de table.

Nous avions enfin terminé notre repas, et maintenant, l'heure du dessert était arrivée.

— Raconte-moi, demanda-t-elle en m'imitant.

— Quoi donc ?

— Je n'en sais rien, parle-moi de l'Indonésie. Fais-moi rêver !

Elle m'accompagna à la caisse et, trop absorbée par ce que je disais, me laissa payer la note entièrement.

— Eh bien, la première fois que j'y suis allé, c'était avec mon père. Bien sûr, c'était pour surfer, mais on en a profité pour visiter Bali. J'ai adoré. Il y a énormément de temples, tous plus beaux les uns que les autres. Si tu y allais, tu ne t'arrêterais plus de prendre des photos !

— Tu en as ?

— J'en avais. Mais ensuite je suis allé visiter la forêt des singes dans la ville d'Ubud, et un macaque m'a volé mon portable. Impossible de le récupérer, il s'est enfui dans les arbres.

Pauline s'esclaffa.

— Enfin bref. Ensuite, pour terminer notre petit tour touristique, nous sommes allés visiter deux îles côte à côte qui s'appellent Nusa Lembongan et Nusa Penida. Dans la dernière, il y a des plages à couper le souffle. Tu taperas « plage de Kelingking Beach » sur Internet, l'eau est turquoise, tu vas halluciner.

— Et à Nusa… Enfin l'autre île, qu'est-ce qu'il y a à voir ?

Je retirai ma carte du terminal, remerciai l'employé d'un sourire, et entraînai Pauline à l'extérieur.

Elle était émerveillée par ce que je lui racontais, et j'adorais voir cette expression chez elle.

— C'est une île moins grande mais plus peuplée, il y a des plages, mais surtout un endroit magique qui s'appelle « Devil's Tears ». Là-bas tu peux assister à des couchers de soleil uniques, tout en regardant des vagues immenses s'écraser contre les rochers.

— Ça me donne tellement envie !

Alors que nous étions arrivés à la voiture, je l'attrapai par la taille et l'embrassai avec fougue.

— Et ça aussi, ça te donne envie ? demandai-je en la relâchant.

Pauline se lécha la lèvre, tout en reculant jusqu'à sa portière.

— Seulement si tu peux m'emmener jusqu'au bout, répondit-elle avec un clin d'œil coquin.

Oh ! ça oui… Sans aucun doute, songeai-je en grimpant à l'avant.

Je refermai la porte de sa chambre derrière moi, et observai Pauline reculer jusqu'au lit.

— Qu'est-ce que t'attends, monsieur le surfeur-explorateur ? me nargua-t-elle en retirant ses baskets.

Je m'avançai et enlevai mes chaussures de la même façon qu'elle. Debout, face à face, nous nous observâmes silencieusement, avec envie.

— Il fait chaud dans cette chambre, tu ne trouves pas ? demanda Pauline en faisant glisser l'une des manches de sa robe sur son épaule.

Je me débarrassai de mon T-shirt d'un mouvement agile et le jetai sur le sol.

— Ouais, approuvai-je sans la quitter des yeux.

Son regard se posa sur mon torse et descendit jusqu'à ma cicatrice.

— Quelle règle de sécurité n'as-tu pas respectée ? demanda-t-elle avec curiosité.

Même si cela ne me dérangeait pas de lui parler de mon père et de l'accident, ce n'était vraiment pas le moment.

— Pas maintenant, OK ? répondis-je en faisant un pas vers elle.

Elle allait répliquer, mais je ne lui en laissai pas le temps et plaquai mes lèvres sur les siennes.

Pauline s'agrippa à mon dos, et je sentis ses ongles s'enfoncer légèrement dans ma peau lorsque je fis courir mes doigts sous sa robe blanche.

Elle frémit de désir, et, sans cesser de l'embrasser, j'attrapai les bords de sa culotte et la fis lentement descendre le long de ses jambes.

Pauline retira ses griffes de mon dos et déboutonna mon jean avec rapidité.

— Je ne pensais pas que tu étais aussi impatiente de…

— Tais-toi, me coupa-t-elle avant de m'embrasser à nouveau.

Mais sa bouche ne resta pas longtemps sur la mienne, elle finit par dévier sur ma joue, mon cou, mon torse, mon nombril, et…

Les yeux brûlants d'avidité, Pauline baissa mon jean et mon caleçon en même temps. Je retins un grognement de satisfaction, mais en sentant ses lèvres se poser sur mon sexe je ne pus m'empêcher de renverser la tête en arrière en fermant les yeux.

Putain, cette fille… Elle était douée… Un peu trop même…

Mon cœur battait à tout rompre dans ma poitrine. Le souffle court, je me forçai à l'arrêter avant que je ne jouisse déjà.

Pauline se redressa, le sourire aux lèvres, et, ayant considérablement envie de passer à l'étape suivante, je la poussai sur le lit derrière elle.

— Alors… tu as aimé mon petit cadeau ? me questionna-t-elle en écartant les jambes.

Si j'avais aimé ? Oh que oui.

Je récupérai aussitôt une capote dans la poche arrière de mon jean et l'enfilai avec rapidité. La respiration lourde, je grimpai au-dessus de Pauline et guidai ma queue entre ses cuisses, sous sa robe.

Elle haletait déjà, les yeux remplis de désir, et je n'attendis pas plus longtemps pour entrer profondément en elle. Elle poussa un petit cri de surprise et je craignis un instant de lui avoir fait mal.

Devinant mon inquiétude, elle me rassura aussitôt en m'embrassant fiévreusement, puis agrippa fermement mes fesses et accompagna mes mouvements de va-et-vient avec avidité.

— Plus vite, me souffla-t-elle.

Encouragé par ses mots, je calai ma tête dans son cou et accélérai mes coups de reins. Pauline enfonça ses ongles dans ma peau, et je dus ralentir un peu la cadence pour ne pas jouir sans elle.

Par chance ses gémissements se firent plus forts, je la sentais venir, et je réussis par miracle à l'attendre.

Lorsque l'orgasme nous submergea, Pauline se cambra contre moi et nos deux corps tremblèrent violemment de plaisir.

Épuisé et à bout de souffle, je me laissai tomber sur elle, en prenant garde à ne pas l'écraser.

Alors que j'avais fermé les yeux un instant, je sentis les doigts de Pauline caresser lentement mon dos. Ce simple geste suffit à me refaire légèrement bander.

— On recommence ? me chuchota-t-elle à l'oreille.

Je souris contre sa peau.

— Laisse-moi… me reposer cinq minutes, OK ?

Pauline soupira, faussement agacée.

— Moi qui pensais que tu étais un sportif endurant…

— Tu sais que je ne me suis toujours pas retiré ? lui fis-je remarquer en relevant la tête.

Elle me sourit fièrement.

— Je t'avais bien dit que tu ne voudrais plus jamais quitter mon corps !

Ce que je fis aussitôt. Pauline sembla légèrement déçue, mais nous savions tous les deux que la nuit serait longue.

Je me levai, allai jeter la capote usagée, puis revins sur le lit. Même si j'adorais lui faire l'amour avec sa robe blanche, j'avais envie de la voir nue, et entièrement.

— Je croyais que tu avais chaud, lui fis-je remarquer.

Pauline se mit alors debout sur le lit et, tout en me regardant avec envie, descendit sensuellement la fermeture Éclair de sa robe. Elle la fit glisser à ses pieds, avant de dégrafer son soutien-gorge.

Son corps était parfait. Des formes généreuses pile là où il fallait.

Je la rejoignis et la fis tomber sur le matelas. Elle rit, puis m'attira sur elle à nouveau.

Ses doigts se promenèrent sur ma peau, me faisant frissonner de désir, mais je gardai les yeux rivés sur son visage.

— Tu veux bien répondre à ma question maintenant ? demanda-t-elle en arrêtant sa main sur mes côtes.

— Tu ne lâches jamais l'affaire toi, hein ? soupirai-je.

— Non…

Bon…

Je m'allongeai à côté d'elle, sur le dos, et Pauline s'assit en tailleur pour me regarder avec attention. Ça n'allait pas être facile de lui en parler, mais je ne pouvais pas encore une fois fuir mon passé douloureux.

— J'avais dix-huit ans, commençai-je, je surfais avec mon père en Australie… On était que tous les deux. Ce n'était pas la première fois qu'on partait à l'autre bout du monde pour aller surfer pendant les vacances… Mais cette fois…

Je m'interrompis, repensant à cette terrible journée.

— On avait loué une villa, avec accès direct sur la plage. En me réveillant ce matin-là, j'avais vu des vagues énormes. Elles faisaient plus de quatre mètres de hauteur, et je voulais y aller à tout prix. Malheureusement, il y avait du vent et du courant. Mon père a d'abord refusé, mais j'ai insisté. Et il a fini par céder.

Pauline avait posé une main sur mon torse, et me caressait doucement. Son geste m'apaisa suffisamment pour que je trouve la force de continuer.

— Tout s'est bien passé au début…

Je sentis ma voix trembler sous le coup de l'émotion, mais ne m'arrêtai pas pour autant.

— Puis il a pris une vague sous mes yeux… Elle était immense… Et… il ne l'a pas finie. Je l'ai vu disparaître sous l'eau et… Il n'est jamais remonté à la surface.

Sa main s'était immobilisée, à mon plus grand regret.

— Je suis désolée, Robin, dit-elle d'une voix douce.

Moi aussi, je l'étais…

— J'ai essayé de le sauver. J'ai tenté de le retrouver, et j'ai failli y rester pour lui, mais je n'ai pas pu… Son leash s'était coincé dans un récif, il est mort noyé, et il a fallu attendre le lendemain, que l'océan se calme, pour que des plongeurs aillent récupérer son corps.

Pauline avait les larmes aux yeux. Je n'aurais jamais pensé que mon histoire la toucherait autant… à tel point que j'avais l'impression qu'elle me comprenait comme si elle avait été présente ce jour-là.

Si je regrettais de l'avoir attristée, je devais bien reconnaître qu'avoir partagé ce souvenir éprouvant avec elle m'avait finalement fait un bien fou.

— Voilà, tu sais tout…

— Non… Pas encore.

Elle grimpa à califourchon sur moi, et mon sexe durcit aussitôt au contact de ses fesses. Pauline remua doucement contre moi.

— Pourquoi est-ce que tu ne fêtes pas Noël avec ta famille ? me questionna-t-elle en se penchant contre moi.

Elle embrassa ma peau, avant de la mordiller légèrement. Je fermai les yeux, me laissant envahir par les sensations agréables que cela me procurait.

— Réponds-moi, souffla-t-elle avant de lécher lentement mon ventre.

— Ce sera différent… ah… cette année, répondis-je en sentant le désir grimper en moi.

Pauline se redressa et partit chercher une seconde capote dans mon jean. À son retour, elle se positionna à nouveau sur moi, les yeux brillants de désir, attrapa ma queue entre ses mains et la guida entre ses cuisses.

Oh putain… C'était si bon.

— Pourquoi ? demanda-t-elle en s'agitant doucement contre mon bassin.

Je posai automatiquement mes mains sur ses hanches afin d'accompagner ses mouvements divins.

— Parce que… je…

Tout en continuant de bouger, elle commença à se toucher sensuellement. Elle voulait ma mort, c'était une certitude.

— Alors ? dit-elle dans un souffle.

— Parce que je suis rentré, terminai-je en l'agrippant plus fermement, et que je ne fuirai plus mon passé.

Ce n'était pas une réponse très constructive, mais Pauline finit par cesser ses questions, et nous profitâmes pleinement de cette partie de jambes en l'air, probablement la meilleure de toute ma vie.

Chapitre 29

Pauline

Le soleil était déjà haut dans le ciel lorsque j'émergeai de mon profond sommeil. Nous avions oublié de fermer les rideaux avant de nous coucher, mais visiblement ça ne m'avait pas empêchée de faire une grasse matinée.

Je me redressai dans le lit et remarquai que Robin n'était nulle part dans la pièce. Et aucun bruit ne me provenait de la salle de bains.

Bizarre… Peut-être avait-il eu une urgence ce matin, et qu'il avait dû partir ?

Je repoussai les draps de mon corps nu, et allai récupérer mon portable dans mon sac.

Au même moment, la porte d'entrée s'ouvrit. Je criai de peur qu'il s'agisse d'une femme de ménage et m'arrêtai aussitôt en apercevant Robin avec un plateau bien garni.

— Je suis sûr que tu as réveillé tout l'étage, se moqua-t-il en me rejoignant.

Il s'arrêta sur sa route, me détaillant de haut en bas avec un sourire malicieux, puis me fit signe de le rejoindre sur le lit.

— En général, ils ne servent pas les petits déjeuners dans les chambres dans cet hôtel, mais le gérant était à la compétition hier, il m'a reconnu et m'a fait une petite faveur…

Je m'approchai de lui et jetai un coup d'œil aux viennoiseries. Mon estomac émit un petit bruit d'approbation.

— Je crois qu'il est temps que tu manges, ricana-t-il avant de me tendre un croissant.

Je le récupérai et croquai aussitôt dedans.

— Mmm, che bon, dis-je en mâchant.

Robin caressa ma cuisse tout en m'observant avec amusement. Puis son expression devint sérieuse.

— J'ai réfléchi à quelque chose.

— Che t'écoute.

— Tu sais, je t'avais dit que vivre en Polynésie ça avait toujours été mon rêve.

Je hochai la tête et avalai le dernier bout de mon croissant.

— Et justement, je l'ai fait et j'en suis vraiment heureux… Mais… comme je t'ai dit hier, les choses ont changé. Cela faisait six ans que je n'avais pas revu ma famille et…

— Six ans ? répétai-je, étonnée.

Six années loin de sa famille, ce n'était pas rien.

— Ouais. Depuis la mort de mon père, je me sentais un peu responsable de ce qui lui est arrivé. Après tout, si je ne l'avais pas convaincu d'aller surfer ce jour-là, il serait toujours là. Je ne pouvais plus regarder ma mère et ma sœur en face… Alors je suis parti. J'ai fait mon deuil seul, et les compétitions de surf m'ont aidé à surmonter cette épreuve. Ensuite j'ai rencontré Célia, et elle m'a quitté parce que je refusais de lui parler de mon passé.

— Elle t'a quitté pour ça ? !

— Tu n'aurais pas été curieuse toi aussi, après plus d'un an et demi de relation, d'en savoir un peu plus sur ma famille, et sur les raisons qui me poussaient à ne plus avoir de contacts avec elle ?

Je pris le temps de réfléchir à sa question.

— Je ne sais pas.

Les secrets pouvaient détruire un couple, c'était certain.

— Avoir perdu Célia m'a fait réaliser que je ne voulais pas perdre ma famille, ajouta Robin.

— Donc, tu es rentré, terminai-je en piochant un second croissant sur le plateau.

Je m'assis à côté de lui sur le lit et restai pensive un moment.

Lorsque je l'avais rencontré, j'avais tout de suite deviné qu'il avait des secrets. Mais je n'aurais jamais imaginé qu'ils étaient aussi lourds et chargés d'émotions.

— Les choses ont changé, répétai-je, ce qui signifie… que tu ne comptes plus repartir ?

Il tourna la tête vers moi et croqua dans mon croissant. Il prit le temps d'avaler sa bouchée avant de me répondre :

— J'ai réalisé mon rêve, et ces dernières semaines m'ont fait comprendre que ma vraie maison était ici, en France.

J'écarquillai grands les yeux.

— Ce qui veut dire que…

Il me sourit.

— Je vais déménager. Je vais revenir m'installer en France.

Euphorique, je lui sautai au cou et le couvris de baisers.

— Mon Dieu, je suis tellement contente, tu ne peux pas savoir !

Robin m'attrapa par les épaules pour éviter que je renverse le plateau sur le sol à force de m'agiter.

— Bon, rien n'est fait encore, mais ma décision est prise, me répondit-il avec un sourire amusé. Ah, et aussi… Si je me prends un appart, ce sera sûrement vers Lacanau. J'aime particulièrement cet endroit pour surfer, et au moins… je serai un peu plus près de toi, ma petite Parisienne.

Comblée de joie, je l'embrassai à nouveau. Notre relation

serait toujours à distance, mais aucun de nous n'aurait besoin de traverser le globe pour qu'on se voie. Tout serait plus facile, c'était une merveilleuse nouvelle.

— Au fait, quand est-ce que tu dois rentrer ? demanda-t-il.

— Je peux rester jusqu'à vendredi, ou peut-être samedi… Ou dimanche, si mes parents sont d'accord… Mais je commence les cours lundi, et je compte bien y aller.

— D'accord, ça nous laisse suffisamment de temps pour faire beaucoup de choses ! déclara-t-il en se levant.

Robin attrapa le plateau et alla le poser sur le bureau. Lorsqu'il revint devant moi, il s'assit sur ses genoux et écarta mes jambes avec douceur. Je manquai de m'étouffer avec le dernier bout de croissant que j'avais dans la bouche.

— Tu sais que c'est mauvais de faire du sport après manger ? plaisantai-je.

Il fit glisser ses doigts sur mes cuisses jusqu'à mon intimité et eut un petit sourire taquin en m'entendant soupirer de plaisir.

— Dans quelques secondes, tu me supplieras de continuer…

Oh ! ça oui, je n'en doutais pas.

Robin

Ces quelques jours aux côtés de Pauline avaient été merveilleux. Nous avions fait une randonnée sous un grand soleil. Nous avions pique-niqué sur la plage. Nous nous étions baladés dans les villages alentour. Nous nous étions envoyés en l'air dans sa chambre d'hôtel… C'était certainement les meilleures vacances d'été de ma vie.

Pauline avait réussi à convaincre ses parents de la laisser rester jusqu'à dimanche. Alors, pour notre dernier jour ensemble, nous avions décidé de passer un peu de temps dans l'eau, sur des planches de surf.

Cela faisait presque une semaine que je ne m'étais pas entraîné, mais je savais que cette petite coupure ne me ferait pas de mal. J'étais heureux de passer mes journées avec Pauline, et je ne le regretterais pas.

Aujourd'hui, il y avait très peu de vagues, mais le temps était agréable. Après avoir essayé malgré tout de surfer au bord, nous avions ramé jusqu'au large et étions à présent appuyés sur nos planches respectives, à quelques mètres l'un de l'autre.

— Au fait, commença Pauline, tu te souviens du jour où j'ai voulu prendre une leçon toute seule avec Greg ?

Je ramai jusqu'à elle.

— Ouais. Ça m'avait étonné d'ailleurs.

Elle sourit.

— La vérité, c'est que la veille j'avais sorti à mes copines que j'avais rencontré un mec au camping, tout ça pour me sortir d'une situation gênante… Ensuite, on est tous allés au bar, tu étais là avec Greg, et elles ont pensé que le mec en question était Greg.

Je ne pus m'empêcher d'éclater de rire.

— C'est pour ça qu'elles t'ont laissée au bar ?

Pauline soupira.

— Ouais… Je pensais qu'elles s'arrêteraient là, mais le lendemain, alors que je leur avais dit qu'il ne s'était rien passé et que j'avais espoir qu'elles me foutent la paix, elles m'ont forcée à aller lui parler à l'école. J'avais prévu de discuter avec Greg, et de leur dire après qu'il m'avait rejetée, mais c'est là que tu as débarqué et… j'ai paniqué.

Je lâchai ma planche, et croisai mes bras sur celle de Pauline, face à elle.

— Et l'histoire du micro-ondes ? l'interrogeai-je avec curiosité, Qui l'a réparé ?

Elle eut un petit rire gêné.

— Le fait est qu'il n'était pas cassé, mais juste pas branché, m'avoua-t-elle. C'était vraiment humiliant !

— Ouais, et en plus d'avoir eu un comportement bizarre, tu ressemblais vraiment à un zombie ce jour-là, me moquai-je.

Elle m'envoya de l'eau dans le visage, ce qui me fit sourire.

— En attendant, tu l'aimes beaucoup, le zombie bizarre.

Je me penchai en avant et l'embrassai sur le nez.

— Ouais. Un peu trop d'ailleurs.

Son souffle se fit court, et je sentis mon rythme cardiaque s'accélérer.

Ces mots étaient sortis tout seuls. Même si ce n'était pas une vraie déclaration à proprement parler, j'avais été sincère, et je ne voyais plus de raison de le garder pour moi plus longtemps.

— Je t'aime, Pauline, dis-je en levant une main vers sa joue.

Elle parut surprise un moment, mais finit par m'offrir un grand sourire. Mon cœur battait à tout rompre dans ma poitrine.

— Moi aussi, répondit-elle en s'avançant vers ma bouche, mais je crois que tu le sais déjà.

— Crois-moi, je ne me lasserai jamais de te l'entendre me le dire, répliquai-je en me sentant littéralement irradier de bonheur.

Pauline m'embrassa tendrement. Je glissai mes mains dans son dos et l'attirai vers moi pour approfondir notre baiser. La planche finit par glisser sous elle, et nous nous retrouvâmes entièrement dans l'eau.

Elle noua ses bras autour de ma nuque et me sourit.

— Je pourrais rester éternellement ici, avec toi…

Je caressai ses cheveux mouillés d'une main.

Tout était parfait. Elle. Le soleil illuminant son visage. La mer nous enveloppant dans une bulle magique et romantique.

— Moi aussi… Rien que nous deux dans l'océan, à jamais…

Je l'attrapai par la nuque et l'embrassai avec fougue. Pauline me serra un peu plus contre elle, glissant une jambe entre les miennes, et je sus à ce moment précis qu'elle était la vague sur laquelle je ne voulais jamais m'arrêter de surfer.

Chapitre 30

Ce dimanche matin, j'accompagnai Pauline à la gare de Biarritz, l'esprit serein.

Nous allions à nouveau être séparés, mais les choses seraient différentes à présent. Nous le savions tous les deux.

Debout dans le grand hall, nous attendions ensemble que la voie de son train s'affiche à l'écran. Lorsque cela fut le cas, et que la foule autour de nous commença à y aller, Pauline se retourna vers moi.

— Seuls les voyageurs peuvent accéder au quai, m'informa-t-elle.

Ce qui voulait dire que c'était le moment des adieux temporaires. Je n'avais vraiment pas envie qu'elle parte, mais je savais que nous avions tous les deux des choses à faire dans nos vies respectives, et que nous nous retrouverions bientôt.

— Je vais régler ma situation à Tahiti. Ensuite, j'irai à ma compétition à Nias[1], et je reviendrai, promis-je en glissant une main dans ses boucles blondes.

Pauline acquiesça et vint se coller contre moi.

— Tu vas me manquer, murmura-t-elle, sa tête sur mon torse.

Je caressai doucement son dos.

1. Île indonésienne.

— Toi aussi…

Elle s'écarta légèrement, se haussa sur la pointe des pieds et m'embrassa avec tendresse. Ce baiser d'adieu me serra le cœur.

— À bientôt, mon beau surfeur, souffla-t-elle contre mes lèvres.

— À bientôt, blondinette, répondis-je avec un clin d'œil.

Pauline me lança un regard faussement contrarié, puis s'éloigna en direction de son train.

Même si elle allait énormément me manquer, nous ne pouvions pas faire autrement. En tout cas, j'attendais déjà avec impatience le jour de nos retrouvailles. Je restai immobile jusqu'à ce qu'elle disparaisse de mon champ de vision, puis rentrai à Bidart.

Ayant été très occupé avec Pauline depuis mardi, je n'avais pas encore eu le temps d'annoncer à ma famille ma décision de m'installer à nouveau en France. Et comme j'avais déjà réservé mon billet d'avion pour la semaine prochaine, il était temps que je leur dise.

Une fois à la maison, je décidai de préparer un gratin de pennes à la tomate pour le déjeuner.

Lorsque ma mère et Naia rentrèrent du travail, je sortais tout juste le plat du four.

— À table ! annonçai-je en servant les assiettes.

Les deux autres femmes de ma vie me regardèrent avec curiosité.

— Toi, tu as un truc à nous dire, devina ma mère.

Naia me jaugea du regard.

— Ouais, t'as raison, maman, son comportement est suspect.

Comme elles n'avaient visiblement pas l'intention de s'asseoir à table avant que j'aie craché le morceau, je résolus de jouer cartes sur table.

— J'ai décidé de revenir habiter en France.

Elles écarquillèrent toutes deux les yeux.

— Sérieusement ? fit Naia.

— Ouais. Ces dernières semaines ici m'ont fait réaliser que je n'avais plus aucune raison de partir à nouveau. Je veux m'installer dans le coin. Comme ça, quand je ne serai pas à l'étranger pour mes compétitions, je pourrai venir vous voir plus facilement. Enfin, vous et Pauline.

— Je comprends mieux ta décision, répondit ma mère d'un air amusé.

— J'espère que tu ne décideras pas de repartir si elle te quitte, ajouta Naia dans un soupir.

Je secouai la tête.

— Je ne veux plus que des milliers de kilomètres nous séparent et puis… les billets d'avion sont chers, alors à moins que tu ne me les payes, très chère sœur, je resterai ici juste pour te faire chier !

— Tant que tu le fais avec amour, ça me va, rétorqua-t-elle en prenant place à table.

Ma mère l'imita, le sourire aux lèvres.

— J'ai vraiment hâte de goûter tes pennes en tout cas, déclara-t-elle en humant le plat, ça sent bon !

— L'odeur peut être trompeuse, l'avertit ma sœur en me regardant avec malice.

— J'espère que tu t'étoufferas tellement c'est bon, répliquai-je en m'asseyant en face d'elle.

— Tsss, comme si ça risquait d'arriver… Et si par malheur c'est le cas…

Elle brandit son couteau devant moi telle une baguette sortie de l'univers d'*Harry Potter*.

— Je te lancerai un « avada kedavra » avant de mourir !

— Utiliser le sort « endoloris » me ferait davantage souffrir, lui fis-je remarquer.

— Ouais, mais je préfère te tuer aussi, désolée.

Quelle fille diabolique. Une chose était certaine, si elle avait été à Poudlard, ma sœur aurait été une Serpentard ! Je préférai me retenir de le lui dire, car j'étais sûr qu'elle aurait été heureuse d'avoir Severus Rogue comme directeur de maison !

— Désolée d'interrompre votre charmante discussion, les enfants, intervint ma mère, mais les pâtes vont refroidir !

Naia et moi poussâmes un soupir, mais attaquâmes le déjeuner. Et je sus en apercevant ses lèvres s'étirer après avoir avalé une première bouchée qu'elle se régalait.

Une chose était sûre, je ne regrettais absolument pas ma décision de revenir définitivement en France. J'avais fait une erreur en les abandonnant pendant six ans, mais je ne récidiverais pas. Ma famille comptait bien trop à mes yeux pour que je la brise à nouveau.

Pauline

Comme Romane et Éloïse étaient bien trop curieuses à propos de ma semaine avec Robin, je passai une bonne partie de mon dimanche après-midi avec elles. Je réussis toutefois à garder les détails trop personnels pour moi, et à rentrer à la maison avant la tombée de la nuit.

Il fallait encore que je fasse mon sac pour demain, que je me douche et que je choisisse quelle tenue porter pour ma rentrée.

Debout devant mon armoire depuis une dizaine de minutes, je finis par me décider pour un jean avec une ceinture noire et une chemise blanche ample. Avec une queue-de-cheval pour la coiffure, cela serait parfait.

Une fois parée pour le lendemain, je m'installai sur mon lit, mon ordinateur sur les cuisses, et importai les photos que j'avais prises avec mon Nikon ces derniers jours.

Il y avait tout d'abord celles de la randonnée que nous avions faite jeudi après-midi. Sur certaines, Robin y figurait seul, posant devant un magnifique paysage. Sur d'autres, nous étions ensemble. Et sur de rares clichés, il n'y avait que moi. Robin avait insisté pour me photographier, notamment devant un beau coucher de soleil face à la mer. Même s'il n'était pas très doué pour le cadrage, je devais reconnaître que cela m'avait fait plaisir.

Il y avait également celles que j'avais de Robin en train de surfer. Ce jour-là, le temps n'avait pourtant pas été idéal pour prendre des vagues, du moins, jusqu'à ce qu'il m'ait avoué ses sentiments. J'avais eu l'impression de contaminer la mer avec toute la joie que je ressentais, car le vent s'était brusquement levé, et des grosses vagues étaient arrivées. Par prudence, et en raison de mon faible niveau, j'étais sortie de l'eau. En revanche, et ne voulant pas priver Robin de ce moment idyllique, je lui avais alors demandé de me montrer quelques figures, et il avait accepté avec un grand sourire aux lèvres.

Si j'avais hésité à prendre mon appareil pour cette sortie plage, finalement je ne l'avais pas regretté le moins du monde. Car désormais, j'avais ces photos de Robin, et elles étaient parfaites. Il était parfait. Que ce soit debout sur sa planche, glissant sur l'eau avec agilité, ou bien dans les airs, en train de survoler la vague comme si c'était la chose la plus simple du monde. Il était impressionnant, et chacune des photos que j'avais prises le confirmait.

Robin avait une manière de surfer unique. Comme si lui et la vague ne faisaient qu'un. Comme s'il la contrôlait, et lui disait quand elle était censée s'arrêter. Il avait une connexion avec l'océan vraiment particulière, et j'étais certaine que, d'une certaine manière, il se sentait proche de son père qui y avait péri quand il surfait.

Sa passion était dangereuse, mais c'était ce qui le définissait. Sans le surf, Robin serait détruit.

Alors, je ferais ce qu'il y avait de mieux à faire pour lui : l'encourager quoi qu'il arrive.

Une fois toutes les photos importées, je refermai mon PC, et envoyai un message à Robin. Je l'avais vu ce matin, et je lui avais déjà écrit dans l'après-midi pour lui dire que j'étais bien rentrée, mais il commençait déjà à me manquer.

Qu'est-ce que tu fais ?

Sa réponse ne se fit pas attendre.

Je sors de la douche, et toi ?

Oh ! la conversation risquait de devenir intéressante.

Donc, tu ne portes rien ? Moi sur mon lit…

Je posai mon ordinateur sur le sol, éteignis la lumière et m'allongeai sous ma couette, impatiente de recevoir son message.

Juste une serviette, mais pas pour longtemps… Et toi, qu'est-ce que tu portes ?

Je baissai les yeux sur mes débardeur et short gris foncé. Rien de bien excitant…

Qu'est-ce que tu voudrais que je porte ?

Robin répondit dans les secondes qui suivirent.

Rien, et j'aimerais être à côté pour voir ça.

Je sentis mon cœur s'emballer.

Moi aussi, j'aimerais que tu sois là…

Mais je n'eus pas le temps de l'envoyer que Robin m'appelait.

— Dis-moi que tu as ta main là où je pense, dit-il d'une voix rauque.

Je souris malicieusement.

— Sérieusement ? Tu m'as prise pour ce genre de fille ?

— Absolument.

Il n'avait pas oublié la fois où nous avions failli faire l'amour au téléphone.

— Mon Dieu, je ne ferais jamais une chose pareille, protestai-je avec ironie.

— Même si je te dis que là j'ai envie de faire courir mes doigts le long de ton corps, de prendre tes seins dans mes mains et de les lécher doucement, assez pour te faire frissonner de plaisir, jusqu'à ce que tu me dises de descendre ma bouche plus bas…

Sans que je m'en sois rendu compte, j'avais fermé les yeux et l'avais imaginé à l'œuvre.

— Tu respires plus fort, me fit remarquer Robin, alors… tu n'as toujours pas envie qu'on fasse ça au téléphone ?

Je rouvris les paupières et retins un soupir de satisfaction. Même si mes parents étaient à la maison, et que le risque de me faire surprendre n'était pas nul, cela rendait l'expérience encore plus excitante.

— Allez, Pauline, dis-moi ce que tu aimerais me faire…, insista Robin d'une voix pleine de désir.

Ma main glissa naturellement dans mon short.

— Je caresserais ton torse, ton ventre, et prendrais ton sexe dans mes mains. Puis je jouerais avec, devant tes yeux, jusqu'à ce que tu me dises de la mettre dans ma bouche. Et alors là… je te ferais la meilleure pipe de ta vie.

— Ouais, lâcha-t-il dans un soupir, je n'en doute pas le moins du monde… Tu te touches là ?

— Peut-être, répondis-je avec un sourire malicieux.

— Putain, Pauline… Dis-moi tout de suite où sont tes mains.

Excitée, j'accélérai mes mouvements de la main droite, et palpai lentement ma poitrine de l'autre.

— Exactement là où tu les imagines, murmurai-je d'une voix sexy.

Tout comme ma respiration, la sienne se fit plus rapide.

— Va plus vite, souffla-t-il.

Je lui obéis aussitôt, impatiente d'arriver au moment crucial avec lui.

— J'ai tellement envie de toi, ne pus-je m'empêcher de lui dire.

— J'y suis presque…

L'orgasme me submergea avant lui. Je dus me mordre la lèvre pour ne pas gémir trop fort, tandis que mon corps tremblait de plaisir, mais je sus que Robin m'avait entendue.

— Putain…, grogna-t-il.

Il jouit à son tour, et je laissai échapper un petit rire gêné par ce que nous venions de faire, mais satisfait.

— Je ne sais pas si je vais pouvoir attendre la fin du mois pour te voir, di-il après plusieurs secondes.

— On pourra toujours faire ça par webcam.

— Tu ne peux pas savoir à quel point j'ai hâte…

Et moi donc…

— Bon, sinon, tu te sens prête pour demain ? demanda-t-il après un moment de silence reposant.

Je me retournai sur le côté.

— Un peu stressée, mais ça va.

— Je suis sûr que tout va bien se passer. Tu vas adorer tes cours et tes profs, et tu vas te faire plein d'amis fans de photographie comme toi. Tu pourras leur montrer les super photos que tu as prises de moi et leur dire que ce modèle génial est ton petit ami…

— Et passer pour la fille qui se la raconte ? Non, merci !

— Au moins tu ne nies pas que je suis génial. Et tu ne dis pas que j'ai tort pour le reste !

— Je te raconterai demain… Et toi, ton programme ?

— Je pense surfer le matin, les conditions météo sont censées être bonnes. Ensuite, je passerai un peu de temps avec Greg, puis je commencerai à préparer mes affaires. Mon vol pour Tahiti est mardi en début d'aprèm.

— Tu as prévenu ta mère et ta sœur ?

— Ouais, elles sont au courant, et je pense aussi heureuses que moi de ma décision.

— Et que moi, ajoutai-je, le sourire aux lèvres.

Il ne répondit pas, mais je savais qu'il souriait lui aussi.

— Bon, je vais aller me coucher, ajoutai-je. On se rappelle demain, OK ?

— Évidemment. Bonne nuit, blondinette.

— Bonne nuit, crétin… Je t'aime.

— Je t'aime aussi… blondinette.

Et je raccrochai, amusée et heureuse.

L'amour… c'est vraiment un sentiment étrange…, songeai-je en éteignant mon portable.

Je le posai sur ma table de chevet et me couchai.

L'esprit rivé sur Robin et sur son corps de rêve, je réussis à sombrer dans un profond et agréable sommeil.

Le lendemain matin, je me préparai en vitesse. Je me douchai, enfilai la tenue que j'avais choisie la veille, et attachai mes cheveux en queue-de-cheval, avant de filer direction l'EAPA, autrement appelée l'école des apprentis photographes et artistes.

J'achetai un café et un pain au chocolat en sortant du métro, et dégustai mon petit déjeuner tout en marchant jusqu'à l'établissement.

J'arrivai devant l'EAPA avec un peu d'avance, mais fus heureuse de pouvoir contempler l'immense bâtiment moderne dans lequel j'allais avoir cours cette année.

Si je regrettais mon choix d'études ? Absolument pas.

Si je mourais d'envie de pénétrer à l'intérieur ? Oh que oui.

Je finis d'engloutir le dernier bout de ma viennoiserie et passai les portes automatiques. Je n'étais pas la première arrivée. Un petit groupe de jeunes discutaient déjà dans le hall spacieux et lumineux. Il y avait des tableaux sur tous les murs, et des œuvres d'art, toutes plus belles et originales les unes que les autres, un peu partout dans la pièce.

— Pas mal, hein ?

Comprenant qu'on s'adressait à moi, je reportai mon attention vers le petit groupe, et remarquai qu'un garçon d'une vingtaine d'années m'observait avec intérêt.

— Ouais, lui répondis-je, vraiment pas mal.

Il me sourit, et à ce moment-là, les autres qui conversaient encore me regardèrent à leur tour.

— Moi, c'est Fabien, se présenta-t-il, et toi ?

— Pauline.

À sa droite, une fille aux courts cheveux noirs striés de bleu et aux yeux surlignés d'eye-liner noir prit la parole à son tour.

— Et si tu venais te joindre à nous, Pauline ? me lança-t-elle.

Le premier cours ne va pas commencer avant dix minutes, on a le temps de faire connaissance !

Une chose est sûre, cette année va être vraiment intéressante, songeai-je en m'avançant vers eux.

Épilogue

Pauline

Ce lundi matin, j'allai à l'école le sourire aux lèvres.

La veille, Robin avait remporté sa QS en Indonésie. Comme nous étions dimanche, j'avais pu suivre son passage en direct sur Internet. Puisqu'il s'agissait de la finale, et que mes amies Romane et Éloïse n'avaient jamais vu de compétition de surf, je les avais invitées chez moi, et nous avions assisté à la victoire de mon petit copain et sauté de joie.

Robin m'avait dit être trop crevé pour m'appeler le soir, mais il m'avait promis de se rattraper aujourd'hui, et j'avais hâte de savoir comment…

Ma journée à l'EAPA passa à une vitesse fulgurante. Probablement car tous les cours étaient très intéressants, et que mes nouveaux amis, dont faisaient partie Fabien et Maya, la fille aux cheveux bleus, l'étaient tout autant.

— Pour la semaine prochaine, entendis-je le professeur nous dire, j'aimerais vous donner un sujet un peu particulier.

Je relevai la tête de mon ordinateur portable et me concentrai sur M. Lasko. C'était un homme d'une cinquantaine d'années qui nous apprenait l'analyse de nos propres photographies.

Tous les quinze jours, il nous donnait un thème spécifique, et nous devions, pour le cours suivant, prendre une photo en rapport avec ce thème. Ensuite, chaque étudiant la présentait aux autres en expliquant son choix, et M. Lasko analysait son cliché de manière objective, assez critique, mais toujours très constructive pour nous.

Le premier thème avait été « Le neuf et l'ancien ». J'avais choisi pour ma part une vieille bâtisse dans le 9e arrondissement de Paris qui avait été en partie rénovée, et M. Lasko avait trouvé mon choix photo plutôt original.

Fabien était parti sur deux objets semblables, côte à côte, dont un était usagé, et l'autre encore dans son emballage. Maya, quant à elle, avait capturé l'image d'une vieille femme en compagnie de son petit-fils. Cela avait fait rire pas mal de monde dans la salle, dont le professeur, mais en tout cas c'était vraiment intéressant de voir comment chaque personne interprétait le thème choisi.

— Je voudrais donc que vous traitiez du sujet suivant : « Sport extrême mais accessible ». Ce sera tout pour aujourd'hui, vous pouvez y aller !

J'écarquillai grands les yeux, surprise par cette thématique, mais aussi ravie.

Le surf m'apparut comme une évidence, et les photos que j'avais de Robin me semblaient plus qu'adéquates !

— Toi, tu as déjà une idée, devina Fabien, assis à ma droite.

Je lui adressai un sourire assuré.

— Je crois que je vais partir sur l'escalade, déclara Maya, à ma gauche. C'est accessible à tous, même aux enfants, et les pros en font dans des conditions et des endroits risqués. Comme dans *Cliffhanger*[1] !

1. *Cliffhanger : Traque au sommet* est un film d'action dans lequel le héros est alpiniste.

Devant mon air déconcerté, et probablement celui de Fabien, elle ajouta :

— Sérieusement, les gars ? Vous ne connaissez pas *Cliffhanger* avec Sylvester Stallone ? Va falloir remédier à ça !

Ne voulant pas la contrarier, nous acquiesçâmes tous les deux, avant de ranger nos affaires. Même si ma journée était terminée, je me dépêchai de sortir de la classe afin d'envoyer un message à Robin.

Dis, ça ne te dérange pas si j'utilise l'une des photos où tu surfes pour l'un de mes cours ?

Ne sachant pas s'il allait me répondre tout de suite, je rangeai mon portable dans ma poche et attendis Fabien et Maya dans le couloir.

Alors qu'ils arrivaient, mon portable se mit à vibrer.

— Bon, qui est chaud pour faire de l'escalade avec moi ce soir ? proposa Maya.

— Quoi ? s'étonna Fabien. Tu as l'intention de photographier quelqu'un dans une salle d'escalade ? Même si tu colleras au sujet, le cadre de la photo n'aura pas grand-chose d'original…

Je jetai un coup d'œil à mon téléphone, et aperçus un message de Robin.

Je peux t'en envoyer d'autres si tu veux… et sans la combi !

Cela m'amusa.

— Mais non, je compte juste me mettre dans l'ambiance ! se défendit Maya.

Je me dépêchai de répondre, avant que mes amis ne s'aperçoivent de mon inattention.

Désolée, mais mon sujet c'est « Sport extrême mais accessible » et pas « photos de nu de Robin Lebrest » !

— Pauline a l'air totalement d'accord avec toi, entendis-je Fabien déclarer.

Je relevai la tête de mon portable et leur adressai un sourire coupable.

— Ton copain ? demanda Maya avec curiosité.

Je me contentai de hocher la tête et baissai à nouveau les yeux sur mon écran.

Et en costume alors ? Qu'est-ce que t'en dis ?

Il avait joint une image de lui, adossé à une magnifique berline gris foncé. Il portait des lunettes de soleil et un superbe trois-pièces bleu marine qui le moulait à la perfection. Il était à couper le souffle.

— OK, je crois qu'on a perdu Pauline là, ricana Fabien.

— Laissez-moi juste une seconde, les priai-je en répondant à Robin.

J'en dis : À qui as-tu volé cette belle voiture ?

Tsss… Comme si j'allais lui avouer que le voir dans cette tenue me donnait envie qu'il me fasse l'amour comme jamais.

— Désolée, mais je ne suis pas très partante pour l'escalade, annonçai-je à l'intention de Maya.

— Bon, tant pis, j'irai toute seule !

Nous prîmes la direction de la sortie, mais je gardai mon portable dans ma main. Maya, qui reçut un coup de fil important en chemin, nous fit signe de ne pas l'attendre, et nous partîmes sans elle.

— Ça fait combien de temps que t'es avec ton mec ? me questionna Fabien lorsque nous sortîmes dans la rue.

— Ça va bientôt faire un mois, répondis-je en ne prenant pas en compte notre passé compliqué.

— Cool, et vous vivez ensemble ?

Mon portable vibra à nouveau.

— Non, il habite dans le sud de la France, l'informai-je tout en jetant un coup d'œil au message.

À ton pote. Je trouve que tu lui parles un peu trop d'ailleurs.

Surprise, je relevai aussitôt la tête et balayai la rue du regard. Il était là. Je le savais. Mon cœur battait si fort que j'en avais du mal à respirer.

— Ah, dommage, vous ne devez pas vous voir très souvent…

Mes yeux finirent par le trouver. Là, debout devant la belle berline grise, à une centaine de mètres de moi. Il était là. À Paris. Oh ! mon Dieu, j'avais du mal à le croire.

— Pauline ?

— Désolée, Fabien, dis-je en m'éloignant vers Robin, il faut que j'y aille.

— Euh, OK, bah, salut…

Tandis que je marchais d'un pas pressé, Robin retira ses lunettes de soleil et les accrocha à la poche de sa veste.

Lorsque j'arrivai devant lui, il fit ce que je voulais exactement. Il m'attrapa le bras et m'attira à lui pour m'embrasser avec fougue. Je sentis mon corps s'enflammer immédiatement.

Ce moment, j'en avais rêvé depuis que je l'avais quitté à l'aéroport de Biarritz !

Lorsqu'il me relâcha, le souffle court, je restai près de lui, le regard rivé au sien.

— Qu'est-ce que tu fais là ? demandai-je en passant une main dans ses cheveux.

— Ce n'était pas ce que nous avions convenu ? De nous voir après ma compétition ?

Je souris.

— Oui, bien sûr, mais nous n'avions pas décidé où ni comment, et puis tu ne m'as rien dit !

Il me regarda d'un air malicieux.

— C'est justement le but d'une belle surprise… Et avant que tu me demandes, c'est Romane qui m'a dit à quelle heure tu finissais aujourd'hui. J'espère que tu ne lui en voudras pas trop. Et elle voulait aussi que je te dise qu'elle approuvait, et que tu comprendrais quoi…

— C'est toi qu'elle approuve, lui expliquai-je avant de déposer un chaste baiser sur ses lèvres.

Je mourais d'envie de l'embrasser encore et encore, mais l'endroit n'était pas le plus adapté.

— Ah, je ne savais pas que je passais un test « meilleure amie ».

— Le principal, c'est que tu l'as réussi, non ? répliquai-je en m'écartant légèrement de lui.

Robin acquiesça d'un hochement de tête, puis sans se retourner ouvrit la portière de la voiture derrière lui.

— Si madame veut bien monter dans son carrosse…

— Que tu as loué, devinai-je en montant à l'intérieur.

Il me fit un petit clin d'œil espiègle, puis me rejoignit dans le véhicule.

— Où est-ce que tu m'emmènes ? l'interrogeai-je, curieuse.

Robin alluma le moteur, puis me dévisagea.

— Cette question est vraiment sérieuse, Pauline ?

J'acquiesçai, n'en ayant pas la moindre idée. Il se pencha vers moi et s'arrêta à quelques centimètres de mes lèvres.

— On a quatre semaines à rattraper, et je compte bien commencer maintenant, répondit-il en fixant mes lèvres avec désir.

Avant qu'il ne se recule, je l'attrapai par le col de sa chemise.

— Tu restes pendant combien de jours ? le questionnai-je en effleurant sa peau du bout des doigts.

— Deux ou trois… Je comptais aller voir ma famille avant ma prochaine épreuve, et j'ai un appartement à acheter, je te rappelle.

Deux ou trois. C'était peu, mais je savais que je ne pouvais pas lui demander plus pour le moment. Notre relation à distance allait être compliquée, encore plus que la première fois en raison de nos sentiments réciproques, mais… l'attente en valait le coup.

Je mordillai sa lèvre inférieure avant de l'embrasser avec tendresse.

— Pauline, si tu continues, je ne vais pas pouvoir attendre l'hôtel, grogna-t-il contre ma bouche.

Je le relâchai à contrecœur, et le laissai se remettre à sa place. Il me jeta un coup d'œil taquin, puis prit la route.

Oui. Il en valait largement le coup. Parce que je l'aimais, qu'il me rendait heureuse, et que c'était le plus important.

Un mois plus tard

Robin

Après ma victoire au Nias Pro en Indonésie, j'avais enchaîné sur une quatrième place lors d'une QS 1 000 au Brésil, puis étais rentré en France, fier de moi.

Assis sur le sable, face à l'océan, je regardais les vagues déchaînées se fendre contre la digue.

Même si l'année n'était pas encore finie, je savais qu'il y avait peu de chances que je fasse partie des quinze meilleurs surfeurs du WQS et que je puisse avoir accès au WCT. Cependant, j'étais très heureux de mon évolution. Résolu à me battre comme un lion pour mon objectif, et certain qu'un jour je finirais par l'atteindre.

Pour moi, et pour toi, papa.

Levant les yeux vers le ciel, je m'aperçus que le soleil n'allait pas tarder à se coucher. Mais quelle importance ? Pauline n'arriverait que demain à Lacanau, afin de passer le week-end avec moi. Ce soir j'étais seul et je comptais bien profiter un peu de…

Mon portable sonna, et je râlai intérieurement de m'être fait interrompre dans le fil de mes pensées.

Naia.

— Qu'est-ce que tu me veux, petite fouine ? demandai-je en décrochant.

— On est devant ton appart avec Greg et maman. On est censés t'attendre encore longtemps ?

Je fronçai les sourcils.

— Vous êtes devant mon appart ? répétai-je, perplexe.

— 95, rue des Champs, bâtiment D. C'est bien ça, non ?

— Oui, c'est ça, mais…

Eh merde.

Je décollai mon portable de mon oreille et regardai la date du jour. Débordé avec mon emménagement cette semaine, j'avais complètement oublié que je les avais invités ce soir !

— Je suis là dans dix minutes, la prévins-je en me levant.

— J'arrondis à vingt ou c'est bon ? demanda-t-elle avec ironie.

Je lui raccrochai au nez et me dépêchai de monter dans mon pick-up et de rentrer chez moi. Ma soirée avec moi-même était fichue. Cependant, en découvrant ma famille et mon meilleur ami devant mon immeuble, je chassai toute pensée négative de ma tête.

Ils étaient la raison de mon retour et m'avaient permis de redonner un sens à ma vie. Comment pouvais-je ne serait-ce que regretter une soirée de solitude alors qu'ils étaient là ?

— Désolé pour le retard, dis-je en m'avançant vers eux.

Je serrai la main que me tendait Greg, et embrassai ma mère et ma sœur sur la joue.

— Pas grave, après six ans à t'attendre, on n'est plus à dix minutes près, se moqua Naia.

— Ha, ha ! très drôle.

— Moi, j'ai trouvé ça drôle, intervint une voix que je reconnus aussitôt.

Le cœur battant la chamade, je virevoltai sur moi-même. Pauline se trouvait là, sur le trottoir, vêtue d'un jean, d'un pull beige moulant et d'un blazer. Un sac de voyage se trouvait à ses pieds. J'en étais sans voix.

— Mais…

— Ta sœur m'a demandé de venir plus tôt afin qu'on passe la soirée tous ensemble, m'expliqua-t-elle en se rapprochant de moi. J'espère que ça te fait plaisir…

Toutes les personnes auxquelles je tenais dans ce monde étaient réunies ce soir… Comment diable cela ne pourrait-il pas me faire plaisir ?

Je posai mes mains sur sa taille et l'attirai contre moi. Ce que c'était bon de pouvoir la toucher et la sentir à nouveau.

— Énormément, répondis-je avant de l'embrasser avec amour.

J'entendis ma sœur toussoter derrière nous.

— Robin, tu voudrais bien nous ouvrir ? Histoire qu'on ait le choix ou non d'assister à ces bisous baveux.

Pauline rigola.

— Pardon, dit-elle en essayant de s'écarter de moi.

Mais je la retins et l'embrassai à nouveau de plus belle, jusqu'à entendre Naia faire semblant de vomir, et ma mère rire à son tour.

Pauline, quant à elle, avait les joues rosies par l'émotion, et les lèvres gonflées par notre baiser. La voir dans cet état me donna des envies pas très catholiques, qui devraient malheureusement attendre le départ de ma famille pour que je les mette à l'œuvre.

Ma petite amie sembla lire dans mes pensées, car elle pinça les lèvres, puis me poussa vers ma famille.

Me retenir allait être dur, mais je n'avais pas le choix.

— Bon, Naia, je te préviens, tu ne touches à rien avec tes sales mains !

— Mais elles sont propres, mes mains ! se défendit ma sœur.

Je lui fis comprendre par un regard méfiant que je l'avais à l'œil, puis les invitai à entrer dans mon bâtiment.

Nous montâmes au quatrième et dernier étage de l'immeuble avec ascenseur, et je les laissai entrer tour à tour dans mon petit appartement, effleurant subtilement le bras de Pauline lorsqu'elle passa devant moi.

Elle fit comme si de rien n'était, puis je refermai la porte derrière moi et observai tout ce joli petit monde commenter chaque recoin de mon chez-moi.

Tahiti avait été mon refuge, le lieu dans lequel j'avais pu faire mon deuil et essayer d'avancer malgré mon passé.

Bidart était ma maison, l'endroit où j'avais grandi, dans lequel je m'étais perdu, mais aussi retrouvé, et qui serait toujours mon foyer quoi qu'il arrive.

Lacanau était la ville où j'avais décidé de prendre un nouveau départ dans la vie, accompagné de ma famille et de ma merveilleuse petite amie.

Je ne savais pas combien de temps j'y resterais mais, une chose était sûre, toutes ces personnes présentes aujourd'hui, elles ne me quitteraient jamais, où que j'aille.

Pauline, qui s'était rendue discrètement dans ma chambre, passa la tête par l'entrebâillement de la porte et glissa sensuellement une mèche blonde derrière son oreille.

— J'aime beaucoup cette pièce, murmura-t-elle en s'humectant les lèvres.

Je m'appuyai contre la porte d'entrée.

— Et moi, c'est toi que j'aime, répondis-je en la contemplant.

Pauline mima un cœur avec ses doigts et rigola juste après. Elle était adorablement ridicule, et putain, qu'est-ce que mon cœur battait vite.

Finalement, j'avais peut-être un nouvel objectif dans la vie, en plus de faire un jour partie des meilleurs surfeurs du monde.

Cette fille…

Pauline, qui s'était aperçue que je l'étudiais silencieusement du regard, finit par s'approcher de moi.

— À quoi tu penses ? demanda-t-elle en m'enlaçant par la taille.

— À toi.

— À moi nue ou habillée ? chuchota-t-elle en se pressant contre moi.

Cette fille…

Je fermai les yeux un court instant, savourant cette proximité, puis la regardai à nouveau.

— Juste à toi.

Pauline m'observa d'un air dubitatif.

— Très bien, alors moi aussi je penserai juste à toi, finit-elle par me dire en souriant.

C'était elle la vraie femme de ma vie…

— Oh, et… si tu ne l'avais pas compris, avec mon petit cœur, je te disais que je t'aimais aussi, ajouta-t-elle avant de m'embrasser chastement sur les lèvres.

Ce simple baiser me donna terriblement envie d'elle.

— Ah bon ? Je ne l'aurais jamais deviné !

Pauline me frappa doucement sur le bras, puis s'écarta, et partit visiter le reste des pièces…

Et il était hors de question que je la perde, ne serait-ce qu'un instant.

Je m'élançai aussitôt derrière elle, prêt à passer l'une des meilleures soirées de ma vie.

Remerciements

Un grand merci à Laura, qui m'a donné énormément de bons conseils durant l'écriture de cette histoire.

Je remercie également Claire et Ayline, pour m'avoir aidée à trouver les bons mots quand j'en avais besoin.

Merci aussi à toute l'équipe Harlequin, et particulièrement à Florence, pour son travail éditorial.

Et, bien sûr, je remercie tous les surfeurs professionnels avec qui j'ai eu la chance de pouvoir discuter, et qui m'ont permis de mieux comprendre cet incroyable sport qu'est le surf.

Vous avez aimé *Life is short, Love is rare* ?

Découvrez les autres romans
d'Alana Scott

Tournez vite la page pour découvrir
un extrait de *Good Girls Love Bad Boys* !

Harper
Collins
POCHE

Prologue

« Saint-Louis est une ville américaine située dans le Missouri, à environ 470 kilomètres au sud-ouest de Chicago, et composée de 79 quartiers. Sa population est de 319 294 habitants. Le climat est de type continental : les hivers sont plutôt froids et secs, les étés, chauds et humides. En 2010, une étude nationale a classé Saint-Louis comme la ville la plus dangereuse des États-Unis. »

D'après Wikipédia, Saint-Louis avait l'air tout à fait… charmante.

Évidemment, si l'on m'avait laissé le choix, jamais je n'aurais quitté Londres. Malheureusement, ce n'était pas moi qui prenais les décisions, mais mes parents.

Ma mère avait toujours rêvé de venir habiter en Amérique. Quand un jour on avait proposé à mon père d'y être muté pour le travail, en lui promettant une augmentation de salaire et un logement pour sa famille, mes parents n'avaient pas pu refuser.

Comme disait ma mère, « Une opportunité comme celle-ci ne se présente pas deux fois ! » Eh bien, j'aurais préféré qu'elle ne se soit jamais présentée.

Tout était allé si vite. En une semaine, on avait mis notre maison en vente, préparé nos valises, fait nos adieux à nos proches. Pour ma part, j'avais laissé derrière moi mon copain.

Extrait

Le temps que je prenne conscience de ce qui était en train de se passer, j'étais déjà dans l'avion.

— Excusez-moi, jeune fille, pour des raisons de sécurité, vous devez éteindre votre téléphone portable, nous allons bientôt décoller…

Je relevai la tête vers la jeune hôtesse de l'air qui me dévisageait sans aucune gêne. Je l'imitai et remarquai que son uniforme la boudinait un peu trop. En plus, ses cheveux blonds assemblés en un parfait chignon lui donnaient l'air d'avoir un front bien plus large que la moyenne.

Elle devrait peut-être songer à arrêter les plateaux-repas, celle-là, pensai-je en posant mon portable sur mes genoux.

— Éteignez-le, répéta-t-elle d'un ton plus âpre, comme si je l'avais mal comprise la première fois.

— Écoutez… (Je me penchai pour lire le prénom inscrit sur le petit badge accroché à sa veste.) Tania, comme vous venez de me le dire, nous allons « bientôt » partir, alors je vous saurais gré de revenir me prévenir quand nous partirons effectivement, d'accord ?

Je n'étais pas du genre arrogante, mais aujourd'hui il ne fallait pas m'énerver. Or cette Tania s'amusait visiblement à me provoquer.

Je l'aperçus du coin de l'œil hausser les sourcils. Elle n'était pas prête à se laisser marcher sur les pieds par une adolescente de dix-sept ans exaspérante, ce que je pouvais absolument comprendre. Dommage, elle risquait de le regretter.

— Très bien, puisque tu n'as pas l'air d'assimiler ce que je te dis…, soupira-t-elle.

Elle attrapa mon téléphone avec rudesse et l'éteignit avant de le reposer sur mes genoux. J'en restai abasourdie quelques secondes.

Dites-moi que je rêve !

Extrait

— Tania, dois-je vous rappeler votre métier ?

Elle me regarda d'un air à la fois hautain et surpris.

— Hôtesse de l'air. Vous vous devez d'être souriante, sympathique, charmante et serviable avec les passagers, quels que soient les problèmes. Alors, s'il vous plaît, contentez-vous d'agir ainsi au lieu de vous montrer grossière et d'avoir un comportement inapproprié envers une cliente, mineure qui plus est, lui reprochai-je en haussant la voix.

Quelques voyageurs tournèrent la tête dans notre direction, intrigués par l'ampleur que prenait notre conversation. Tania ne sut plus quoi répondre. Une lueur de colère traversa son regard avant qu'elle ne finisse par faire demi-tour. J'avoue que j'y étais allée un peu fort, mais je n'en étais pas moins fière de lui avoir cloué le bec à celle-là.

Peu après, mes parents et ma sœur me rejoignirent à bord de l'appareil. Heureusement que j'avais embarqué la première sans les attendre, car mon petit accrochage avec l'hôtesse de l'air ne leur aurait certainement pas plu.

— Désolée, chérie, ton père a mis un temps fou pour enregistrer nos bagages, et tu connais ta sœur, il lui faut plus d'une heure pour choisir un magazine people ! Tout s'est bien passé ? me questionna ma mère en s'asseyant sur le siège voisin.

— Oui, aucun souci, répondis-je en souriant.

Un quart d'heure plus tard, l'avion décollait, et nous nous retrouvâmes bientôt à des kilomètres du sol. Le vol allait très certainement durer une éternité ! Une éternité lors de laquelle j'allais prendre conscience que je venais de tout quitter, d'abandonner à Londres une partie de ma vie.

Le visage de mon petit ami apparut soudain dans mon esprit. Malgré mon départ à l'autre bout du monde, il avait tout de même voulu continuer notre relation à distance. « Notre amour va au-delà des mers, Élodie. Et ce n'est pas une étendue d'eau salée qui nous séparera ! » avait-il solennellement décrété. Face à tant d'enthousiasme, je n'avais pas pu lui annoncer que je souhaitais rompre.

Pourtant, Tom avait tout du petit ami idéal. Romantique, charmant, riche, intelligent, fidèle, honnête, et la liste de ses nombreuses qualités était encore longue.

J'allais passer pour une fille sans cœur, mais m'imaginer ne plus jamais le revoir ne me posait aucun problème, il ne me manquerait probablement pas… À croire que mes sentiments s'étaient envolés en même temps que l'avion…

Je soupirai et fermai les yeux.

À nous deux, Saint-Louis, songeai-je avant de m'endormir.

Chapitre 1

« Mesdames, messieurs, nous arrivons bientôt à Saint-Louis. Veuillez vous préparer à l'atterrissage et attachez vos ceintures. Nous vous souhaitons un bon séjour aux États-Unis et espérons que vous avez passé un vol agréable. »

Si je n'avais pas croisé à nouveau cette odieuse Tania en descendant de l'Airbus, tout aurait été parfait.

— Merci, bon séjour à Saint-Louis, nous dit-elle, tout sourires, bien que je discerne une pointe de rancœur dans sa voix.

Je levai les yeux au ciel et suivis mes parents pour aller récupérer nos bagages.

— Honnêtement, je trouve que venir habiter ici était une bonne idée, déclara Sara avec enthousiasme.

— Je suis content que ça te plaise, chérie, lui répondit mon père en passant un bras autour de ses épaules.

Ma sœur était une vraie fille à papa ! Elle était toujours d'accord avec les décisions de mon père. Contrairement à moi, qui avais piqué une crise en apprenant notre prochain déménagement. Crise qui s'était avérée inutile, puisque, au final, j'avais été contrainte d'accepter le choix de mes parents.

Sara attrapa la valise de mon père qui défilait sur le tapis roulant et la lui tendit en souriant. Encore la preuve qu'elle n'était qu'une fille à son papa !

— Allez, Élodie, ne fais pas cette tête-là ! On est en Amérique ! s'exclama-t-elle en levant les mains en l'air.

— Amérique ou pas, on n'est plus chez nous, rétorquai-je en récupérant ma propre valise.

Elle lâcha un soupir exaspéré et m'entraîna un peu à l'écart des parents.

— Écoute, si Tom te manque, tu pourras toujours repartir en Europe pendant les vacances scolaires !

— Je me fous de Tom. Tu ne trouves pas qu'ils ont décidé de déménager un peu… vite ? Enfin, Sara, on avait une vie là-bas…

— Je pense que ta vie peut être bien meilleure ici, me répondit-elle avec sincérité.

Elle posa les mains sur mes épaules, avant de me prendre un court instant dans ses bras. Je soupirai. Peut-être qu'elle avait raison après tout…

Ma sœur et moi n'avions que peu de choses en commun. Elle avait hérité des longs cheveux lisses et bruns de ma mère ainsi que de son visage ovale aux traits fins et aux yeux d'un marron noisette attrayant.

Pour ma part, lorsque j'étais petite, je m'étais malheureusement retrouvée avec les cheveux rêches et blond vénitien de mon père, sans oublier les multiples taches de rousseur parsemant mon visage. À l'école primaire, les enfants de ma classe m'avaient surnommée Fifi Brindacier. Heureusement, mes taches de rousseur s'étaient depuis estompées et mes cheveux, assombris, ils étaient désormais blond foncé, mi-longs et ondulés. J'avais également le nez droit de ma mère, les yeux vert émeraude de mon père ainsi que les mêmes petites fossettes sur les joues que lui quand il riait.

— Mais tu sais, ajoutai-je, c'est quand même la ville la plus dangereuse des…

— Tu sais très bien que Wikipédia n'est pas une source fiable, m'interrompit Sara.

Sur ce point, elle n'avait pas tort non plus. Je hochai la tête tandis que nos parents nous rejoignaient.

— On y va, les filles ? lança mon père.

Notre nouvelle maison était… différente.

À Londres, nous habitions dans un quartier résidentiel assez aisé. Les maisons étaient des villas avec de gigantesques jardins et des piscines, alors qu'ici…

Pour arriver jusqu'à notre nouveau « chez-nous », nous venions de traverser le quartier. C'était une longue rue avec de chaque côté une enfilade de petites maisons collées les unes contre les autres. En plus de ne pas être esthétique, ce mode de construction donnait l'impression de vivre avec ses voisins.

— Nous allons vraiment habiter… là-dedans ?! m'exclamai-je.

Même Sara ne put s'empêcher de réprimer une grimace.

— Elle n'est pas aussi grande que ce à quoi nous sommes habitués, mais nous n'avons pas à payer de loyer pour l'instant, répondit ma mère, pour qui cela semblait un avantage indéniable. Ce logement est pris en charge par l'entreprise de ton père le temps qu'on s'installe et qu'on trouve autre chose.

— Eh bien, j'espère que nous allons en trouver un autre très rapidement, marmonna Sara en s'avançant vers le seuil de la maison numéro 36.

Nous entrâmes, les yeux écarquillés. Le petit hall d'entrée comprenait juste un minuscule placard et un portemanteau, il n'y avait pas la place pour plus. Au rez-de-chaussée, une cuisine étroite donnait sur un salon plutôt banal, et à l'étage se trouvaient trois chambres avec une seule salle de bains sans baignoire. Le drame ! Comment allions-nous nous en sortir à quatre ?

— « Je pense que ta vie peut être bien meilleure ici », répétai-je avec ironie à l'intention de Sara, qui tirait une mine épouvantée.

— On se croirait en prison ! déplora-t-elle.

— Les filles, arrêtez un peu de vous plaindre, intervint notre père, ce n'est pas si catastrophique que…

Un bout de mur du salon s'effrita juste devant nos yeux. Tout comme ma famille, j'en restai bouche bée.

Dites-moi que ce n'est pas notre maison, s'il vous plaît, implorai-je dans ma tête.

— Mark, je pense que nous devrions chercher un autre endroit, lança ma mère, visiblement encore sous le choc.

— Maman, je te le dis tout de suite, il est hors de question que je dorme ici ce soir ! déclara Sara. Le mur a failli s'écrouler. Et si le toit nous tombait dessus pendant notre sommeil ?!

Je souris. Elle allait très vite regretter d'avoir accepté de venir ici.

Chapitre 2

Mon portable vibra dans la poche de mon jean et je montai rapidement, mais prudemment — pas question de traverser une marche pourrie — à l'étage pour répondre.

— Tom ? Pourquoi tu m'appelles maintenant ?

J'étais surprise. Avec le décalage horaire, il devait déjà faire nuit à Londres.

— Je voulais m'assurer que tu étais bien arrivée et que le voyage s'était bien passé.

— Euh… oui, tout va très bien…

— Ah, super ! Et sinon, quelles sont tes premières impressions ?

Avec la découverte de notre nouvelle maison qui tombait en ruine, j'étais aux anges !

— Oh ! si tu savais ! Ça m'a l'air d'être un endroit tout à fait… merveilleux !

— Tant mieux, je suis ravi que tu t'y plaises déjà, même si j'aurais préféré que tu ne quittes pas Londres. Bon, il se fait tard de mon côté du globe… Est-ce que tu as le wi-fi chez toi ?

— Il me semble… J'essaierai de me connecter demain avec mon ordinateur.

— Parfait ! Allez, je vais me coucher, je t'aime.

Il y eut un bref moment de silence, mais suffisant pour être gênant. Je ne pouvais pas continuer à lui mentir éternellement, mais rompre par téléphone alors que je venais à peine de quitter Londres me paraissait un peu cruel.

— Tu m'aimes aussi, n'est-ce pas ?

Heureusement que nous n'étions pas en webcam ! Ce fut le moment idéal pour avoir recours à mes talents cachés d'actrice.

— Tom… Je t'entends mal, qu'est-ce que tu as dit ?

— Je t'aime, Élodie.

— Hein ? Quoi ? Je ne dois pas avoir beaucoup de réseau… À…

Je lui raccrochai au nez, soulagée.

— T'es vraiment qu'une vipère !

Je sursautai avant de relever les yeux sur ma sœur, qui se tenait debout devant l'escalier, hilare. Ne cherchant pas à me défendre, je me contentai de hausser les épaules.

— Tu aurais pu lui dire clairement que tu le larguais. Tom a beau être un sentimental, il s'en remettra, tu sais, c'est un homme.

Honnêtement, je n'en étais pas aussi sûre qu'elle…

Je sursautai à nouveau en entendant un bruit de casse suivi de cris provenant de l'extérieur. Sara fronça les sourcils, puis se précipita avec moi vers la fenêtre du couloir entrouverte qui donnait sur la rue.

— Et ne reviens plus jamais, gros lard ! cria la voix d'une femme depuis la maison d'à côté.

Je le savais que d'habiter dans ce genre de quartier, c'était comme de vivre constamment avec ses voisins !

Une pile de vêtements fut projetée dehors par la porte d'entrée avant que cette dernière ne se referme en claquant. Un homme aux cheveux noirs proche de la quarantaine, mais encore bien bâti pour son âge, se tenait immobile sur le trottoir, les yeux rivés sur ses habits éparpillés.

Extrait

— Eh ben, dis donc, elle en a du caractère celle-là, plaisanta Sara.

Un chouia trop fort, puisque l'homme releva la tête dans notre direction. Sara se baissa juste à temps pour éviter son regard, moi pas. Étrangement, il me sourit.

— Je m'appelle Eric, se présenta-t-il avec un signe de la main.

Euh…

— Élodie, lui répondis-je, tout de même un peu mal à l'aise, Élodie Winston.

— Vous allez attendre là encore longtemps ? le questionna Sara après s'être redressée. Je sais qu'on ne se connaît pas, mais, à mon avis, vous feriez mieux de partir. Votre femme avait l'air sacrément énervée et je ne pense pas qu'elle vous laissera revenir de sitôt.

— Sara ! la grondai-je, gênée par son comportement abrupt et impoli.

Mais Eric se contenta de rire.

— Ouais, tu as raison, gamine. La semaine dernière, je suis resté plus de deux heures devant la porte avant qu'elle ne me laisse rentrer ! Mais je vais vous dire un truc, les filles, à chaque fois, cette vieille vache me lance tous mes vêtements, mais jamais mon portefeuille, vous savez pourquoi ?

Nous fîmes « non » de la tête.

— Parce qu'elle sait qu'à ce moment-là je pourrais vraiment foutre le camp de chez elle, déclara-t-il en souriant.

— Elle est rusée, remarquai-je.

— Non, elle est juste complètement folle de moi, me répondit-il avec un clin d'œil amusé.

Eric semblait assez… étrange, mais plutôt sympathique comme voisin.

Extrait

— Élodie, Sara, venez chercher vos affaires ! nous cria notre mère dans l'escalier.

— Bon, euh, à bientôt, Eric, lança Sara. Si votre femme ne vous ouvre pas avant la nuit, n'hésitez pas à sonner chez nous, mon père acceptera peut-être de vous héberger !

Il la remercia d'un petit geste de la main et je refermai la fenêtre avant de suivre ma sœur au rez-de-chaussée.

Nous remontâmes à l'étage quelques instants plus tard, nos deux valises à la main.

— Je prends la plus grande chambre ! s'écria Sara en courant tant bien que mal vers le bout du couloir.

De toute façon, cela m'était égal, puisque nous ne comptions pas rester ici éternellement.

Je rentrai dans une petite chambre, qui devait avoir la taille de ma salle de bains à Londres. Elle était beige et simple, avec le strict minimum : un bureau, un lit, une armoire en bois et deux étagères vides accrochées à un mur.

Je posai ma valise par terre et me laissai tomber sur le lit. Au moins, le matelas était confortable, c'était déjà ça.

Je me relevai sur les coudes en entendant des pas dans le couloir. Moi qui croyais que quitter notre ancienne vie et découvrir notre nouvelle maison était le pire qui pouvait m'arriver, j'avais complètement occulté une chose…

— Au fait, Élodie, est-ce que tu peux me prêter ta robe blanche en dentelle pour demain ? me demanda Sara en passant la tête par la porte. J'ai pas envie de faire tache avec mes vêtements, et les tiens sont vraiment plus élégants et…

— Elle est dans la valise, l'interrompis-je, sers-toi.

Depuis le temps que Sara me piquait mes vêtements, c'était presque devenu une habitude. Elle rentra et récupéra ma robe, le sourire aux lèvres.

— Merci, grande sœur, tu es un amour ! s'écria-t-elle en sortant.

Sara avait bien de la chance d'entrer également dans du 38, de faire quasiment le même tour de poitrine que moi et d'atteindre déjà un mètre soixante-cinq alors qu'elle avait seulement quatorze ans.

Je me relevai à contrecœur et commençai à ranger mes vêtements dans mon placard. Qu'allais-je bien pouvoir mettre moi aussi ? Effectivement, j'avais oublié une chose importante : demain, nous avions cours.

Porter de beaux vêtements qui vous vont à merveille est en effet le meilleur moyen de se faire remarquer et de se faire des amis le premier jour dans un nouveau lycée. Cependant, ici, ce n'était plus Londres et encore moins Beverly Hills. Je ne savais pas à quoi m'attendre dans ce lycée, peut-être que vouloir paraître trop classe risquait de me donner mauvaise réputation, et c'était quelque chose que je souhaitais éviter…

Résultat, j'avais préféré opter pour un style simple et sans prise de tête et enfiler une chemise blanche, une jupe noire taille haute et évasée avec des collants et une paire de bottines de la même couleur.

— Tu es certaine de vouloir y aller à pied ? s'inquiéta mon père en me rejoignant dans le hall d'entrée, je peux toujours te déposer avant Sara.

Le risque que je me perde dans cette ville était relativement élevé, mais le collège de ma sœur et le bureau de mon père étaient situés dans le nord de la ville, alors que mon lycée se trouvait seulement à quelques minutes de marche. Après les onze heures de vol de la veille, j'avais bien envie de me dégourdir les jambes !

— Ne t'en fais pas, j'ai pris une carte et j'ai un GPS sur mon portable au cas où, répondis-je en attrapant mon sac de cours dans l'entrée.

Il acquiesça.

— Sois prudente pour rentrer ce soir, ajouta-t-il avant que je ne sorte et ne referme la porte derrière moi.

Un bon vent d'air frais ébouriffa mes cheveux.

— Belle matinée, n'est-ce pas ?

Je sursautai et tournai la tête vers Eric. Celui-ci s'étirait, debout devant sa porte.

— Vous… vous n'avez quand même pas passé la nuit dehors ? le questionnai-je, déconcertée.

Il eut un petit rire.

— Non, non, Elaine m'a ouvert quelques heures plus tard !

Oui, enfin, « quelques heures », ça faisait déjà beaucoup. Sa femme m'avait l'air assez flippante quand même !

Je regardai mon voisin d'un peu plus près. Mal rasé, Eric avait les cheveux courts et noirs en bataille, et le survêtement gris et simple qu'il portait semblait déjà froissé. Un sac de sport en mauvais état traînait sur le sol devant lui.

— Tu vas au lycée Layton, je suppose ? lança-t-il en croisant mon regard observateur.

— Comment le savez-vous ?

— J'entraîne quelques lycéens dans mon club.

— Un club de quoi ?

Il attrapa le sac à ses pieds et avança dans la rue.

— Viens, je t'accompagne, je dois y aller et il n'est pas très loin de ton lycée.

J'hésitai un instant avant d'accepter. Eric ne me paraissait pas dangereux, j'avais même l'impression de pouvoir lui faire confiance, mais les apparences sont parfois trompeuses.

Extrait

— Alors, c'est un club de quoi ? demandai-je à nouveau en le suivant.

— De boxe. Mais tous ceux qui ont envie de se défouler et de faire du sport en général sont les bienvenus. Après, j'ai plutôt tendance à entraîner les jeunes des quartiers sud, la plupart de ceux qui vivent là-bas sont des gamins à problèmes.

— Comment ça ?

— Eh bien, ils ne savent pas gérer leur self-control ni canaliser leur force et leur colère lorsqu'ils sont confrontés à des altercations. Du coup, la plupart du temps, ils règlent les conflits avec leurs poings. On pourrait penser que leur enseigner la boxe n'est pas une bonne chose, que ça les encourage à se battre, mais d'après moi, ça a l'effet contraire. Quand ils sont encadrés par un professeur et doivent suivre des règles strictes, par exemple ne pas frapper trop fort son adversaire, cela les influence, ils apprennent à se respecter entre eux et donc à se maîtriser.

— Mais je suppose qu'ils ne sont pas tous aussi obéissants, n'est-ce pas ?

Il esquissa un léger sourire.

— Personne n'est parfait. Mais lorsque je découvre qu'un gamin de mon club a utilisé la boxe à mauvais escient, je peux t'assurer que je lui colle une raclée mémorable et que je le fous illico presto à la porte ! Je leur interdis formellement de mettre en œuvre les techniques apprises en dehors d'un entraînement ou d'une compétition réglementée. C'est avant tout un sport et, dans le pire des cas, les compétences assimilées doivent simplement servir à se défendre si nécessaire. Il n'est pas question de chercher la bagarre et d'en profiter.

Complètement d'accord, je souris.

— J'en ai déjà fait.

Extrait

— Vraiment ? Excuse-moi, mais j'ai du mal à t'imaginer coller une bonne droite à quelqu'un, plaisanta-t-il.

— Vous avez tort de me sous-estimer parce que je suis femme…

Il rigola et me donna une petite tape sur l'épaule.

— Tu me plais, toi ! Eh bien, madame la boxeuse, tu n'as qu'à passer quand tu veux au club pour me montrer ce dont tu es capable ! Et si tu peux donner une bonne leçon à deux ou trois de mes élèves, ça n'en sera que mieux !

— Vous ne serez pas déçu ! répondis-je en souriant.

— Au fait, pourquoi avez-vous emménagé à Saint-Louis ?

— Mon père a été muté ici pour son travail, alors on a toutes suivi.

— Tu as l'accent britannique, tu habitais en Angleterre ?

Je hochai la tête.

— Oui, à Londres.

— Tu vas voir, Saint-Louis est assez agréable. Cette ville a ses défauts, mais aussi ses qualités. Et puis les gens y sont sympas !

— À vrai dire, je n'ai rencontré personne d'autre que vous…

— Ne t'en fais pas ! Mais au cas où quelqu'un t'embêterait à l'école, n'hésite pas à lui dire que tu connais Eric West, ça devrait le calmer. Et s'il ose te toucher, j'irai lui régler son compte en personne !

Il semblait vraiment sérieux.

— Hum… Merci.

Je n'avais pas vu le temps passer. Nous étions partis de chez moi depuis une bonne dizaine de minutes et je me trouvais à présent face à un grand et sombre bâtiment de trois étages.

— Pas de quoi, ma belle. Mon club se trouve à un pâté de maisons, si l'envie t'en prend un jour. Passe une bonne journée !

Extrait

Il me fit un clin d'œil amical et me laissa seule devant l'entrée de mon lycée.

Quelqu'un me bouscula tout à coup avant de me fusiller du regard. Comme si c'était ma faute ?

Je soupirai. Effectivement, les gens avaient l'air très sympathiques et cette journée s'annonçait tout à fait plaisante !

En entrant à mon tour dans l'établissement, je fus quelque peu désemparée. Mais qui ne se sentirait pas seul, perdu et légèrement nerveux lors de son premier jour dans un nouveau lycée ?

En plus, cet endroit ressemblait à une Déchetterie. Tout paraissait en mauvais état, les murs étaient sales et tagués d'insultes, les casiers pour la plupart explosés ou bien très abîmés. Et, bien que ne pouvant m'en apercevoir en plein jour, j'étais certaine que seule une lumière sur deux fonctionnait correctement dans les couloirs.

En marchant dans l'allée centrale, je remarquai même que l'une des salles de classe était inaccessible suite à un incendie... Quelqu'un avait mis le feu à l'intérieur ?!

Il fallait que je trouve le bureau de l'administration et vite. Je devais leur remettre mon dossier scolaire et récupérer mon emploi du temps ainsi que d'autres documents informatifs et personnels.

Arriver trois semaines après la rentrée officielle n'avait rien d'idéal. Mon intégration s'avérerait probablement plus difficile, d'autant que j'étais en dernière année. J'allais devoir rattraper les cours manqués et essayer de suivre tant bien que mal en classe...

— Excusez-moi, où puis-je trouver le secrétariat ? demandai-je à un groupe d'élèves appuyés contre un mur.

Ils me dévisagèrent avec curiosité, puis me désignèrent le bout du couloir. Après avoir fait quelques pas, je les entendis rire derrière mon dos. *Très agréable.*

Extrait

J'accélérai sous les regards intrigués des autres élèves. Moi qui pensais pouvoir passer inaperçue…

Je poussai la porte du secrétariat et entrai précipitamment. Assise à un petit bureau, une femme d'une trentaine d'années tapait comme un burin sur son clavier d'ordinateur.

— Rien ne fonctionne jamais ici ! râla-t-elle avant de lever les yeux vers moi. Comment puis-je t'aider ?

— Euh, bonjour, je m'appelle Élodie Winston, je viens d'arriver…

— Ah oui, Élodie, Élodie, euh… Attends un instant.

Elle sortit rapidement dans le couloir.

— Vic ! Ramène tes fesses ici ! cria-t-elle en reprenant sa place comme si de rien n'était.

J'en restai bouche bée. Quel beau vocabulaire sortant de la bouche d'une adulte…

Quelques secondes plus tard, une jeune fille d'environ mon âge, au teint pâle et aux cheveux châtains relevés en queue-de-cheval, entra dans la pièce.

— Quoi encore, tata ? lança-t-elle, agacée, en traînant les pieds jusqu'au bureau.

Ah, je comprenais un peu mieux.

— C'est une nouvelle qui nous arrive de Londres. Lydie, c'est ça ?

Vic me jeta un regard curieux.

— Élodie, la corrigeai-je.

— Oui, enfin bref, étant donné qu'elle est arrivée quelques jours après la rentrée officielle, j'aimerais que tu lui fasses visiter avant le début des cours. Et tâche d'être gentille avec elle, t'as compris ? Il faut favoriser l'insertion pour notre réputation !

— Tata, je pense que notre réputation est déjà au plus bas…

Sa tante lui donna un léger coup sur la tête avec une règle prise sur son bureau.

Extrait

— Tais-toi un peu et fais-lui visiter ! Au passage, je crois que vous êtes dans la même classe.

Vic soupira et me regarda à nouveau. Regard dans lequel je pus lire toute la sympathie qu'elle éprouvait déjà envers moi…

— Bon, tu te bouges, les salles ne vont pas défiler devant tes yeux ! me lança-t-elle d'un ton contrarié.

Elle semblait tout à fait ravie de devoir jouer les guides touristiques. Je l'adorais déjà !

Nous sortîmes dans le couloir et elle me montra rapidement les salles de classe, la cafétéria, et pour terminer l'infirmerie.

— Petite info préventive : la plupart des élèves passent la moitié de leurs journées ici et se servent des lits pour faire des choses pas très catholiques, si tu vois ce que je veux dire, alors je te déconseille d'être malade. Surtout qu'il n'y a pas d'infirmière.

Mes parents étaient-ils certains de m'avoir envoyée dans un vrai lycée ? Dégoûtée, je hochai la tête tandis que la sonnerie retentissait.

— Ça fera cinq dollars, me dit-elle soudain en tendant la main devant moi.

— Pardon ?

— Cinq dollars pour la visite.

C'était une blague ?

— Je ne vois pas pourquoi…

Elle me saisit par le col de ma chemise et me plaqua contre le mur.

Composé et édité par HarperCollins France.

Achevé d'imprimer en février 2020.

FIRMIN-DIDOT

à Mesnil-sur-l'Estrée (Eure)

Dépôt légal : mars 2020.

Pour limiter l'empreinte environnementale de ses livres, HarperCollins France s'engage à n'utiliser que du papier fabriqué à partir de bois provenant de forêts gérées durablement et de manière responsable.

Imprimé en France